O VIGILANTE NOTURNO

Obras de Louise Erdrich publicadas pela Alta Novel

A Sentença

O Vigilante Noturno

Outras obras da autora

Romances

Feitiço de Amor

A Rainha da Beterraba

Tracks

The Bingo Palace

Histórias de Amor Ardente

The Antelope Wife (1997; edições revisadas em 2012 e 2014)

Antelope Woman (2016)

The Last Report on the Miracles at Little No Horse

The Master Butchers Singing Club

Four Souls

The Painted Drum

The Plague of Doves

Jogo de Sombras

A Casa Redonda

LaRose

Future Home of the Living God

Contos

The Red Convertible: Selected and New Stories, 1978–2008

Poesia

Jacklight

Baptism of Desire

Original Fire

Livros Infantis

Grandmother's Pigeon

The Birchbark House

The Range Eternal

The Game of Silence

The Porcupine Year

Chickadee

Makoons

Não Ficção

The Blue Jay's Dance

Books and Islands in Ojibwe Country

O VIGILANTE NOTURNO

LOUISE ERDRICH

Tradução de Lívia Rodrigues

ALTA BOOKS
GRUPO EDITORIAL
Rio de Janeiro, 2024

O Vigilante Noturno

Copyright © 2024 ALTA NOVEL

ALTA NOVEL é um selo da EDITORA ALTA BOOKS do Grupo Editorial Alta Books (Starlin Alta e Consultoria Ltda.)

Copyright © 2020 LOUISE ERDRICH

ISBN: 978-85-508-1805-4

Translated from original The Night Watchman. Copyright © 2020 by Louise Erdrich. ISBN 978-0-06-267118-9. This translation is published and sold by arrangement with HarperCollins, the owner of all rights to publish and sell the same. PORTUGUESE language edition published by Starlin Alta Editora e Consultoria Ltda., Copyright © 2024 by Starlin Alta Editora e Consultoria Ltda.

Impresso no Brasil — 1ª Edição, 2024 — Edição revisada conforme o Acordo Ortográfico da Língua Portuguesa de 2009.

Dados Internacionais de Catalogação na Publicação (CIP)
(BENITEZ Catalogação Ass. Editorial, MS, Brasil)

E57v
1.ed. Erdrich, Louise
O vigilante noturno / Louise Erdrich ; tradução Lívia Rodrigues. - 1.ed. - Rio de Janeiro : Alta Books, 2024.
368 p.; 13,7 x 21 cm.

Título original: The night watchman.
ISBN 978-85-508-1805-4

1. Cultura indígena. 2. Ficção norte-americana. 3. Indígenas da América do Norte. 4. Tradições Indígenas - Nativos americanos. I. Rodrigues, Lívia. II. Título.

04-2024/222 CDD 813

Índice para catálogo sistemático:
1. Ficção : Literatura norte-americana 813
Aline Graziele Benitez - Bibliotecária - CRB-1/3129

Todos os direitos estão reservados e protegidos por Lei. Nenhuma parte deste livro, sem autorização prévia por escrito da editora, poderá ser reproduzida ou transmitida. A violação dos Direitos Autorais é crime estabelecido na Lei nº 9.610/98 e com punição de acordo com o artigo 184 do Código Penal.

O conteúdo desta obra fora formulado exclusivamente pelo(s) autor(es).

Marcas Registradas: Todos os termos mencionados e reconhecidos como Marca Registrada e/ou Comercial são de responsabilidade de seus proprietários. A editora informa não estar associada a nenhum produto e/ou fornecedor apresentado no livro.

Material de apoio e erratas: Se parte integrante da obra e/ou por real necessidade, no site da editora o leitor encontrará os materiais de apoio (download), errata e/ou quaisquer outros conteúdos aplicáveis à obra. Acesse o site www.altabooks.com.br e procure pelo título do livro desejado para ter acesso ao conteúdo.

Suporte Técnico: A obra é comercializada na forma em que está, sem direito a suporte técnico ou orientação pessoal/exclusiva ao leitor.

A editora não se responsabiliza pela manutenção, atualização e idioma dos sites, programas, materiais complementares ou similares referidos pelos autores nesta obra.

Produção Editorial: Grupo Editorial Alta Books
Diretor Editorial: Anderson Vieira
Vendas Governamentais: Cristiane Mutüs
Gerência Comercial: Claudio Lima
Gerência Marketing: Andréa Guatiello

Coordenadora Editorial: Illysabelle Trajano
Produtora Editorial: Beatriz de Assis
Consultoria: Mayra Sigwalt
Tradução: Lívia Rodrigues
Copidesque: João Pedroso
Revisão: Denise Himpel & Vivian Sbravatti
Diagramação: Natalia Curupana

ALTA BOOKS
GRUPO EDITORIAL

Rua Viúva Cláudio, 291 — Bairro Industrial do Jacaré
CEP: 20.970-031 — Rio de Janeiro (RJ)
Tels.: (21) 3278-8069 / 3278-8419
www.altabooks.com.br — altabooks@altabooks.com.br
Ouvidoria: ouvidoria@altabooks.com.br

Editora
afiliada à:

Ao Aunishenaubay, Patrick Gourneau;
à sua filha Rita, minha mãe;
e a todos os líderes Indígenas Americanos
que lutaram contra a Terminação.

Em 1º de agosto de 1953, o Congresso dos Estados Unidos divulgou a Resolução Simultânea 108 da câmara, um projeto de lei que revogava os tratados entre o governo norte-americano e as nações indígenas, os quais foram acordados pelo "tempo que a grama crescer e as águas dos rios fluírem". A declaração exigia a rescisão definitiva de todos os povos e a imediata terminação de cinco deles, incluindo a Turtle Mountain Band, dos Chippewas.

Meu avô, Patrick Gourneau, lutou contra a terminação como presidente do conselho tribal, enquanto trabalhava como vigilante noturno. Ele mal dormia, como o personagem Thomas Wazhashk. Este livro é uma ficção, mas, mesmo assim, tentei ser fiel à vida extraordinária de meu avô. Qualquer erro é de minha responsabilidade. Além de Thomas, e da Fábrica de Rolamento de Joias Turtle Mountain, o único personagem de destaque que se assemelha a alguém vivo ou morto é o Senador Arthur V. Watkins, perseguidor implacável da expropriação dos indígenas e o homem que interrogou meu avô.

Pixie, ou — perdão — Patrice, é completamente ficcional.

Setembro de 1953

Fábrica de Rolamento de Joias de Turtle Mountain

THOMAS WAZHASHK retirou a garrafa térmica de debaixo do braço e a colocou na mesa de ferro ao lado de sua maleta surrada. A jaqueta de trabalho ficou na cadeira e a marmita, no frio peitoril da janela. Ao tirar o boné acolchoado, uma maçã silvestre caiu de uma das abas. Um presente de sua filha, Fee. Ele pegou a pequena maçã e a colocou em cima da mesa para admirá-la. Depois, perfurou o cartão de ponto. Meia-noite. Pegou o chaveiro, uma lanterna da empresa e caminhou pelo perímetro do andar principal.

Nesse espaço silencioso, sempre silencioso, as mulheres de Turtle Mountain passavam os dias debruçadas sobre a luz intensa das luminárias de trabalho. Elas colavam finos microfragmentos de rubi, safira ou a pedra secundária, granada, em fusos estreitos na vertical em preparação para a perfuração. Os rolamentos de joia seriam utilizados em munições do Departamento de Defesa e relógios Bulova. Era a primeira vez que havia trabalho manual perto da reserva e eram as mulheres que preenchiam a maioria dessas cobiçadas posições. Elas haviam tirado notas muito mais altas nos testes de habilidades manuais.

O governo atribuía a concentração das mulheres ao sangue indígena e à prática com o trabalho com contas. Thomas achava que eram os olhos aguçados — as mulheres de seu povo eram capazes de perfurar os outros com apenas um olhar. Ele próprio fora sortudo em conseguir aquele emprego. Era esperto e honesto, mas não era mais jovem e magro. Garantiu a vaga porque era confiável e se esforçava para fazer tudo o que fazia da maneira mais perfeita possível. Seus turnos eram feitos com rigorosa minúcia.

Ao longo da sua ronda, ele verificava a sala de perfuração, testava cada fechadura, ligava e desligava as luzes. A certa altura, para manter o sangue fluindo, ele fazia uma dancinha sofisticada, depois dava uma requebrada no maior estilo Red River. Revigorado, passava pelas portas reforçadas dos recintos com banho de ácido, com as fileiras de béqueres numerados, reguladores de pressão, mangueiras, pias e estações de banho. Conferia os escritórios, os banheiros com ladrilhos verdes e brancos e voltava à oficina mecânica. Sua mesa tinha luz de uma luminária resgatada e consertada por ele mesmo para que pudesse ler, escrever, refletir e se estapear, de vez em quando, para ficar acordado.

THOMAS RECEBEU o nome do rato almiscarado, wazhashk, o pequeno roedor trabalhador e apaixonado por água. Os ratos almiscarados estavam em todos os pântanos espalhados pela reserva. Suas formas pequenas e flexíveis deslizavam apressadas pela água ao entardecer, continuamente arrumando as tocas e comendo (e como gostavam de comer) quase tudo o que crescesse ou se movesse no pântano. Embora os wazhashkags fossem numerosos e comuns, também eram cruciais. No início, depois da grande inundação, foi o rato almiscarado quem ajudou a refazer a terra.

Por essa perspectiva, como se revelou depois, Thomas recebeu o nome perfeito.

Pão com Banha de Porco

Pixie Paranteau colocou cola na pedra bruta e a fixou ao bloco para perfuração. Ela puxou a joia pronta e a colocou em uma pequena fenda na placa. Quando estava enfurecida, ela fazia tudo perfeitamente bem. Os olhos ficavam atentos, a mente se estreitava, a respiração diminuía. O apelido Pixie[1] tinha pegado na infância, por causa de seus olhos pequenos. Desde o ensino médio, ela tentava fazer com que todos a chamassem de Patrice. Nada de Patsy, Patty, ou Pat. Mas até sua melhor amiga se recusava a chamá-la de Patrice. E a amiga estava ali, sentada bem ao lado dela também colando joias nas intermináveis fileiras de fendas. Ela não era mais rápida do que Patrice, mas era a segunda mais rápida entre todas as mulheres e garotas da fábrica. A sala grande estava quieta, exceto pelo zumbido das luminárias. Os batimentos cardíacos de Patrice diminuíram. Não, ela não era Pixie, uma fada, apesar de sua constituição pequena e de todos falarem que ela era wawiyazhinaagozi, o que significava numa tradução odiosa que ela era uma gracinha. Ela não era uma gracinha. Patrice tinha um emprego. Patrice não se importava com coisas insignificantes como a carona para lugar nenhum que Bucky Duvalle e seus amigos deram a ela e depois disseram para os outros que ela tinha aceitado fazer algo que não tinha feito. E que jamais faria. E olha só como estava o rosto do Bucky agora. Não que ela tivesse culpa do que houve com ele. Patrice não fazia esse tipo de coisa. Ela também não se importava com o vômito marrom do pai, depois de uma noitada, que encontrou na blusa que deixara secando na cozinha. Ele estava em casa, grunhindo, cuspindo, atormentando, resmungando, ameaçando seu irmãozinho, Pokey, e implorando a Pixie por um dólar. Não, 25 centavos. Não, 10 centavos. Nem mesmo uma moedinha de 10 centavos? Tentando unir os dedos, mas os dedos não se juntavam. Não, ela não era a Pixie que tinha escondido a faca e ajudara sua mãe a arrastá-lo para uma esteira onde ele dormiria até que todo o veneno fosse drenado.

1. Pixie, em língua inglesa, se refere a pequenas criaturas imaginárias como fadas e duendes. [N. da T.]

Naquela manhã, Patrice vestira uma blusa velha, caminhara até a estrada e, pela primeira vez, pegara carona com Doris Lauder e Valentine Blue. Sua melhor amiga tinha um nome para lá de poético, mas não a chamava de Patrice. No carro, Valentine sentou-se no banco da frente e disse:

— Pixie, como está aí atrás? Espero que esteja confortável.

— Patrice — corrigiu Patrice.

Valentine não disse nada.

Valentine! Falando com Doris Lauder sobre como fazer um bolo com cobertura de coco. Coco. E por acaso havia algum coqueiro a menos de dois mil e quinhentos quilômetros quadrados daqui? Valentine. Ela usava uma saia rodada alaranjada com tons de dourado queimado. Linda como o pôr do sol. Sem nunca se virar para o banco de trás. Flexionava as mãos com luvas novas para que Patrice pudesse vê-las e admirá-las, porém do banco de trás. E depois trocara dicas com Doris de como tirar mancha de vinho tinto de um guardanapo. E Valentine já teve, alguma vez na vida, por acaso, um guardanapo? E ela já tinha bebido vinho que não fosse no meio do mato? E depois tratara Patrice como se não a conhecesse, porque Doris Lauder era uma garota branca nova na fábrica de joias, uma secretária, que usava o carro da família para ir ao trabalho. Doris se ofereceu para dar carona à Valentine e ela dissera: "Minha amiga Pixie faz esse caminho, será que é possível..."

E a incluiu, era o que uma melhor amiga devia fazer, mas depois a ignorou e se recusou a usar seu nome verdadeiro, seu nome de crisma, o nome pelo qual — talvez fosse constrangedor dizer, mas ela pensava nisso mesmo assim — o nome pelo qual ela ascenderia no mundo.

O Sr. Walter Vold chegou perto da fileira de mulheres com as mãos para trás enquanto observava o trabalho de forma furtiva. Ele deixava sua sala a cada poucas horas para inspecionar todas as estações. Vold não era idoso, mas suas pernas eram finas e estalavam e os joelhos esbarravam um no outro quando caminhava. Hoje o rangido estava diferente, talvez viesse de suas calças pretas feitas com um tecido duro e brilhante. O sapato rangia quando encostava no chão. O homem parou atrás dela. Na mão, uma lupa. Ele aproximou a mandíbula quadrada suada do ombro dela e seu hálito cheirava a café. Ela continuou trabalhando e seus dedos não tremeram.

— Excelente trabalho, Patrice.

Viu? Rá!

E se afastou. Rangido. Estalo. Mas Patrice não se virou e piscou para Valentine. Ela não se vangloriava. Ela sentiu a menstruação dando as caras, mas tinha prendido um trapo limpo dobrado na calcinha. Mais essa. Pois é, mais essa.

Ao meio-dia, as mulheres e os poucos homens que trabalhavam na fábrica iam a uma saleta onde deveria ser o refeitório. Tinha uma cozinha completa, mas ninguém tinha sido contratado para fazer o almoço, então as mulheres se sentavam para comer o que traziam de casa. Alguns tinham marmitas, outros, um pote com banha ou apenas pratos cheios de farinha. Mas normalmente, os da banha e de farinha eram compartilhados. Patrice levou um pote com calda amarela e massa crua cheio até a boca. Isso mesmo. Ela o pegou ao sair, de tão abalada que estava com os delírios do pai, saiu correndo pela porta, esquecendo que antes do café da manhã pretendia fazer pão gullet[2] na frigideira da mãe. E nem tinha tomado o café. Nas últimas duas horas, ficou apertando o estômago tentando reprimir os grunhidos. É claro que Valentine percebeu, mas agora ela estava, obviamente, conversando com Doris. Patrice comeu um pedacinho da massa. Não estava tão ruim. Valentine olhou para o pote dela, viu a massa e riu.

— Esqueci de fritar — disse Patrice.

Valentine a olhou com pena, mas uma mulher casada chamada Santa Anne riu quando ouviu o que Patrice disse. A história do que tinha no pote se espalhou, que ela tinha se esquecido de cozinhar, assar ou fritar a massa. Patrice e Valentine eram as mais novas da fábrica, contratadas assim que acabaram o ensino médio. Dezenove anos de idade. A Santa da Anne empurrou um pão com manteiga na mesa para Patrice. Alguém lhe deu um biscoito de aveia e Doris lhe deu metade de um sanduíche de bacon. Patrice tinha feito uma piada. Estava prestes a começar a rir e fazer outra.

— Só o que tem aí é pão com banha — disse Valentine.

Patrice fechou a boca. Ninguém disse nada. Valentine quis dizer que era comida de pobre, mas todos comiam pão com banha, sal e pimenta.

— Parece gostoso. Alguém me dá um pedaço? — falou Doris. — Me dá um pouco.

— Toma aqui — respondeu Jay Cachinhos, apelido que ganhou por causa de seu cabelo quando era criança.

2. Pão frito crocante da tradição indígena. [N. da T.]

O apelido pegou mesmo, embora o cabelo dela agora fosse liso escorrido.

Todos olhavam para Doris enquanto ela experimentava o pão com banha.

— Não é tão ruim — anunciou.

Patrice olhou para Valentine com pena. Ou será que foi Pixie que fez isso? De qualquer forma, a hora do almoço terminou e seu estômago não ia ficar grunhindo a tarde toda. Ela agradeceu em voz alta a todos e foi para o banheiro. Havia duas cabines e Valentine era a única que estava ali. Patrice reconheceu os sapatos marrons com arranhões cobertos de tinta. As duas estavam naquela época do mês.

— Ah, não — falou Valentine na cabine. — Que droga.

Patrice abriu a bolsa, hesitou, depois entregou os trapos dobrados por baixo da divisória de madeira. Ela os tinha lavado e alvejado. Valentine os pegou.

— Obrigada.

— Obrigada...

Pausa.

— Muitíssimo obrigada, Patrice — disse ela e depois riu. — Você me salvou.

— Salvei, né, sua balofa.

Outra risada.

— Você é mais balofa do que eu.

De cócoras na privada, Patrice prendeu o paninho limpo, enrolou o usado em papel higiênico e depois em um jornal que levou para esse fim. Saiu da cabine depois de Valentine e enfiou o embrulho bem fundo na lixeira. Lavou as mãos com sabão, ajustou os protetores nas axilas, arrumou o cabelo e reaplicou o batom. Quando finalmente saiu, a maioria já estava trabalhando. Ela voou para dentro do jaleco e ligou sua luminária.

Lá pelo meio da tarde, seus ombros começaram a arder. Os dedos doíam e a bunda seca estava dormente. As líderes do grupo lembravam as mulheres de se levantarem, se alongarem e focarem os olhos em uma parede distante. Depois, revirarem os olhos e focá-los de novo na parede. Após revigorar os olhos, elas cuidavam das mãos, flexionando os dedos e pressionando as juntas inchadas. E então, voltavam para a lenta, calma e hipnótica labuta. A dor voltou de forma implacável. Mas estava quase na hora do intervalo, quinze minutos, saindo fileira por fileira, para que todas pudessem usar o banheiro. Algumas mulheres iam ao refeitório fumar. Doris tinha preparado um precioso bule de café. Patrice bebeu o seu em pé, segurando o pires no ar. Quando se sentou novamente, se sentiu melhor e entrou num transe de concentração. Contanto que os ombros ou as costas não doessem, esse estado hipnótico da mente poderia durar uma ou talvez duas horas. Isso lembrava Patrice de como se sentia quando fazia trabalhos com contas com sua mãe. Esses momentos colocavam ambas em um calmo ambiente de concentração. Elas murmuravam preguiçosamente uma para a outra, enquanto escolhiam e combinavam as miçangas com as pontas de suas agulhas. Na fábrica de joias, as mulheres também conversavam em sussurros.

— Por favor, senhoras.

O Sr. Vold proibia conversas, mas elas conversavam mesmo assim. Depois dificilmente se lembravam do que tinham falado, mas conversavam o dia todo. Perto do fim da tarde, Joyce Asiginak trouxe os novos boules[3] para serem cortados e assim o processo prosseguia de novo e de novo.

DORIS LAUDER também as levou para casa. Desta vez, Valentine se virou para incluir Patrice na conversa, o que foi bom porque Pixie precisava parar de pensar no pai. Será que ele ainda estaria lá? Os pais de Doris tinham uma fazenda dentro da reserva. Haviam comprado a terra do banco em 1910, quando as terras indígenas eram tudo o que as pessoas tinham para vender. Era vender ou morrer. Havia propaganda de terras espalhada em todo lugar; à venda e barato. Apenas algumas poucas fazendas eram na reserva, e os Lauder tinham o alto silo prateado que podia ser visto de qualquer lugar da cidade. Doris deixou Patrice primeiro e se ofereceu para levá-la pela entrada tortuosa até sua casa, mas ela disse que não e agradeceu. Não queria que Doris visse a porta desengonçada, o monte de lixo. E o pai poderia ouvir o carro, sair tropeçando e importunar Doris para lhe dar carona até a cidade.

Patrice caminhou pela estrada gramada e parou em meio às árvores para ver se o pai continuava lá. A varanda estava vazia. Ela passou silenciosamente e se inclinou para abrir a porta da casa. Era feita de um simples tronco e um retângulo de lama; grosseira, baixa e arqueada. De

3. (Gemologia) Massa cristalina, cilíndrica, formada no processo de produção de cristais sintéticos. [N. da T.]

alguma forma, sua família nunca fez parte da lista de moradias indígenas. O fogão estava aceso e sua mãe fervia água para o chá. Além de seus pais, tinha o irmão magrelo, Pokey. A irmã, Vera, havia se candidatado para o Departamento de Recrutamento e Realocação de Pessoal e foi para Mineápolis com seu novo marido. Eles conseguiram um pouco de dinheiro para montar um lugar para morar e fazer treinamento para um trabalho. Muitas pessoas voltavam depois de um ano, de outras, nunca mais se tinha notícias.

A risada de Vera era alta e radiante. Patrice sentia falta de como ela mudava tudo — de como interrompia a tensão da casa e iluminava a escuridão. Ela fazia palhaçada com tudo, do balde onde urinavam nas noites de inverno, da forma como a mãe as repreendia por pisarem nas coisas do pai e do irmão ou por tentarem cozinhar quando estavam naqueles dias do mês. Ela até ria do pai quando ele chegava em casa shkwebii — desvairado como um gato escaldado.

Ele estava em casa agora e Vera não estava lá para brincar sobre as calças dele caindo sem cinto, nem sobre sua maçaroca de cabelo. Não estava lá para fazer caretas e revirar os olhos. Não havia como disfarçar a imensa vergonha que sentiam por ele. Nem como mantê-lo longe e tudo o mais. O piso de terra era desigual debaixo da fina camada de linóleo. Patrice pegou uma xícara de chá e se enfiou no cobertor da cama, a qual cresceu compartilhando com a irmã. Atrás, ficava uma janela que era boa na primavera e no outono, quando elas gostavam de olhar o bosque, e terrível no inverno e no verão, quando morriam de frio ou ficavam malucas por causa das moscas e mosquitos. Ela podia ouvir os pais. Ele estava implorando muito, mas continuava muito bêbado para se tornar cruel.

— Só um ou dois centavos. Um dólar, querida, e vou embora. Não vou ficar aqui. Vou te deixar em paz. Você vai ficar sozinha, não vou mais atrapalhar, você me falou que era o que queria. Fico fora de casa. Nunca mais vai precisar olhar para mim.

E a lenga-lenga continuava, enquanto Patrice tomava um pouco de chá e olhava as folhas de bétula que iam ficando amareladas. Depois de tomar o último gole mais docinho, ela pousou a xícara, colocou uma calça jeans, sapatos surrados e uma camisa xadrez. Prendeu o cabelo e deixou o cobertor na cama. Ignorou o pai — as canelas finas e os sapatos barulhentos — e mostrou para a mãe a massa crua no pote do almoço.

— Ainda está boa — disse a mãe torcendo a boca em um sorriso.

Ela tirou a massa do pote e, com movimentos lentos, colocou-a em uma frigideira. Às vezes, as coisas que a mãe fazia repetidamente ao longo da vida pareciam truques de mágica.

— Pixie, ah, Pixie, minha bonequinha!

O pai deu um gemido alto. Patrice saiu, caminhou até a pilha de lenha, tirou o machado do toco e cortou um pedaço de tronco. Depois partiu alguns pedaços, e até carregou e empilhou a lenha ao lado da porta. Essa era tarefa de Pokey, mas ele ia à aula de boxe depois da escola. Por isso, ela continuou a cortar a madeira. Com o pai em casa, precisava de algo intenso para fazer. Sim, ela era pequena, mas era naturalmente forte. Gostava do metal reverberando na madeira e depois em seus braços. E alguns pensamentos vinham à sua mente conforme ia golpeando o machado. O que faria. Como agiria. O que poderia fazer para que as pessoas se tornassem suas amigas. Ela não simplesmente empilhava a lenha, empilhava em um padrão. Pokey a amolava por causa das pilhas espalhafatosas que fazia. Mas a admirava. Ela era a primeira pessoa da família a ter um emprego. O trabalho não era fazer armadilhas, caçar, nem colher frutas, mas um trabalho de gente branca, fora da cidade. A mãe não dizia nada, mas dava a entender que estava grata. Este ano, Pokey tinha os sapatos da escola. Vera tinha um vestido xadrez, permanente no cabelo, miçangas brancas no tornozelo para a viagem até Mineápolis. E Patrice guardava um pouco do salário todo mês para seguir os passos de Vera, que talvez tenha desaparecido.

O Vigia

HORA DE ESCREVER. Thomas se posicionou, fez os exercícios de respiração do Método Palmer que aprendera no internato[4] e tirou a tampa da caneta. Havia comprado um novo bloco de papel pautado no mercado; as folhas eram de um verde suave e agradável aos olhos. A mão estava firme. Começaria com a correspondência oficial e, depois, faria um agrado a si mesmo com cartas para o filho Archie e a filha Ray. Até gostaria de escrever também para Lawrence, o filho mais velho, mas não tinha o endereço ainda. Thomas escreveu primeiro para o senador Milton R. Young, parabenizando-o por seu trabalho ao fornecer eletricidade para a zona rural da Dakota do Norte e solicitando uma reunião. Depois, escreveu para o vereador do Condado, parabenizando-o pelo conserto da estrada asfaltada e solicitando uma reunião. Escreveu para seu amigo, o colunista do jornal, Bob Cory, e sugeriu uma data para ele fazer um passeio pela reserva. Redigiu respostas longas a várias pessoas que haviam enviado cartas para a comunidade por curiosidade.

Após terminar a correspondência oficial, Thomas se voltou para a carta e cartão de aniversário de Ray. *Já se foi mais um ano? Parece que o tempo nem passou desde que eu admirei aquele rostinho minúsculo e um tufo de cabelos castanhos. Acho que a primeira vez que me viu, você piscou para mim como se quisesse dizer, "Não se preocupe, papai, eu valho cem por cento todo o trabalho que dei para a mamãe". Você manteve sua promessa, na verdade, eu e sua mãe diríamos que valeu duzentos por cento..."* Seu texto fluido rapidamente preencheu seis páginas de pensamentos e novidades. Porém, quando fez uma pausa para ler, não conseguia se lembrar de ter escrito nada daquilo, embora a caligrafia fosse perfeita.

---

4. Os internatos funcionaram como política pública do século XVII até o fim do século XX, inclusive no Brasil. O objetivo era embranquecer e apagar as culturas indígenas por meio da assimilação. No Canadá e nos EUA, essas escolas eram obrigatórias e administradas pela igreja, e deixaram feridas nas comunidades até hoje, já que muitas dessas crianças nunca voltaram para casa. [N. da R.T.]

Confuso. Ele bateu com a caneta na cabeça. Tinha dormido enquanto escrevia. Essa noite foi pior do que a maioria, porque então ele não conseguia lembrar o que tinha lido. Tudo se repetia: ele escrevia, depois lia, esquecia o que tinha escrito, depois se esquecia do que tinha lido, depois escrevia tudo de novo. Se recusava a parar, mas, aos poucos, começou a se sentir inquieto. Teve a sensação de que havia alguém nos cantos escuros do recinto. Alguém o observando. Ele soltou a caneta lentamente, se virou na cadeira e olhou para trás, para as máquinas paradas.

Havia um garotinho com cabelo desgrenhado agachado em cima da serra de fita. Thomas chacoalhou a cabeça, piscou, mas o garoto continuava lá, com seu cabelo preto espetado em um topete. O menino vestia o mesmo colete de lona amarelo e marrom que Thomas havia usado no terceiro ano do internato em Fort Totten. O garoto parecia alguém. O vigia olhou fixamente para o menino de cabelo espetado até o pequeno voltar a ser um motor.

— Preciso esfriar a cabeça — disse Thomas.

Ele entrou no banheiro, enfiou a cabeça debaixo da torneira de água fria e lavou o rosto. Depois bateu o cartão de ponto para o segundo turno.

Desta vez, ficou se mexendo lentamente e se inclinando para frente, como se enfrentasse um vento muito forte. Seus pés estavam inquietos, mas a mente se acalmou depois que ele terminou.

Thomas ajeitou as calças para manter o vinco e se sentou. Rose também fez vincos nas mangas da camisa com amido usado. Mesmo nas roupas verde argila opacas de trabalho, ele parecia respeitável. O colarinho nunca ficava mole, mas ele queria relaxar. A cadeira era estofada, confortável. Confortável demais. Thomas abriu a garrafa térmica. Era uma Stanley de primeira linha, um presente de suas filhas mais velhas. Tinham lhe dado a garrafa para comemorar seu emprego assalariado. Ele serviu um pouco de café preto na tampa de ferro que também servia como caneca. O metal quente, as bordas suaves e a base em formato feminino faziam com que fosse bom de segurá-la. Ele permitiu que seus olhos se fechassem longa e suntuosamente a cada gole. Por pouco quase dormiu. Acordou assustado. Ordenou com ferocidade que o café fizesse seu trabalho.

Era normal que conversasse com coisas no trabalho.

Thomas abriu sua marmita. Sempre se comprometia a comer algo leve para não ficar ainda mais sonolento, mas o esforço de ficar acordado o deixava com fome. O mastigar, momentaneamente, o animava. Comeu carne de cervo gelada entre duas fatias do maravilhoso pão fermentado de Rose. Uma cenoura gigantesca que havia cultivado. O sabor azedo da maçã o deixou bem-disposto. Ele guardou um pequeno pedaço de queijo processado e um pão cheio de geleia para o desjejum.

O luxo que era aquele sanduíche de carne de cervo o fez lembrar-se dos poucos pedacinhos de carne entre as finas fatias redondas de esôfago que ele e o pai haviam comido naquele ano difícil, a caminho de Fort Totten. Havia momentos de fome que ele nunca esqueceria. De como aqueles filamentos duros de carne retirados dos ossos de cervos eram deliciosos. De como havia mascado aqueles pedaços, chorando de fome. De como eram ainda mais gostosos do que o sanduíche que comeu agora. Ele terminou, juntou as migalhas na palma da mão e as jogou para dentro da boca; uma mania dos dias de vacas magras.

Um de seus professores do internato era fanático pelo Método Palmer de caligrafia. Thomas passara horas e mais horas fazendo círculos perfeitos, escrevendo da esquerda para a direita e depois ao contrário, desenvolvendo os músculos corretos da mão e a posição adequada do corpo. E, é claro, os exercícios de respiração. Tudo aquilo agora era um hábito. As letras maiúsculas eram especialmente satisfatórias. Ele quase sempre fazia frases que começavam com suas letras maiúsculas favoritas. *R*s e *Q*s eram sua arte. Ele escreveu sem parar, hipnotizado em si mesmo, até que, por fim, caiu no sono e acordou babando no punho cerrado. Bem na hora de bater o cartão para a ronda final. Antes de pegar a lanterna, ele vestiu a jaqueta e retirou um charuto da maleta. Desembalou-o, sentiu o aroma e o enfiou no bolso da camisa. Quando terminasse, ele o fumaria do lado de fora.

Era a hora mais escura. A noite era densa fora do feixe de sua lanterna. Ele a desligou por um instante para ouvir os padrões de ruídos e rangidos peculiares do prédio. Havia uma quietude incomum. A noite estava sem vento, o que era raro nas planícies. Do lado de dentro das grandes portas de serviço, acendeu o charuto. Às vezes, ele fumava em sua mesa, mas gostava do ar fresco para clarear as ideias. Depois de verificar se estava com as chaves, saiu. Deu alguns passos. Um ou outro grilo continuava cantando na relva, um som que fazia seu coração vibrar. Foi nessa época do ano que ele e Rose haviam se conhecido. Agora ele estava na laje de concreto longe do feixe do refletor externo, olhando para cima para o céu sem nuvens e para a fria camada de estrelas.

Olhando o céu à noite, ele era o Thomas que tinha aprendido sobre as estrelas no internato. Mas também era o Wazhashk que tinha aprendido sobre elas com o avô, o Wazhashk original. Portanto, as estrelas de outono da constelação de Pégaso faziam parte do *Mooz*, o grande alce ou comedor de galhos, como o chamam, de seu avô. Thomas tragava lentamente o charuto. Soprava a fumaça para cima, como uma oração. *Buganogiizhik*, o buraco no céu pelo qual o Criador chegara, brilhava e reluzia. Ele procurou com fervor por *Ikwe Anang*, a mulher estrela. Ela estava começando a surgir no horizonte como um sopro de esplendor. *Ikwe Anang* sempre marcava o fim da provação dele. Ao longo dos meses que passou como vigia, Thomas passara a amá-la como uma pessoa.

Quando voltou para o prédio e se sentou, seu torpor tinha desaparecido completamente, então leu o jornal e os boletins de outras comunidades que tinha guardado. Sentiu um leve nervosismo com a notícia de um projeto de lei que indicava que o Congresso estava farto dos indígenas. De novo. Sem qualquer sugestão de estratégia, ou pânico, mas logo surgiriam. Mais café, seu pequeno desjejum, e ele bate o cartão de saída. Para seu alívio, a manhã estava com tempo ameno o bastante para que tirasse uma soneca no banco da frente do carro antes da primeira reunião do dia. Seu adorado carro era um Nash cinza-escuro usado, mas mesmo assim Rose resmungava que o veículo fora caro demais. Ela não admitia o quanto amava sentar no macio banco do passageiro enquanto ouvia o rádio do carro. Agora, com esse trabalho fixo, ele podia pagar as prestações, não precisava mais se preocupar se o clima seria bom ou não para a plantação como antes. E o mais importante: não era um carro que quebrava e o atrasava para o trabalho. Esse era um serviço que queria muito manter. Além do mais, ele brincava que planejava uma viagem algum dia, uma segunda lua de mel com Rose, usando os bancos traseiros que se transformavam em cama.

Agora o vigia deslizou para dentro do carro. Ele tinha um cachecol de lã grosso no porta-luvas para pôr no pescoço, assim sua cabeça não cairia no peito, acordando-o. Ele se inclinou para trás no estofamento de lã de cabra escovada e caiu no sono. Acordou, totalmente alerta, quando LaBatte bateu na janela para ter certeza de que estava bem.

LaBatte era um homem baixo que tinha o porte arredondado de um urso pequeno. Ele olhou para Thomas com o nariz pressionado no vidro. Sua respiração deixou um círculo de névoa. LaBatte era o zelador da noite, mas geralmente vinha no turno do dia para fazer pequenos consertos. Thomas tinha visto as mãos rechonchudas, fortes e habilidosas de LaBatte consertar todo tipo de mecanismo. Os dois haviam frequentado a mesma escola. Thomas abriu a janela.

— Dormindo aqui fora de novo?

— Foi uma noite animada.

— Verdade?

— Achei ter visto um menino sentado na serra de fita.

Tarde demais, Thomas se lembrou de que LaBatte era extremamente supersticioso.

— Era o Roderick?

— Quem?

— Ele anda me seguindo, o Roderick.

— Não, era só o motor.

LaBatte franziu o cenho, nada convencido, e Thomas sabia que ouviria mais sobre Roderick se hesitasse. Então, ligou o carro e gritou por cima do barulho do motor que tinha uma reunião.

A Cabana de Pele

ALGUM DIA, UM RELÓGIO. Patrice almejava por uma forma precisa de saber o tempo. Porque o tempo não existia em sua casa. Ou melhor, era a organização do tempo como na escola ou no trabalho que não existia. Havia um relógio marrom pequeno no banquinho ao lado da cama, mas ele estava sempre cinco minutos atrasado. Ela tinha que fazer uma compensação quando o ajustava, e, se alguma vez se esquecesse de dar corda, tudo ia por água abaixo. Seu emprego também dependia de ela conseguir carona. De se encontrar com Doris e Valentine. A família dela não tinha um carro velho precisando de conserto. E nem um cavalo desengonçado. A estrada onde passava um ônibus duas vezes por dia ficava a quilômetros de distância. Se não pegasse carona, seriam vinte quilômetros em uma rua de asfalto. Ela não podia ficar doente. Se ficasse, não tinha telefone para ligar e avisar. Seria demitida. A vida voltaria à estaca zero.

Havia momentos em que Patrice sentia como se estivesse esticada em uma armação, como uma barraca de pele. Tentava esquecer que podia facilmente se romper, explodir. Ou como o pai podia destruir a todos num piscar de olhos. Essa sensação de ser a única barreira entre sua família e o desastre não era nova, mas é que tinham chegado tão longe desde que ela começara a trabalhar...

Como sabia do quanto precisavam do emprego de Patrice, era tarefa de sua mãe, Zhaanat, passar a semana inteira acordada, parada atrás da porta com um machado. Até que soubessem onde o pai tinha ficado, todos tinham que ficar de sobreaviso. Nos finais de semana, Zhaanat e Patrice revezavam. Com o machado na mesa e o lampião de querosene, ela lia poemas e revistas. Quando era a vez da mãe, ela passava por uma infinidade de músicas, todas usadas para diferentes propósitos, enquanto cantarolava baixinho e tamborilava um dedo na mesa.

Zhaanat era capaz e perspicaz. Uma mulher de presença, forte e com traços salientes e angulosos. Era uma mulher tradicional, uma indígena à moda antiga criada pelos avós falando somente Chippewa, e desde a infância educada quanto às cerimônias e histórias tradicionais. O conhecimento de Zhaanat era considerado tão importante que ela fora mantida escondida a todo custo, impedida de ir para o internato. Mal aprendera a ler e escrever nos poucos dias em que ia à escola da reserva. Ela fazia cestas e artesanato com contas para vender, mas o verdadeiro trabalho de Zhaanat era passar seu conhecimento. As pessoas vinham de longe, às vezes acampavam próximo da casa deles, só para aprender. Antigamente, esse profundo saber fizera parte de uma rede de estratégias que envolvia muitos animais para caçar, alimentos silvestres para colher, hortas de feijão e abóbora, e terras, muitas terras para percorrer. Agora a família tinha apenas Patrice, que fora criada falando Chippewa, mas não tinha dificuldade para entender o inglês, e que tinha seguido a maioria dos ensinamentos da mãe, mas também se tornado católica. Patrice conhecia as músicas que a mãe cantava, mas também tivera aula de oratória e sua professora de inglês lhe dera um livro com poemas de Emily Dickinson. Havia um sobre sucesso, mas do ponto de vista do fracasso. Ela tinha visto quão rápido as garotas que se casavam e tinham filhos se desgastavam antes dos 20 anos de idade. Nada acontecia com elas, exceto a fadiga. Coisas importantes aconteciam com outras pessoas. As garotas casadas se perdiam. *Longínquas odes ao triunfo*. Sua vida não seria assim.

Três Homens

Moses Montrose se sentou calmamente atrás de uma xícara de chá amargo. O juiz da aldeia era um homem pequeno, esguio, cuidadosamente aprumado que vivia os 65 anos de idade com leveza. Ele e Thomas estavam no salão de reuniões do Henry's Café — um estabelecimento com alguns reservados e uma cozinha minúscula. Ordem do dia: o único policial da aldeia, que trabalha apenas meio período, estava no norte em um funeral. A cadeia, uma pequena barraca resistente, pintada de branco, estava em manutenção. A porta tinha sido derrubada com um chute por Eddy Mink, o qual normalmente passava a noite cantando na rua em seus acessos de alegria de bêbado. Ele precisava de mais vinho, disse, então decidiu ir embora. Eles conversavam sobre uma porta nova, mas, como sempre, a aldeia estava sem dinheiro.

— Noite passada, fiz uma prisão — disse Moses. — Prendi Jim Duvalle no meu banheiro externo.

— Ele estava brigando de novo?

— Brigando muito. Nós o pegamos. Tive que chamar meu filho para me ajudar a enfiar ele para dentro.

— Foi uma noite fria para Duvalle.

— Ele nem percebeu. Dormiu na privada.

— Temos que achar outra forma — disse Thomas.

— No dia seguinte, coloquei minha camisa de juiz, o levei para a corte na minha cozinha. Dei uma multa para ele e o deixei sair. Ele só tinha um dólar para pagar, então peguei o dinheiro e dei por encerrado. Depois passei o dia me sentindo muito mal. Tirei a comida da boca da sua família. No fim das contas, fui lá e devolvi o dólar para Leola. Preciso receber o pagamento, mas de outra forma.

— Precisamos ter a cadeia de volta.

— A Mary ficou doida comigo por ter colocado ele no banheiro. Ela disse que quase explodiu à noite!

— Ah, não podemos deixar que aconteça isso com ela. Falei com o superintendente, mas ele disse que estamos extremamente apertados.

— Quer dizer que ele está extremamente apertado. Com o cu que não passa uma agulha.

Moses disse isso em Chippewa — a maioria das coisas era mais engraçada em Chippewa. Uma gargalhada limpou as teias de aranha de Thomas e ele sentiu que o café também estava lhe fazendo bem.

— Temos que colocar Jim no boletim. Por isso, escreva todos os detalhes.

— Ele já está no boletim deste mês.

— Vergonha pública não funciona — falou Thomas.

— Para ele não, mas a pobre da Leola anda por aí com a cabeça baixa.

Thomas balançou a cabeça, mas a maioria do conselho tinha votado para incluir prisões e multas ocorridas no mês no boletim da comunidade. Moses tinha um amigo no Bureau de Assuntos Indígenas em Aberdeen, Dakota do Sul, que enviara a ele uma cópia do projeto de lei proposto que deveria emancipar os indígenas. Essa era a palavra usada nos artigos dos jornais. Emancipação. Thomas não havia visto o projeto de lei ainda. Então Moses lhe deu um envelope e disse:

— Querem dizer que vão nos abandonar.

O envelope não era muito pesado.

— Nos abandonar? Achei que era emancipar.

— É a mesma coisa — disse Moses. — Eu li tudo, cada palavra. Querem dizer que vão nos abandonar.

NA BOMBA de gasolina no lado externo da grande loja, Eddy Mink parou Thomas. As mechas emaranhadas do cabelo grisalho estavam acomodadas no colarinho de um casaco folgado do exército. O rosto era marcado por vasos aparentes. O nariz, grumoso e roxo. No passado, tinha sido um homem bonito e ainda usava um cachecol amarelado de seda como uma echarpe de estrela de cinema. Perguntou a Thomas se ele lhe pagava uma bebida.

— Não — falou Thomas.

— Achei que tinha começado de novo?

— Mudei de ideia. E você deve à aldeia uma porta nova para a cadeia.

Eddy mudou de assunto, perguntando a Thomas se ele sabia da emancipação. Thomas disse que sim, mas que não era emancipação. Era interessante que Eddy tivesse ouvido falar sobre o projeto de lei antes de qualquer um — mas ele era assim. Inteligente, e ainda ia em busca de notícias.

— Eu soube de tudo, claro. Até que parece bom — afirmou Eddy. — Ouvi falar que vou poder vender minha terra. Eu só tenho oito hectares.

— Mas aí você não teria mais hospital, nem clínicas, nem escola, nem agente agrícola, nem nada. Nenhum lugar para repousar a cabeça.

— Não preciso de nada.

— Nem commodities do governo.

— Posso comprar minha própria comida com o dinheiro da venda da terra.

— Por lei, você não seria indígena.

— A lei não pode tirar o indígena de dentro de mim.

— Talvez. E quando o dinheiro da terra acabar? O que vai fazer?

— Eu vivo um dia de cada vez.

— Você é o tipo de indígena que eles estão procurando — disse Thomas.

— Sou um bêbado.

— Isso é o que todos seremos se a lei passar.

— Então que passe!

— O dinheiro ia te matar, Eddy.

— Morrer de uísque? Hein, *niiji*?

Thomas riu.

— Morrer assim é pior do que você pensa. Pensa então em como isso afetará todos os idosos, as pessoas que querem manter suas terras. Pense nisso, *niiji*.

— Eu sei que tem razão — confirmou Eddy. — Só não quero concordar agora.

Eddy foi embora ainda falando. Ele morava sozinho no loteamento do pai em uma pequena cabana. Até mesmo o papel de alcatrão em cima dela estava se soltando. A reserva estava sem bebida, então ele ficou meio cego por causa de um lote ruim de contrabando. Quando Juggie Blue fazia vinho de cereja amarga, sempre dava uma jarra para o Eddy para mantê-lo longe do contrabandista. No inverno, Thomas mandava Wade em seu cavalo remanescente para ver se Eddy estava vivo e cortar lenha para ele se estivesse. Antigamente, Thomas e seu amigo Archille saíam para dançar junto com Eddy, que se remexia como um anjo ou como um demônio independentemente do quanto tinha bebido.

MUITAS PESSOAS constroem perto da estrada principal, mas a fazenda Wazhashk ficava no final de uma longa curva, em cima de um monte gramado. A casa velha tinha dois andares e era feita de enxó e madeira de carvalho acinzentada. A casa nova do governo era aconchegante. Wazhashk tinha comprado a casa velha junto com um loteamento em 1880, antes de a reserva ser dividida. Ele tinha conseguido comprá-la, porque a terra precisava de um poço. Esse poço já era outra história. Dez anos atrás, a família tinha se qualificado para a casa do governo, a qual os tinha entusiasmado quando surgiu puxada por um pesado trailer de serviço. No inverno, Thomas, Rose, sua mãe, Noko, e um monte de crianças, além das deles que ainda não haviam se mudado, dormiam na casa nova aconchegante. Hoje o calor estava ameno o bastante para que Thomas descansasse na casa velha. Ele estacionou o Nash e desceu ansioso pelo momento em que se deitaria sob a pesada colcha de lã.

— Não vai escapar de mim de novo!

Rose e sua mãe discutiam, então ele chegou a considerar ir dormir na casa velha. Mas Rose se inclinou para fora da porta e, com um sorriso suave no rosto, disse:

— Você chegou, meu velho!

Ela voltou rápido para dentro da casa, mas mesmo assim Thomas sabia que ela estava de bom humor. Ele sempre verificava o humor de sua Rose antes de fazer qualquer coisa. Hoje estava tempestuoso, mas agradável, por isso ele entrou pela porta. As crianças de que Rose estava tomando conta balbuciavam no grande berço. Havia dois bolinhos gelados de canela para ele em cima da mesa. Uma tigela com mingau de aveia, um pedaço de frango que alguém largou lá e um ovo. Rose tostava duas fatias de pão com banha de porco, e quando ele se sentou ela as colocou em seu prato. Ele se serviu de água da última lata cheia.

— Vou buscar água quando acordar — disse ele.

— Preciso de água agora.

— Eu tô cansado, moído.

— Então deixo para lavar roupas depois.

Era uma grande concessão. Rose usava uma tina com manivela e gostava de lavar as roupas cedo para que pudesse tirar plena vantagem do poder de secagem do sol. Thomas sentiu o amor dela nesse sacrifício e, comovido, comeu.

— Minha querida — disse ele.

— Querida isso, querida aquilo — resmungou ela.

Ele saiu da cozinha antes que ela reconsiderasse a lavagem da roupa.

O SOL INUNDAVA o piso adormecido da casa velha. Algumas moscas atrasadas batiam contra o vidro da janela ou morriam zunindo em círculos no chão. A parte de cima da colcha estava quente. Thomas tirou a calça e a dobrou ao longo dos vincos para que não amassasse. Ele deixava uma ceroula debaixo do travesseiro. Vestiu-a, pendurou a camisa em uma cadeira e se enfiou debaixo da coberta pesada. Era uma colcha de retalhos de sobras dos casacos de lã que haviam passado pela família. Aqui estava o azul-marinho de sua mãe, que fora feito de um cobertor de lã e para um cobertor retornou. Ali estavam os casacos de lã xadrez acolchoados dos meninos, rasgados e gastos. Esses casacos tinham corrido pelos campos, descido colinas geladas, lutado com cães e foram deixados de lado quando os garotos foram trabalhar na cidade. Aqui estava o casaco que Rose usava logo quando se casaram; azul-acinzentado e agora já puído, mas ainda carregava a forma fatídica de quando ela se afastara dele, depois parara, se virara e sorrira olhando para ele por baixo da aba de um chapéu cloché azul-escuro, o desafiando a amá-la. Eles eram tão jovens. Dezesseis anos de idade. Agora, casados há 33. Rose ganhou a maioria dos casacos das Irmãs Beneditinas por trabalhar em sua venda de caridade. Mas o casaco bege trespassado dele fora comprado com o dinheiro que tinha recebido dos grupos de colheita. Os rapazes mais velhos o usaram até não dar mais, mas ele ainda guardava o chapéu fedora combinando. Onde estava aquele chapéu? Visto, pela última vez, em sua caixa em cima do camiseiro. A análise dos casacos e suas lãs trançadas, todas aquelas memórias pesadas em cima de seu corpo de forma reconfortante sempre o faziam dormir, enquanto passava pelo sobretudo do exército de Falon. Aquele casaco o manteria acordado se ele pensasse muito sobre ele.

Thomas deixou os últimos pensamentos conscientes no velho casaco marrom e sóbrio de seu pai. Debaixo da colina, através do pântano, sobre os sulcos nus dos campos, do outro lado dos bosques de bétulas e carvalhos, havia a estreita estrada de grama que passava entre suas terras e levava à porta da casa de seu pai. Era muito idoso agora, tanto que dormia a maior parte do dia. Tinha 94 anos. Quando Thomas pensou em seu pai, uma paz invadiu seu peito e o cobriu como a luz do sol.

O Treinador de Boxe

O MAIS BRILHANTE aluno de matemática de Lloyd Barnes lutava com o nome de Wood Mountain. Ele se formara no ano anterior, mas ainda treinava na academia que Barnes montara na garagem do centro comunitário. Diziam que o jovem seria famoso se pudesse se manter longe dos espíritos. O próprio Barnes, um homem grande com cabelos loiros espessos como palha, treinava junto em seu clube de estudantes de boxe. Eles faziam o 3 por 3 — pulavam corda por 3 minutos, descansavam, 3 minutos de corda, descansavam, e mais 3. Foi como Barnes desenvolveu todos os exercícios. Com intervalos, como os rounds que lutariam. Ele mesmo servia de *sparring* para os meninos, assim podia ensinar-lhes melhor as técnicas. Barnes tinha aprendido a boxear em Iowa com o tio, Gene "Música" Barnes, uma presença inusitada no ringue. Ele nunca teve certeza se o tio, um líder de banda, ganhara o apelido por causa do trabalho diário, pelo hábito de cantarolar enquanto "dançava" com os oponentes, ou porque era um excelente boxeador e as páginas de esportes, invariavelmente, diziam que esse ou aquele iria enfrentar o "Música". Barnes nunca tinha ido tão longe quanto o tio, e, depois de um nocaute sério, havia decidido que a escola de treinamento de professores em Moorhead seria seu destino. Tinha entrado no programa de benefícios G.I. Bill e o financiamento que conseguiu seria perdoado desde que aceitasse trabalhar na reserva. Tinha se transferido três vezes, de Grand Portage para Red Lake, de Red Lake para Rocky Boy e agora estava em Turtle Mountain há dois anos. Gostava do lugar e, além disso, estava de olho em uma mulher de lá e esperava que ela o notasse.

NO ÚLTIMO final de semana, Barnes fora a Grand Forks para assistir Kid Rappatoe lutar contra Severine Boyd em uma luta da Golden Gloves. Agora, pulando corda com seus alunos, ele refletia como Boyd e Rappatoe saíram dos cantos dando golpes mutuamente como gatos. Os dois eram tão rápidos que só conseguiam raspar as luvas um no outro. Foi dessa maneira por cinco rounds — movimentos fascinantes, o juiz separava e depois começavam a dar socos no ar de novo. Rappatoe era famoso por esgotar os oponentes, mas Boyd agia a distância e quase não suava. Durante o sexto round, Boyd fizera algo que Barnes achou questionável, mas admirava da mesma forma. Deu um passo para trás, baixou a guarda, endireitou o calção e deu um olhar vazio para Rappatoe ao mesmo tempo que lhe aplicou um gancho de esquerda de longa distância, que não tinha sido esperado, e que fez a cabeça de Rappatoe ir para trás. O tempo todo, Boyd levava a luta com encenações, baixando a guarda em momentos estranhos. Fingindo que havia algo errado com o calção. E olhares vazios. Às vezes, parecia até que estava lançando um feitiço. Similares a tiques inofensivos até que Boyd entrara na guarda de Rappatoe com outro de esquerda, este no corpo, e depois um de direita na cabeça que derrubara Rappatoe momentaneamente, e acabara com seu ímpeto de uma vez por todas. Isso levou à vitória de Boyd.

Sentado no canto do ringue, Barnes se voltou para Reynold Jarvis, professor de inglês, que também era responsável por fazer peças de teatro na escola.

— Precisamos de um professor de teatro — disse Barnes.

— Vocês precisam é de mais equipamento — falou Jarvis.

— Estamos arrecadando dinheiro para luvas no momento.

— E saco de pancadas?

— Um saco com pó de serra. E alguns pneus velhos.

— Tá, entendi. Mas teatro pode ser útil.

Muitas coisas, inclusive força e até resistência, podiam ser fingidos. Ou mesmo, e o mais importante, muitas coisas podiam ser ocultadas. Por exemplo, um dos mais promissores garotos boxeadores de Barnes, Ajijaak, parecia a garça com a qual compartilhava o nome. Ele era como o próprio Barnes, magro e alto, e, de tão nervoso, parecia tremer. Ajijaak se controlava com um humilde ar de desculpas. Mas o garoto tinha um surpreendente gancho de esquerda e a envergadura de uma ave marinha. Havia também Pokey Paranteau, que tinha um talento bruto, mas nenhuma concentração. Revard Stone Boy, Calbert St. Pierre, Dicey Asiginak, Garnet Fox e Case Allery, todos iam muito bem. Wade Wazhashk estava tentando convencer a mãe a deixá-lo participar de uma luta. Ele também era promissor, embora não tivesse instinto. Pensar era bom, mas Wade pensava duas vezes antes de socar. Barnes gastava muito tempo levando os garotos a lutas em outras cidades — cidades fora da reserva onde a multidão explodia numa guerra imaginária de gritos e vaias quando o favorito da cidade perdia. Levava os garotos para casa após as lutas e treinos, o qual continuava muito tempo depois que o ônibus escolar tinha partido.

Agora os garotos estavam levantando pesos de maneira errada. Barnes os corrigiu. Não gostava de pôr peso demais do lado esquerdo, porque seu objetivo era desenvolver em cada garoto um gancho de esquerda tão rápido quanto a abertura da lendária "sinfonia surpresa" do Música, uma enxurrada poderosa e imprevisível de golpes que uma vez forçara Ezzard Charles contra as cordas. Bom, é claro que isso foi antes de Charles fazer sucesso e subir ao topo. O Música fora um lutador hábil que por fim se encontrara com um desordeiro que lhe rompeu o baço.

Wood Mountain fizera uma aula de soldagem e montara pesos para o clube enchendo latas de todos os tamanhos com areia e as soldando juntas. Os pesos tinham ficado desiguais, então os meninos levantavam latas com 700 g; 1,4; 3,4; 5,4; 8,2 e 10,5 quilos de areia para se fortalecerem. Mas, para velocidade, Barnes ia por outro caminho.

— Agora, observem — disse ele.

Fechou o punho da mão direita e pressionou os nós dos dedos contra a parede.

— Façam como eu.

Todos os garotos fecharam os punhos e fizeram o mesmo.

— Pressão, pressão — falou Barnes. Novamente, pressionou o punho contra a parede. Um tufo de cabelos caiu na testa, e ele continuou até que os músculos ao longo do antebraço começassem a fritar. — Mais forte... certo, chega.

Os garotos se afastaram esfregando as mãos.

— Agora a esquerda.

O segredo era desenvolver apenas os músculos necessários para um soco. Música era obcecado por velocidade e furtividade. Ele também lhe ensinara truques mentais. Barnes fez sinal de intervalo. Os meninos fizeram fila no bebedouro de porcelana e depois ficaram em volta dele.

— Exercícios de velocidade — disse Barnes. — Agora quero que cada um diga a coisa mais rápida que vier à cabeça.

— Raio — falou Dicey.

— Tartaruga-mordedora — disse Wade, que tinha sido mordido por uma.

— Cascavel — falou Revard, cuja família ia e voltava de Montana.

— Um espirro — disse Pokey, o que fez todos rirem.

— Um espirrão — falou Barnes. — Uma explosão! É assim que querem que seja o soco. Sem aviso. Agora visualizem, todos vocês, a coisa mais rápida que já viram. Lutem sozinhos. Três minutos treinando, três minutos parado. Como sempre.

Barnes pegou o cronômetro e se aproximou enquanto os alunos simulavam, faziam combinações de socos, simulavam, socavam novamente. Interrompeu Case e tocou em seu braço.

— Abaixe o cotovelo! Dá para ver o seu gancho a um quilômetro de distância!

Ele assentia com o progresso dos meninos.

— Recue o braço!

Ele mesmo deu socos na direção de Pokey, ensinando-o a não recuar. Barnes sabia de onde isso vinha. E de quem.

Mandou que fizessem tiros de corrida intervalados, depois algumas voltas lentas para esfriar. Calbert e Dicey moravam perto o bastante para voltarem a pé. O resto ia esmagado no carro de Barnes. No caminho de volta, contou como Boyd tinha vencido de Rappatoe. Não conseguia contar direito. Não conseguia passar a imagem correta.

— Precisamos que o Sr. Jarvis mostre para vocês — disse, por fim.

Pokey era sempre o último a descer do carro. Sua casa era a mais distante, e ficava fora da estrada, mas Barnes insistia em percorrer o caminho mesmo que tivesse que voltar de ré. No início, era porque conhecia Paranteau e queria ter certeza de que Pokey ficasse bem. Depois ele viu Pixie. Agora Barnes ia até lá porque sempre poderia ter uma chance de ver Pixie cortando madeira. Pixie. Aqueles olhos!

Barnes conseguiu chegar ao refeitório dos professores logo após a comida ser retirada. Ele morava nos "aposentos dos solteiros", um pequeno bangalô branco embaixo de um choupo. As professoras e outros funcionários do governo moravam em um prédio de tijolos de dois andares com quatro quartos de proporções generosas no segundo andar, dois no primeiro, mais uma cozinha comunitária e, no subsolo espaçoso, havia uma área de recreação e um pequeno quarto para a zeladora e cozinheira, Juggie Blue. Ela estava lavando a louça e se preparando para passar pano na cozinha e ir embora, o que sempre fazia às 19h. Era uma mulher encorpada, bem forte e perspicaz na casa dos 40 anos. Fazia parte do conselho consultivo da aldeia junto com Thomas. Assim como Barnes, vivia tentando parar de fumar, o que queria dizer que, quando caíam em tentação, caíam juntos. Mas essa noite não. Ou provavelmente não. Ele ia treinar mais tarde com Wood Mountain.

Juggie sempre mantinha um prato com janta bem quentinha para ele. Agora, estava retirando um prato de torta do forno quente de seu amado fogão de seis bocas. O fogão não tinha um, nem dois, mas três fornos com interiores esmaltados pretos e prateleiras de aço inoxidável. Fora trazido de Devils Lake por insistência dela, que tinha muita influência com o Superintendente Tosk. O fogão caro permitia que assasse várias coisas ao mesmo tempo e até que cozinhasse um de seus famosos ensopados de carne em fogo baixo. Ela fazia o ensopado em um antigo forno holandês, transportado por terra por uma junta de bois no século passado, usando uma garrafa inteira de seu próprio vinho de cereja e cenouras compradas de Thomas, que as enterrara no inverno em sua adega, no fundo de um caixote de areia. Conseguia coisas de todo mundo na reserva, o que era estranho, porque ela não tinha charme nenhum.

— Empada — disse ela, e voltou a encher seu balde de limpeza.

Minha nossa. Barnes estava faminto. Vivia faminto. E empada era seu prato favorito, ou o segundo, ou terceiro prato favorito entre os que Juggie cozinhava. Ela usava a banha de St. John na crosta generosa e trazia as galinhas da fronteira de uma colônia Huterita. As batatas de Pembina, que ela mesmo colhia todos os anos e armazenava, eram pequenas e novas porque estavam em setembro. As cenouras estavam perfeitamente cozidas, mas não moles. O molho dourado, levemente salgado. As lascas de cebolas macias haviam sido refogadas antes. Ela tinha polvilhado uma boa quantidade de pimenta de Zanzibar. Quando ele terminou de comer, fez uma reverência. Juggie foi o motivo de alguns dos professores terem renovado seus contratos, então não era tão difícil assim entender a fonte de seu poder sobre o Superintendente Tosk.

Barnes suspirou e colocou o prato da empada sobre o balcão.

— Você se superou.

— Ah... tem um cigarro aí?

— Não, dessa vez eu parei.

— Eu também.

Os dois ficaram em silêncio, só para o caso de...

— Deixa eu terminar o piso — disse Juggie.

Depois, ela se endireitou, estreitou os olhos, deu uma espiada ao redor e pegou um pacote embrulhado debaixo do balcão. Era a janta, para seu filho. Ela o entregou para Barnes.

WOOD MOUNTAIN já estava na academia. Barnes o encontrou no saco de serragem. Pequenas nuvens de pó saíam da estopa quando Wood Mountain o acertava com a esquerda. Ele tinha mais força na esquerda, embora fosse destro. Barnes colocou o pacote ao lado da pilha de roupas limpas que Wood trouxera. Ele era filho de Juggie e de Archille Iron Bear, um Sioux cujo avô tinha ido para o norte junto com Touro Sentado, na fuga atrás de Chifrãozinho. Poucas famílias tinham ficado no Canadá; algumas se abrigaram em um espaço nas planícies chamadas Wood Mountain. A maioria das pessoas já tinham esquecido o nome do filho de Juggie e o chamavam pelo lugar de origem de seu pai.

— Tá bom — disse Barnes tirando o casaco.

Barnes pegou um aparador que costurara com mantas velhas de cavalos e pó de serra como enchimento. Segurou-o no alto e começou a dançar ao redor de Wood Mountain para que ele o socasse. Havia um alvo vermelho esfarrapado costurado ali, e Barnes mudava a posição do círculo com frequência.

— Você está cerrando o punho antes de bater. Relaxe — disse ele.

Wood Mountain parou e, com os braços frouxos, saltou. Então começou novamente. Os antebraços de Barnes, absorvendo choque após choque atrás do aparador, começaram a doer. Foi bom ter saído do ringue antes de Wood Mountain chegar lá. Barnes era mais alto, mas os dois lutavam na mesma categoria de peso. Ambos pesos médios, chegando, em geral, a 78 quilos, embora agora Barnes pesasse mais. Ele culpava Juggie.

Noko

THOMAS FLUTUOU para a superfície do sono. Ouviu ratos deslizando confortavelmente por trás do isolamento de gesso e junco do telhado. Ouviu um carro se aproximando, depois a carroça que seu pai ainda tinha. Rose e as meninas falavam alto e riam. Os bebês gritavam. Ele estava leve demais. Tentou sentir seu peso e afundar para baixo da superfície dos ruídos. Puxou o travesseiro para cima da cabeça e apagou. Quando voltou a si, o sol estava mais fraco, a luz meio apagada e seu corpo tinha relaxado em um torpor tão agradável que estava preso ao colchão fino. Finalmente se desprendeu dali, saiu da casa velha, caminhou até a casinha e entrou na cozinha.

Sharlo, sua filha, era aluna do último ano do ensino médio, bem-humorada e animada, a garota tinha cabelos escuros que enrolava com grampos todas as noites, estava com os jeans dobrados até os tornozelos, blusa xadrez, suéter e "sapatos de sela". Fee era mais quieta, tinha apenas 11 anos e estava com a mente longe enquanto pisava no pedal da batedeira de manteiga. Rose estava fritando cebolas e batatas. Wade entrava e saía, dando socos no ar, supostamente enchendo a caixa de madeira.

E os bebês. Ah, os bebês... estavam sempre aprontando alguma coisa. Um resmungava baixinho enquanto dormia e outro tentava pôr o pé rechonchudo dentro da boca.

Rose havia fervido uma chaleira de água quente no fogão. Ela fez um gesto para a bacia. Ele despejou um pouco de água ali, e ela acrescentou um pouco de água fria da lata. Depois que Thomas se lavou, fez espuma de barbear na caneca de cobre e a passou sobre o lábio superior. O pequeno espelho quadrado emoldurado em madeira esculpida pertencia a Rose. Era feito de um vidro bem grosso e prateado. Ela o trouxera quando se casaram. Thomas tinha cerca de quarenta pelos no rosto. Afiou a navalha e, com habilidade, os raspou. Então, se despiu até a cintura e usou um pano para se limpar. Levou o pano e a bacia para o quarto para completar o serviço.

A mãe de Rose cochilava em uma cadeira ao lado da mesa de banho. Noko, de cabeça baixa, roncava levemente. Seu frágil e velho crânio estava enrolado em um lenço marrom; havia pequenos discos de conchas pendurados nas pétalas pendentes dos lóbulos de suas orelhas. Suas mãos nodosas descansavam no colo. Ela se contraiu, sonhando. Então, ergueu a cabeça, repuxou os lábios e sibilou como um gato.

— O que foi, mamãe?

— Gardipee! Ele está aqui de novo!

— *Gawiin*, está tudo bem, já faz muito tempo — disse Rose.

— Ele está bem ali — falou ela. — Ele entrou de novo!

— Não, mamãe. É o Thomas.

A velha olhou com desconfiança.

— Mas é um velho. O Thomas é jovem — disse ela.

Rose pôs a mão sobre a boca para esconder uma risada.

— Como assim, Noko, então a senhora acha que eu não sou mais jovem? — perguntou Thomas, sorrindo.

— Eu não sou boba, *akiwenzi*. De Thomas você não tem nada.

A velha senhora disse isso com uma indignação firme e lentamente cruzou os braços magros. E assim ficou, de olho em cada movimento que Thomas fazia. Ele se sentou à mesa.

— Você veio aqui para quê? — disse ela, semicerrando os olhos enquanto ele comia polenta frita do prato que Rose colocou à sua frente. — Está atrás da minha filha?

— Não!

— Por que não?

— Noko, eu sou o Thomas. Fiquei velho, não deu para evitar.

— A Rose também está velha.

Noko arregalou os olhos e, sem saber o que fazer, encarou a filha, cujo cabelo estava quase todo grisalho.

— Rose *está* velha. Rose *está* velha — disse Noko, num tom admirado.

— Você também está velha — retrucou Rose, irritada.

— Talvez — ponderou a velha, lançando um olhar astuto para Thomas. — Você vai me levar de volta para casa? Não aguento mais esse lugar.

— Para de falar com ele assim — gritou Rose.

Foi difícil para ela quando Noko ficou alienada dessa vida. Ela gritava, como se os berros fossem trazer Noko de volta à realidade que outrora compartilhavam. Agora aceitando a derrota, Rose pegou um monte de roupas sujas e se apressou para o galpão, onde sua máquina de torcer roupas estava montada. Thomas ouviu o gorgolejar do finzinho da água e se lembrou de que ela havia deixado a roupa para depois para que ele pudesse dormir. O barril de água de chuva estava vazio. Ele achou melhor levantar e encher as latas no poço no lago. Tocou na mão de Noko e disse:

— Você está cansada. Posso acompanhar a senhora até a cama para que possa dormir?

— Eu consigo levantar da minha cadeira.

— Eu ajudo — disse Thomas.

— Estou presa.

Thomas olhou para baixo e viu que os longos e grossos cabelos brancos de Noko tinham se enrolado em volta da maçaneta. Sharlo amava pentear os cabelos da avó e os deixara soltos.

— Sharlo, vem cá — chamou ele, e juntos soltaram os fios.

— Ai, Noko — disse Sharlo —, eu embaracei seu cabelo!

— Não se preocupe, minha querida — falou a senhora, acariciando o rosto de Sharlo. — Nada que você faça pode me deixar chateada.

Mas, quando Sharlo saiu para falar com a mãe, Noko desesperou-se novamente e tentou se levantar da cadeira. Thomas a segurou e pegou sua mão.

— Se acalme, a senhora pode acabar caindo e se machucando.

— Quem me dera — disse Noko. — Eu quero morrer.

— Não, não quer — retrucou Thomas.

Ela o encarou.

— Você criou a minha amada — disse ele. — E fez um bom trabalho.

— Diga isso para o Thomas — respondeu Noko. — Ele não acredita.

Thomas deu a volta na cadeira e ajudou Noko a se levantar. Ela caiu. Ele a levantou e os dois cambalearam bem devagarinho até a cama. Rose havia tirado os lençóis para lavar. Noko caiu de cara no colchão. Thomas a rolou e ergueu suas pernas na cama. Ajeitou-a ali, e deixou os pés com meias da senhora juntos e esticados.

— Não pode colocar ela no nosso colchão — disse Rose, parada na porta. Sua voz soava quase chorosa. — Ela precisa de algo macio por baixo. Os botões do colchão vão feri-la. A pele fica machucada tão fácil agora. Devíamos comprar um colchão mais macio para a cama dela.

— Com que dinheiro?

— Com o dinheiro do seu carro.

Sob a raiva efervescente da esposa, Thomas ficou quieto. A ira emanava dela em ondas irregulares. Mas então, enquanto ficava ali, sentiu a revolta perder intensidade e a Rose com o pequeno sorriso engraçado voltar. Ela respirou e riu.

— Ah, mamãe, olhe só para você. Os pezinhos juntinhos.

Rose e Thomas colocaram um cobertor dobrado embaixo de Noko. Era a única coisa que conseguiram pensar em fazer. Agora, ela já atravessava lentamente o rio do sono, flutuando para longe deles em sua jangada furada.

THOMAS COLOCOU uma lona velha no porta-malas do carro. Nos fins de semana, usava os animais e uma carroça para transportar água para beber. Para o banho e limpeza, tinha os barris de água da chuva. No inverno, derretiam neve. Não havia tido tempo de atrelar a carroça aos animais. Então, dirigia com muito cuidado. Se entornasse a água, o porta-malas podia ficar congelado o inverno inteiro e depois, no verão, mofar. Embora o cuidado significasse uma viagem extra, ele nunca transportava as latas no banco de trás. Obviamente, Wade foi junto com ele. Inteligente, como todos os seus filhos, ele tinha pulado alguns anos na escola. Estava agora tendo aulas com garotos mais velhos.

— Enfrentei o velho Albert, papai, dei três socos nele.

— Nada de ficar brigando por aí.

— Depois dei uma sequência de sete.

— Wade?

— Brigar não leva a nada.

— Esse é o meu garoto. É sempre melhor achar um jeito de virar as costas e andar para longe de uma briga.

— Correr também, você falou para correr.

— Uma corrida honrosa.

— Mas não quero correr. Eles acabam me chamando de bebezinho.

— Você não precisa provar nada para ninguém. Não quero que brigue, mas, se fizer, que seja para o Golden Gloves, como o Wood Mountain.

— Ele tem uma luta no Bottineau sábado que vem. Vai lutar com Joe Wobble.

— Joe Wobleszynski! É minha noite de folga. Vou levar vocês. Levar a mãe também, se ela quiser.

Wade assentiu em deleite e pôs os punhos para cima. Encheram as latas de água, compraram fermento, açúcar, aveia e chá da lista de Rose. Depois voltaram para casa e Thomas colheu batatas. Ele era rápido e Wade corria para ensacá-las. Ficaram vendo quem era mais rápido até escurecer.

Terra de Água

ESFREGANDO A NUCA dolorida, Patrice caminhava lentamente pela estrada gramada. Ela sabia que o povo de sua mãe estaria ali, acampado do lado de fora. Lá estavam eles. Algumas tendas de lona puída; alpendres cobertos de barro seco. Uma fogueira para cozinharem. Pedras do lago segurando um galho de olneya onde haviam pendurado uma chaleira sobre pequenas chamas. Os tocos de árvores que as pessoas usavam para se sentar foram puxados para longe da pilha de lenha e dispostos ao redor do fogo. Na borda da clareira ao redor da casa, perto da estrutura da tenda, havia outra tenda com a forma aberta, o que significava que um *jiisikid* estava entre os visitantes. Zhaanat mandara uma mensagem pedindo que seu primo, Gerald, cruzasse a fronteira e a ajudasse a encontrar sua filha. Essa era uma das coisas que os *jiisikid* faziam. Encontrar pessoas. Gerald, ou o espírito que possuía Gerald, voaria pelas Cidades em transe e veria o que estava acontecendo. Descobriria por que, nos últimos cinco meses, Vera não escrevera, nem se reportara ao programa de realocação, não falara com ninguém do povo que morava lá agora.

Zhaanat mantinha um ramo fresco de pinheiro sobre a porta. De manhã, tinha queimado folhas de pinheiro com cedro e oshá. A casa escura estava perfumada com a fumaça. Gerald estava sentado à mesa com algumas outras pessoas, que bebiam chá e riam. Entre uma piada e outra, discutiam a cerimônia com Zhaanat — como seria feita e quem poderia surgir com outras perguntas, quanto tempo deveriam esperar, se deveriam preparar a tenda de suor também, quais cores de pano amarrar nos galhos e em qual ordem. Quem lideraria cada música. Ficavam provocando uns aos outros. Detalhes. Patrice nunca falava sobre essa parte da vida de sua família com aqueles que não entenderiam. Para começar, jamais compreenderiam como tudo era engraçado. Mas as cores e os detalhes a lembravam de como os católicos escolhiam suas cores e as fixavam em seus sacramentos. Como se essas coisas importassem para os espíritos ou para o Espírito Santo.

Patrice passara a pensar que os humanos tratavam o conceito de Deus, ou Gizhe Manidoo ou Espírito Santo, de maneira infantil. Tinha certeza de que as regras e adornos do ritual não tinham nada a ver com Deus, de que eram apenas maneiras de as pessoas imaginarem que estavam fazendo as coisas certas para escapar do castigo, ou do mal, como as crianças. Ela tinha sentido o movimento de algo mais vasto, impessoal, embora pessoal, em sua vida. Achou que talvez as pessoas em contato com essa grandeza sem nome tivessem uma maneira de vislumbrar os limites, uma forma de ser puxadas, ou até mesmo entrarem, nessa coisa que ia além da experiência.

— Tio!

Ela abraçou Gerald e apertou a mão de todos. Então, com uma xícara de chá, atravessou a cortina, e acabou encontrando sua mãe deitada, dormindo profundamente.

Patrice colocou a xícara no banco ao lado da cama e se abaixou para sentar na ponta do colchão. Achou que, se sentasse, acordaria a mãe, mas Zhaanat dormia pesado de costas, desgastada pela longa briga com o pai de Patrice, que finalmente tinha subido num trem, pelo menos foi o que ouviram falar. Patrice olhou para a lata de pimenta que mantinha no peitoril da janela. Ela a tinha enchido com uma quantia para usar de isca e, pelo visto, seu pai o havia encontrado e levado. Que alívio. O verdadeiro dinheiro estava escondido embaixo do chão de linóleo. Suas revistas e jornais estavam empilhadas com cuidado ao lado da cama. *Look. Ladies' Home Journal. Time.* Juggie Blue guardava qualquer uma que os professores repassavam para a sobrinha Valentine, e, quando Valentine terminava de ler, dava as revistas para Patrice.

A janela era voltada para oeste e os últimos raios de sol, que se deslocavam pelas folhas douradas das bétulas, cintilavam sobre o rosto esculpido da mãe. Linhas suaves se espalhavam pelos cantos dos olhos. Linhas curvas marcavam seu sorriso leve. O cabelo era longo e as tranças lisas tinham, acidental e comicamente, virado para cima de sua cabeça, então parecia que ela estava caindo. Os braços estavam dobrados e as pequenas mãos ainda poderosas estavam sobre o peito. As mãos incomuns que assustavam algumas pessoas. Patrice tinha os olhos amendoados, a força e a energia cheia de boa vontade de sua mãe. Mas as mãos não. Aquelas mãos eram somente de Zhaanat.

O vestido de Zhaanat era feito de chita verde-escura pontilhado com pequenas folhas douradas. O estilo era do século passado, mas Patrice sabia que ele tinha apenas alguns meses. Sua mãe tinha costurado o vestido antigo com mais de 3 metros de tecido. As mangas eram estreitas e desciam até os punhos. Havia botões de conchas na frente, e o vestido tinha uma saia rodada e franzida. Por baixo, Zhaanat usava roupas íntimas masculinas de lã vermelha-alaranjada clara. Seus mocassins eram de couro de veado com sola de couro cru, decorados com fios azul e verde. Ela costumava usar um xale xadrez marrom. Ela tinha puxado as pontas ao redor dos ombros antes de dormir, como se para se proteger. Patrice passou a mão com cuidado pelas franjas do xale e sua mãe abriu os olhos.

Pela testa franzida de confusão, Patrice percebeu que sua mãe havia dormido tão pesado que nem sabia onde estava. Então, o rosto de Zhaanat se aguçou e seus lábios se curvaram em um sorriso. Ela puxou o xale para mais perto.

— Droga, nem sei como cheguei aqui — murmurou ela.

— Gerald está lá fora.

— Ótimo. Ele vai encontrá-la.

Patrice assentiu. Ao longo dos anos, Gerald encontrara algumas pessoas, mas às vezes ele voava em círculos. Às vezes, os pequenos iam para lugares escondidos.

NAQUELA NOITE, possuído por um espírito em particular, ele voou por um longo tempo. Acabou encontrando Vera. Ela estava deitada de costas, usando um vestido largo com um pano na garganta. Imóvel, mas viva. Talvez estivesse dormindo. Patrice teria achado que seu tio encontrara a imagem de sua mãe naquela tarde, mas Gerald disse que a encontrou na cidade e que tinha uma forma ao lado dela. Uma pequena forma. Uma criança.

NO DIA SEGUINTE, Patrice tentou esquecer por um instante as informações preocupantes, porém tranquilizadoras do *jiisikid*, e pulou para o banco de trás do carro de Doris Lauder. Era uma manhã chuvosa e Patrice estava extremamente grata por ter carona para o trabalho. Ela se ofereceu, como já tinha feito antes, para contribuir com o dinheiro da gasolina. Doris recusou com um movimento vago dizendo que iria de carro de qualquer jeito.

— Talvez no mês que vem — disse, sorrindo para o espelho.

— Talvez eu já esteja dirigindo mês que vem — comentou Valentine. — O papai está arrumando o carro para mim.

— Que marca? — perguntou Doris.

— Acho que de todas as marcas — disse Valentine. — Sabe, um carro feito de outros carros.

A chuva escorria em rajadas prateadas pela janela traseira. Por um tempo, ninguém falou nada.

— Ouvi falar que Betty Pye vai voltar a trabalhar hoje — disse Valentine.

— Ai, meu deus — exclamou Doris, com uma risada abrupta.

Betty tirara a semana de licença médica remunerada de um ano para extrair as amígdalas. Aos 30 anos! Ela fora para Grand Forks para fazer a cirurgia, porque aparentemente era mais complicado removê-las de um adulto. Mas ela foi inflexível quanto a fazer o procedimento, insistiu que o pescoço inchava todo mês de novembro, ficava mais grosso o inverno inteiro e já estava farta disso. Os médicos examinaram sua garganta e lhe falaram que as amígdalas estavam anormalmente grandes, "coletoras de germes". Todo mundo sabia os detalhes.

— Estou louca para saber como foi — disse Patrice.

As duas mulheres na frente riram, mas ela não dissera por maldade. Betty com certeza iria fazer o maior drama por causa da cirurgia. Patrice não a conhecia muito bem, mas o serviço ia mais rápido quando ela estava lá. E Betty estava, de fato, presente quando as mulheres chegaram à fábrica de joias. O rosto redondo estava um pouco inchado, e as cordas vocais ainda não tinham sarado. Ela falava em um coaxar fraco, mas, como sempre, estava usando xadrez verde e não parou um segundo. Como a trabalhadora centrada que era, fez seu serviço. Ela trouxera um grande pote com pudim de arroz para o almoço e, quando o engoliu, seus olhos se encheram de lágrimas. Ficou quieta o resto do dia, sussurrando que doía demais para falar. Quando encerraram o turno, Betty passou um pequeno pedaço de papel para Patrice e foi embora. Enquanto Doris e Valentine conversavam nos bancos da frente, agora com pena de Betty pela dor que obviamente sentia, Patrice pegou o bilhete e o leu, *Soube que estão procurando sua irmã. Minha prima mora nas Cidades. Ela a viu e escreveu para você — com a mão esquerda, porque ela quebrou o dedo da mão direita apontando meus defeitos. É assim que a Genevieve é. Fique de olho no correio.*

Patrice dobrou o papel e sorriu. Gostava de Betty, porque ela era muito parecida com sua irmã: tinha a habilidade de transformar a amargura da vida em comédia. *Quebrou o dedo da mão direita apontando meus defeitos*. O que isso queria dizer? Ela deitou a cabeça para trás e fechou os olhos.

NO SÁBADO de manhã, Patrice vestiu o sobretudo que pegara de uma pilha de roupas da loja da caridade. Que achado. Era de um lindo tom azul, forrado com lã de flanela sob raiom de grande qualidade. Era feito sob medida e tinha um trato fino. Ela colocou um cachecol xadrez vermelho e azul e enfiou as mãos nos bolsos do casaco. Havia uma trilha que atravessava o bosque e seguia por 4 km, direto à cidade e ao correio. Ou poderia caminhar pela estrada e com sorte conseguir uma carona. Embora o céu estivesse claro, o chão continuava úmido. Como não tinha galochas e não queria molhar os sapatos, resolveu ir pela estrada. Não demorou até conseguir carona, e foi Thomas Wazhashk que a levou. Ele parou o carro um pouco à frente e a esperou. Uma corda amarrava a tampa do porta-malas e ela podia ver o metal galvanizado fosco de latas de água. Uma coisa boa de viver para dentro do bosque era que, ali, a nascente ainda fluía. E com água limpa. A maioria das pessoas que moravam mais perto da cidade, ou nas pradarias, tinha perdido a água ou o gado arruinara as nascentes. Até mesmo os poços estavam secando.

Thomas e Zhaanat eram parentes — Patrice não entendia direito o parentesco deles e "parentes" era considerado uma palavra comum que cobria uma grande quantidade de ligações. Thomas era um tio para ela e os filhos dele também eram seus parentes. Ela correu e sentou no banco da frente quando Wade saiu e lhe deu o lugar.

— Obrigada por parar, tio.

— Pelo menos desta vez está pegando carona em terra seca.

Verão passado, ela nadou até o barco de pesca dele, o que o surpreendeu. Pegara uma carona para fora do lago. Isso o incitou a falar sobre o assunto. Ele não sabia exatamente por que ela nadara uma distância tão longa.

Patrice era a única dos jovens que se dirigia a ele em Chippewa, Cree, ou em uma combinação das duas. Não falavam exatamente da mesma forma, mas se entendiam. *Se Wade ficar intrigado, que absorva a língua por curiosidade*, pensou Thomas. Eles conversaram um pouco e Thomas soube que Zhaanat tinha montado uma tenda especial. Gerald vira que

Vera estava viva e que havia uma criança ao seu lado. Patrice desceu na área comercial, onde também ficava o correio. Ele retornaria para buscá-la. Enquanto ele e Wade enchiam as latas de água, Thomas lembrou como seu avô tinha consultado alguém como Gerald, anos atrás, quando precisaram de notícias a respeito de Falon. No fim, descobriram que Falon tinha falecido bem antes da mensagem oficial chegar.

No caminho de volta, Patrice resolveu ler a carta da prima de Betty Pye de novo, em voz alta, para seu tio.

> *Vi sua irmã nas Cidades, e tinha algo errado com ela. Da última vez que a vi, ela morava no Stevens Avenue Apartments, número 206. Sei porque muitos indígenas moram ali e eu morava no mesmo andar. Eu a vi no corredor com seu bebê e ela não falou comigo.*

Patrice falou para o tio que queria ir a pé da casa dele. Precisava pensar. A estrada para sua casa margeava a água e o ar fresco cheirava a chuva secando nas folhas amarelas. As taboas no pântano eram bastões marrons macios; os juncos continuavam firmes e verdes. No lago, o vento criava ondas azuis-escuras com cordões semelhantes a rendas, cuja espuma margeava a costa. O sol irradiava por entre nuvens velozes e escuras. Vera sempre quisera ficar onde pudesse ver as bétulas e os pântanos. Trabalhara em uma cabana velha no alto da colina da casa da mãe. Vera tinha acampado ali, numa tentativa de clamar aquela área como sua. Removera algumas árvores que tentavam crescer através do chão, e fizera planos para transformar a cabana em sua casa ideal. Patrice a ajudara a planejar um cômodo grande com cozinha e uma mesa de jantar, e até dois quartos privativos. Cada detalhe do desenho foi identificado. A caligrafia de Vera era quadrada e uniforme, como em um projeto real. Havia um destaque especial de uma janela gradeada com cortinas listradas. Patrice ainda tinha aquele desenho. Vera, que se vestia com distinção e era elegante — não tinha nada de descontraído ou infantil no visual, amava as aulas de economia doméstica e tinha copiado a janela de um livro chamado *Ideal Home*. Não quisera ir embora, mas acabara se apaixonando. Foi repentino, e Zhaanat não era a favor da união. Ela virara as costas em vez de dizer adeus para a filha, quando ela foi para as Cidades. Patrice sabia que isso assombrava a mãe.

— Fique onde está. Vou te encontrar — disse Patrice em voz alta.

Pegou um graveto do chão e bateu com ele na grama, lançando baforadas de sementes douradas.

PATRICE ESTAVA chegando em casa, quando as nuvens ficaram escuras e espessas. Ela começou a correr. Depois desistiu. Os sapatos. Não podia arruiná-los. Se abaixou, tirou-os, escondeu-os dentro do casaco e continuou caminhando na chuva. Tomou o desvio gramado que a conduzia pela floresta. Andar descalço não era problema, tinha feito isso a vida toda e seus pés eram grossos. Agora estavam gelados, meio dormentes, mas grossos. Os cabelos, ombros e costas ficavam cada vez mais encharcados. Mas caminhar a mantinha aquecida. Ela ia mais devagar para pisar em lugares onde a água escorria pelo tapete de grama seca. A chuva que pingava nas folhas brilhantes era o único ruído. Ela parou. Sentiu que havia algo ali, com ela, ao seu redor, girando e fervilhando de energia. Como era íntima a forma com que as árvores se apoderavam da terra. Como era a primorosa a forma como se incluía naquilo tudo. Patrice fechou os olhos e sentiu um puxão. Seu espírito se espalhou no ar como uma música. Espere! Ela abriu os olhos e jogou seu peso nos pés frios. Deve ser assim que Gerald se sente quando voa pela terra. Às vezes ela se assustava consigo mesma.

ANTES DA trilha chegar à clareira ao redor de sua casa, Patrice ouviu o guincho de pneus. Pensou no povo de Gerald, embora ele tivesse partido antes do amanhecer. Quando chegou à casa de sua mãe e contornou a parede oposta, percebeu que o ruído vinha do caminho estreito e pantanoso de grama que levava à casa. Os outros carros tinham retirado um pouco da umidade do solo de manhã, quando Gerald e os outros foram embora. Outro carro pode ter passado aqui. Pelo lado de fora da cabana, ela abriu a janela perto de sua cama e jogou os sapatos para dentro. Pensou em entrar por ali, mas, em vez disso, contornou a casa e atravessou a lama. Passou pelas cincas pretas molhadas da fogueira. Continuou pelo caminho gramado. Na entrada do caminho viu um Buick creme e turquesa que pertencia ao professor do Pokey. O senhor Barnes arfava em frente ao carro, tentando tirar o pneu esquerdo para fora de um buraco com água. Sua cabeça grande com cabelos amarelos parecia um fardo de feno. Eles o chamavam de Pilha de Feno. Pokey estava atrás do volante. Ela parou. E tentou voltar pela folhas em silêncio.

O Garoto de Juggie

A CAMINHO de Minot, decidiram que esta seria a noite em que Wood Mountain venceria Joe Wobleszynski. Ficaram discutindo como seria.

— Por pontos — disse Thomas.

— Por nocaute — disse Rose.

Ela estava feliz por sair para passear de noite. E amava as lutas.

— Você é uma mulher sanguinária — disse Thomas.

— A luta de Pokey, de exibição — disse Wade. — Ele está usando luvas grossas e um capacete de borracha.

— A cabeça dele ainda está crescendo — disse Rose, olhando para Wade.

— Ah, como assim? Por que não posso lutar?

— Quando sua cabeça tiver acabado de crescer, pode lutar.

Sharlo riu.

— As cabeças de vocês ainda não cresceram, Sharlo e Fee.

Wade atacou as irmãs no banco de trás. Elas cerraram os punhos e começaram uma luta de brincadeira. Rose também entrou na diversão batendo neles do banco da frente e rindo junto. Depois, ficou em silêncio enquanto olhava tranquilamente pela janela riscada pela água da chuva. Thomas sentiu a felicidade dela, mas não falou nada. Estava chovendo. Passaram pelo extraordinário celeiro redondo da Telesphore Renault, o terreno no qual ele mantinha seus porcos gigantes premiados. Passaram pela estrada para Dunseith. Adiante, um coiote atravessou a via e evaporou em uma vala. Gansos da neve se aglomeravam em um campo e se alimentavam de lixo e ervas daninhas.

O RINGUE foi montado no ginásio dos professores da faculdade pública do estado com faixas marrom-douradas nas paredes e algumas fileiras de cadeiras dobráveis. A maior parte das pessoas estava nas arquibancadas ou de pé. A multidão abriu caminho para que os lutadores passassem e depois o fechou novamente. Quando os Wazhashks chegaram, as lutas de exibição já tinham acabado, então foram para as arquibancadas. Pokey, Case e Revard, sentados ao lado do senhor Barnes, pareciam abatidos. Tinham perdido todas as lutas de que gostavam. Agora, o evento principal estava para começar. Tek Tolverson contra Robert Vale, Sam Bell contra Howard Old Man e Joe Wobleszynski contra Wood Mountain.

Tek venceu a primeira luta com um soco baixo que a multidão viu, mas o juiz não. Metade do público ficou indignado, a outra metade vaiou a primeira e ninguém ficou feliz com o resultado.

Howard Old Man venceu por pontos. Os indígenas de Fort Berthold torciam baixinho e os de Turtle Mountain lhe davam apoio. Old Man tinha recuperado as esperanças daquela gente.

Depois, Joe Wobble e Wood Mountain passaram pela multidão. Muitos anos atrás, o primeiro Wobleszynski havia invadido as terras da avó de Wood Mountain. Desde então, os Wobleszynskis enviavam o gado para pastar nas terras de Juggie com tanta frequência que sua família acabou roubando uma vaca. Isso aconteceu durante a época da colheita de frutas, quando havia pessoal extra acampado em todo canto, então, se a vaca fosse roubada, seria rapidamente absorvida em panelas ferventes. Nada jamais foi rastreado ou provado, mas nada foi esquecido também. Ao longo dos anos, o ressentimento entre as famílias havia se consolidado. E então, aconteceu que um rapaz de cada família começou a treinar boxe na mesma categoria e isso proporcionou o enfoque perfeito.

Joe, tímido e de cabeça baixa, entrou no ringue primeiro. Ele tinha pele branca e oleosa e olhos e cabelos cor de areia. Vestia um roupão marrom-escuro e, quando o tirou, o corpo parecia o de um touro orgulhoso. Pesava dois quilos a mais do que Wood Mountain, era três centímetros mais baixo e era um lutador forte, mas com grande controle. Joe bateu os punhos um no outro ritmicamente, reunindo energia, enquanto Wood, o garoto da Juggie, caminhava com o roupão que pedira emprestado a Barnes. Ele se deslocou para esconder o nervosismo, dançou um pouco, retirou o roupão e começou a saltar. O cabelo era grosso e as ondas estavam com brilhantina, puxadas para trás. Tinha olhos escuros brilhantes e atentos. Um nariz comprido. Maçãs do rosto salientes. Lábios generosamente curvados. O corpo magro e vigoroso era pura graça e força. Mas Joe Wobble era um ano mais velho, um lutador mais experiente e já o tinha vencido uma vez.

Ao toque do sino, eles seguiram em direção um do outro entre aplausos e vaias, ambos cautelosos e confiantes, com os punhos no ar e saltitando, mas sem se encostarem. Então, Joe arremeteu com a direita na mandíbula de Wood Mountain. Wood usou o impulso de Joe para deslizar ao redor de seu corpo e desferir um golpe forte em sua cintura, o qual não tivera efeito algum. Joe recuou e simulou o mesmo golpe com a direita, mas golpeou com a esquerda, acertando a bochecha de Wood. Novamente, Wood usou o impulso de Joe para atingir sua cintura, o que talvez o tenha deixado meio amolecido, ou então a guarda de Joe que era muito firme para Wood mesmo. Joe não deixava aberturas. Porém, como era mais pesado, também era uma fração mais lento e, no segundo round, Mountain dançou de lado e habilmente deu um golpe de esquerda debaixo do braço dominante de Joe. Ligou o golpe com um gancho surpresa, seguido de um de direita poderoso. Joe cambaleou para trás, mas o round terminou antes que Wood Mountain pudesse expandir a sequência. No terceiro round, ficaram apenas fugindo um do outro e praticamente nada aconteceu. Isso deixou o público numa certa tensão.

Patrice e Valentine estavam de pé na fileira do fundo, então mal podiam ver a luta. Valentine gostava de lutas e Patrice, não muito. Mas estavam animadas com a empolgação da multidão e acabaram participando também. Havia indígenas de todas as partes — Fort Berthold e Fort Totten, de Dunseith e Minot, até de Fort Peck em Montana. Juggie estava na frente e gritava mais alto do que todo mundo. Mesmo assim, estavam em muito menor número do que os apoiadores de Joe Wobleszynski. Por isso, talvez os apoiadores da aldeia tenham aplaudido um pouco mais do que parecia certo para as comunidades agrícolas, acostumadas a indígenas mais respeitosos. Para a maioria dos seus vizinhos, os indígenas eram pessoas que tinham sofrido e se escondiam em moradias miseráveis ou perambulavam pelas ruas em flagrante embriaguez e vergonha. Exceto os bons. Alguém sempre conhecia um "bom indígena". Contudo, não era um povo que tinha lutadores campeões. Fosse como fosse, não parecia que esse tal de Wood Mountain era bom lutador. Ele ficou hesitante, quase apático, cobrindo a cabeça e expondo o estômago para ser golpeado, depois baixando a guarda e mal se esquivando dos golpes poderosos que Joe começava a soltar nele.

Alguém deu um grito estridente.

Valentine gritou:

— Bate forte nele!

Patrice, toda entusiasmada, berrou em Chippewa:

— *Bakite'o*!

De onde estava, conseguia ver Thomas, Rose e as crianças umas fileiras à frente. Em silêncio e segurando Fee nos braços, observava-o atentamente, enquanto Wade e Sharlo saltavam dando socos no ar. Por um instante, pensou em Thomas. Havia algo em sua quietude em meio à confusão da multidão. Como se ele estivesse vendo algo além da luta. E era verdade. Havia um ar visceral no olhar dele.

Thomas recuava mentalmente aos golpes, mas estava vendo algo diferente do resto do público. Os fãs de Wobble começaram a vibrar e a rir. Ficando sem esperanças, os indígenas gritavam desesperadamente. Thomas viu os socos que Joe Wobble lançava escorregarem, inofensivos. Percebeu que Wood aceitava os golpes, mas se defendia do ataque. Então, viu que três outras pessoas na multidão estavam tensas e quietas como ele — diante do ringue, Barnes e seu assistente, o professor de inglês, que dirigiu todas as peças de teatro da escola. E Juggie Blue. Estavam esperando algo. Restava um minuto para acabar o round, quando Wood encontrou a abertura que estava esperando. Deu um passo para longe, como se estivesse com medo, e desviou de um golpe poderoso. Teria sido nocaute. Joe colocara toda sua força naquele golpe, o que o deixou sem equilíbrio e exposto para o gancho de esquerda visceral de Wood em seu queixo. Seguido de um rápido soco de direita na lateral da cabeça. Depois, seguiu-se uma sequência musical. A guarda de Joe ficou escancarada e ele, trôpego. Wood se adiantou, mas o sino, adiantado demais, tocou.

Barnes saltou para dentro do ringue gritando.

— Falta! Falta! Faltam 15 segundos!

O juiz o afastou, verificou o relógio, repreendeu o cronometrista e reiniciou o round. Joe Wobble venceu pelos pontos, mas ninguém viu que o cronometrista trapaceara para Wobble e interrompera o avanço do oponente, o que desestabilizara Wood Mountain, que tentou mais duas vezes no round seguinte, mas acabou perdendo a luta.

Todos se retiraram silenciosamente; indígenas apertando a mão de indígenas, os fazendeiros agora satisfeitos. A luta tinha acabado como deveria ter acabado e o público também murmurava pacificamente. A empolgação de todos havia diminuído e nada de novo tinha acontecido. Havia um vento muito intenso e as pessoas se apressaram para ir até os carros ou puxavam os casacos mais junto aos corpos e se curvavam andando rapidamente pelas ruas.

No caminho de casa, as garotas choraram. Mas Thomas vira que Wood Mountain tinha melhorado a tal ponto que estava se tornando um lutador mais rápido, mais esperto e ainda melhor. De acordo com a pontuação, chegou até bem perto. Thomas pensou: *será que Barnes teria como consertar o que estava atrapalhando o filho de Juggie?* Mesmo com a trapaça do cronometrista, Wood Mountain poderia ter triunfado.

NOS PRIMEIROS oito quilômetros todos dormiram, exceto Thomas. Como sempre, ficou livre para pensar. O pai de Wood Mountain, Archille, tinha mais de 1,80, era forte, com um nariz pontudo e sorriso largo. Ele e Thomas, juntos, haviam pulado em trens para não pagar a passagem, seguido a colheita de trigo do inverno até julho e trabalhado nas equipes de debulha até a última colheita: milho. Naquela época, o milho precisava secar no talo até o fim da safra para que os trabalhadores pudessem colhê-lo manualmente. Houve um ano em que partiram do sul e foram até onde o deserto começava. Em algum lugar do Texas, em 1931, passavam em frente a uma igreja em um domingo de manhã, quando o xerife apareceu. Esquadrões de agentes policiais recém-integrados os empurraram em direção à igreja e depois cercaram as pessoas que saíam do templo, todos mexicanos.

— Taqueopariu — disse Archille. — Eles acham que somos mexicanos.

Foram envolvidos em uma das centenas de batidas da época da Grande Depressão, em que mais de um milhão de trabalhadores mexicanos, muitos deles cidadãos estadunidenses, inclusive, foram cerceados e enviados para fora da fronteira. O Texas não gostava de indígenas nem de mexicanos, então os documentos que tinham não ajudaram muito. Por trabalharem nas equipes de colheita, tanto Thomas quanto Archille aprenderam a ser cuidadosamente bem-educados com os brancos. A surpresa funcionava melhor no norte. Às vezes, os salvava no sul.

— Com licença, senhor. Posso ter uma palavrinha?

— Você vai voltar de onde veio — disse o xerife.

— Somos da Dakota do Norte — informou Archille. Seu sorriso calmo não funcionou com o xerife. — Não somos mexicanos. Somos indígenas.

— Verdade? Bom, então considere isso a vingança de Custer.

— Já que foi meu avô que o matou, isso é até fazer uma certa justiça. Mas o Thomas aqui é cidadão americano. Eu sou canadense. Meu irmão lutou nas trincheiras, meu tio estava em Somme — disse Archille.

O pescoço do xerife ficou mais largo e ele gritou um epíteto incompreensível. Depois, fez um gesto para alguns policiais. Thomas e Archille foram jogados em um caminhão com os outros e levados para a fronteira. Ao longo do caminho, aprenderam um pouco de espanhol e Archille se apaixonou por uma garota que tinha tranças bem-feitas e se vestia toda de branco. Foi a primeira vez que conheceram uma mulher com essa "aparência" e conversaram sobre isso depois. Como é que ela, Adolfa, poderia ter tamanha distinção? Talvez fosse disciplina. Ela sem dúvida era pobre, mas o vestido branco e o cabelo lhe dava ares de riqueza. Seu pai usava um chapéu fedora, suspensórios e camisa branca. Os dois, no mesmo caminhão, mas com jeito de que tinham passagens de primeira classe, foram uma inspiração para Thomas. Quando finalmente conseguiram escapar e atravessar a fronteira de volta, ele comprou um chapéu fedora de feltro marrom e abas largas. Voltaram para o norte em caminhões de carga. A cada parada, as pessoas nas estações ficavam mais brancas e mais loiras. E, a cada parada, os andarilhos nos pátios pareciam com mais frio, mais cansados e mais doentes. Pagaram pelas últimas passagens em Gallopin Goose. Desceram em St. John. Lá estava Juggie esperando na estação com as mãos nos quadris. Como ela sabia que chegariam naquele trem foi um completo mistério.

— Oi, Archie, a janta tá pronta — disse ela.

Um mês depois, estavam morando juntos. Nunca se casaram. Juggie era muito independente e queria as coisas do jeito dela. Quando ele começou a tossir, Juggie o levou para San Haven, a norte de Dunseith, onde ele morreu um ano depois. Era muito comum, na época, morrer de tuberculose. Muitas crianças de Fort Totten eram levadas para o hospital infantil em Sac e em Fox.

Roderick.

Thomas tinha amigos do outro lado. Cada vez mais amigos. Amigos demais. Às vezes, conversava com eles. Com Archille. Conversava com eles. E por que não conversaria? Isso o ajudava a pensar que tinham mudado para outro país. Que viviam do outro lado de um rio que só seria possível atravessar uma vez. Tarde da noite, à luz do painel do carro, ele falou com Archille, mas apenas em seus pensamentos.

— Seu filho tá empregado.

— *Howah*, irmão.

— E você ficaria orgulhoso. Ele nunca parou de treinar.

— Claro que não. Como bisneto de quem...

— Essa conversa sobre a morte de Custer sempre te meteu em encrenca.

— Verdade. Como vai a Juggie?

— Ainda cozinhando tortas para os *chimookomaanags*. O Barnes, um professor, leva o jantar para seu filho toda noite.

— Ele tá sempre disposto a comer.

— Você também.

Thomas parou. Archille estava irreconhecível no final, definhando além do provável. Deitado em uma cama branca. Nas colinas áridas.

— Estou lutando contra algo lá em Washington — disse ele. — Não sei bem o que é, Archie, mas não é nada bom.

Os Dias de Valentine

— VOCÊ TEM TRÊS dias no total — disse o Sr. Vold, batendo os pés embaixo da mesa.

Os sapatos faziam um ruído parecido com um inseto. Betty Pye havia começado a chamá-lo de Gafanhoto. O apelido até que lhe cabia muito bem. Patrice fitou a boca e a mandíbula quadrada se mexerem como as de um gafanhoto. Ele pegou e folheou os papéis com os dedos longos. O hálito chegava até ela forte e com cheiro de pântano, como se ele andasse comendo feno molhado. Ele empurrou uma folha de papel na direção de Patrice. Ela o pegou e leu. Teria que trabalhar mais seis meses para acumular mais três dias de licença médica remunerada.

— É por causa da minha irmã, senhor — disse ela.

Patrice explicou a situação de Vera o melhor que pode. Ela era a única pessoa da família que podia viajar para Mineápolis. Mostrou ao chefe a carta da prima de Betty Pye. Ele a pegou, leu várias vezes, e Patrice compreendeu que, fingindo ler a carta várias vezes, estava analisando as possibilidades.

— Tudo bem, senhorita Paranteau — disse ele, finalmente pousando a carta. — Essa situação não pode ser chamada de doença. Eu poderia lhe dar uma licença sem remuneração, mas veja, não posso garantir que seu emprego estaria garantido se tiver que ficar, digamos, além do tempo previsto.

— Quando tempo isso seria?

— Uma semana é o tempo máximo permitido.

— Posso pensar um pouco?

— Tudo bem — disse o Sr. Vold. — Sem dúvida.

Ele parecia tão satisfeito com a falsa generosidade que continuou mastigando as palavras mesmo depois de dizê-las.

PELO RESTO DA MANHÃ, Patrice trabalhou em silêncio, tentando decidir se devia, ou não, arriscar seu emprego. Na hora do almoço, pegou um pote de xarope batido, uma batata cozida, um pedaço de pão bannock e uma pequena porção de passas. Às vezes, o pessoal trocava os produtos do governo por cestas de Zhaanat. Passas eram estimadas. Ela as comia lentamente na sobremesa, deixando cada uma ficar macia e se derreter na boca.

— Passas!

Patrice deu o pote à amiga e Valentine enfiou na boca avidamente todo o resto das passas. Olhou para Patrice e percebeu seu desânimo antes que ela pudesse esconder.

— Desculpa.

— Tudo bem.

— Mas você está chateada.

— É por causa da Vera. Estou com receio de tirar licença, porque é complicado, tenho que ficar fora mais tempo e daí perco o emprego. Só tenho três dias.

— Três dias do quê?

— Três dias de licença médica.

— Licença médica?

— Com a metade do pagamento.

— Eu nem sabia que a gente podia fazer isso.

O horário de almoço acabou. Patrice bebeu o café frio do fundo da xícara. A batata cozida a tinha saciado; voltou ao trabalho com a concentração que lhe era característica. Ela abaixou o fuso para colocar uma gota de cola. Sua mão estava firme.

Depois, quando chegaram ao carro, Valentine disse:

— Pode ficar com os meus dias.

— Como assim?

— Meus dias de licença. O Sr. Vold me falou que eu poderia dar os meus dias para você. Por causa das circunstâncias.

Patrice ficou tão aliviada que abriu os braços e abraçou Valentine. Depois, deu um passo para trás.

— Estou muito agradecida. Que surpresa!

— Pois é — disse Valentine. — Sou cheia de contradições.

Valentine dizer essa característica de si mesma surpreendeu tanto as duas que elas ficaram em silêncio.

— Contradições!

— É algum tipo de jogo? — disse Doris, aproximando-se delas.

— Não — disse Valentine —, sou eu. Quente e fria. Malvada e boazinha.

— Minha nossa.

— Mas nunca mesquinha, sempre generosa — disse Patrice.

Na volta para casa ela contou para as amigas sobre a viagem para Mineápolis. Nunca tinha viajado antes, então estava inventando no caminho mesmo.

A FAMÍLIA não tinha mala de viagem. Havia apenas uma linda maleta xadrez à venda no comércio da cidade. E era cara. Patrice comprou um metro e meio de lona, cortou pequenos galhos de choupos e removeu a casca. Embainhou a lona, costurou os lados ao redor dos galhos, depois usou cordões e tachinhas para prender dois pedaços de couro nos galhos para servir de alças. A mala de lona parecia uma bolsa de operário, mas quem se importa? Não precisava estar na moda, só precisava ir para Mineápolis. No escritório de realocação havia uma tabela com os horários dos trens. Assim que conseguisse uma carona para Rugby, compraria o bilhete na estação.

A irmã de Jay Cachinhos, Deanna, trabalhava em uma sala pequena que funcionava como escritório. Patrice sentou-se a uma mesa coberta de papéis, folheando uma pilha à procura de qualquer informação nova sobre Vera. Atrás dela um cartaz tinha sido colado na parede dizendo: **Venha para Mineápolis**. A Oportunidade de sua Vida. **Bons Empregos** no Comércio Varejista, Indústria, Governos Federal, Estadual e Municipal; Vida em Comunidade Apaixonante; Lojas de Conveniência. **Linda Minnesota**; 10 mil lagos, Zoológico, Museu, Viagens; Áreas para Piquenique, Parques, Diversão, Cinemas; **Lares Felizes** e Bonitos; Muitas Igrejas; Vida em Comunidade Empolgante, Lojas de Conveniência.

Além do seu amor, Patrice achava que Vera tinha ido para Mineápolis pela Vida em Comunidade Apaixonante e pelos Lares Felizes e Bonitos. Por aqueles desenhos de janelas com cortinas perfeitas.

— Gostaria de se inscrever?

— Para me mudar para Minnesota?

— Você recebe ajuda para arrumar trabalho, tem treinamento, auxílio para encontrar um lugar para morar e tudo o mais.

— A Vera teve toda essa ajuda?

— Bom, sim.

— Você deveria me pagar por fazer seu trabalho. Ir até lá para encontrá-la. Vocês não têm controle para onde as pessoas vão?

— Depois de um tempo não.

— Um tempo bem curto.

— O último endereço que temos é na Avenida Bloomington.

— Eu também, vou começar por lá.

— Onde vai ficar?

— Não tenho lugar para ficar.

— Procure minha amiga.

Deanna escreveu o nome Bernadette Blue em um cartão junto com o endereço e o número de telefone dela.

— Não sei se ela continua com esse número. Era do trabalho.

— Que tipo de trabalho?

— De secretária.

— A filha de Juggie Blue.

— A malvada — comentou Deanna.

Patrice ergueu as sobrancelhas. Deanna disse:

— Tô brincando. — Mas não estava. Ela continuou folheando a pilha de papéis. — Aqui tem outro nome, Padre Hartigan.

— Não vou tão longe para ver um padre.

— É para qualquer emergência.

— Não vou ter emergência alguma.

— A Vera também falou isso.

— Ainda acho que você devia me pagar.

NAQUELE SÁBADO, Patrice esperou até que Pokey tivesse saído e Zhaannat tivesse ido para o bosque. Embora confiasse que eles não fossem pegar seu dinheiro, não confiava muito, se, de repente, precisassem se ver livre do pai. O dinheiro estava enterrado embaixo do oitavo quadrado verde à direita do chão de linóleo. Uma parte que ficava debaixo da cama dela. Puxou o frágil estrado para o lado. Com cuidado para não rachar o linóleo, fez tudo lentamente. Enterrara a caixa de dinheiro, uma lata amassada de biscoitos rosa pintada com biscoitos dançantes, e se certificara de que estivesse bem tampada. Retirou a terra e tirou a tampa. Estava tudo ali. Cento e seis dólares. Retirou o dinheiro, enterrou novamente a caixa e colocou oito dólares sob a lata de açúcar da mãe. Doris ia para Rugby e iria pegá-la em meia hora. Patrice mantivera o relógio com corda e percebeu quantos minutos ele tinha atrasado durante a noite. A hora que marcava era pouco precisa. Só o que precisava fazer era entrar no trem. O que ela tinha era um endereço não confiável e a filha de Juggie Blue, Bernadette, a malvada.

ZHAANAT VOLTOU com uma cesta de agulhas de pinheiro. Elas ficaram juntas, abraçadas do lado de fora da porta.

— Ele está em Fargo, né? — disse Patrice sobre o pai.

— Ele não vai aparecer aqui agora, não por um tempo.

Patrice podia sentir, pelo aperto da mãe, que o pai não iria voltar. O medo era de deixar a filha ir.

— Não vai desaparecer também — sussurrou Zhaanat e apertou o abraço.

Medo por Pixie. Medo do que ela iria descobrir. Medo por Vera. Mas, quando se afastou, Zhaanat sorriu ao ver os sapatos engraxados da filha, o casaco brilhante, o cabelo ondulado e o batom vermelho. Valentine tinha até emprestado luvas.

— Você parece uma mulher branca — disse Zhaanat, em Chippewa.

Patrice riu. Ambas satisfeitas com o disfarce.

Avelã Americana

THOMAS CARREGAVA o rifle na trilha para a casa do pai. Talvez atirasse em um perdiz. Ou surpreendesse um cervo. Mas só havia grama seca, cinórrodos, flores secas de margaridas amarelas e salgueiro vermelho. Nos pés dos carvalhos, caídas na grama, montes de bolotas. Fervendo bastante, daria para comê-las. Pensou em pegar um pouco, mas às margens da estrada de grama havia arbustos cheios de avelãs americanas. Ele encheu o chapéu e o casaco com as avelãs verdes espinhentas. O pai o viu vindo pela beira do campo e saiu à porta, se apoiando em sua bengala. Biboon, Inverno, tinha ossos finos. Com a idade, sua pele tinha clareado com manchas. Rindo, às vezes, se chamava de velho malhado. Ele usava uma blusa justa bege, calças largas marrom e mocassins tão gastos que pareciam parte de seus pés. Não dava o braço a torcer e insistia em morar sozinho. Biboon vacilou e sorriu quando viu as avelãs, pois eram sua comida favorita e lhes traziam muitas lembranças.

— Ah, garoto, pegou um pouco. Vamos quebrar as cascas.

Havia placas planas de ardósia no quintal. Thomas colocou as nozes verdes em um saco e o bateu na pedra com força o bastante apenas para soltar as cascas. A luz do final da tarde vinha fraca do oeste e o pai trouxe cadeiras da cozinha e uma vasilha. Parecia a Thomas, enquanto ficavam ali sentados na luminosidade difusa tirando os pedacinhos de casca do fruto e jogando as avelãs na vasilha, que devia guardar tudo isso na memória. Qualquer gesto que viesse do pai. A vivacidade peculiar das coisas atingidas pela luz do sol no final da tarde. As árvores atrás deles... as sombras oscilantes.

Biboon disse:

— Ô, satanás. Olha aqui.

Dentro de uma das cascas havia um besouro dourado que parecia saído de alguma história tradicional ou conto de fadas. A carapaça bifurcada era metálica e cintilante. Por um momento, o bicho ficou parado na mão de Biboon, depois sua carapaça dourada se abriu, e ele flexionou as asas duras e pretas.

— Parecia uma lasca de ouro — comentou Thomas.

— Ainda bem que não esmagamos esse filho da mãe na pedra — disse Biboon.

O cachorro de Thomas, Smoker, saiu da floresta carregando um osso de perna de cervo. Ele era uma mistura de cães parecidos com os da raça antiga que as pessoas tinham - cachorros de trabalho com pelo cinza macio e rabos enrolados. O pelo de Smoker tinha manchas pretas e o rosto era meio branco, meio cinza.

— Bom garoto — disse Thomas para o cachorro.

Smoker se sentou perto com o osso entre as patas, protegendo-o mesmo que estivesse branco e desgastado. Em pouco tempo, Thomas começou a conversar com o pai em Chippewa — o que indicava que a conversa estava indo em uma direção mais complexa, uma questão de mente e coração. Biboon pensava melhor em Chippewa. Embora seu inglês fosse muito bom, também era mais expressivo e engraçado em sua língua nativa.

— Tem algo vindo do governo. Um novo plano.

— Eles sempre têm um novo plano.

— Esse anula os tratados[5].

— Para todos os indígenas ou só para nós?

— Para todos.

— Pelo menos não estão atingindo só a gente — disse Biboon. — Quem sabe não podemos nos unir com as outras aldeias dessa vez.

QUANDO CRIANÇA, Biboon viajou ao longo da fronteira do Canadá com os Estados Unidos, chamada de "linha das medicinas" até o território de Assiniboine, Gros Ventre e Blackfeet. Depois, sua família desceu o Milk River caçando búfalos. Ele voltara para Turtle Mountains quando não teve mais escolha. Ficaram confinados na reserva e tiveram que pedir ao fazendeiro responsável para atravessar a propriedade. Por um tempo, não tiveram permissão para sair em busca de comida, e num inverno terrível as pessoas mais velhas passaram fome para que os mais jovens seguissem em frente. Biboon tentara cultivar a semente de trigo com o arado de ferro e o boi que o fazendeiro responsável lhe dera com a

5. Os tratados entre os povos indígenas e o governo dos EUA e do Canadá são conquistas dos povos que têm relevância semelhante à da Constituição de 1988 no Brasil. No entanto, essas concessões são constantemente desrespeitadas pelo Estado. [N. da T.]

condição estrita de que a família não o matasse e o comesse. No primeiro ano, nada aconteceu. Tinham que se revezar furtivamente para sair da propriedade e pegar ossos de búfalo para vender para os comerciantes de ossos. No ano seguinte, não plantaram os grãos do homem branco, mas milho, abóbora e feijões. A família desidratava as colheitas e guardava o alimento. Eles não passaram fome, mas na primavera mal conseguiam caminhar de tão magros e fracos que estavam. Levou muitos anos para que descobrissem quais plantas cresciam melhor em quais solos, quais gostavam de umidade ou de lugar seco, se gostavam do sol da manhã ou da tarde. Thomas tinha aprendido com a experiência do pai.

Hoje, além do alimento que o governo lhes dava, o qual aparecia inesperadamente, tinham o bastante. O que mais agradava Biboon era o xarope de milho do governo, tão doce que fazia os dentes doerem. Ele o diluía com água fria e colocava algumas gotas de Mapleine, que imitava o sabor do xarope de bordo dos velhos tempos. Lembrava-o do gosto de sua juventude, de quando era criança nas grandes plantações de árvores de bordo em Minnesota. E ele adorava as avelãs americanas assadas em frigideira de ferro fundido. Adorava quando as jogava para cima e o aroma enchia a cabana com o cheiro dos velhos tempos.

Perfume

NO CAMINHO para Rugby, sentada no banco de passageiro que Valentine sempre ocupava, Patrice se perguntou se Doris Lauder sempre cheirava tão bem. Queria perguntar se era perfume, mas não sabia se seria grosseria. Patrice pensou nas medicinas que passava na pele. Sempre usava oshá, cálamo, artemísia, erva-doce, uva-de-urso e todo tipo de chá e medicinas que Zhaanat queimava ou fervia todos os dias. O cheiro deles estava impregnado nela. Antes de Patrice sair, Zhaanat lhe empurrara um saco de pano com chá de rosa-mosqueta, um tônico fortalecedor para Vera. E também cedro. Usado para dar banho em bebês. Estavam em sua bolsa no banco de trás. Lentamente, o cheiro de cedro foi infestando o interior do carro, mas ainda não conseguia competir com o de Doris.

— Amei seu perfume — disse Patrice. — Como chama?

Não tinha intenção de conversar, mas o ruído constante do motor a encorajara.

— Perfume Melhor que Esterco — respondeu Doris. — O amigo da mulher fazendeira.

Patrice riu tanto que até soltou um ronco. O que teria sido vergonhoso, mas Doris roncou também. Isso as fez rir até lágrimas brotarem nos cantos dos olhos. Doris gaguejou que precisava se acalmar por medo de sair da estrada.

— Você tem namorado? — perguntou a Patrice. — Valentine disse que tem.

— O quê? Eu queria saber quem é!

— Dizem por aí que o treinador de boxe gosta de você.

— Essa é nova para mim — disse Patrice, apesar de não ser.

Até mesmo Pokey mencionara que Barnes vivia perguntando a seu respeito.

— E você? — acrescentou Patrice.

— Não tenho ninguém.

— Está desperdiçando o perfume?

— Não, só estou mantendo o ar ao meu redor suportável.

Elas riram de novo, mas não perderam o controle.

— Nunca comprei perfume — disse Patrice. — Se eu tivesse dinheiro sobrando para a viagem, talvez gastasse com perfume.

— Me dei um presentinho de aniversário este ano. Chama Pétalas Líquidas. Eu o uso quando vou à cidade, mas não no trabalho.

— Deve ter sido caro.

— Foi, mas não é por isso. Não uso porque o Gafanhoto gosta.

Patrice absorveu o significado daquelas palavras.

— Você não quer encorajá-lo.

— Claro que não. Quem o encorajaria?

— A Sra. Gafanhoto?

— Nem existe uma Sra. Gafanhoto. Por razões óbvias.

— Não tem ninguém que faria você querer gastar o Pétalas Líquidas?

— Olha, sendo bem sincera, talvez tenha. Mas ele ainda não me notou.

— Impossível.

— Você já olhou para mim? Sou atarracada, toda desajeitada, vivo suada e minha pele é branca e oleosa. Não sou uma fazendeira desabrochando. Não há rosas nessas bochechas.

Patrice ficou em silêncio, surpresa. Com suas feições esnobes e cabelos castanho-avermelhados e fofos, seios grandes e pernas curtas e curvilíneas, Doris era bonita. *Podia muito bem estar dizendo essas coisas para receber elogios*, pensou Patrice, então começou a elogiá-la. Doris parecia exasperada com tudo o que ela dizia. Patrice parou e passaram a viajar em silêncio. Depois de um tempo, Doris disse:

— Não sei o que tem de errado comigo. Você só está tentando fazer eu me sentir melhor. Mas eu entendo. O que acha de Bucky Duvalle?

Patrice sentiu como se um fio elétrico fosse ligado em seu cérebro.

— O que eu acho? Não vai querer saber. Você sabe o que ele disse de mim, né?

— Não.

Doris a olhou de relance, surpresa, e Patrice lhe contou a verdadeira história de como Bucky e seus amigos tinham lhe dado carona no verão passado. De como prometeram, no início, e depois se recusaram a levá-la para onde ela tinha pedido. De como a seguraram, de como Bucky se jogou em cima dela, de como a levaram para a estrada a caminho de Fish Lake e tentaram fazê-la descer do carro para ter um “piquenique” e de como ela fingiu entrar na deles. Mas, quando chegaram ao lago, ela saltou e começou a nadar em direção ao barco de pesca do tio. E ninguém ousou segui-la.

Não contou a Doris como tentaram atacá-la dentro do carro, nem que o rosto de Bucky ficou esmagado no dela enquanto ele passava as mãos por todo seu corpo. Ela não comentou nada sobre a condição de Bucky agora.

— Você nadou até o barco do seu tio?

— E como! Ele ficou tão surpreso. Disse que estava pescando robalos, não jovens senhoras. Enfim, ele largou a vara de pescar e me ajudou a subir no barco.

— Que sorte que ele estava lá.

— Eu teria nadado mais rápido que aqueles rapazes. Eles estavam bêbados.

— Você não percebeu isso quando estava no carro?

— Percebi, mas precisava da carona.

— Entendi.

Elas ficaram em silêncio por um tempo, então Doris perguntou se Patrice conhecia os outros garotos do carro.

— Conheço alguns. Eram quatro.

— Meu irmão é amigo do Bucky.

Doris a encarou e, por aquele olhar, Patrice sabia que o irmão dela era um dos garotos. Ela soube que foi por isso Doris tinha perguntado sobre Bucky. Não tinha sido de fato uma pergunta. Não podia confiar mais em Doris. Ela sabia tudo sobre Bucky. E o irmão devia ter dito algo.

— O que ele disse? — perguntou Patrice.

— Disse que Bucky foi um safado. Disse que não sabia por que você tinha ido para o mato com ele.

— Mas eu não fui! O que você disse?

— Disse que achava que você não faria isso.

Doris a tinha defendido mesmo? Patrice estava cética.

— E o que ele disse?

— Ele me olhou de um jeito engraçado. Depois disse que Bucky tinha feito ele prometer que diria isso.

— E por que Bucky faria isso? O que ele ganharia?

— Você não sabe? Ele acha que, se arruinar sua reputação para os caras legais, vai te amolecer para poder ficar com você. Bucky gosta de você, assim como o Barnes.

Patrice não disse nada. Parecia muito verdade. Embora também inteiramente mentira. Bucky não pensava no que os outros iriam achar?

Que sua desfiguração tinha algo a ver com Zhaanat e com ela? Que de alguma forma tinham paralisado metade de seu rosto e sugado a força de seu braço? Que o haviam amaldiçoado?

De repente, Doris pisou fundo no acelerador e olhou para a estrada. Estavam voando, rápido demais.

— Vá mais devagar!

— Pelo menos alguém gosta de você! De você e de seus olhos puxados e seu jeito engraçadinho — gritou Doris. — Não dá para você ficar feliz, não?

Patrice se encheu de tristeza.

— E por que eu deveria?

— Você entenderia se a única pessoa que gostasse de você fosse o Gafanhoto.

PATRICE DESCANSOU a cabeça no lenço engomado que já estava levemente manchado de óleo capilar. Muito embora quando entrara no vagão do trem algumas pessoas a tivessem olhado "daquele jeito", ela escolhera um lugar na janela. Havia assentos o suficiente, então poderia, sim, ficar com um perto da janela. Ninguém diria que ela não pertencia àquele lugar, esperava. Patrice verificou a mala caseira e pendurou o casaco, alisando as dobras. Colocou a mão enluvada no peito. O coração continuava acelerado. O trem rangeu, assobiou e soltou um suspiro enorme. Então, as portas se fecharam e o chão sob seus pés sentiu a energia. As rodas começaram a se agarrar aos trilhos e logo o trem estava se movimentando a uma velocidade suave, deliciosa e com celeridade. Patrice sorriu para as casas, ruas e para as pessoas se afastando dela enquanto o trem avançava em uma marcha magnífica. Ninguém nunca lhe falou como era libertador andar de trem. O condutor pegou sua passagem e devolveu a metade. Ele prendeu a etiqueta em uma pequena abertura acima do assento. Então agora ela era dona dessa cadeira. A outra metade do bilhete ela colocou cuidadosamente em sua bolsa. Em seguida, o retirou da bolsa e colocou furtivamente dentro do bolsinho que tinha costurado no sutiã, onde a maioria de seu dinheiro estava escondido. Seus olhos ficaram pesados. O cheiro do óleo capilar era surpreendentemente agradável, suave e aromático. O balanço do trem era prazeroso, hipnótico e ela adormeceu em um mar de movimento.

O Ferro

CONTINUAVAM a colher batatas às tardes. Martin, amigo de Wade, estava ficando com eles para trabalhar. Às vezes era pago com batatas. Martin estava morando com eles por enquanto, enquanto Rose e Thomas arrumavam a papelada para adotá-lo. O sol estava baixo no céu quando Thomas falou para os meninos irem se lavar. Enquanto cruzava o campo, pôde ouvir Noko ralhando. Thomas entrou. Rose estava no outro quarto passando roupas. Havia o cheiro de pano prensado junto com o da carne na panela. O lampião de querosene brilhava na mesa. Thomas entrou no quarto seguinte e beijou Rose no pescoço. Ela cheirava ao ferro de passar, à roupa lavada. Rose gostava de passar a ferro as roupas logo depois de tiradas do varal, quando ainda estavam levemente úmidas. Para quando ficavam muito secas, ela tinha um borrifador no parapeito da janela, um pote de conservas com furos na tampa. Quando borrifava e depois passava o ferro, podia se ouvir um silvo baixo de vapor perfumado. Quando outros lugares começaram a ter eletricidade, ela pediu um ferro elétrico. Ainda não tinham eletricidade. Então comprar o ferro não fazia sentido. Ainda assim, Thomas comprou para ela o ferro elétrico. Ela o guardava toda cheia de ciúmes, e o polia como se fosse um troféu. Mantinha-o em cima da cômoda no quarto onde todos guardavam as roupas. Ainda usava um velho ferro de passar, um oval pesado e pontudo que se encaixava em uma estrutura de ferro, que também funcionava para esquentar a cama no inverno. Mas a ponta brilhante do novo ferro de aço, de pé como um pequeno deus, refletia a luz da janela sudoeste e brilhava em seus olhos quando ele descansava ali.

A casa era arrumada. Tudo tinha o devido lugar. Não havia nada rasgado ou frouxo. Tudo era consertado. Rose tinha padrões rigorosos.

— Pai, vem comer!

Fee e Sharlo tinham ido ver um filme no ginásio da escola e estavam chegando. Ainda tinham saquinhos de cinco centavos de sementes de girassol. Os meninos imploraram para comê-las. Rose fez um prato para Thomas com coelho frito e duas batatas assadas em pedras quentes. Havia pedacinhos de cebola selvagem salpicados sobre a comida. Depois do jantar, ele e os meninos ouviram um jogo de futebol pelo rádio. Então houve um entra e sai, vai e volta, já que todos queriam usar a patente no quintal. Thomas pegou duas camas dobráveis de trás da porta do quarto. A cama de armar do lado da caixa de madeira. Desamarrou os colchões e os jogou no chão. As camas já estavam prontas desde de manhã com lençóis e cobertores. Havia pequenos travesseiros finos em cima do guarda-roupa do quarto. Fee os entregou e cada um pegou o seu. As garotas gostavam da privacidade na cozinha. Noko dormia atrás da porta na cama de lona. Os garotos maiores dormiam juntos na cama de armar. Quando todos estavam acomodados, murmurando e suspirando no escuro, Rose entrou em seu quarto. Ele a seguiu e fechou a porta. Ajustou o despertador para 23h05 e apagou as luzes. Rose vestiu sua camisola de flanela.

— Macia como seda — disse ele, tocando a manga.

— *Paah*.

Thomas tirou a camisa e as calças, as pendurou com os vincos apertados ao lado da cama, junto da maleta, casaco e chapéu.

— A marmita está no carro?

— Você sempre pergunta isso.

— Se eu não tiver sua comida para comer, eu não aguento.

— Está lá.

— Então não preciso te acordar.

— O despertador vai me acordar.

— Você volta a dormir, não?

— Volto — disse ela de má vontade.

Rose virou de lado e em segundos estava dormindo. Thomas ficou acordado. Estendeu a mão e suspirou.

— Minha velha menina.

O calor do corpo dela irradiava suavemente em direção a ele sob o cobertor e aqueceu seu lado direito. O lado esquerdo estava gelado. O calor do forno não chegava ao quarto. Nas noites muito frias, Rose colocava uma colcha extra na cama e o deixava se encostar em suas costas. Quando dormia, o corpo dela ficava tão quente quanto suas palavras inflamadas. Era capaz esquentá-lo rapidamente. Ele foi saindo à deriva à medida que a escuridão o envolvia. Smoker latiu, duas vezes, para avisá-lo que tinha retornado da casa de Biboon depois de comer seu mingau. Voltou para a segunda janta, que fora comida deixada do lado de fora em uma panela amassada. Se alguém subisse os degraus à noite, Smoker apenas rosnaria aos pés da pessoa se a conhecesse, em uma forma de dizer *Oi, estou aqui*. Mas saltaria em um frenesi de proteção se um estranho se aproximasse. Smoker tinha um sentimento muito forte pelos degraus da frente.

THOMAS ACORDOU às 23:04 e desligou o despertador antes que o alarme tocasse. Antes desse trabalho, ele sairia proferindo a velha cantiga dos mendigos: "Caiam fora, cobras, amanheceu no pântano." De qualquer forma, havia pensado nela agora. Vestiu as calças, amarrou as botas de trabalho e pegou a maleta. Traçou seu caminho no escuro passando pelas crianças que dormiam e abriu a porta da frente lentamente. Antes de sair, disse:

— *Ooh yay! Bizaan! Mii eta go niin omaa ayaayaan. Ninga-maajiibiz endazhi-anokiiyaan.*

O cachorro entendia Chippewa e seu rabo batia feliz na terra enquanto Thomas descia os degraus. No começo, Thomas fizera uma garagem circular para não precisar sair de ré. Não acendia os faróis até que já estivesse longe. A estrada da Indian Service era puro breu. A lua se escondia atrás das nuvens. A única lâmpada de rua era na grande fazenda e a luz iluminava o silo prateado. Ele atravessou a cidade e deixou a reserva. Nesse trecho da rodovia, ficou aflito. Sentiu que seu coração estava sendo perfurado por longas agulhas afiadas. Teve uma visão de seu pai, dos dois sentados sob o sol da tarde, tomando aquele calor fugaz.

Nunca nos cansamos daqueles que amamos, pensou Thomas, esfregando o peito lentamente para dissipar a dor.

— Tenho Biboon aqui até essa idade avançada, mas eu sou egoísta, quero que ele fique mais.

Seu peito foi relaxando à medida que dirigia. Mas uma sensação ainda mais forte o tomou de assalto. Um sentimento que o fez querer parar o carro, sair, e depois o quê? Ele olhou para a maleta que continha os papéis que Moses tinha lhe dado. Por dias, havia tentado entender o sentido dos papéis, absorver seu significado. Definir sua inacreditável intenção. Inacreditável porque o impensável estava expresso em uma linguagem tão seca e inócua. Inacreditável porque a intenção era, finalmente, desfazer, deixar de reconhecer. Apagar a existência dele, Biboon, Rose, seus filhos, seu povo, como indígenas, *invisibilizar todos nós, como se nunca tivéssemos existido aqui, como se não estivéssemos aqui desde o início.*

A maleta pesava no banco do passageiro. A sensação de medo se intensificou. Thomas entrou no estacionamento. O barulho da porta fechando sempre o deixava satisfeito. Caminhou alguns passos sem a maleta, depois voltou, se inclinou dentro do carro, puxou-a e a levou consigo. Mas só a abriu bem mais tarde, quando pegou a marmita e desembrulhou o velho lenço vermelho limpinho onde estava o sanduíche. Serviu água preta medicinal na tampa da térmica. Precisava beber um gole de café e mordiscar uma fatia marrom e salgada crocante de pão bannock enquanto lia os papéis de novo. Esses pequenos confortos lhe davam força.

Trabalhava como vigilante noturno havia sete meses. No começo, conseguia cuidar de sua função como presidente do Comitê Conselheiro de Turtle Mountain no final da tarde ou à noite. Andava conseguindo dormir a maioria das manhãs depois do turno. Quando tinha sorte, como essa noite, até tirava uma soneca antes de ir para o trabalho. Mas de vez em quando o governo se lembrava dos indígenas. E, quando o faziam, *sempre tentavam* resolver o problema *indígena*, pensou Thomas. E a solução é se livrar de nós. E eles por acaso nos falam quando pretendem se livrar de nós? Ha e ha. Não recebera nem uma palavra do governo. Ao ler o *Minot Daily News*, descobrira que havia algo acontecendo. Depois, Moses teve que arrancar os papéis de seu contato em Aberdeen. Levou um tempo precioso até mesmo para conseguir a confirmação, ou ver a declaração da Resolução da Câmara, conforme o autor disse, de que os indígenas Chippewa de Turtle Mountain estavam na mira do Congresso dos Estados Unidos para o processo de emancipação. *E-man-ci-pa-ção. Eman-cipação.* Essa palavra não parava de martelar sua cabeça. *Emancipado.* Mas não eram escravizados. Libertos da condição de serem indígenas, essa era a ideia. Emancipados de suas terras. Livres dos tratados que o pai e o avô de Thomas tinham assinado, tratados envoltos na promessa de que durariam para sempre. Então, como de costume, ao se livrarem de nós, o problema indígena seria *resolvido.*

Da noite para o dia, o cargo de líder do povo se transformou em uma luta para permanecer um problema. Para não ser resolvido.

O Cesto de Frutas

Barnes a vira desaparecer em meio às folhas. Ela estava descalça. Ele achou isso fascinante. E muito apropriado para uma indígena encantadora. Desde que era criança, havia fotos. Anúncios. Ilustrações voluptuosas de caixotes de frutas e laticínios. Uma adorável indígena vestida em camurça esvoaçante. Ela segurava abóboras, maçãs, pêssegos, pepinos. Oferecia um potinho de manteiga. Talvez essas lembranças tivessem influenciado sua decisão de vir para a reserva, de deixar a gráfica de seus pais em Des Moines. Além disso, depois do ensino médio, ele havia chegado à conclusão de que não queria mesmo continuar na gráfica. Gostava de matemática. Divisões complexas tinham conquistado seu coração desde muito novo. Barnes ansiara por cada novo nível de conhecimento. Até hoje, se não estivesse no boxe, estaria lidando com polinômios. Os números eram seus amigos o dia todo. Observava conexões, repetições. Das placas de carros e números de telefones ele compunha equações. Até o boxe era baseado nos números dos minutos, dos rounds, das penalidades, dos pontos. Números também se ligavam às pessoas. Ele viu Pixie quando tinha 26 anos, embora ela tivesse apenas 19. Mas ele adorava a inclinação do número 2 e o jeito de caracol do 6. Combinava com ela. Ele tinha um sentimento de 2 elevado à 6ª potência. Não foi além disso. Ele só tinha falado com ela de passagem e estava esperando o momento certo para se apresentar.

Pensou em talvez ir à casa dela. Será que seria estranho? Possivelmente. Era bem provável que sim. Mas havia esperado encontrá-la por aí; chegara até mesmo a ficar parado nos lugares em que ela poderia passar no caminho de casa para o trabalho. O 1,99. O mercado. A cafeteria do Henry. Mas não teve sorte. Uma noite, quando o vento tinha secado as estradas, e com esperança o caminho que levava à casa deles, levou Pokey para casa. Quando Pokey desceu do carro, Barnes também desceu.

— Vou cumprimentar seus pais. Ainda não os conheço.

Pokey se virou boquiaberto para Barnes. Mas fechou a boca, continuou a andar e não disse nada.

O garoto esperava que o pai não estivesse desmaiado no quintal. Sabia que Patrice já estava no trem.

— Tudo bem. — Barnes escondia a decepção. — Posso falar para ela sobre seu progresso.

Pokey ficou em silêncio, mas seu pensamento era "quer dizer o progresso que *você* está fazendo. Ou pelo menos tentando."

Pokey abriu a porta. Quando Barnes entrou, ficou chocado. Não tinha percebido que estava entrando em uma casa. O lado de fora lhe pareceu um abrigo grosseiro de animais, um amontoado de troncos rebocados com lama amarelada e pálida. Mas então, mesmo com a pouca luz, viu que havia sinais de cuidado com o lugar. A mesa fora esfregada. Sobre ela, um lampião de vidro brilhava. Atrás do lampião, uma mulher estava sentada diante do que, inicialmente, Barnes achou que fosse um rolo de papel, depois percebeu que era casca de bétula. Atrás da mesa havia um pequeno fogão a lenha com uma panela fumegante de guisado no fogo. Barnes reconheceu o ensopado apimentado de carne de veado cozido com cedro e nabos selvagens. Por ser uma especialidade de Juggie, ficou com água na boca. Sem dizer uma palavra, a mulher se levantou e serviu duas tigelas de latão com guisado. Ao lado, colocou uma fatia fina de pão bannock e um pequeno tacho de gordura e dispôs duas colheres.

Barnes se sentou e comeu com Pokey. A mulher não sorriu. Começou a conversar com o filho em sua língua e a mexer as mãos de forma lenta e articulada. Barnes ficou fascinado com as mãos dela — talvez fossem números. Faltava o dedo mindinho em uma das mãos. Na outra, havia um pequeno dedo extra, um polegar perfeito. Seus dedos eram errados, mas ainda somavam dez. Isso enervou Barnes ao ponto extremo do desconforto, e, após o guisado, pediu a Pokey que agradecesse sua mãe. Queria que ela entendesse que achou o guisado delicioso e quase passou a mão no estômago — mas se conteve.

— Minha mãe quer saber por que você veio aqui — falou Pokey.

— Foi só uma visita. Para dizer a ela que você está indo muito bem em matemática. O que é muito bom.

Barnes assentiu e sorriu enquanto falava, tentando chamar a atenção da mãe. De maneira frustrante, ela ficando desviando o olhar ou encarando o chão. Parecia estar ouvindo, mas ele não sabia ao certo o quanto ela compreendia. Depois de dizer tudo o que podia pensar, esperou. Nada. Ela bebericou o chá. Depois de um tempo, ela assentiu para o filho e disse algo. Pokey serviu novamente a tigela de Barnes e ele comeu. Depois se sentaram juntos sob o cintilar da luz. Por fim, ela falou de novo com o filho e Pokey franziu a testa.

— O que foi? — perguntou Barnes.

— Ela disse para te agradecer. Mas que sabe que não foi por isso que veio aqui.

Estava sendo difícil não olhar para as mãos da mãe, assim como não conseguir manter uma conversa. Essa situação era muito diferente das fotos dos caixotes de frutas, e ele esperava que estivesse fazendo tudo certo. Era como se tivesse entrado em outra época, uma época que ele nunca soubera que havia existido, uma época desconfortável em que os indígenas não eram nada parecidos com os homens brancos.

— Acho que é melhor eu ir embora — disse.

— Certo — disse Pokey.

A mãe falou.

— Pokey? O que ela disse?

— Nada.

— Por favor. O que foi?

— Então tá bom. Ela disse que a Pixie não gosta de você.

— O quê? Como ela sabe? Por quê? Pergunte a ela.

Pokey falou com a mãe. De novo, ele parecia relutante em traduzir, mas finalmente cedeu.

— Ela disse que Pixie não gosta de você, porque você cheira mal.

Barnes ficou totalmente chocado. Levantou-se e cambaleou sob o teto baixo.

— Agradeça sua mãe pelo guisado — falou ele.

— Está bem — disse Pokey.

Barnes saiu da casa e caminhou pela trilha escura até o carro.

— Puxa, mãe — disse Pokey ao fechar a porta. — Você insultou o professor.

— Eu precisei — afirmou Zhaanat, em inglês. — Ela me falou que não gosta dele. Mas não porque ele cheira mal. Ela quer que ele a deixe em paz.

— Por que não falou isso para ele? Agora ele vai se lavar e achar que o problema foi resolvido.

— Mesmo se ele se lavar, ele ainda vai ter o cheiro que tem. Não adianta. O suor deles é forte.

— Ah, acha que ele vai entender que não tem como cheirar melhor? Acha que ele vai desistir?

Zhaanat assentiu como se fosse óbvio.

— Ma. Puxa! Ele não pensa assim. Ele acha que *nós* cheiramos mal.

— *Gawiin geget*! É claro que não! — disse Zhaanat, com um tom escandalizado na voz.

Um Assento no Trem

Outras pessoas entravam no vagão a cada estação. Ninguém se sentava do lado de Patrice, mas sem demora quase todos os assentos estavam tomados. Um homem de cabelos e cílios loiros, que lhe lembrava Barnes (muitos homens no trem ou na estação a lembravam de Barnes) andou pelo corredor. Ele olhou de relance para o assento ao lado dela e Patrice fechou os olhos. Estava com a cabeça encostada na janela. O vidro era frio em sua têmpora. Ela sentiu o peso do homem sentando e o ouviu conversar com uma mulher, que se afastou. O homem ao seu lado ficou quieto por uns minutos, depois bateu levemente em seu braço. Tão assustada a ponto de ficar paralisada, ela não reagiu.

— Oi, minha esposa está no trem. Ela vai trocar de assento com você.

Patrice não abriu os olhos. Talvez, se ele não tivesse batido no braço dela, se tivesse pedido com educação ou se desculpado por supostamente acordá-la, ela teria trocado de lugar. Mas, em vez disso, resolveu afundar--se em um estado frio e fechado do qual não seria despertada. Ele bateu em seu braço de novo.

— Ei — disse mais alto. — Falei que minha esposa vai trocar de lugar com você.

Patrice franziu o cenho como se um sonho estivesse sendo interrompido, então virou o ombro para ele e apertou os quadris mais profundamente no assento. O condutor se aproximou. Já tinha furado a passagem dela, então não a acordou. Quando o condutor pegou a passagem do homem de cabelo de feno, o estapeador de braços disse:

— Eu gostaria que minha esposa sentasse junto comigo. Ela vai trocar de lugar com essa mulher.

— Senhora — chamou o condutor. — Ei, senhora.

— Eu troco — disse baixinho um homem sentado em algum lugar.

Patrice tinha se mantido em um torpor teimoso.

O primeiro homem se levantou.

— É, vocês dois se merecem — disse ele.

Outro homem se sentou. Patrice vagava estranhamente pelas paredes frias do trem. Exausta, ela dormiu por um pequeno período. Antes de abrir os olhos, sentiu alguém a observando. Quando se aprumou e olhou ao redor, viu que era Wood Mountain.

— Oi, Pixie.

Por estar muito feliz de ver alguém conhecido, esqueceu-se de pedir para que lhe chamasse de Patrice. Tinha passado apenas uma hora de viagem, mas ela já sentia saudade de casa. Já queria que a aventura acabasse.

— Para aonde está indo? — perguntou a ele.

— Fargo. Tenho uma luta. Talvez.

O cabelo dele tinha sido recém-cortado; estava com brilhantina e enrolado na testa.

— Você foi bem na outra noite. Deveria ter ganhado.

— Ah, você estava lá?

Sabia muito bem que ela havia ido à luta com seu parente. Quisera ganhar ainda mais por causa deles. Sentira-os o observando.

— Sim, aquele cronometrista trapaceou. Você foi bem — disse ela de novo.

— Foi o que o Barnes disse.

Patrice assentiu. Barnes.

— Ele está sempre falando bem de você. Você gosta dele?

— Não.

— Como assim? O que tem de errado com ele?

— Não tem nada errado com ele.

— Então...

— E eu devia gostar de alguém só porque não tem nada de errado com ele?

— Acho que não.

Ficaram ali sentados envoltos em um clima estranho. O condutor anunciou a próxima parada, não muito longe, para comerem um almoço de verdade. Patrice havia levado comida, para economizar. Pegou um pote amarelo e tirou a tampa. Tinha pemmican da Zhaanat - carne de veado, nêspera-do-canadá, pembina almiscarada, gordura com açúcar, todos desidratados, socados e desfiados. Wood Mountain pegou um pequeno punhado. Patrice comeu um pedacinho.

— Dá bastante sustância — disse Wood Mountain.

— Estou contando com isso — disse Patrice. — Vou para as Cidades procurar minha irmã.

— Eu soube. E o seu emprego?

— Valentine me deu os dias de folga dela.

— Muito decente da parte dela.

A observação não pareceu levar a lugar algum e só exigia concordância como resposta, então ficaram de novo em silêncio até o trem parar.

— Vamos sair um pouco e esticar as pernas — sugeriu Wood.

— Não quero perder o assento — disse Patrice.

— Se aquele cara tentar pegar seu lugar de novo, eu bato nele.

— Então vou ficar. Nada de brigas por minha causa.

Wood Mountain saiu e ficou correndo de um lado para outro na plataforma da estação. Patrice colocou o casaco no assento dele para que ninguém pegasse o lugar, mas, ainda assim, quando as pessoas começaram a entrar de novo no trem, uma mulher pequena e esbelta parou no corredor e perguntou:

— De quem é o casaco?

— Dele — respondeu Patrice, indicando Wood Mountain, que ficou parado no corredor.

A mulher franziu o cenho pela incongruência do pequeno casaco azul com o indígena robusto, mas foi embora. Wood Mountain se sentou ainda recuperando o fôlego. O cabelo tinha caído de um lado. Ele o penteou e o pressionou de volta ao lugar.

— Sprints intervalados — disse ele.

— O que é isso?

— Pequenos arranques de velocidade.

— Faz sentido. Você precisa lutar com pequenos arranques.

Ele ficou surpreso por ela compreender tão rápido. Ela perguntou sobre a rotina de treinamentos. Ele contou que tinha uma colina que subia correndo uma centena de vezes todos os dias. Falou sobre as latas que encheu de areia e fechou com solda, sobre pular corda e o saco de pancada que pendurava em um galho. Tentou não mencionar Barnes, porque havia alguma coisa nas entrelinhas do desgosto dela por ele. Um sentimento. Ele não era bom em dar nomes às coisas. Ou descobrir seus embasamentos. Seus sentimentos eram como o clima. Simplesmente sofria por causa deles ou os aproveitava. Agora, ela estava pegando um pequeno canivete de dentro da bolsa e cortando um pedacinho de casca em forma de polegar. Dobrou o canivete e colocou um pedaço na boca. Ela abriu a mão, e tinha outro pedaço, aromático.

— Toma.

Ele pegou e ficou passando o pedaço de casca de um lado para outro na boca, deixando que o sabor suave a preenchesse por inteiro.

— O que é isso?

Ela balançou a cabeça.

— É, não sei, *miswanagek*.

— Para que serve?

— Dor.

— Que tipo de dor?

Ele a encarou e ela afastou o rosto, se encolheu e murmurou:

— Dor muscular!

— Essa eu tenho.

Ele escondeu um sorriso, como se não tivesse entendido.

— Dá para fazer um chá. O chá é melhor.

— Então... para onde vai quando chegar às Cidades?

— Tenho uns endereços comigo.

— De onde sua irmã mora?

— Não.

— Então o plano é andar pelas ruas até encontrar sua irmã?

— Talvez.

— Isso não é um plano.

— Talvez não. Mas o que você faria? Iria à polícia?

— Não exatamente.

— Como assim?

— Procure quem não é da polícia. Desculpe falar assim. Ela pode ter se metido em encrenca. O que quero dizer é: procure a escória.

— Ah, bom, certo, mas não sei. Como encontro a escória?

— A escória sempre sobe ao topo. Basta olhar em volta. Encontre pessoas questionáveis, que estejam no comando das coisas.

— Que coisas?

Ele não conhecia Pixie muito bem. Não tinha certeza do quão longe poderia ir.

— Coisas não muito boas — disse ele finalmente.

— Bebida?

— Sim.

— O que mais pode ter de ruim?

Ele a encarou. Ela simplesmente queria saber.

— Estou ficando preocupado com você — disse ele.

Um Projeto de Lei

> Prever a terminação da supervisão federal sobre as propriedades dos indígenas Chippewa de Turtle Mountain dos estados da Dakota do Norte, Dakota do Sul, Montana e membros individuais referidos; assistência na recolocação ordeira desses indígenas em áreas de maiores oportunidades econômicas; e para outros propósitos.

Lá estava, na primeira linha da severa primeira frase, a palavra terminação, a qual instantaneamente substituiu na mente de Thomas a palavra emancipação com sua aura poderosa de expansão. Nos jornais, o autor da proposta construíra uma nuvem de palavras altivas em torno do projeto — emancipação, liberdade, igualdade, sucesso — que mascarava a verdade: terminação. Terminação. Faltando apenas o prefixo. O ex.

O VENTO sacudia as persianas de metal das janelas da fábrica. Thomas vestiu o casaco. Só terminara a oitava série aos 18 anos, porque havia trabalhado com o pai. Eles tinham colhido e plantado, capinado e suado. Em um verão, cavara aquele poço. Depois de ter terminado a oitava série, Thomas tentara estudar sozinho, principalmente lendo tudo o que pudesse encontrar. Quando precisava acalmar a mente, abria um livro. Qualquer livro. Isso nunca falhara em fazê-lo se sentir revigorado, mesmo que o livro não fosse bom. Portanto, não foram as palavras no resto do projeto de lei que impediram seu entendimento, mas sim a maneira como elas foram posicionadas.

> Que seja promulgado pelo Senado e pela Câmara de Representantes dos Estados Unidos da América, aqui reunidos em congresso, que o propósito desta Lei é prever a terminação da supervisão federal sob o fideicomisso e propriedade restrita dos indígenas Chippewa de Turtle

> Mountain dos estados da Dakota do Norte, Dakota do Sul e Montana, a alienação de propriedades pertencentes ao governo federal adquiridas ou retiradas da administração de assuntos dos indígenas citados, para intensificação de um programa ordenado de facilitação de relocação e realocação dos indígenas citados em uma economia autossustentável, que os serviços e supervisão federais referentes aos indígenas citados possam ser interrompidos quando não mais necessários, para término dos serviços federais fornecidos aos indígenas citados por razão de sua condição como indígenas.

Ele jogou as folhas no chão. Fez sua ronda. Mas, depois que a acabou, pegou os papéis, ajeitou-os e os recolocou em sua maleta. Ele estava vazio, não sabia o que responder. Havia uma sensação oca, uma vibração, parecia que seu corpo tinha se tornado um tambor[6]. Que qualquer um batendo nele faria um som. Que o som, mesmo que desafiador, não faria sentido. E quem tivesse usado as baquetas saberia disso, e seria impiedoso. Essa pessoa o golpearia cada vez mais até que o couro ficasse desgastado.

Quem seria essa pessoa? A pessoa batendo o tambor? Quem tinha feito esse projeto de lei? Thomas se perguntava.

NAQUELA MESMA manhã, Thomas fez um telefonema caro para um velho amigo e colega de internato, Martin Cross. Martin era o líder do povo de Fort Berthold, uma reserva no oeste da Dakota do Norte, compartilhada pelos Mandan, Arikara e Hidatsa, os quais faziam parte da aldeia de Martin. De colega brincalhão de internato, Martin tinha se tornado uma fonte de sabedoria e um militante estratégico pelos direitos indígenas. Martin contou quem estava batendo o tambor: Arthur V. Watkins.

— Ele é o homem mais poderoso do Congresso — disse Martin Cross.

— Isso não é bom

— Não. E não sei se importa, mas ele é mórmon.

Thomas ficou em silêncio. O que Cross falou lhe soou vagamente familiar.

6. Tambores produzidos com couro de animais e usado nas cerimônias de vários povos indígenas do norte. [N. da R.T.]

— Conhece algum mórmon? — perguntou Martin Cross.

— Acho que não.

— Não chegaram até vocês. Mas ainda vão. Está na religião deles transformar os indígenas em brancos.

— Eu achava que isso era trabalho do governo.

— Está no livro sagrado deles. Quanto mais orarmos, mais brancos ficamos, mais leves nos tornamos.

— Ah, sabe como é, bem que eu poderia ficar um tiquinho mais leve.

— Não desse jeito — disse Martin, rindo. — Acham que, se seguirmos o jeito deles, nossa pele vai clarear. Eles chamam de ser luminoso e brilhante.

— Eles vão ter trabalho com essa sua cabeça dura.

— Com a sua também.

Ao lembrar que a aldeia estava falida, Thomas interrompeu o telefonema. Na verdade, estavam mais falidos do que ele havia pensado quando aceitou o emprego, o qual deveria pagar US$30 por mês. Inclusive, ele ainda não tinha pagado o próprio salário. Mas o senador que empurrara esse projeto de lei para o seu lado do congresso tinha um nome, afinal. Arthur V. Watkins.

Quem?

Na noite seguinte, no trabalho, ele voltou a ler as páginas.

Então é *disso que se trata*, pensou Thomas, olhando para as linhas de palavras neutras do projeto de lei da terminação. Sobrevivemos à varíola, ao rifle Winchester de repetição, à arma Hotchkiss e à tuberculose. Sobrevivemos à epidemia de gripe de 1918 e lutamos quatro ou cinco guerras mortais contra os Estados Unidos. Mas, no fim, seremos destruídos por um conjunto de palavras entediantes. *Pela alienação, pela intensificação, pela terminação, para a promulgação de etc.*

Ele estava de volta à sua mesa e tinha acabado de bater o ponto às 2 da manhã. A última vez que dormiu bem tinha sido há quanto tempo mesmo? Na casa velha. Afastou os papéis e começou a escrever para Archie. *Como você sabe, Mama tem tomado conta de um jovem brilhante e inteligente. Martin é um tipo de coroinha para Wade. Não quero falar nenhum sacrilégio, mas, quando vejo Martin ao lado de Wade com seus sapatos, ou com um forcado ou uma pá, seja o que for, não consigo deixar de me lembrar do meu trabalho na Santa Missa. Martin ouve o Wade também e outro dia ele me disse que Wade ficava falando do meu despertador e de como sempre eu batia o ponto. Com um olhar triste, Martin então comentou, "de tanto bater, ele logo deve quebrar em mil pedacinhos!"*

Thomas apoiou a cabeça nas mãos e tampou os olhos. Depois de um tempo, acordou assustado. Confusão mental, pulso acelerado, tinha certeza de que alguém tentara invadir a fábrica. Desligou o lampião e pegou a lanterna de aço, útil como um possível cassetete. Não bateu cartão porque o clique do ponto faria eco. Sem fazer barulho, atravessou o andar da sala principal e entrou na de banho ácido. Sempre achara completamente possível que alguém, imaginando que as joias fossem pedras raras comuns, poderia invadir a fábrica pensando que encontraria um tesouro. Ele tinha a lanterna e as chaves. Poderia acertá-lo com a lanterna e furá-lo com as chaves. Mas provavelmente perderia a briga e seria amarrado e jogado no banheiro. Esperava não bater a cabeça em algum equipamento. Se não conseguisse pensar e raciocinar, não teria como se opor ao projeto de lei.

Thomas foi devagar em cada novo posto de controle e encontrou a fábrica de joias vazia. Zumbindo onde tinha que zumbir. Silenciosa onde sempre houve silêncio. Fazendo barulho e estalando nos lugares normais. Em seguida, entrou na oficina escura e viu o grande arco prateado diante da janela de uma coruja branca com as asas abertas. Ela estava bicando o vidro, lutando com seu próprio reflexo. O céu atrás da coruja estava preto, sem lua, reluzindo com a luz das estrelas. Emocionado, ele tateou as chaves e saiu na ponta dos pés para ver a coruja com mais clareza.

Quem?

Caminhou lentamente pelo lado de fora do prédio. A coruja branca como neve girou a cabeça e olhou para ele, depois esticou a perna emplumada e flexionou as garras negras. O pássaro parecia perturbado. Piscou, olhou seriamente para Thomas e, com uma última bicada desconfiada em seu rival no vidro, começou a alisar as penas. Thomas a observou por um longo tempo antes dela sair voando sem fazer barulho. Ele ficou ali parado por um instante e esperou para ver para onde ela iria. Mas a coruja foi embora, sugada pelo céu negro. Thomas estava sem agasalho e sem cigarro, então voltou para dentro e bateu o ponto. Ao lado do horário, que devia ser batido na hora certa, ele escreveu: *Saí para resolver a questão da coruja branca. Quem? A coruja não ficou satisfeita com a resposta.*

Piada Indígena

WALTER VOLD ajustou os óculos de leitura e olhou o cartão de ponto mais de perto. Coruja branca! Passou o cartão de volta para Doris Lauder.

— Típica piada indígena — disse Vold.

Ele percebera que ela havia parado de vez de usar perfume. Que se afastava, quando ele tentava se aproximar. Que, quando chegava perto, ela emanava um cheiro estranho de mofo.

— Como assim? — perguntou Doris — Não entendi.

Ela lavava as mãos com o pano mofado debaixo da pia. Fazia isso todos os dias. Estava disposta a suportar o cheiro para que ele não ficasse cheirando-a toda vez que passava por ela.

— Como é que eu vou dizer...

Vold ficou dando tapinhas exagerados no queixo duro como bronze.

— A palavra é... a palavra é... — Para seu alívio, uma palavra veio em sua cabeça. — Enigmático.

— Ah. Ainda não entendi.

Doris pegou de volta o cartão de ponto com os dedos mofados e analisou as palavras de novo. LaBatte enrolava do lado de fora da sala com uma cesta de lixo que esvaziava para outra maior. Vold pegou o cartão da mão de Doris.

— Sr. LaBatte — chamou Vold, acenando e gesticulando como se estivesse gesticulando para um avião. — Por favor, entre aqui e esclareça uma coisa.

LaBatte entrou. Com sua ampla barriga à frente, ele parecia um especialista. Vold entregou-lhe o cartão de ponto de Thomas Wazhashk.

— A senhorita Lauder está curiosa para saber o que isso significa — disse Vold.

LaBatte colocou o cartão meio distante do rosto e fez uma careta, balbuciando as palavras. Olhou para os dois e assumiu um ar de perito.

— Significa que Thomas, o rato almiscarado, saiu para fumar um cigarro. Às vezes, ele fuma a marca Coruja Branca. Eu diria que ficou preso do lado de fora e teve que entrar por uma janela. Ou pode ter entrado através da parede, como uma névoa.

LaBatte foi embora, rindo. Vold e Doris começaram a rir também.

— Muito engraçado! Atravessou a parede como uma névoa. Uma típica piada indígena.

LABATTE PAROU de rir assim que saiu da sala e seguiu fazendo barulho pelo corredor. Seus olhos se arregalaram enquanto empurrava o carrinho ainda mais rápido. A menção à coruja era muito perturbadora. Se Thomas tinha visto uma coruja, isso significava uma morte. E em breve. LaBatte começou a passar listas mentais de pessoas que poderiam morrer. Pessoas que ele não se importaria se morressem. Pessoas que se importaria muito se morressem. Pessoas que ficaria acabado na alma se morressem. E ele mesmo, que era bem próximo de Thomas, de certa forma, já que estudaram juntos e, às vezes, se encontravam no trabalho. Sim, ele era próximo o bastante de Thomas para ser a vítima. Além disso, era culpado e corria o risco de ser punido.

Muito baixinho no corredor vazio ele murmurou:

— Me ajude, Roderick.

Quem?

THOMAS ERA da geração que se perguntava "depois dos búfalos, o que somos agora?". Ele nasceu na reserva, foi criado na reserva e deduzia que morreria ali também. Thomas tinha um relógio. Não tinha nenhuma lembrança da época em que o único jeito de verificar as horas era pelo sol e pela lua. A primeira língua dele era a antiga, e também falava inglês com um pequeno e quase imperceptível sotaque. Um que pertencia apenas aos de sua geração. Essa forma com uma suavidade difícil de descrever, porém firme de falar seria perdida. Sua geração teria que se definir. Quem era indígena? O quê? Quem, quem, quem? E como? Como ser indígena se relacionava com a realidade desse país que os tinha subjugado e tentava de todos os jeitos possíveis absorvê-los? Sim, era verdade que às vezes o país ainda odiava efetivamente indígenas. Mas com mais frequência agora, uma sensação poderosa e gloriosa se espalhava. Guerras. Cidadania. Bandeiras. Esse projeto de terminação. Arthur V. Watkins acreditava que era o melhor caminho. Que iria elevá-los. Que até mesmo abriria os portões do paraíso. Como indígenas seriam capazes de se manter afastados se os conquistadores, às vezes, erguiam os braços e os esmagavam num abraço violento tomado de algo que se assemelhava ao amor?

Bandeiras

NAQUELE ANO, seu pai estava esquelético e com as maçãs do rosto salientes. Thomas vivia o tempo inteiro com fome. Na época, comiam o que comiam devido ao desespero — como pedaços de pão bannock lambuzado com gordura de veado, por exemplo. As escolas diurnas da reserva distribuíam apenas uma refeição. Os internatos do governo ofereciam três. Os internatos do governo ficavam a um dia de carroça, se saíssem bem antes do amanhecer. A mãe de Thomas, Júlia, ou Awan, chorava e escondia o rosto enquanto ele se afastava. Ela ficara dividida pensando se devia cortar ela mesma o cabelo do garoto. Cortariam na escola. E cortar o cabelo significava que alguém tinha morrido. Era uma forma de luto. Pouco antes de partirem, ela levou uma faca à trança dele. Iria pendurá-la na floresta, assim o governo não ficaria com ele. Para que ele voltasse para casa. E ele tinha voltado para casa.

A PRIMEIRA coisa que Thomas observou na escola foi a grande quantidade de panos listrados — vermelho e branco. E partes azuis também. Bandeiras. Em todo canto: suspensas ou penduradas em mastros, presas em colarinhos, ao redor dos quadros negros, drapeadas acima das portas. No início, achou agradáveis as decorações. A professora lhe mostrou que ele devia pôr a mão no coração e repetir as palavras que as outras crianças já conheciam. Tudo isso enquanto olhava para a bandeira. Thomas repetiu as palavras da professora, embora não entendesse do que se tratava. Aos poucos, os sons foram tomando forma em sua mente. E depois, trechos e pedaços foram adicionados ao modelo. Estava lá havia alguns meses quando ouviu a frase *uma bandeira pela qual vale a pena morrer*, e sentiu um calafrio.

Madeirada 26

Enquanto o trem entrava em Fargo, Wood Mountain pediu para Patrice anotar os dois endereços.

— Por quê?

— Porque você é uma bebê. Quer dizer, não conhece as ruas. Assim tenho tem um rastro caso você se perca.

— Eu consigo me virar.

— No mato consegue mesmo. Você e seu grito de cãibra.

— Não é minha primeira vez fora da reserva.

— Mas é de uma cidade que estamos falando, Pixie.

— E quem é você para querer me ensinar?

— Eu sei mais do que você. Uma vez visitei minha irmã. Tive lutas por lá.

— Ganhou alguma?

— Não.

— Mas devia ter ganhado. Certo, são esses endereços aqui.

Pixie — Patrice — escreveu os endereços em um pedaço de jornal. Não mencionou o endereço de emergência. Bernadette era meia-irmã dele. Wood Mountain colocou o papel no bolso. Conforme se levantava, ele olhou para ela. Sem pensar, como se fosse algo natural, tentou dar o sorriso que praticava enquanto se barbeava no espelho. Ah, e ela correspondeu, não foi? Olhou-o maravilhada. Ele sentia os olhos dela o observando enquanto se virava, andava pelo corredor do trem e saía pela porta...

E ela ficou pensando. *O que foi aquilo?* Aquele sorriso? Como se ele o tivesse visto em algum cartaz de filme barato. Um sorriso como a massa no pote de seu almoço — triste e cru. Nem mesmo meio assado. Patrice voltou a se sentar e pegou o pote com o xarope. Comeu vários pedaços de pemmican enquanto olhava pela janela para a cidade de Fargo. O bar Taberna do Império. Viu Wood Mountain caminhando e balançando sua bolsa. Se ele entrasse no bar, ela nunca mais falaria com ele de novo. Ele passou reto.

Certo, talvez algum dia, pensou ela à medida que o trem saía.

ELA DORMIU tão profundamente que o padrão do estofamento do assento ficou marcado em seu rosto. Quando acordou, colocou os dedos na face e sentiu as ondulações do tecido áspero. Tinham percorrido um bom caminho e estavam passando por St. Cloud. Em pouco tempo agora, chegariam am Mineápolis. A senhora esbelta tinha se sentado ao lado de Patrice. Ela usava agulhas prateadas estreitas para tricotar um cobertor de bebê com uma lã branca bem fofa. As dobras delicadas desciam e se amontoavam em seu colo. Patrice desviou o olhar, mas a senhora notou que a companheira de assento estava acordada e se apresentou.

— Bitty.

— Patrice.

— O que a traz para as Cidades?

— Vim procurar minha irmã e o bebê dela.

— É? — O rosto de Bitty tremia enquanto falava. Ela era uma mulher magra e rija. O couro cabeludo aparecia entre as mechas de cabelo incolores. Os lábios eram finos e pálidos. — Como está sua irmã? E o bebê? Suponho que esteja indo visitar o novo bebê.

A mulher franzia os lábios ansiosamente e apertava os olhos olhando para as agulhas.

— Não exatamente. Ela está perdida. Quer dizer, não temos notícias dela. E eu nunca conheci o bebê. Estou preocupada que algo tenha acontecido.

— Ah, meu Deus, não, não, não! Espero que nada tenha acontecido com o bebê!

As agulhas da mulher continuaram a subir e descer. O barulho parecido com um inseto se intensificou. De repente, a mulher se virou para ela, com um ar de que tinha resolvido o problema.

— Vou rezar pela sua irmã.

— Obrigada — disse Patrice.

A mulher fechou os olhos, mas continuou tricotando sem perder um ponto sequer. Seus lábios cor de barro se moveram. Uma suavidade surgiu em seu rosto. Patrice se virou e fechou os olhos para absorver o sono remanescente. Quando os abriu, a mulher continuava rezando e tricotando. O cobertor estava ainda maior. Patrice quase falou, mas os lábios da mulher ainda se moviam e seu murmúrio era intenso e quase audível. Patrice se virou novamente e olhou pela janela. Os campos planos e exuberantes foram deixados para trás e substituídos por bosques de carvalhos e planícies arenosas com vacas leiteiras pastando. Ao longe, de um lado, podia ver um aglomerado de estruturas marrons e altas. De repente, muitas casas derrubadas e, depois, armazéns de tijolos se alinharam aos trilhos. O ritmo diminuiu para um balanço suave e o tamanho dos edifícios aumentou. Logo, prédios mais altos se erguiam de ambos os lados. Houve um momento em que outro trem passou a centímetros de distância, de forma quase indistinta como um sonho. Pelo menos tinham diminuído a um ritmo bem lento e entrado em uma estrutura com sombras e altos pilares, onde o trem freou com um sibilo.

— Pronto — disse a mulher, abrindo os olhos.

Ela enrolou o cobertor peludo e o deu para Patrice.

— É para o bebê de sua irmã.

A pequena senhora deslizou para o corredor.

— Obrigada! — Patrice gritou, mas a senhora não se virou.

Ela segurou o cobertor perto do rosto por um momento. Não tinha odor, não tinha nem cheiro de lã. Não, espera, tinha algo sim. Uma espécie de tristeza pessoal e empoeirada. A mulher tinha perdido um neném, pensou Patrice. Mas o cobertor parecia uma garantia de que iria encontrar Vera e o bebê. Ela pegou a sacola artesanal do compartimento acima do assento e colocou o cobertor do bom presságio ali dentro. Então seguiu os outros passageiros ao longo do corredor.

Patrice desceu na plataforma e seguiu as placas para a área principal da bilheteria e de espera. Havia bancos, como os da igreja, mas com descansos de braço intermitentes. A madeira era sólida, quente e manchada pelas muitas pessoas que ali se sentavam. Ela se sentou também. Lembrou-se do batom e aplicou uma camada fresca com ajuda do seu espelho compacto. As pessoas a olharam do jeito que sempre olham quando uma mulher aplica batom em público. Às vezes, Patrice fazia isto como teste, ou como uma maneira de observar atrás de si mesma, caso se sentisse ameaçada. Dessa vez, olhou para o espelho apenas para arrumar coragem. Esta viagem estava destinada a acontecer. Ela estava destinada a não ter previsto alguma coisa. O que aconteceria agora? Como iria da estação de trem até o endereço? Tinha imaginado que poderia caminhar. Quilômetros não eram nada. Mas agora tinha visto o bastante do tamanho da cidade para entender que se tratava de mais do que quilômetros. Eram ruas depois de outras similares, tudo muito confuso. Precisava de uma orientação. Talvez de uma das mulheres da cabine da bilheteria. Guardou o batom e foi até elas.

— Pegue um táxi, querida. Espere lá fora em um daqueles bancos.

Um táxi, é claro! Como nas histórias das revistas. Patrice passou pelas portas altas e bonitas, enfeitadas com bronze e se sentou em um banco perto do meio-fio. Um carro encostou, ela mostrou o endereço para o motorista e perguntou quanto custaria levá-la até lá.

— Nada — respondeu o motorista. — Já estou indo para lá mesmo.

— Não — disse ela. — Vou pagar alguma coisa.

— Veremos. Preço especial para uma senhorita bonita.

Ela abriu a porta para entrar no banco de trás.

— Não quer sentar na frente, não? — perguntou o taxista.

— Não, obrigada.

Ela tinha certeza de que se lembrava do banco de trás em uma história de revista. Não seria enganada. O homem desceu do carro e colocou a bolsa dela no banco de trás. Abriu a porta do passageiro e a apressou para dentro. Tudo aconteceu em uma questão de segundos. Ele era um homem com sardas, grande, de cabelos castanhos e com sardas nas mãos também. O terno estava amarrotado e folgado e ele parecia estar com pressa. Ela se sentou no banco da frente. Ele tinha um cheiro forte, como Barnes, mas também diferente, como se já tivesse bebido. Patrice desejou que tivesse pegado outro táxi. E a surpreendia o fato do motorista usar terno e gravata. Ele não parou de falar nem por um instante e dirigia apressado, fazendo curvas virando os braços com força e suando, embora o dia estivesse fresco.

— De onde você é? Nunca ouvi falar. Como é a sua amiga? Como ela estava vestida na última vez que a viu? Você disse que ela tem um bebê, não disse? Você é de onde? Nunca ouvi falar. Tem muita coisa para se fazer aqui. Você vai gostar. Quer um emprego? Tem empregos. Posso arrumar um emprego para você agora mesmo. Você precisa conhecer as pessoas certas. Eu conheço as pessoas certas. Taxista? Não, não sou taxista. Transporto pessoas, mas não sou taxista. Espere. Preciso parar aqui para falar com um amigo. Você vem comigo. Sente e relaxe. Não? Bom, não aceito não como resposta. Vamos. Vou te convencer.

Pararam em uma área que dizia Proibido Estacionar em Qualquer Horário.

— Meu nome é Earl. Me chamam de Sardento. Isso aí é para os outros — disse o motorista quando ela apontou a placa.

Ele desceu do carro, deu a volta para o lado dela, abriu a porta e tentou convencê-la a sair. Havia letras de neon apagadas afixadas acima de uma porta. Madeirada 26. Para Patrice, parecia um bar.

— Sinto muito — disse ela, sabendo que tinha cometido um erro. — Eu não entro em bares.

— Nem eu! Não é um bar. Não. É uma loja de câmeras.

Patrice virou, se inclinou para pegar a bolsa no banco de trás e a segurou com força. Ficou parada ao lado do carro segurando a bolsa.

— Vou embora agora. Quando te devo?

— Não me deve nada.

O sujeito envolveu Patrice com os braços e tentou empurrá-la para a frente. Não teria conseguido sozinho, mas outro homem, magro, com cabelo volumoso jogado para trás, surgiu de repente. Seguraram-na pelos cotovelos enquanto ela apertava a bolsa no peito e, juntos, arrastaram-na pela calçada. Passaram pelas portas. Havia um saguão imundo com carpete vermelho. Um espaço pequeno cheio de mesas e cadeiras. Um murmúrio preguiçoso ao redor.

— Onde estão as câmeras? — gritou Patrice.

No centro do clube, havia um tanque de água iluminado. Enorme e brilhante, lançava uma falsa luz esverdeada nas mesas ao redor. Ela via tudo isso enquanto, em pânico, era arrastada pelo andar principal, onde achou que seria melhor ficar. Havia uma parede espelhada refletindo garrafas de bebida. Um corredor escuro parecendo uma armadilha. Como é que tinha encontrado a escória tão rápido?

Patrice se encolheu no chão numa teimosia só. Os homens tentavam levantá-la, mas ela deixava o corpo extremamente pesado. Wood Mountain não lhe explicara como lidar com a escória, só que devia encontrá-la. Ela forçava o peso do corpo para ficar presa ao chão.

— Me solta! — gritava.

Com o grito, desencadeou algo em si mesma. Uma força inimaginável. Ergueu-se e lançou a bolsa em direção ao homem magro. Acertou em cheio. Ele se inclinou, grunhindo. Um homem que bebia no bar desceu de um banquinho e caminhou decidido até a cena. Ele vestia casaco e gravata cinzas. O rosto era magro e amarelado, os olhos, sombreados por uma doença, brilhavam sob o chapéu também cinza que ele não tinha tirado nem para beber. As calças eram largas em suas pernas magras.

— Qual o problema dela?

— Está doente.

— Mentira! Estão tentando me sequestrar!

— É verdade, Earl? Ela parece ser uma boa moça. Por que estão fazendo isso?

— Estamos tentando dar um emprego para ela.

— Bom, deixem ela sentar e tomar um drinque como em um lugar normal. Conversar. Não a arrastem desse jeito. Qual o problema de vocês?

— Foi assim que arranjamos a Babe da outra vez.

— Vocês arrastaram a Hilda até aqui? Vocês são uns trogloditas.

Sardento largou os braços de Patrice e os esfregou como se estivesse pedindo desculpas. Ou para abafar seu comportamento.

— É imperdoável o jeito como eu te trouxe até aqui — falou o homem. Ele acenou com a cabeça para Patrice. — Sinto muito, senhorita.

— Suponho que ela não teria vindo sozinha para cá — disse Sardento. — Não é um lugar agradável.

— É um lugar agradável, sim — argumentou o homem de gravata cinza.

— Se você acha... A questão é que precisamos de alguém hoje à noite. E olha para essa garota. Ela não parece uma vaca aquática?

— Ela é do tamanho da Babe — apontou o homem magro. — Para a fantasia.

— Foi o que pensei.

— Já chega — disse Patrice. Ela deu um passo à frente e tentou recuperar o juízo para disfarçar o quanto tremia. De novo, descobriu que suas próprias atitudes formavam sua ousadia. Jogou longe as mãos dos homens e falou alto: — Estou aqui procurando minha irmã. Tenho que voltar para casa em uma semana. Ele me falou que aqui era uma loja de câmeras. Não entro em bares. Não gosto de homens que frequentam bares. Preciso ir a um certo endereço, encontrar minha irmã, ela está com problemas.

— Ela também é indígena? — disse o homem magro.

— Jesus! O QI por aqui não deve passar de uns trinta — exclamou o homem com o chapéu bonito. — Claro que é indígena, Dinky, é irmã dela.

— Bom, eu não sabia — comentou Dinky.

— Loja de câmeras?

O homem com icterícia ergueu a aba do chapéu. Sardento deu de ombros.

— Meu nome é Jack Malloy — disse e ergueu a mão.

Patrice a pegou. A mão estava seca e fria. Ela se assustou e olhou-o com mais atenção. Ele com certeza estava doente. Ou talvez as mãos frias indicassem um coração quente. Vera teria dito isso.

— Venha se sentar. Tome um drinque.

— Eu não bebo. Quero ir para a Avenida Bloomington.

— E por que é que você quer ir num lugar desses? — perguntou Dinky. — Só tem índio lá.

— Você acabou de bater o recorde da idiotice — disse Jack. — Cai fora. Estamos com uma adorável princesa indígena aqui para quem estamos tentando dar um emprego e você fica insultando ela. Olha, senhorita, pode tomar um refrigerante. O Billy ali atrás vai fazer um sanduíche de hambúrguer. Por conta da casa. Só o que precisa fazer é ouvir a descrição do trabalho.

— Você *é* índia, certo? — disse ele para Patrice. — Porque você é um pouquinho clara, mas...

— Puxei meu pai.

— Ah, filha de um chefe, é?

De um chefe bêbado, pensou Patrice. Ela olhou o lugar ao redor. Havia pequenas janelas como escotilhas e algumas mesas na parte inferior. Estava com fome.

— Se sentarmos perto da porta debaixo de uma daquelas janelas redondas, eu escuto — disse ela. — E quero aquele sanduíche de hambúrguer.

— Claro. Depois de você — disse Jack, fazendo floreio com os braços.

Ela caminhou até a mesa perto da janela e se sentou em uma pequena cadeira preta. A mesa era de um roxo profundo e a superfície estava grudenta. Ela colocou a bolsa na cadeira ao lado. Jack se sentou bem à sua frente com um drinque na mão.

— Sua bolsa de viagem é adorável. Rústica — comentou, fazendo um gesto para o bartender.

— A comida já está vindo — continuou. — Assim como minhas desculpas. Eles não sabem o que fazem.

— Acho que sabem, sim — disse Patrice.

— Não totalmente — argumentou Jack.

O bartender trouxe um refrigerante de laranja gelado e colocou um copo com gelo ao lado.

— Então, o negócio é o seguinte. — Jack se debruçou diante dela. — Os donos desse lugar mudaram ano passado, entende. Antes, o tema era subaquático. O Palácio da Sereia. Muitas conchas e peixes. O tanque grande. Uma sereia experiente fazia os shows no tanque.

— Uma sereia experiente?

— Isso. Ela usava uma cauda brilhante. O cara que comprou esse lugar, W. W. Pank, ganhou dinheiro com madeira e, em homenagem à indústria madeireira do norte, resolveu pôr um tema madeireiro. Por isso o nome Madeirada. O 26 é só um número. Há uma espécie de tema nos drinques e tudo mais sobre Paul Bunyan. O cardápio também. Ainda estamos fazendo mudanças na decoração. E, é claro, o tanque, motivo pelo qual o local é conhecido. Já ouviu falar da Babe?

— Não.

— É a vaca azul do Paul. Ela que carrega as toras. É parceira dele. A fantasia é essa. A Babe.

— Fantasia para quê?

— Em vez de uma fantasia de sereia, uma fantasia da Babe. Hilda usava a fantasia e fazia os truques aquáticos. Os truques da vaca. As pessoas a amavam, vinham de longe, de toda a cidade e de fora. O povo ama a vaca aquática. Me surpreende que ela tenha tantos seguidores, mas essa é a situação. Que vergonha, nem perguntei seu nome.

— Doris — disse Patrice.

— Doris do quê?

— Doris Barnes — disse ela.

— Você tem nome indígena? Não é respeitoso perguntar? Ou é segredo?

— É segredo — disse Patrice.

— Como deveria ser. No entanto, consigo te imaginar como... digamos... Princesa das Cascatas.

— Não.

— Bom, Doris. Está interessada no emprego?

— Em nadar aqui numa fantasia de vaca? Não.

— Mas você nem perguntou o salário.

— Não ligo para o salário.

— Cinquenta dólares por noite. Além disso, você fica com as gorjetas.

Patrice ficou em silêncio. Contando as gorjetas, as quais ela não tinha como estimar, era mais do que ganhava por semana na fábrica de joias. Por uma noite de trabalho.

— Não estou interessada.

— Mas, de qualquer forma, gostaria de ver a fantasia?

— Só para rir — disse Patrice.

— Então venha comigo.

Um homem corado e rechonchudo pôs um prato diante dela. Havia ali um hambúrguer, duas folhas de alface, picles, batatas fritas e salada de repolho.

— Se importa se eu comer primeiro?

Jack sorriu — seus dentes eram grandes, quebrados e escuros. Ela desejou não ter visto os dentes. Mas, então, deu uma mordida no hambúrguer e os esqueceu. Rapidamente, com cuidado e de forma eficiente, devorou tudo. Limpou as pontas dos dedos com um guardanapo roxo.

— Impressionante — disse Jack. — Em breve tudo será de lenhador, os guardanapos xadrez preto e vermelho e assim por diante.

Ele pensou por um instante, observou o prato meticulosamente limpo e disse:

— E, claro, você também teria que servir o jantar depois do show.

— Muito bem, vamos ver a fantasia — disse Patrice. — Mas quero as luzes acesas no corredor.

— Como quiser — disse Jack.

Ela pegou a bolsa e caminhou ao lado de Jack, que cumprimentava quem passava com um leve franzir irônico sarcástico na boca. Ele atravessou o saguão, subiu por escadas estreitas e abriu a porta.

— Seu camarim.

Patrice espiou pela porta. Um cômodo comum com piso de linóleo marrom-acinzentado. Havia uma penteadeira embutida com espelho e luzes ao redor. Frascos de maquiagem básica e uma variedade bagunçada de batons.

— À prova d'água — disse Jack, fazendo um floreio apontando para a coleção.

A cadeira da penteadeira estava pontilhada de tinta branca antiga e tinha no assento uma almofada rosa florida e manchada. Jack se aproximou para abrir um armário largo. Removeu um saco de pano de uma caixa grande e abriu o zíper para mostrar a fantasia. Dentro havia uma roupa de mergulho azul com cascos brancos pintados nas pontas das mãos e dos pés. Dois grandes discos brancos com centros escarlates eram onde ficariam os seios. Patrice se encolheu toda. O que era aquela sombra escura entre as pernas do touro? Ela virou o rosto. Jack segurou a fantasia com reverência em seus braços. Em voz baixa, perguntou se ela poderia experimentá-la. Ela ficou no corredor.

— Claro que não.

— Você poderia, por favor, só segurar ela na sua frente?

Patrice pressionou a roupa de borracha contra o peito. Os cascos absurdos ficaram balançando.

Jack a encarou, suspirou e balançou a cabeça.

— Parece que serviria. Perfeitamente.

Patrice devolveu a roupa. Com muito cuidado, Jack arrumou a borracha para que não deformasse a fantasia. Ele a colocou de lado e abriu uma grande caixa de chapéu, que continha um capuz azul de borracha com pequenos chifres brancos. Prendia no queixo.

— Até que não é ruim — disse Patrice, colocando o capuz azul. — Mas não gosto desses círculos brancos no peito do bicho.

— Bicho, não. Babe é uma vaca. E como pode ver, é claro, a fantasia é bem recatada, isso é preciso admitir — murmurou Jack. — Não mostra muita pele. De jeito nenhum. Só muita borracha azul.

— Não, obrigada — respondeu Patrice.

Era difícil pensar nos cinquenta dólares mais gorjetas.

— Bom, então olha aqui — disse Jack. — Vamos conversar sobre sua irmã. Qual é o seu plano?

— Eu vou só... procurar. Preciso ir no último endereço dela primeiro.

— E onde vai ficar?

— Tenho uma amiga aqui.

— Uma amiga de onde você mora?

— Mais ou menos.

— Você podia ficar aqui. Teria abrigo e comida só para nos ajudar.

— Dormir debaixo da mesa? Não, obrigada.

— Podemos colocar uma cama aqui.

Ela se lembrou da escória, mas Wood Mountain não tinha lhe dado detalhes. Frustrante. Será que ficaria bem se evitasse a bebida?

— Parece uma armadilha.

— E uma tranca bem forte na porta. Ou, se quiser, temos um hotel aqui do lado. Um lugar normal. Limpo. Só não tem teto nos quartos. Também tem trancas.

— Acho que vou procurar um táxi para me levar para onde eu estava indo. Agora mesmo.

— Podemos te ajudar.

— A achar um táxi? Um que não vai me sequestrar?

— Novamente, minhas sinceras desculpas. Foram muito desnecessários. Podemos ajudar a encontrar sua irmã. Quer dizer, isso é um nexo.

— Não sei o que é isso.

— Um lugar em comum. Como um terminal de trem. Onde todos encontram todo mundo. Olhe, são quase uma da tarde. Levo você, pessoalmente, no endereço que quer. Te acompanho até a porta para perguntar sobre sua irmã. E te levo onde quiser procurar. Se nesse tempo encontrar um lugar para ficar e uma boa pista de onde está sua irmã, então damos tchau, até logo, adeus. Se não tiver sorte, você volta e faz o show de hoje. Só isso.

— Por que você faria isso tudo?

— Porque você *é* a vaca aquática.

Jack falava dramaticamente enquanto olhava nos olhos dela. O branco de seus olhos era amarelado, como papel velho.

— O que tem de tão especial nessa fantasia? É só uma roupa de bicho...

— De vaca. Feita de borracha azul.

Ela deu de ombros. Continuava na porta. Jack olhou sonhadoramente para além de Patrice.

— Para fazer essa fantasia tivemos que encontrar um figurinista em Chicago. Ele teve que criar os moldes para a borracha. E teve que achar a borracha, natural e não sintética. E a tinta. É difícil encontrar tintura que pegue em borracha e que fique tão azul, tão brilhante. Dramático. Também é difícil tingir de maneira que a tintura não escorra, enquanto Babe faz o show. Uma borracha que, certamente, não descolore, nem perca o formato. É difícil de achar. Uma borracha que não fique catinguenta. Não tem cheiro nenhum, tem? Por isso usamos um pó especial para secá-la e preservá-la dos insetos, garantindo a integridade da borracha. É um traje muito especial, senhorita Doris Barnes. E você é a primeira mulher que vi que possivelmente poderia fazer justiça à senhora que a vestiu por último.

— Quem era esta senhora? — perguntou Patrice.

— Hilda Kranz.

— E por que ela não está mais aqui? O que aconteceu com ela?

— Ficou doente.

— Ah. Bom, talvez ela melhore.

— Muito doente — afirmou Jack.

— Sinto muito.

Voltaram para o andar principal do bar.

— Tudo bem — disse Patrice. — Eu deixo que me leve para onde quero ir. Depois nos separamos.

— Muito bem — disse Jack Malloy. — Nos separamos, se você encontrar sua irmã. Se não, você faz o show. Vou pegar a chave com o Earl.

— Ele estava dirigindo o seu carro?

— Ele sempre dirige meu carro.

— Não gosto disso — comentou Patrice.

O cérebro de Patrice estava entumecido. O crânio parecia muito apertado. Não estava cansada, mas desorientada. Parecia que mais coisas novas tinham acontecido com ela nas últimas quatro horas do que em sua vida inteira.

O Barbear do Despertar

THOMAS ENVESGOU OS OLHOS e piscou rapidamente. Beliscou a própria pele. Esfregou as mãos até esquentá-las. Falou em voz alta. Era a hora mais difícil. E não havia nem uma coruja para ouvi-lo.

— O que mais vocês querem? Que a gente viva pedindo esmola? Feito. Que nosso povo morra o mais rápido possível? Feito. Que a gente morra com um sorriso no rosto? Confere. Sorrisos corajosos? Confere. Que a gente jure lealdade à bandeira de vocês? Confere. Confere. Confere. Feito.

Falon surgiu no quarto vestido com seu sobretudo verde-oliva. Em seguida, atravessou a parede como uma névoa.

A parede parecia esponjosa onde Falon atravessara. Thomas foi verificar e colocou as mãos no gesso pintado. O verde- acinzentado opaco estava duro e frio.

— Vocês levaram os melhores de nós — disse Thomas.

Ele se virou e riu para a serra de fita. Roderick estava empoleirado ali, rindo que nem doido, como se fosse morder a mão do médico.

THOMAS SE levantou. Havia trazido o kit de barbear de casa. Era um teste. Talvez, se segurasse uma lâmina contra a própria garganta, conseguiria ficar acordado durante a última hora antes do alvorecer. Contorceu a língua na bochecha, encontrou todos os pelinhos e fez o mais rente e caprichado barbear de que um homem é capaz. Deu certo. Essa manhã, e todas as seguintes, cumprimentaria o turno da aurora perfeitamente barbeado, penteado, em alerta e cheirando a creme de barbear.

O Velho Rato Almiscarado

— O QUE TODOS vocês fizeram no começo? Para manter as terras?

— Era assinar ou morrer.

— Como ficaram com o que restou?

— Primeiro nos deram essa porcaria, depois tentaram nos empurrar para fora. Então pegaram a maior parte da porcaria. Agora, você vem me dizer que querem nos empurrar para fora da porcaria.

— Como vocês aguentaram?

Biboon deu aquela risada sibilante de velho.

— Eu era jovem, mas fiz parte de tudo. Aguentamos firme. Com as unhas das mãos, dos pés e os dentes.

— Como conseguiram fazê-los finalmente concordarem? Como conquistaram o resto da terra? O que temos agora.

— Ficamos juntos. Nos unimos. Aisens, Miskobiness, Ka-ish-pa, todos, os Wazhashks também, continuamos unidos até o fim. Tivemos que confrontar aqueles colonos, quando ultrapassaram nossas fronteiras. Sabíamos o que aconteceria se matássemos qualquer um que fosse. Nós os confrontamos. Ficamos unidos. Depois formamos uma delegação.

— Como montaram a delegação?

— Fizemos uma petição. Mas não esqueça que tivemos que ir até o fazendeiro responsável e aquele agente indígena de Devils Lake. Mas os convencemos de qualquer forma. Escrevemos uma carta. Conseguimos um indígena da escola para escrevê-la. E, quando fomos lá, conseguimos, como vocês chamam, assinaturas.

— Uma petição.

— *Eyah*.

— Podemos começar por aí. Faça todos do nosso povo assinar.

— Já seria alguma coisa.

— Depois temos que formar uma delegação.

Thomas assoprou a xícara de latão com chá escaldante que acabara de fazer. Biboon tomou um gole.

— Eu vou levar a ideia da petição para o conselho. Reunião de emergência hoje à noite. Ainda assim, somos apenas um comitê consultivo. Temos que responder ao Bureau.

— Olha aqui — disse Biboon. — É diferente agora. A sobrevivência é um jogo de mudança. Quantas pessoas perdem se o governo romper com a gente?

Thomas olhou para o pai. Às vezes, ele aparecia com cada uma... Como se estivesse de olho no funcionamento da reserva sem pôr os pés na cidade. Essa ideia... de que outras pessoas precisavam de nós por motivos específicos. As cidades vizinhas precisam de nós. Ou precisam ou então não querem nada com a gente. Talvez tenham medo de que acabem com uma enxurrada de gente pobre. Thomas teria que pensar a respeito.

— Não somos um nada. As pessoas usam nosso trabalho. Vocês têm professores, enfermeiras, médicos, burocratas que negociam cavalos no escritório do superintendente. Têm vários superintendentes. Têm funcionários de escritório e os detentores de títulos.

Todos esses trabalhos e títulos podiam ser expressos em Chippewa. Era muito melhor do que em inglês para inventar, e a ironia poderia ser adicionada a qualquer palavra com uma simples inflexão. Biboon continuou.

— Faça a capital compreender. Nós apenas começamos a nos erguer. Juntando dinheiro. Montando fazendas. Ficando famosos na escola como você. Tudo isso vai passar. Seremos dizimados. E os doentes? Para onde vão? Eles nos trouxeram a tuberculose. Que está acabando com a gente. Não temos dinheiro para ir aos hospitais deles. A promessa era trocar essas coisas por nossas terras. Até quando a grama continuasse a crescer e a água dos rios a fluir.

— Ainda vejo grama. Escuto os rios fluindo.

— E eles ainda estão usando as terras — disse Biboon.

— Ainda tirando tudo delas — disse Thomas. — Mas tentando fingir que não assinaram um contrato para pagar o aluguel.

O chá estava fresco o suficiente para beber. O amargor era reconfortante.

O PRÉDIO da comunidade tinha uma sala reservada para reuniões, e, naquela noite, Thomas convocou a reunião do comitê consultivo. Usaram as Regras de Ordem de Robert, grosseiramente traduzidas para Chippewa. Thomas convocou a reunião e a secretária, Juggie Blue, leu as minutas nas duas línguas. Alguns membros do comitê falavam Chippewa ou Cree. Outros falavam Michif — francês e Cree. As línguas tinham um pouco de inglês salpicado. E assim seguiram, meio atrapalhados, passando a cópia do projeto de lei de mão em mão enquanto liam trechos em voz alta e discutiam o significado. Conforme estudavam a linguagem do projeto, a ansiedade ia se infiltrando na sala.

— Parece que, finalmente, eles querem tudo.

— Nos realocar. Querem nos tirar daqui.

— Querem a *ishkoniganan*. Até as sobras.

— Tínhamos um acordo. Eles o quebraram. Sem aviso.

Louis Pipestone, cujo filho mal tinha sobrevivido à Guerra da Coreia e ainda se recuperava em um hospital militar, estava sentado sem se mexer. Ele ficava olhando a parte de trás das mãos, espalhadas em cima da mesa.

Joyce Asiginak disse:

— Eles querem "realocar". Isso é um termo bonito para "remover". Quantas vezes já fomos removidos? Nem sei. Agora querem nos mandar para as Cidades.

Houve silêncio e o farfalhar de papéis. Moses leu as palavras em voz alta:

realocação ordenada de tais indígenas

Ele abaixou o papel, incapaz de continuar.

— De tais indígenas. Esses tais indígenas somos nós — disse Louis Pipestone com a voz baixa e abatida. — Esses tais indígenas que podem ser usados em batalha. O sargento acenou para meu filho ir adiante. Ele foi sozinho. *Vá sondar*.

Ninguém falou. O filho de Pipestone ficara doido, diziam que por ter sido queimado. Louis fora visitá-lo. Voltara para casa e não dissera nada por cinco dias. Thomas quebrou o silêncio sugerindo a petição para protestar contra o projeto de lei de terminação. Que descobrissem uma forma de fazer o maior número possível de membros do povo a assinarem.

— Vou datilografar a petição — disse Juggie. — Grampeamos as páginas atrás para que o povo assine. Temos também que encontrar a Millie.

Millie Cloud era a filha de Louis Pipestone. Estava na faculdade. Talvez pudesse fazer alguma coisa, sugeriu Juggie.

— E eu — disse Louis — vou levar esses papéis para todos e fazer com que assinem.

— Tem certeza de que quer levar isso adiante? — perguntou Juggie, calmamente.

Louis era um homem grande como um búfalo, com uma cabeça enorme e ombros curvados. As pernas eram curtas e arqueadas, como se se curvassem sob o esforço de suportar a parte superior do corpo. Quando sorria, as bochechas se amontavam como pequenas maçãs arredondadas. Seu apelido era Bochecha. Agora, ele sorria para Juggie. Seu rosto gigante estampava feições mais sutis.

— Tenho que fazer alguma coisa. Não posso só ficar sentado.

Thomas sabia que Louis não ficava só sentado. Ele tinha um loteamento na beira da reserva, um terreno de pasto. Recebia ajuda. A filha trabalhava com ele e Wood Mountain também colaborava, mas mesmo assim. Mesmo pequeno, o rancho era difícil de manter. Mantinham um ou dois cavalos de corrida trazidos de Manitoba. O filho de Thomas se lembrava de que Louis enviara uma carta do campo de treinamento. Falando para o pai que a disciplina do exército era fácil depois de Fort Totten. O que Louis estava dizendo de verdade era que mesmo o pouco que ficou sentado havia sido insuportável.

— Ótimo — disse Thomas — É importante fazer isso agora mesmo. Parece que esse projeto, devemos chamá-lo pelo nome, Resolução Simultânea 108 da Câmara — HCR 108, vai ser uma infame...

— Aceito, aceito — disse Moses Montrose.

— Precisamos de outra cópia agora da Resolução Simultânea 108 da Câmara. Então traga a que temos com a petição. Explique-a, explique o que entendemos, como a vemos. Alguém concorda?

Houve uma moção, uma segunda, um voto. Os papéis foram entregues a Louis Pipestone.

— Além disso — disse Thomas —, gostaria de propor para nos referirmos à Resolução Simultânea 108 da Câmara como Projeto de Lei de Terminação. As palavras emancipação e liberdade são só cortina de fumaça.

— Aceito, aceito — disse Moses, de forma tão arrogante que fez todos rirem.

A próxima ordem do dia era formar um grupo de pessoas para se reunir com o Bureau de Assuntos Indígenas, para que explicassem o projeto de lei. Essa reunião iria acontecer em Fargo. Uma longa viagem. Tinham uma semana para se organizarem e participarem da reunião.

— Dificilmente vai dar certo! — disse Juggie. — Folgar no trabalho. Reunir as pessoas. Ninguém nem sabe o que é esse negócio.

— Vão começar a saber amanhã.

A Vaca Aquática

O NÚMERO 2214 da Avenida Bloomington era uma casa marrom--queimado de três andares, tinta branca descascada e janelas quebradas tampadas com papelão. Havia um conjunto de caixas de correio pendurado na porta da frente. Próximo das caixas, ficava o que parecia ser uma lista de moradores. Incerta, Patrice caminhou pelo jardim morto. Jack estava parado na calçada, fumando.

— Vou ficar aqui de olho em algum sinal de vida — disse ele.

Os degraus da frente tinham desmoronado e não havia uma maneira óbvia de entrar no alpendre. Patrice arrastou algumas coisas do quintal cheio de lixo, depois pegou e montou uma pilha improvisada de caixotes de leite e tábuas de madeira. Nenhum nome na lista parecia com o de sua irmã. Patrice bateu na porta da frente. Abruptamente, uma caixa de correio enferrujada se soltou e caiu com um ruído estridente no alpendre, espalhando alguns envelopes. Mesmo com o alto ruído, ninguém apareceu. Mas o barulho reverberou. Patrice teve a repentina impressão de que a casa lhe dava um aviso. Mandou a sensação para lá e bateu na janela ao lado da porta. Pensou ter ouvido algo lá dentro. Um cachorro começou a latir. O latido era rouco, alto, desesperado para viver. Patrice ficou paralisada. Lágrimas encheram seus olhos.

— Jack — chamou.

Ele não respondeu. O latido do cachorro foi diminuindo até que parou. Patrice esperou. Nada. Pegou os envelopes espalhados e os enfiou de volta na caixa de correio, mas primeiro os leu. Um pertencia a Vera Paranteau. A carta era só para ela, não para o marido, que tinha seguido até as Cidades e que, aparentemente, não tinha casado com ela, pois ela ainda usava o próprio nome. Patrice pegou o envelope e saiu cuidadosamente do alpendre.

Na calçada com Jack, abriu.

— Isso é crime — disse ele.

Ela franziu o cenho.

— Violação de correspondência.

A carta continha uma mensagem personalizada de Último Aviso (sublinhado em vermelho) para informar Vera de que sua eletricidade seria cortada. A data era de julho, dois meses atrás.

— Próximo passo — disse Jack.

Ela olhou para a casa. Havia alguém lá. O cachorro estava sendo estrangulado ou algo assim.

— Jack, tem algo errado com aquele cachorro.

— Talvez ele não goste que entrem no alpendre.

— Espere.

Ela foi para os fundos da casa. Um cheiro forte de urina e lixo vinha dali. Mais duas janelas com papelão. Mas nem sinal de ninguém.

— Vera! — gritou. — Vera!

Nada. A não ser o cachorro que, furioso de esperança, começou a latir de novo.

Voltou até Jack.

— Temos que entrar — disse ela.

— Invasão domiciliar. De jeito nenhum vou infringir a lei.

O latido rouco do cachorro parou. Ela tremeu, esperou. Havia algo muito estranho, muito errado. Sua pele começou a coçar. Tudo estava querendo lhe enviar uma mensagem, um aviso que ela não conseguia decodificar. Um grilo cantou na grama maltratada. Por fim, ela sacudiu a cabeça e pegou o outro endereço, o da Avenida Stevens. Jack olhou para o endereço com um estremecimento de desgosto no rosto. Ele agitou o papel.

— Que foi? — disse Patrice.

— Conheço esse prédio. Se ela estiver lá, não vai ser nada bom.

HAVIA VÁRIOS prédios residenciais largos e quadrados de tijolo marrom. A estreita trilha de grama na frente estava aparada. Os baixos arbustos em torno da estrutura haviam sido cortados.

— Não é tão ruim — comentou Patrice.

— Não se engane pelas aparências — disse Jack.

Ela parou diante da escada com Jack. Nenhum Paranteau na lista de moradores. Entraram no saguão. Os pequenos azulejos octogonais brancos e pretos dispostos em forma de roseta tinham sido recém-lavados. Patrice começava a se sentir trêmula de novo. A sensação era de que era capaz de escorrer através de todas as portas e paredes. Ainda assim, foram a cada um dos apartamentos. Não obtiveram resposta. Patrice pôs as mãos no rosto. Jack segurou a mão no cotovelo dela.

— Você está...?

Tentou afastar a mão dele. No bar, a mão estava seca e gelada. Agora, estava purulenta e quente.

— Você devia descansar — disse Jack. — Isso deve ser mentalmente desgastante. Vou colocar uma cama no seu camarim.

Ela arrancou o braço do aperto úmido. Em seguida, se surpreendeu por bater com tanta força no punho úmido de Jack a ponto dele se retrair e a encarar. Ele a segurou com a outra mão. Ela empurrou o braço com um movimento rápido e violento. Semelhante ao que fazia ao cortar madeira.

— Tem mais um lugar que eu gostaria de ir — disse Patrice. — É uma amiga. Bernadette Blue.

— Bernadette. A Bernie? Bernie Blue? Ela é sua amiga? — Jack torcia as mãos machucadas e olhava para Patrice de maneira mais tensa e interrogativa.

Acendeu um cigarro no que já estava fumando e, juntos, saíram do prédio.

— Então me fale. Bernie Blue é sua amiga?

Ele a encarou mais de perto, com o rosto reluzente devido ao suor nada saudável. Patrice desistiu.

— Não — respondeu, meneando a cabeça. O ar lhe pressionava as têmporas. — Não posso dizer que somos amigas de verdade. Uma amiga deu o endereço de Bernadette onde eu poderia ficar em uma emergência.

— Ouça. — Jack parecia um pouco perturbado, agora, de verdade. — Você ficará melhor no camarim do Madeirada 26. Juro.

NO CAMINHO de volta ao centro, no carro, Jack falou:

— Parece que está misturando certos lugares, certas pessoas e acabou de chegar aqui. Pelo menos foi o que disse.

Ele lançou um olhar em sua direção

— Acabei de chegar mesmo.

— Você já veio para cá antes?

— Não.

— Porque seu lugar não é aqui.

— Claro que não. Minha vontade era ir para casa agora.

— Ó, o que pode acontecer a uma garota em uma situação como a sua ou da sua irmã é o seguinte: com as contas vencidas e tudo o mais, ela talvez tenha fugido do proprietário. Isso dificulta muito na hora de conseguir outro lugar para ficar. Então, talvez ela tenha mudado de nome, ou talvez esteja morando com outra pessoa. Um amigo, por exemplo. Ela paga esse amigo com dinheiro, ou com serviços.

Ele analisou Patrice depois de proferir a palavra "serviços".

— Minha irmã tem capacidade de trabalhar com várias coisas — disse Patrice, alheia ao rumo da conversa. — Mas, com um bebê, é mais difícil.

— Ah, um bebê.

— Pois é, ela tem um bebê.

— Aí a história muda. Outra complicação. Temos que ir a lugares que alguém com bebê iria para pedir ajuda. Não conheço esses lugares.

— Dá para irmos agora?

— Por Deus! Não!

— Temos que ir agora. Quero ir.

— Eles estão quase fechando. Além do mais...

— Além do mais o quê?

— Você precisa descansar um pouco antes do show.

— Me deixa sair daqui! Me deixa sair daqui agora!

— Doris Barnes, se acalme. Por favor. Isso não foi o que combinamos.

— Não — disse Patrice. — Não temos acordo algum. Porque eu nunca concordei. Mas eu bem que poderia reconsiderar. Não quero gorjetas só de vez em quando. Quero as gorjetas todas as noites.

— Feito — concordou Jack.

NO SEGUNDO andar do Madeirada 26, Jack ajeitou uma cama de lona. Encontrou um travesseiro com uma fronha amarrotada, mas limpa, e a alisou para ficar mais arrumada. No armário, havia um cobertor de lã vermelho com borda em fita de seda vermelha. Era de Hilda. Mas e daí? O cobertor e o travesseiro quase fizeram Patrice chorar. Mal conseguiu caminhar até a cama. Arrancou os sapatos. Deitou. Uma película vibrante de escuridão chegou e depois ela apagou.

Patrice acordou com alguém chacoalhando seu braço, chamando-a de *Doris Barnes, Doris Barnes* e sentindo o cheiro de café ácido e forte. Gritou e se debateu. Não fazia ideia de onde estava. Por um momento, nem de quem era. Foi então que a voz de Jack apareceu.

— Se acalma! Você vai derramar café quente em você mesma!

A terrível personificação de sua realidade.

— Não consigo.

— Não foi com isso que concordamos — disse Jack. — Beba o café, coma o folheado. Vá ao banheiro no final do corredor. E vista a fantasia.

Ele a deixou no camarim com as luzes acesas. A porta rangeu alto. Ela comeu o folhado, de cereja. Bebeu o café, preto. Pegou a bolsa e comeu um pedaço de pemmican. Comeu lentamente, apertando os pedacinhos com os dedos. Por fim, usou o banheiro sujo no final do corredor e, quando retornou, a roupa de vaca desdobrada na caixa aberta a confrontou.

— Cinquenta dólares — disse ela para a fantasia. — Mais gorjetas. Todas as noites.

Empurrou uma cadeira contra a porta, que rangeu de novo. Tirou cuidadosamente as roupas. Havia pregos nas paredes, cabides vazios. Pendurou a blusa, a saia e o fino suéter. O casaco já estava pendurado e ela nem se lembrava de tê-lo tirado. A bolsa estava em uma cadeira extra. Tirou o sutiã e as calças. O dinheiro estava no sutiã. Com tristeza, tirou as calcinhas. Olhou ao redor do quarto e finalmente dobrou o sutiã em torno do dinheiro e o enfiou em um espaço atrás da gaveta da penteadeira. Tirou a fantasia de borracha azul de dentro da caixa e achou melhor começar por baixo.

Os pés encaixaram confortavelmente nos cascos pintados. Ela puxou a borracha quente e flexível. Subiu com facilidade pelos tornozelos. As pernas da vaca agarraram-se em suas panturrilhas, joelhos, coxas e a envolveram como uma firme e flexível camada extra de pele. Ela subiu a fantasia pelos quadris, barriga, depois colocou os braços nas patas dianteiras. A fantasia serviu engenhosamente e ficou tão justa que a água não entraria ali. Os cascos eram bifurcados de forma inteligente para que pudesse encaixar os dedões e os dedos dos pés. O capuz, que se fixava embaixo do boné com os chifres, ficou rente e se prendeu facilmente embaixo do queixo, bem apertado nas orelhas, abafando o som. O camarim tinha um espelho de corpo inteiro como o da loja Rolla. Ficou diante de seu reflexo e se viu como uma estranha fascinante. Os alvos brancos sobre os peitos ficavam diferentes depois que a roupa era vestida, e não a incomodavam mais. A sombra entre suas pernas era apenas um truque de luz, nada demais. Uma cauda azul sinuosa serpenteava atrás dela com um tufo de pelos murchos na ponta. Ela abaixou o boné com os chifres. Amarrou as tiras embaixo do queixo. O resultado não era de todo desagradável.

Jack bateu na porta. Quando ela a abriu, ele tirou o cigarro que estava para acender da boca e o segurou nos dedos por um instante.

— Nossa — disse suavemente, com os olhos arregalados. — Nossa.

— Estou pronta.

— Ô, se está. O primeiro show começa em meia hora. A roupa é boa?

— É confortável.

— Viu? Qualidade.

Ele mexeu no boné com chifres para ajustar as tiras. Ela empurrou a mão dele.

— Os objetos no fundo do tanque são pesados. Agarre um para ficar embaixo d'água. Largue quando quiser voltar para cima. Ah, esqueci de perguntar, você sabe nadar?

Patrice lhe deu um olhar perplexo.

— Só tô perguntando.

— Tarde demais para "só perguntar".

— Eu deduzi que sim. Agora deixa eu te mostrar quais são os movimentos padrões da vaca aquática.

A fumaça do cigarro, preso entre os dentes, subia em círculos ao redor da cabeça à medida que ele mexia os braços. Ele esticou as mãos como se estivesse embalando taças de cristal.

— Ombro direito para cima. Ombro direito para baixo. Gira o quadril. Uma olhadinha para trás. Rebolada. Bolhas. Beijos. Superfície. Respira. Afunda de novo. Brinca de "cadê o fulano? Olhe ele aqui". Rebolada enquanto balança o ombro. Gira os cascos. Ergue os punhos. Lutinha. Dá uma voltinha. Balança a vaquinha. Bolhas. Beijos. Superfície. Respira. Repete e adapta tudo por vinte minutos. Eu vou dar as deixas. Você tem meia hora de intervalo. Depois faz tudo de novo. São quatro shows.

— E logo depois recebo meus cinquenta dólares — disse Patrice.

— Eu disse isso?

— Mais as gorjetas.

— Sério?

— Foi o nosso trato, Jack. E jantar depois. Além disso, é claro, eu durmo no camarim. Ou vou embora daqui agora mesmo.

Jack riu.

— Fantasiada de vaca? Duvido.

— Quer apostar?

— Mas que nervosinha — disse Jack. — Era brincadeira. Claro que foi o que combinamos.

— E eu quero um ferrolho na porta. Uma chave na fechadura. Se não der, eu faço um buraco nessa fantasia.

— Você não confia em ninguém. Tem certeza que já esteve na cidade?

— Meu pai é um bêbado.

— Ah, tá, entendi — disse Jack. — O meu também.

Tirou uma chave do chaveiro e a entregou. Ela a testou na porta. Ele prometeu um ferrolho no dia seguinte. Saíram do camarim e ela trancou a porta. Encaixou a chave no capuz azul, atrás da orelha e o seguiu até o final do corredor.

— Sente-se — disse Jack, tocando em uma cadeira.

Depois ele tratou de abrir um alçapão no chão.

O barulho ficou mais intenso. E havia luz. Luz de água oscilante. Ruído de copos. Risadas. Muito falatório. Jack saiu. Patrice ficou sentada na cadeira sozinha, esperando ser abaixada para dentro do tanque. Um dia atrás, uma noite atrás, tinha rido com a mãe. Tinham se divertido com a audácia de suas roupas. O que a mãe pensaria agora? *Mayagi.* Estranho. *Maama kaajiig.* Gente estranha. *Gawiin ingikendizo siin.* Sou uma estranha para mim mesma. Outra pessoa, mais severa e ousada do que a Patrice de sempre, tomara conta dela. Essa Patrice era a que tinha forçado Jack a levá-la aos lugares, a que tinha barganhado pela chave. Era, mais uma vez, o tipo de sensação e pensamento que só podiam ser descritos em Chippewa. Onde a estranheza era também cômica e o perigo ao redor de toda essa situação era capaz de fazer a gente rir, mesmo com a possibilidade de acabar se machucando. E havia segredos envolvidos, e desespero, pois de fato ela não tinha lugar algum para ficar depois desse futuro imediato e impensável de se lançar em um tanque de água, sem lugar algum para ficar a não ser o camarim do outro lado do corredor no segundo andar do Madeirada 26.

Gancho de Esquerda

Barnes estava esperando Wood Mountain chegar ao restaurante no Hotel Powers no centro de Fargo. Vidros fumê escuros. Espelhos. Farto café da manhã. Uma recepcionista esnobe com um leve sotaque, que talvez não se desse ao trabalho de levar um boxeador indígena até a mesa. Chegou a se preocupar, mas Wood Mountain viu o grande cabelo de feno de Barnes imediatamente e logo se aproximou. A recepcionista nem o seguiu. Barnes lera todas as opções do cardápio, duas vezes. Amava um bom desjejum. Wood Mountain sentou no assento de frente para ele.

— Vamos comer bife com ovos — disse Barnes. — Por minha conta.

Wood Mountain tinha certeza que Barnes estava pagando aquela refeição extravagante porque não tinha conseguido a luta e, de fato, era isso mesmo. Wood apertou os dedos para esconder a decepção.

— Vamos sim!

— Bom, você quase conseguiu o *card*. Vamos te apresentar aos rapazes. Agora, pelo menos, você pode comer.

Wood colocou metade do creme de um jarrinho no café. Treinara feito um doido, chegara ao peso perfeito, cortara e arrumara o cabelo, e nada de luta. Mas, no caminho, tinha se sentado com Pixie.

— Sabe a Pixie?

Barnes lhe lançou um olhar aguçado.

— O que tem ela?

— Sentei do lado dela até aqui.

— Então ela está aqui, na cidade? — Barnes tentou perguntar casualmente, mas Wood Mountain não era tolo.

Demorou para responder.

— Só de passagem. Estava indo para as Cidades procurar pela irmã, a Vera. O marido dela sumiu. Ninguém tem notícias dela.

— A Pixie tem onde ficar lá?

— Não se preocupe. Ela sabe se cuidar.

Barnes olhou de forma crítica para o boxeador. Wood Mountain estava enrolando. Era óbvio para todos, ele supunha, que ele, Barnes, estava caidinho por Pixie. Mas quem não estaria? Para que fingir?

— Tem certeza? Porque meu irmão mora lá.

— Ah, duvido que ela ficaria com seu irmão!

— É alguém para pedir ajuda caso aconteça algum problema.

— Já que não tem luta, talvez eu vá até lá para ser esse alguém.

Wood Mountain sabia muito bem o que ele queria dizer, mas não se importava. Estava ficando cansado de Barnes rodeando Pixie Paranteau. Pokey falou que ela estava farta também. Além do mais, Barnes não conseguiu a luta e Wood Mountain se sentia traído. Sim, se esforçara bastante, não era de desistir, mas, já que agora tinha um tempo extra nas mãos e estava com o dinheiro do trabalho na roça, por que não continuar a viagem de trem? Por que não encontrar Pixie e, melhor ainda, encontrar a irmã dela, ser o herói que não foi no ringue contra Joe Wobble? Quando ela o assistira.

— É, acho que vou pegar aquele trem — disse ele, cortando o bife.

Ele o passou na gema mole do ovo e mastigou. A carne estava crocante em cima e macia embaixo. Se rendeu. Barnes era dedicado e o treinava a troco de nada. O que é que estava fazendo? Barnes já estava triste o bastante, desesperado atrás de Pixie. Podia dar um tempo para ele.

— Ou talvez você devesse ir — disse Wood Mountain. — Tenho os endereços que ela deve ir procurar. Você podia ir encontrar com ela.

— Quem me dera eu pudesse — disse Barnes, lentamente, falando sério. — Tenho que dar aulas.

— Dar aula. Você pode parar de dar aula, não pode?

— Claro que não — respondeu Barnes, pousando o garfo. Ele foi ríspido, se sentiu ofendido. — É início do ano. Revisamos e estabelecemos a base adequada para o progresso anual. É essencial. E, falando nisso, você já se matriculou?

— Ainda não.

— O quê? O boxe não é um trabalho real, não é um trabalho para a vida toda. Já falamos disso. Você era meu melhor aluno. Podia ser professor.

Wood Mountain não queria ser professor. Não queria se matricular na UND, na Moorhead e nem mesmo na State School of Science em Wahpeton. Queria continuar trabalhando na roça, exercitando os músculos, continuar com o boxe e treinar cavalos para Louis Pipestone. Amava os cavalos de corrida de Louie, adorava levá-los para Assiniboine

Downs em Winnipeg. Grace, a filha de Louis, era a jóquei novata. Wood Mountain também queria cuidar da mãe, embora Juggie fizesse isso muito bem sozinha. Ele não falava muito sobre o assunto, mas mantinha a casa limpa quando ela ficava cozinhando no trabalho na cidade. Ou ficava com Louie. Wood Mountain, o boxeador, filho de Archille, neto de um homem que lutou junto com Touro Sentado, queria ficar em casa. O que, no fim das contas, era a mesma coisa que Touro Sentado quisera fazer.

— Ah, bom — disse ele. — Acho que eu poderia ir lá nas Cidades, então. Ajudar a Pixie. Mas não quero.

— Você disse que ela sabe se cuidar. Que tinha um lugar para ficar.

— Ela não é o tipo de garota que se mete em encrencas, é?

— Não, não é.

— Então acho que vou voltar para casa.

Mas, quando foi à estação para comprar as passagens de volta à Rugby, Wood Mountain percebeu que falou as palavras erradas.

— Passagem para Mineápolis.

— Para qual horário?

— O próximo.

Louis Pipestone

Seu pai trouxera um ótimo cavalo de Red Lake e o cruzara com uma *buckskin* selvagem malhada em 1938. Aquele cavalo corria muito. Fez um bom dinheiro, o que serviu para comprar a pickup Chevrolet 1947, verde como as colinas, que Louis dirigia devagar e com propósito pela estrada principal. Ele mapeara a reserva na cabeça. Começou com os lugares mais remotos, além da fronteira ocidental, onde muitos membros de aldeias viviam, cujas terras faziam parte do tratado original entre aldeias que fora rompido alguns anos depois de assinado. Viu Awan, Moves Camp, Gardipee e seu amigo Titus Giizis. Do outro lado da fronteira, parou a caminhonete na entrada da casa de Zhaanat, na esperança de falar com ela, o marido e a filha de uma vez só. Mas o velho Paranteau não estava e Zhaanat lhe disse que Pixie tinha ido para as Cidades procurar pela irmã. Pokey era muito jovem para assinar, mas ouviu o que Louis dissera, em Chippewa, e adicionou o nome da mãe em uma letra arrojada tocando levemente o punho dela.

— *Mii'iw* — disse Zhaanat — Quer algo para comer?

— Não seria ruim — respondeu Louis.

Zhaanat trouxe uma fatia fina de pão bannock, um pires com sal, gordura fresca de um pato assado e um prato com carne de coxa desfiada. Havia uma tigela com uvas passas, nabos selvagens cozidos e frios, pemmican e chá quente.

— A boa comida dos velhos tempos — disse Louis, com prazer.

— Estou com medo de dormir — disse Zhaanat.

Louis esperou.

— Com medo de sonhar com minhas filhas.

— Ouvi dizer que seu tio viu a Vera viva.

— Com um bebê.

Louis assentiu, pensativo.

— Não sou a favor dessa realocação. Faz com que percamos nossos jovens, que vão e caem nas garras das Cidades.

— Eu não vou a lugar nenhum — disse Pokey.

A mãe assentiu para ele.

— Meu garoto.

— Pixie é capaz de derrubar qualquer um — disse Louis, se mexendo na cadeira. — Não vão mexer com a Pixie. Ela é pequena, mas é forte.

— Ela corta lenha — disse Pokey. — Faz pilhas bem arrumadinhas.

— Se aquele Barnes a treinasse, ela seria um peso pena de primeira — zombou Louis.

— Ela não quer nem saber daquele sujeito — comentou Pokey.

Louis ergueu as sobrancelhas, encheu as bochechas e piscou para Zhaanat.

— Sei de alguém que é gentil com ela. Eu não me preocuparia muito — disse ele.

Louis conseguiu mais sete assinaturas e depois desceu o caminho curvo para a casa de Thomas Wazhashk. Um vento fresco derrubava as folhas amarelas das bétulas, que se enfileiravam, graciosas, à beira de um amplo campo de feno. Thomas estava arrancando sementes de bétulas e enchendo uma lata. Sharlo estava colhendo as pequenas corolas secas de flores onze-horas, cujas sementes eram finas como pó. Ela era rápida, tempestuosa e tinha um olhar aguçado. Era a preferida da mãe.

— *Aaniin*, Sr. Pipestone — disse ela. — Cadê a Grace?

— Num cavalo por aí.

— O povo assinou? — perguntou Thomas.

Louis mostrou as assinaturas no verso da petição. Muitos usavam a caligrafia meticulosa do internato. Outras eram mais sofridas, feitas pelos membros do povo que conheciam apenas as letras de seus próprios nomes. Algumas, escritas por parentes, tinham ao lado, como antigamente, a fraca impressão do polegar das pessoas. Era um número impressionante para os dois, e, dentro da mala de papelão que servia de mesa para Thomas, ele encontrou uma pasta de papel pardo e um envelope, que protegeria o documento. Thomas apontou para a assinatura de Zhaanat e perguntou a respeito de Pixie.

— Ela está na cidade procurando a Vera.

— Ainda não perdemos ninguém devido à realocação. A maioria volta depois de alguns meses.

— Agora alguns andam ficando por lá também.

— É, os ambiciosos.

— Você não se chateia por estarmos perdendo os ambiciosos em nossa casa?

— Foi por isso que batalhamos para conseguir a fábrica de rolamento de joias.

— Ela trabalha bem. Pixie vai voltar.

— Não deixaria Zhaanat. A família só está se mantendo por causa do trabalho dela.

— Talvez eu deva deixar Grace trabalhar lá.

— Mas ela quer?

— Não — Louis riu. — Ela quer participar de corridas.

— Quem tem os melhores cavalos agora?

— O melhor lugar fica no oeste de Winnipeg, um cavalo chamado Sacar Dinheiro.

— Qual é o seu melhor cavalo agora?

— Era o Gringo, agora temos o Picasso e o promissor, o Bichinho do Professor.

— Você tem como dirigir até Fargo para as reuniões informativas?

— Claro — disse Louis. — Dá para colocar oito na carroceria.

— Ah, seria uma boa. Acha que vamos dar um belo show com um monte de indígenas gritando na carroceria de uma caminhonete?

— Tenho a sensação de que os velhacos do BIA já estejam esperando por isso.

— Podemos ir com meu carro, ali cabem uns cinco, contando comigo — disse Thomas.

— A Juggie sabe dirigir.

— Ouvi dizer que ela tem um bom carro agora.

— A Bernadette comprou um DeSoto para ela — disse Louis.

— Um de quatro portas?

— Claro. Quatro portas. E duas cores.

— A garota deve estar ganhando bem.

— Viu o que te falei, uma ambiciosa.

— A Juggie sempre foi assim. Ninguém a segurava — disse Thomas.

— E Wood Mountain. Ele também, um dia vai se soltar e vencer Joe Wobble.

— E eu quero estar presente neste dia — disse Thomas. Ele ficou em silêncio por um instante. — Sabe, Louis, devemos pensar em montar uma delegação.

— A coisa está feia assim?

— Acho que sim.

— Washington?

— Que nem com nossos antepassados.

— Não consigo tirar isso da cabeça — disse Louis, baixando os olhos. — Meu filho arriscou a própria vida.

— Que nem Falon — comentou Thomas.

— Falon — disse Louis.

— É esse tal de senador Watkins que está por trás do projeto de lei.

— Temos que tentar analisá-lo bem.

— É o que estou tentando fazer. Dizem que ele quer que aprendamos a nos virar com as próprias pernas.

Os dois homens olharam para as pernas.

— Eu tenho duas — brincou Louis.

— Às vezes, fico pensando — disse Thomas.

— Pensando no quê?

— Se algum deles um dia vai dizer: "nossa, aqueles índios de merda talvez até tenham uma ideia decente ou outra. Não devíamos ter nos livrado de todos. Talvez a gente tenha errado."

Louis riu. Thomas riu. Os dois riram juntos com a ideia.

Saponáceo

THOMAS E ROSE deitam-se lado a lado na luz fraca.

— Saí e tomei um drinque — disse Thomas.

Todas as emoções do dia desembocaram em Rose. Uma coceira, uma queimação na pele.

— Não tome outro. Senão eu te mato.

Ele não disse nada, mas ficou ali deitado sabendo que ela jamais o agrediria. Assim como ele também não a agrediria. Os dois não eram assim.

Thomas se virou para ela e afundou na cama. Ninguém sabia o quanto era difícil.

O drinque o surpreendera. Ele nem pensara a respeito e nem resistira. Simplesmente se sentara com Eddyboy Mink e bebera. Muitos anos haviam passado antes daquele drinque.

— Como você me mataria? Envenenado?

Ele analisou seu rosto. Os olhos dela brilhavam. Lágrimas? Não. Calor. E então ela contorceu os lábios.

— Você já foi envenenado.

— Tem certeza?

— Lembra daqueles biscoitos de uns dias atrás?

— Não.

— É porque você comeu enquanto dormia. Foi Wade que fez. Ele ficou todo orgulhoso. Mais tarde me disse que não tinha encontrado o fermento em pó. Então usei isso aqui, ele disse.

— O quê? — perguntou Thomas.

— Ele estava segurando uma lata do meu saponáceo.

— É veneno *mesmo* — disse Tomas, impressionado.

— Ele só usou uma ou duas pitadas. — Ela levou os dedos à boca. — Falei para ele que podia ter te envenenado. Ele ficou de olho em você desde então. Mas parece que não fez mal, por isso não contei nada.

— Estou cansado demais para morrer — disse Thomas, esbravejando.

Sério? Iam ficar simplesmente esperando para ver se ele cairia morto? Percebeu que estava com dó de si mesmo. E foi um alívio, pois poderia lutar contra a autocomiseração.

— Ainda assim — disse Rose, com a voz baixa e relutante. — Por favor, chega.

O mero uso da palavra "por favor" pareceu deixá-la mais gentil. Ela estendeu a mão e passou a palma áspera e quente na bochecha dele. Thomas estava se afundando de novo, mas agora no radiante conforto no qual ela era o centro.

— Prometo que vou parar.

— Vamos selar essa promessa — sussurrou ela, e segurou o rosto dele entre as mãos.

Thomas pôs as mãos nas mãos dela e foi como se os dois o estivessem segurando. Depois, soltou e foi até a esposa.

Tulipa de Metal

SARDENTO E Dinky a desceram por uma corda com uma placa de elevação de 9kg na parte inferior. Patrice ficou de pé no metal. Pouco antes de entrar na água, respirou bem fundo e, quando a placa chegou ao fundo do tanque, olhou de relance para a massa ensebada de rostos. Não significavam nada. Balançou ao redor da corda com um dos cascos apontando para cima atrás dela. Jogou a cauda para trás, mas ela flutuara sobre sua cabeça e a seguiu como uma cobra azul com uma cabeça com cabelo falso. Patrice começou a flutuar para a superfície. Então se lembrou de que no fundo havia pesos. Adereços. Estendeu a mão para um rosa, mas no último instante percebeu que era um objeto indecente. Ao lado, havia uma tulipa de metal, que ela ergueu e fingiu cheirar enquanto olhava timidamente para trás. De repente, de pura alegria, chutou os cascos e deu um salto mortal para trás em forma de arco. Depois, largou a tulipa e veio à tona. Enquanto respirava, ouviu aplausos e assobios. O barulho de apreciação carregou a água. Ela se agitou e mergulhou na nova substância. Os movimentos estavam nela, vinham com facilidade. Poses de revistas, mas distorcidas de anúncios de geladeiras, pêssegos enlatados, carros e máquinas de espremer roupas. Um dedo nos lábios, um movimento no quadril, os olhos se revirando e a cauda balançando lentamente em direção às silhuetas borradas. Por engano, arrancou um machado impróprio de guerra do fundo do tanque. Os vinte minutos passaram rápido.

— Você é *incrível* — disse Jack, enquanto ela pingava perto de um pequeno aquecedor. — Não chegue muito perto disso aí. Vai derreter a borracha e fazer um buraco na roupa.

Ela estava sentada em um banquinho de madeira. Jack tinha um pouco de cor no rosto. Os parênteses sardônicos em torno dos lábios haviam se amenizado um pouco. Ele falou que tinha notado a forma como ela ficou sem graça devido aos "implementos de prazer" e que os removeria.

— Não precisamos ser vulgares e, além do mais, a prefeitura pode nos fechar.

— Gostaria de ficar com as flores, talvez possa fingir que estou cortando lenha com aquela machadinha, se mudar o cabo.

— Um objeto de gosto lamentável — disse Jack.

— Ah, eu gostaria de receber na mesma noite.

— Que tal amanhã de manhã? Podemos fazer um cheque.

— Prefiro dinheiro.

— Então será em dinheiro — disse Jack, resignado.

Ele lhe deu uma xícara de café quente, mas ela só tomou uns golinhos, para se aquecer. Haveria ainda mais três shows. Mas que transcorreram em uma confusão de novidade. E então, já estava retirando a fantasia e a colocando com cuidado sobre um cavalete para secar. De manhã, polvilharia o interior da fantasia com o pó especial que Jack dissera que preservava a fantasia. O jantar foi trazido em uma bandeja.

Sanduíche quente de peru com molho. Uma fatia grossa de pão branco, encharcado com molho apimentado, derreteu em sua garganta. Havia feijão refogado em manteiga e vagem. Tinha direito a uma bebida. Mas não queria ser como o pai. Em vez disso, tomou um bule de chá açucarado e escaldante. Ah, e como caiu bem. Foi ao banheiro de novo. Colocou a bandeja no corredor. Trancou a porta. Depois pegou a camisola da sua bolsa e a desceu pelos ombros. Desligou a luz e se esgueirou sob o cobertor vermelho, pressionando a borda de cetim contra a bochecha.

NA MANHÃ seguinte, acordou tarde e desceu as escadas. O bar estava vazio e sombrio. Alguns poucos bêbados que saíram na hora de fechar e dormiram na rua, dentro dos carros, ou nem chegaram a pregar o olho, bebiam para curar a ressaca. Os ovos eram servidos com doses de uísque. Serviam cinco torradas empilhadas com manteiga ao lado. Patrice comeu os ovos malpassados, passando torradas amanteigadas na gema mole. Bebeu café preto e traçou seu roteiro.

— Vou ao correio — falou ela ao bartender.

— Me falaram que foi muito bem ontem.

Ela sorriu e colocou um garfo na bolsa. Pegara 20 dólares do dinheiro guardado. Virando a esquina, encontrou um ponto de táxi e pegou um carro para a Avenida Bloomington. Enquanto pagava e descia, teve um pensamento repentino. Mostrou ao motorista o pedaço de papel com o endereço da Avenida Stevens.

— Tem alguma coisa de errado com esse lugar? — perguntou.

— Não que eu saiba.

— Tem certeza? Uma pessoa me falou que é perigoso.

— Nunca tive problemas lá — disse o homem.

— Obrigada.

Talvez Jack estivesse tentando desviar seu caminho. Caminhou até a porta da casa na Avenida Bloomington. As mesmas janelas estavam fechadas com papelão. Havia uma sensação latente de angústia. Ao dar a volta na residência, percebeu que o cachorro não estava latindo. Retirou o garfo da bolsa e subiu os degraus estragados dos fundos. Enfiou o garfo na madeira podre ao lado da fechadura e a soltou. Depois entrou. Tudo quieto. Havia morte naquela casa. Patrice foi avançando com o garfo em riste e a bolsa pendurada no braço.

A cozinha estava vazia, tirando apenas alguns copos nojentos sobre o balcão com pontas de cigarro dentro. Havia manchas e respingos por toda parte, de gordura velha e poeira. Folhas haviam voado até a sala de jantar e de estar. Uma crosta fina cobria o chão. Com cautela, subiu a escada central; os balaústres quebrados pareciam dentes quebrados. Havia uma janela meio rachada, grande, com um vitral que estampava outra tulipa vermelha e ramos de folhas verdes. Uma moldura com diamantes azul-claro e dourada. No topo da escada, ficava um corredor central coberto com tinta branca lascada e suja com cinco portas fechadas. Teria que abri-las uma a uma. Prendendo a respiração, ela entrou no primeiro cômodo, onde encontrou o cachorro. Preso a uma corrente parafusada na parede.

Uma coisa pálida, puro osso, tentou se levantar, mas caiu e ficou ali, exausto demais até para ofegar. Havia uma tigela virada e em um canto um jarro de vidro meio cheio de água. Aqui e ali, alguns cocôs secos. Uma janela aberta. Patrice pegou a jarra e se agachou perto da criatura, que pingava água das abas do focinho inchado. Depois de um instante, a garganta do cachorro se contraiu. Patrice levantou e rapidamente abriu as portas dos quartos ao lado. Em cada um encontrou um tapete imundo, um cobertor esfarrapado, às vezes cocô, cheiro de urina, uma corrente parafusada na parede e na ponta de cada corrente uma coleira vazia de cachorro. Examinou as correntes e as coleiras. Em um quarto, havia uma fileira de garrafas de cerveja no parapeito da janela. Atrás da última porta, tinha um banheiro fedorento sem água. Tiras de um lençol velho. Sangue seco. Duas fraldas emboladas. Voltou para o cachorro e desta vez se sentou, derramou água na boca do bicho, colocou a mão sobre as costelas.

— Você sabe onde ela está — disse Patrice. — Sei que sabe. Por favor. Preciso que me ajude a achá-la.

— Ela morreu na ponta da corrente, como eu — disse o cachorro.

Mais quatro respirações vieram e se foram sob a mão de Patrice, antes que o cachorro soltasse um grande suspiro ruidoso. Ela manteve os dedos sobre as costelas até que o corpo esfriou e uma pulga pulou entre seus dedos. Então se ergueu, desceu as escadas e saiu da casa.

Jack estava encostando o carro.

— Pensei que você poderia ter vindo aqui.

Patrice abriu a porta e entrou no carro. Não estava em seu corpo.

— Vamos voltar para o endereço da Avenida Stevens — disse ela.

— Ah, não. Não, não, não. Não vamos para lá.

— Não foi isso que combinamos — exclamou Patrice.

JACK INSISTIU em acompanhar Patrice à medida que ela ia batendo nas portas dos apartamentos. Uma mulher de cabelo loiro manchado, com traços esquisitos apareceu. Ela não conhecia os Vivier, Vera Vivier, Vera Paranteau, ou Vera. Nunca a vira. Não tinha endereço nenhum. A porta se fechou. Patrice foi para a seguinte. Jack revirou os olhos. Recebeu apenas a mesma resposta em todos os apartamentos. Nada de Vera. Caminhou lentamente pelo corredor, e então correu de volta para um dos apartamentos. Jack já tinha descido as escadas. Ninguém abrira a porta na primeira vez. Ela bateu de novo, dessa vez bem suavemente.

— Venha, vamos embora — disse Jack da escada.

— Quem é? — disse uma voz bem baixinho do outro lado da porta.

— A vaca aquática — respondeu Patrice.

A porta se abriu. A mulher era muito magra e calva. Jack veio correndo. Antes que a porta batesse, alguém da porta ao lado gritou.

— Quem está aí, Hilda?

— Eu disse para irmos embora!

Jack agarrou o braço de Patrice, beliscando-a. Ela o empurrou com tanta força que ele cambaleou.

— Aquela era a Hilda? O que está acontecendo?

— Ela está irritada comigo — disse Jack.

— Por quê?

— Motivos profissionais,

Patrice o empurrou e bateu com força na porta.

— Ela não vai atender agora — disse Jack. — A gente não se dá bem.

— Então me leva para visitar Bernadette.

— Que vida, meu deus — disse Jack.

Um movimento veloz como labaredas, um borrão azul, um dente branco e o gume de uma faca se voltavam para Jack. E depois, quando Bernadette reconheceu Patrice, uma tempestade de tristeza e intensidade irrompeu. A explosão a paralisou.

— Ah, querida! Oh, oh, oh.

— O que foi? — disse Patrice. — Que foi? Que foi? Cadê minha irmã?

— Ela fugiu!

Bernadette puxou Patrice pelos degraus de uma casa feita de tijolos laranja e rosa. Uma entrada de pedra curva, uma porta com madeira escura e brilhante com uma janela oval de vidro fosco. Bernadette não era mais a moleca estranha e tímida que tinha sido no ensino médio, que andava por aí curvada e vestindo roupas masculinas. Estava maravilhosa. Com um quimono de seda vermelho com flores cor-de-rosa. Cabelos brilhantes com henna e enrolados como uma certa artista de cinema, lábios carmim, sobrancelhas acentuadas de gatinho e olhos de um brilho vazio e inquietante.

— Ela largou o bebê aqui para eu cuidar — disse para Patrice. — Você veio buscá-lo!

— Vim por causa da Vera.

Bernadette fechou a boca e deu a Jack um olhar de advertência.

— O que ela está fazendo aqui? Ela trabalha para você?

Jack ignorou as perguntas.

— Ela só quer saber da irmã.

— É muito triste como ela abandonou o bebê. — Bernadette suspirou, com uma voz diferente. — Esperem aqui, vou buscar o bebê para vocês.

— Não vou levar o bebê até que me devolva a Vera.

— Acha que eu sei onde ela está? Não sei. Nunca soube. Eles não me falam. Suponho que foi embora para algum lugar e está andando com gente ruim. Sente aqui. Vou pegar o bebê.

A casa estava em silêncio.

— Me devolva a Vera — disse Patrice.

— Tire ela daqui — exclamou Bernadette para Jack.

— Patrice, vamos — falou Jack. — A Bernie não sabe.

— Acho que ela sabe, sim.

— Ela está tentando ajudar! — disse Jack.

Ele pegou o braço de Patrice e tentou puxá-la para fora da porta. Ela bateu em sua mão e afastou-lhe o braço.

— Eu realmente não sei — disse Bernadette, chegando com o rosto tão perto de Patrice que ela pôde ver os hematomas cobertos por maquiagem. — Se calar a boca e levar o bebê, tento descobrir onde ela está. O bebê está acabando comigo.

— Então descubra. Volto para pegar o bebê — disse Patrice. — E é melhor a Vera estar aqui. Acho que você sabe muito bem onde ela está.

Dessa vez, Jack agarrou seu braço tão desesperadamente que, embora Patrice pudesse empurrá-lo, não o fez. Permitiu que fosse empurrada porta afora.

Beleza da Floresta

WOOD MOUNTAIN desceu do trem e caminhou por 2 km até a casa de sua irmã na Avenida 17. Bernadette o deixou entrar. Estendeu os braços e o abraçou. O cheiro sedoso de flores de um banho recente emanava de seus ombros. Do final do corredor, vinha um delicioso cheiro de carne assada. Ela deve estar cozinhando para Cal. Na sala de estar, em um carrinho de madeira esculpida, havia decantadores de vidro lapidado com cachaça âmbar. Um sofá para se afundar enquanto a irmã, ou meia-irmã, andava de um lado para o outro em um vestido vermelho esvoaçante.

— Ela veio aqui — disse Bernadette. — Eu não tinha muita coisa para contar sobre a Vera. Ela falou que ia voltar. É melhor o Cal não estar aqui. Mas Jack estava com ela. Com tanta gente, justo o Jack. Ele não me disse nada.

— Jack. Então ela seguiu meu conselho — disse Wood Mountain.

— Que conselho?

— Para encontrar a escória.

— Ah, com certeza que seguiu. O Jack!

Bernadette se jogou ao lado dele no sofá.

— Ele ainda está no novo negócio. Madeirada 26.

— Esse lugar existe?

— Tanto quanto os outros negócios dele.

— Como ele está agora?

— Mais magro, mais doente, mais viciado, mais amarelo.

— Viciado.

— Dizem que é viciado há anos. Que é um hábito controlado.

— Bom, ele vai acabar exagerando.

— Isso sempre acontece. Mas você sabe que, pelo nível da escória daqui, ele até que não é o pior.

— Pode me atualizar?

— Eu já peguei o bebê. O da Vera. Cal não ficou nada contente. Suze está tomando conta daquela coisinha linda. O pai mora em Chicago.

— E cadê a Vera?

Bernadette encarou as unhas.

— Ela arrumou um emprego por aí.

— Onde?

— Por que está perguntando para mim? Como é que eu vou saber?

Wood Mountain desistiu.

— O bebê é menino ou menina?

— Menino. Pequeno. Ele me preocupa. Não chora. Mas tudo bem, você pode ficar.

— Obrigado.

— Tem um quarto pequeno saindo pela cozinha. Chave nos fundos. Fique em silêncio.

— Ele sabe que sou seu irmão, né?

— Claro, falei da última vez. Mas ele não acredita em mim.

— Então estou correndo o risco de quê? De levar um tiro?

— Ele não atiraria em você. Ele não gosta de barulho.

— Entendi. Bom, acho que vou ficar em outro lugar.

Bernadette lhe deu 60 dólares. Abriu os braços para abraçá-lo, mas ele deu um passo para trás com os próprios braços estendidos.

— Então tá bom, mana, obrigado. Melhor eu ir antes de levar uma facada.

— Nos rins. Ele gosta dos rins.

— Ô, Jesus! Adeus.

WOOD MOUNTAIN caminhou para oeste até chegar à Avenida Hennepin. Depois foi para o norte, em direção ao lado suspeito de Hennepin, o lado oposto do Madeirada 26. Analisou as janelas, as pessoas que entravam e saíam, em grande parte homens de aparência normal desacompanhados de mulheres. Na janela, uma placa para o Lumberjack Special. Um cardápio externo fixado em uma estante de música. *Jack falara a sério sobre a fachada, ou talvez apenas gostasse do negócio de restaurantes*, pensou Wood Mountain, imaginando se a comida seria boa. As notas de vinte aqueciam seu bolso. Depois de observar por um tempo, caminhou adiante. Entrou no Decatur Hotel. O porteiro o viu e disse:

— Índios não entram.

Então ele saiu, atravessou a rua e pegou um quarto no Josen House, ao lado do Madeirada 26. Pagou por uma noite adiantado, enfiando uma nota pela janela de vidro grosso, contando o troco duas vezes. Comer ou dormir? Resolveu que comeria melhor se estivesse bem acordado, então foi para o quarto.

O quarto parecia normal, mas quando entrou viu que o teto era de tela de arame. Um hotel gaiola. Provavelmente era tarde demais para pegar o dinheiro de volta na portaria. Mas desceu correndo as escadas. Insistiu que o recepcionista devia tê-lo avisado. O sujeito parecia aborrecido e bocejou. Wood Mountain voltou para cima. Pelo menos o lugar tinha o cheiro tranquilizador de pó contra pulga. Verificou o colchão, cheirou o travesseiro, depois pegou-o com os dedos e o colocou cuidadosamente no chão do outro lado do quarto. Enrolou o paletó embaixo da cabeça.

Quando acordou, já era tarde. Tinha passado da hora do jantar. Seu estômago estava oco e dolorosamente vazio. Se lavou em um banheiro tão desinfetado que fez seus olhos lacrimejarem e tentou prender a respiração enquanto penteava o cabelo para trás diante do espelho quebrado. Desceu, saiu e entrou no Madeirada 26. Ficou olhando o tanque de água brilhante no centro do restaurante. Estava vazio, exceto por um pinheiro subaquático falso. Sentou em um pequeno reservado. Um grampo de arame na mesa prendia uma placa de papelão que anunciava: *Atração Exótica! A Beleza da Floresta! Nossa Exclusiva e Mundialmente Famosa Vaca Aquática.* Ele estudou os horários das apresentações. Dava para pedir a sobremesa e o café e, assim que terminasse de comer, teria que esticar a hora do jantar o bastante para ver a vaca aquática. Encontraria Jack e o questionaria. Conseguiria uma pista a respeito de Pixie. Além disso, iria atrás daqueles endereços. No entanto, já estava escuro e aparecer em endereços de estranhos como um estranho no escuro podia não ser uma boa ideia. Começaria com tudo pela manhã. Mas também não podia deixar de treinar! Resolveu pular corda no quarto após o jantar. E resolveu que iria pedir bolo de carne em dobro, sem batatas e beber uma única cerveja. A virtude de não comer as batatas aliviava a culpa. A garçonete, uma mulher mais velha usando uma rede de cabelo com lantejoulas, lhe deu um sorriso e encheu seu copo de água. Ele fingiu que precisava de mais tempo para olhar o cardápio. Por fim, na segunda vez que ela apareceu, pediu a comida. E falou que não tinha pressa.

— Quer ver a vaca aquática, né?

— Dizem que ela é uma beleza da floresta.

— Ah, ela é linda! Mas é a terceira já. Eles as trocam rápido.

Wood Mountain assentiu, pensando em talento e boa aparência.

— Suponho que queiram algo mais sofisticado.

A garçonete pareceu assustada.

— É uma forma de descrever. Uma morreu. A número dois nas últimas. Nós que trabalhamos no restaurante achamos um escândalo. Mas a direção não se importa nem um pouco. Acabamos de contratar essa direto da estação de trem.

— Que estranho — murmurou Wood Mountain.

Tomou um gole de água gelada. Ela se retirou. Ele ouviu um jovem casal brigando no reservado de trás. A mulher queria ir a algum lugar e o namorado queria ficar. Não levantavam a voz nem distorciam suas palavras. Ela disse que a atração da vaca aquática era estúpida. Ele disse que era educacional. Ela o chamou de idiota. Ele a chamou de estraga-prazeres. E seguiram assim. Enquanto discutiam monotonamente, a garçonete lhe trouxe uma bandeja de aperitivos.

— Obrigado — agradeceu ele, feliz. — Não sabia que o especial vinha com entrada!

— Não vem, só para pessoas especiais — disse a garçonete.

Ela piscou e as lantejoulas brilharam.

— Adoro um bom prato de aperitivos — comentou Wood Mountain, com toda a sinceridade.

A garçonete sorriu. Era verdade. Nada deixa um jantar melhor do que um prato de aperitivos. Quando voltavam de Winnipeg, sempre paravam em um bar para jantar, caso tivessem ganhado. Wood Mountain analisou o prato. Rabanetes gelados esculpidos em forma de rosetas, tiras de cenoura e aipo. Dois tipos de azeitonas, pão de pimentão e salaminho fatiado. Pepinos em miniatura açucarados e com endro. Wood Mountain comeu tudo e observou Jack, magro e amarelo, animando a multidão. Ele usava um terno listrado de corte bonito azul-escuro. Era uma figura elegante, até sorrir. Wood Mountain pôde ver o sorriso escuro e irregular do outro lado do restaurante. Usava o cabelo fino e preto penteado para trás. Tinha um redemoinho que não ficava no centro da testa. Um anel dourado brilhava no dedo médio da mão direita de Jack. Um relógio caro brilhava em seu punho. À medida que a multidão crescia, ele se esforçava mais. Wood Mountain tentou chamar a atenção dele, mas Jack parecia em um tipo de transe. Várias vezes, a artista em destaque foi anunciada. Doris Barnes. Era um nome comum. Wood Mountain teria que contar a Barnes sobre isso, só para provocá-lo. Embora não fosse muito divertido provocar o professor. A essa altura, o prato principal de Wood fumegava na mesa, um pedaço grande de carne bem apimentada coberta com molho de tomate. Os legumes eram vagem amarela coberta com vagem verde coberta com anéis de cebola. Uma pilha enorme. Ele fincava cada vagem meditativamente enquanto planejava como encontraria Pixie.

Não ligou para a vaca aquática quando a apresentação finalmente iniciou e ela começou a nadar pelo tanque. Pediu mais uma cerveja em vez do café. Olhou de relance o tanque e ignorou o espetáculo. Que decepção. Uma garota numa fantasia azul com chifrinhos. E daí? Balançando suas coisas. Ah, bom. Agora talvez. Havia algo nela. Mas, bom... Então começou a pensar que talvez tivesse mesmo alguma coisa. No segundo ou terceiro mergulho, não dava para parar de olhar aqueles movimentos estranhos. Pois é. Pois é. Olhou pelo vidro do tanque de água e fixou os olhos em Pixie. Se sobressaltou. Enquanto seguia para o tanque, percebeu que, pelo lado dela, o vidro provavelmente estava distorcido. Mas sim, a vaca aquática, com bolhas subindo pelos lábios e nariz, era, sem dúvida, Pixie. Ela subiu até a superfície oculta do tanque. Pixie Paranteau. Doris Barnes. Ele entendeu. Talvez. Talvez ela tivesse casado com Barnes. Mas era impossível. Casada com Barnes. Nadando num tanque de água. Depois ela desceu de novo e alguém na mesa ao lado do tanque tentou tirar Wood Mountain do caminho, mas ele estava gesticulando para Pixie, pulando e gritando seu nome. Ergueu o punho para bater no vidro, mas foi agarrado. Puxado por homens que o carregavam para trás enquanto ele gritava o nome de Pixie. Duas vezes, escapou e os socou como um herói, lutou. Mas o sujeito sardento corpulento e seu assistente, um cara de fuinha pequeno, rijo e determinado, finalmente o prenderam com os braços e o jogaram para fora.

De dentro do tanque, Patrice laçou uma bolha cremosa com a cauda. Viu a sombra de um peixe escuro atrás e deu uma pirueta com os cascos girando para dar mais efeito. Havia agitação e comoção no mundo borrado além do vidro, mas nada a afetava. Terminou a escala de shows e foi rebocada para o teto. Após ter desgrudado a fantasia da vaca aquática do corpo, a garçonete da noite trouxe a bandeja para ela e comentou:

— Você tem um admirador, querida, mas vou dizer, ele é meio exagerado. Eu teria cuidado.

— Gosto da sua rede de cabelo, dos brilhos — disse Patrice.

A garçonete olhou para os dois lados do corredor antes de tirar um bilhete dobrado do bolso.

— Vou dizer uma coisa. — A mulher se abaixou e, com veemência, sussurrou: — A vaca aquática não dura. É melhor desistir enquanto ainda pode.

— O que acontece?

O Sardento subiu as escadas e a garçonete gritou:

— Coloca a bandeja para fora da porta quando tiver acabado. Eu passo aqui para pegar.

— O que acontece? — sibilou Patrice. — E que admirador? Por que ter cuidado?

Sardento tropeçou no corredor enquanto carregava uma pequena cadeira do restaurante.

— As vacas aquáticas chegam ao topo e morrem — murmurou a garçonete, pegando um guardanapo do bolso e passando para a mão de Patrice.

— Cai fora — disse Sardento.

— Estamos só conversando — disse a mulher.

— Jack quer que os funcionários respeitem a privacidade da vaca aquática — disse Sardento. — Eu tenho que ficar de olho nos fãs intrusos e coisas assim.

— Certo, já vou — disse a garçonete. — Você foi muito bem hoje.

Suas sobrancelhas se ergueram e ela olhou assustadoramente para Patrice.

Sardento colocou a cadeira do lado de fora da porta, se sentou e abriu o *Minneapolis Star*. Patrice fechou a porta. Já tinha tirado a fantasia e a polvilhado com o pó necessário. Já estava quase seca, mas ela deixou o grande ventilador ligado. E agora?

— Não me importo que esteja envenenada! — disse, destampando o jantar.

Enquanto devorava o bolo de carne, abriu o bilhete.

Sou eu. Wood. Tentei chamar sua atenção, mas os capangas me botaram para fora. Estou aqui do lado no Grand Pulgueiro. Me encontre. 328.

Ela pensou no redemoinho de movimentos do lado de fora do tanque. Seu admirador? E o cumprimento de Jack, estridente e nervoso, mas aliviado, quando a viu no camarim se aprontando para o show. Era como se ele a mantivesse prisioneira. Não. Era óbvio que ele a mantinha prisioneira. Sardento ficava do lado de fora da porta. Mas e o dinheiro? Ela o recebeu. Foram 136 dólares. Se trabalhasse outras duas noites, chegaria a mais de 200. E estava guardando tudo. Mas talvez devesse ir embora. Sim, já tinha decidido ir embora, não tinha? Por quê? Por algum motivo. Pelo que o cachorro dissera. Pelo que Bernadette falou. Quase falou. Não, as palavras não saíram de sua boca, então pode ser que Patrice tenha pensado que ouviu algo que definitivamente não tinha ouvido. E não ia ouvir. Embora pensasse que deveria dar um pouco de atenção... o que a garçonete falou mesmo? As vacas aquáticas tinham a tendência de... mas ela ia desistir. Descobriria com Wood Mountain. Sairia em uma hora ou duas, decidiu, vestindo todas as suas roupas e com o dinheiro enfiado na calcinha.

— É agora ou nunca — murmurou, rolando uma azeitona dentro da boca.

Agora ou nunca. As azeitonas pingavam óleo. Lubrificação para as articulações. Embora desse certa angústia deixar para trás um bom dinheiro. E estava tão cansada. Tão sonolenta que foi preciso um estalo repentino de clareza, uma imagem, para trazer de volta sua memória.

Estava de volta em um dos quartos com as correntes. A coleira de cachorro vazia. Não era uma coleira comum. Não tinha fivela. Tinha sido cortada em pedaços. A corrente em que a coleira estava presa — precisaria de um alicate para removê-la. E a merda seca no canto era de gente.

A Mulher Comum e o Tanque Vazio

Louis Pipestone cuidava da petição como um jardim. Mantinha-a sempre por perto. Na cidade, seus olhos se aguçavam, quando percebia um membro do povo que ainda não tinha assinado. Onde quer que estivessem — no posto de gasolina, no mercado, no Henry's, na estrada ou do lado de fora de clínicas e hospitais — Louis os abordava. Se estivessem esperando um bebê nascer, ele os fazia assinar. Se estivessem rindo, se estivessem brigando. Se estivessem levando uma criança para a escola, assinavam. Se parecia que alguém estava negociando com um contrabandista, fazia os dois assinarem. Abria um sorriso. Sabia do poder de seus sorrisos. "Bochechas". Braços fortes como um touro. A cabeça de um búfalo domesticado com pernas tortas.

Entretanto, estavam com um problema. Tinham apenas uma cópia do projeto de lei, e, apesar do supercuidado, o papel já estava ficando manchado e amassado. Juggie se ocupava datilografando uma cópia no mimeógrafo, para imprimirem mais. Outros podiam datilografar mais rápido, mas ela era mais precisa e revisava tudo à medida que avançava. Ela também estava montando um boletim informativo da aldeia. Era uma ideia nova de Thomas — uma forma de se afastar dos moldes do comitê consultivo, assim as pessoas começariam a confiar em algo além de informações falsas e rumores.

Juggie datilografava uma notícia uma noite, quando Thomas chegou. Com a chave da recepção da escola.

— Como estamos?

Juggie mostrou a primeira página, cada pequeno anúncio vinha com uma linha de estrelas.

— Precisamos de algumas piadas — disse ela.

— Piadas.

Ela manteve os dedos acima das teclas.

— Preciso de uma piada.

Com o rosto franco e olhos aguçados, ela sorria.

— Você sempre tem uma piada.

Mas ele não tinha. Abriu a boca, fechou a boca, franziu o cenho para o piso. Fixou o olhar para a ponta da mesa, como se fosse encontrar uma piada ali.

— Espera um pouco — disse.

Era verdade. Ele sempre tinha uma piada. As pessoas confiavam nele no departamento piadas. Depois de um instante ou dois de conversa, Thomas sempre fazia uma piada, uma que tinha ouvido ou alguma que lhe viesse à cabeça. E então havia uma explosão de gargalhadas. E depois a conversa poderia continuar. Mas agora percebeu que não tinha partilhado piadas, nem pensado nelas há... nem se lembrava há quanto tempo.

— Estou sem piadas!

— Muito engraçado — disse Juggie. — Me dá uma curtinha mesmo.

Ele quase se virou para ir embora, depois pensou em Wade, seu filho, cozinhando com Ajax, e pensou em si mesmo, na primeira vez que bebera em anos, e pensou em Rose.

— O homem mediano é a prova de que a mulher mediana consegue aceitar uma piada — disse ele.

— Espera aí, fala de novo — respondeu Juggie, já datilografando.

FOI UMA daquelas noites. Fee tinha colocado um pedaço de doce de amora no protetor de orelha. Ficou grudado em sua cabeça. Cuidadosamente, ele o tirou, comovido por ela ter lhe dado um pedaço de doce, algo raro. Resolveu guardar para mantê-lo acordado na volta para casa. Thomas estava escrevendo uma carta desesperada para o Senador Milton R. Young, tentando esconder o pânico com cordialidade. Por volta de duas da manhã, bateu a cabeça na mesa. Se levantou. Imagine desmaiar por ter caído no sono no trabalho. Se esbofeteou, mas não o bastante para despertar. O tapa o colocou em um tipo de sono que nunca tinha experimentado. Fez sua ronda, mas a maior parte do cérebro estava fora de alcance — dava para sentir. Parte do cérebro tinha se rebelado e voltado a dormir. Uma lasquinha de seu eu estava acordada e fazendo o trabalho. Portas trancadas e destrancadas. Cantos examinados com a lanterna. Comeu o lanche da noite. Embrulhou metade do sanduíche com o pano limpo que Rose usara para embrulhá-lo. Fez outra ronda. Teve uma longa conversa com Roderick.

— Como você consegue, Roderick?

— Me transformar de um motor?

— Sim.

— Tive uma conversa com seu cérebro. A parte que está dormindo.

— Ah, muito engraçado. Para que vir me incomodar, Roderick?

— Não vim por sua causa. Vim por LaBatte. Eu o salvei antes, lembra?

— Ah, eu me lembro. Você cumpriu pena por ele.

— Foi a primeira vez que me prenderam. No porão. Me jogaram lá. Confessei o que, na verdade, LaBatte fez.

— Não joguei um casaco para você?

— Você me deu um casaco, mas era frio do mesmo jeito.

— LaBatte acha que você pegou ali.

— Não, não peguei na primeira vez, não muito. Na segunda, talvez. Saí de lá tossindo feito o demônio. E com febre. Mas não era nada.

— Falaram que você teve que ir para Sac e Fox.

— Quem falou? O sanatório. Eu fui para lá.

— Era para você ter melhorado.

— Eu não estava doente, seu cabeça de vento.

— Muitos garotos ficaram doentes.

— Vamos admitir.

— Vamos admitir.

— Colocavam manteiga em tudo, seu idiota. Manteiga na aveia. Creme em cima de batatas com creme. Me engordaram. Seis morreram, mas eu não. Eu não voltaria para casa em um caixão.

— Espera. Não. Roderick.

Thomas deu a notícia com gentileza.

— Você morreu. Te mandaram para casa num caixão, sim. De trem.

Roderick meneou a cabeça e, irritado, inflou as bochechas.

— Me colocaram no caixão, claro! Me colocaram no trem. Mas eu estava lá, rindo. Falei para mim mesmo que com certeza iriam se surpreender quando eu pulasse em cima deles.

— Seus pais foram te ver?

— Ninguém tirou lá debaixo! Não! Por quê? Sabiam que eu não estava morto no caixão. Que era só brincadeira.

— Eu ouvi coisa diferente, Roderick.

— Eu tinha que sair do sanatório.

— Por que queria sair se te alimentavam tão bem?

— Eles cortaram meu pulmão, seu cabeça de vento! Tive que fazer com que parasse.

— Você foi punido no lugar de LaBatte. Ele nunca quis que você morresse por isso. Passou a vida inteira se sentindo mal.

— Por quê? Eu não fiquei bravo. Sabe como é, eu sou selvagem!

— Então está só fazendo uma visita?

— Como eu disse. Vim por causa de LaBatte. Ele era meu irmão lá. Em Fort Totten. Você também. Nunca conseguiram nos separar. Parentes. Vim aqui para salvá-lo.

— Do quê?

— De ser um baita cabeça de vento.

— O que ele está fazendo?

— Coisas estúpidas.

— Por exemplo?

Astuto, Roderick meneou a cabeça. Olhou de um lado para o outro.

— Você adoraria saber, não é mesmo? Não vai contar para ninguém?

— Nunca.

— LaBatte está roubando.

— Roubando o quê?

— Qualquer coisa que couber nos bolsos. Qualquer coisa que não notem. Clipes de papel, carimbos, papel. Rolos de papel higiênico. Café, açúcar, ele tira do saco a colheradas. Um pouco de cada vez. Leva sabonete. Leva óleo de cárter. Deixa gotejando em um frasco. Leva restos de metal. Está se preparando para levar as joias.

— Elas ficam num cofre. Ele não tem como entrar.

— Por que você acha que não?

— Fica sempre fechado. Não tem chave. É um cofre com a combinação parafusado na parede.

— Deve ter a combinação escrita, cabeça de vento. Ele vai encontrá-la. O Gafanhoto sabe. Mas não sabe a senha de cor.

— De qualquer forma, o LaBatte não é ladrão. Você está inventando tudo isso, Roderick. Fica falando essas coisas.

— Claro. Eu sou o cabeça de vento? Acho que não. Você não sabe tudo, Thomas. Para que mais eu estaria aqui? Pergunte a si mesmo.

— Mas você não está aqui — disse Thomas, olhando para a crosta do sanduíche em suas mãos, um sanduíche que nem lembrava de ter comido.

COMO PODIA alguém, que era uma ficção de seu próprio cérebro, falar para ele algo que era verdade? Porque Thomas sabia que Roderick estava certo. Precisava confrontar LaBatte antes que fosse preso e arruinasse um boa oportunidade de trabalho para os outros indígenas. Ele ficou até mais tarde naquela manhã, pois sabia que LaBatte tinha que aparecer para soldar alguns baldes. Quando seu velho amigo de escola atravessou o estacionamento, Thomas se aproximou. Estava perturbado demais para ficar enrolando.

— Vi o Roderick à noite.

LaBatte arregalou os olhos. Seu cabelo escovinha pareceu se arrepiar de medo. Ele colocou a marmita perto da de Thomas, no capô do carro.

— Roderick me falou que tinha vindo para salvá-lo. Contou que você está roubando a fábrica. Planejando roubar as joias.

LaBatte nem tentou negar. Quem podia argumentar contra um fantasma? Ele desmoronou, passou as mãos pelo rosto e disse a Thomas que estava passando por uma maré de azar. E isso foi antes mesmo da coruja.

— Que coruja?

— A sua coruja.

— Corujas para mim dão boa sorte. Principalmente as brancas.

— Nada está dando certo para mim, Thomas.

— O que aconteceu?

— Fali de novo.

— Mas você está empregado.

— Mas não dá para alimentar vinte. Ou trinta.

A família de LaBatte era um poço espiralante de necessidades e ele era o único com um trabalho formal. Thomas pegou a carteira velha e macia, entregou o dinheiro que tinha para LaBatte, que o pegou e disse:

— Merci, parente. Eu estava indo para o caminho errado, eu. Mas sabia que Roderick ia me ajudar. Eu vi o que escreveu sobre a coruja e pensei que eu era o próximo defunto.

LaBatte começou a chorar como se seu coração estivesse rompendo dentro do peito. Thomas colocou a mão no ombro do velho amigo.

— Pare de roubar. Já viu os olhos de um gafanhoto?

LaBatte suprimiu um gemido.

— Gafanhoto. Provavelmente pode ver tudo ao redor. Não sei como eu virei um baita de um cabeça de vento.

— Foi o que Roderick disse.

Thomas ignorou o calafrio que a frase de LaBatte lhe causou.

— É melhor fazer uma bela confissão e seguir adiante.

— Pois é — disse LaBatte. — Eu tenho confessado meus crimes toda semana. O padre está de olho em mim. "Tome", falei da última vez, "um saquinho de açúcar para você". Ele ficou bravo e falou "roubado?" Nossa, ele me pôs para fora do confessionário aos chutes.

— Tenho que ir — disse Thomas. — Estou atrasado para outra daquelas reuniões.

Ele pegou a marmita.

Não queria ouvir os detalhes do porquê LaBatte precisava tanto de dinheiro. Seria a mesma história de todo mundo, inclusive a dele, embora com o pagamento da fábrica as coisas tivessem ficado consideravelmente mais fáceis. Não havia empregos suficientes. Não havia terras suficientes. Não havia áreas cultiváveis o suficiente. Não havia cervos suficientes nos bosques ou patos nos pântanos e um guarda florestal pegava quem pescasse muitos peixes. Simplesmente não havia o suficiente de nada e, se não poupassem o pouco que tinham para que as coisas não desaparecem, ninguém se daria bem. Não conseguia tolerar. Não toleraria. No meio do caminho para a cidade, o carro engasgou e começou a desacelerar. Ele foi para o acostamento. O tanque de gasolina estava vazio. Havia dado para LaBatte o dinheiro que usaria para enchê-lo.

Por um longo tempo, Thomas ficou sentado ali com o tanque vazio, na estrada vazia, olhando para o campo vazio, para o céu vazio. Não havia uma nuvem sequer. Azul como o paraíso. Então, além de tudo, LaBatte passou direto por ele em seu carro velho e não parou.

Thomas observou o para-choque traseiro que não combinava com o resto do carro de LaBatte desaparecer. O veículo pareceu se erguer da estrada e flutuar em direção às árvores. Ele pegou a marmita. Talvez tenha deixado a crosta do pão. Era a marmita de LaBatte, cheia. Um sanduíche de carne com manteiga de verdade. Mais pão, dessa vez com manteiga e açúcar. Uma batata assada, ainda morna. Maçãs.

— Foi na mosca — disse depois para LaBatte. — Me deu força para caminhar até a cidade para comprar gasolina.

LaBatte suspirou.

— E eu, fiquei com um docinho empoeirado.

Os Missionários

Dois jovens vestindo camisas brancas e calças pretas, com cabelos castanhos lisos penteados para trás e carregando dois sacos de papel pardo, vinham caminhando pela estrada de terra para a casa do Wazhashk. Era um dia quente para o fim de setembro. Thomas os viu se aproximarem quando caminhava da casa velha para o banheiro. Pensou em adiar a visita ao vaso, mas eles estavam vindo lentamente. Parecia que estavam tendo uma discussão. Um parou e se virou para ir embora, então o outro o alcançou e eles voltaram a conversar. Quando Thomas saiu do banheiro, os jovens estavam mais perto. Ele foi para dentro da casa, lavou a mão e o rosto, os secou na toalha e foi encontrá-los no quintal. Embora fossem jovens, parecia que eram do governo.

— Boa tarde — disse ele.

Apertou a mão de ambos.

— O que posso fazer por vocês?

— Você já pensou por que está aqui? — perguntou o mais alto dos dois, enquanto o encarava intensamente.

— Não — respondeu Thomas.

Ele ficou surpreso. Os jovens eram, obviamente, de longe, de Bismarck ou até de mais longe. Talvez de Washington. Também se surpreenderam com a resposta.

Um se recuperou e disse:

— Por que não?

— Porque eu sei porquê — falou Thomas. — Vocês não?

O mais baixo dos dois se virou para o outro e deixou escapar um:

— Viu?

O mais alto deixou a cabeça cair e tentou matar o outro com os olhos.

— Que tal um copo d'água? — ofereceu Thomas.

— Claro — disse o mais baixo, que parecia ter agora o controle da situação.

— Venham comigo — chamou Thomas.

Caminhou em direção à casa, subiu os três degraus e passou pela porta. Os dois jovens hesitaram.

— Podemos entrar? — perguntaram ao mesmo tempo.

Thomas assentiu e eles o seguiram. Um bebezinho rastejava pelo chão, e ao ver os dois, recuou, caiu e começou a chorar. Rose estava tomando conta de um bebê de alguém que morava no final da rua.

— Quem são? — gritou Noko, recostando-se sobre a parede.

Rose apareceu do quarto ao lado com os punhos nos quadris. Ela colocou a mão no ombro da mãe.

— Vocês a assustaram — disse ela, ameaçadoramente.

— Sentimos muito — disseram os jovens, atrapalhados com seus sacos de papel.

Rose pegou o bebê, colocou-o em uma posição confortável e arregalou os olhos para Thomas.

— Eles só querem saber se nos perguntamos por que estamos aqui — explicou Thomas.

— Vocês tomaram nossas terras — disse Noko. — Onde mais deveríamos estar?

Rose olhou para os cabelos brancos da mãe, impressionada pela resposta e pelo olhar agressivo.

— Perdão — falou o mais baixo. — Talvez devêssemos começar de novo. Eu sou o Pastor Elnath, este é o Pastor Vernon. Como vão?

— Pastor?

— O que queremos saber, na verdade, é se já se perguntaram por que vocês, como pessoas do passado, estão aqui nesta terra?

— Eu sou velha, não do passado — esbravejou Noko, com o ouvido repentinamente apurado.

Rose fez carinho no ombro magrelo da mãe.

— Molhem o bico, rapazes — disse Thomas, servindo-os da lata. Deu um copo de água fresca para cada um. — Agora, tem alguma coisa em que posso ajudá-los?

— O Pastor Vernon não fez a pergunta direito. Não tivemos a chance de dizer quem somos logo de início, então ele achou que deveria fazer a pergunta de forma mais ampla.

— De forma mais ampla?

— Quem nos colocou nessa terra? O que estamos fazendo aqui? Esse tipo de pergunta. Nosso trabalho é justamente ver se vocês querem ler o Livro dos Mórmons e rezar conosco.

— Mórmon! — Thomas recuou. — Vocês, dois jovens, conhecem Arthur V. Watkins?

— Ele é autor — respondeu Elnath, surpreso. — Escreveu *O Pastor Nefita*.

— E é um bom livro? — perguntou Thomas.

— Minha nossa, e como! No despertar de Zeraemna, o pastor sabe que faz parte de uma sociedade secreta. Mas há contratempos, pois os lamanitas ainda expiavam os pecados de Lamã com suas peles escuras.

— Watkins escreveu isso?

— Acho que ele é nosso senador — disse Vernon, o pastor mais alto.

— Vocês são de Utah.

— Somos.

— Por que ele quer acabar com a gente?

— Ele não quer isso!

— Ele quer nos eliminar.

— Não, não quer, não! — afirmou Elnath, agora impetuoso. — Temos a missão de trazer a vocês o evangelho! Vocês todos são lamanitas.

— Somos Chippewas, Crees e alguns são franceses.

— Foi revelado — disse Vernon, com sinceridade — a Joseph Smith que vocês são as pessoas da casa de Jacó e filhos de Leí.

— Nunca ouvi falar desse tal de Joseph Smith ou dessas outras pessoas — afirmou Thomas.

— Joseph Smith era profeta.

— Muitos profetas vêm para cá — disse Thomas de forma amigável. — Eu tenho uma religião. Estou mais interessado em política. Por que esse senador está atrás de nós? Quem ele é? Qual a sua mensagem? Essas são as coisas que eu quero saber.

— Talvez você se interesse por isso aqui.

Vernon pegou o saco de papel e tirou de dentro um pequeno livro de capa preta. Ofereceu-o a Thomas, que o pegou e agradeceu. Os jovens terminaram de beber a água, Thomas desceu com eles os degraus da frente e os observou enquanto desapareciam estrada abaixo. Os dois já não mais se pareciam, mas caminhavam exatamente na mesma linha reta, cheios de propósitos místicos.

O Início

COMO FAZIA na mudança de cada estação, Thomas deu ao pai um punhado de tabaco e pediu a história do seu nome. Essa história os unia, visto que Thomas recebeu o nome do avô, cujo nome tinha se tornado o sobrenome da família. O Wazhashk original e verdadeiro era um pequeno rato almiscarado.

— No início — disse Biboon — o mundo era coberto de água. O Criador alinhou os animais que eram os melhores mergulhadores. Primeiro, o Criador enviou a Marta-pescadora, a mais forte. Mas Marta voltou ofegante sem conseguir chegar ao fundo. Depois foi a vez de Mang, o mergulhão, ir para baixo, como os de sua espécie sempre fazem.

Biboon curvou a mão.

— O mergulhão tentou, mas fracassou.

Thomas assentiu, agradecido. Amava os gestos que o lembravam da infância.

— O mergulhão-caçador correu para dentro da água, gabando-se de que teria sucesso. O mergulhão-caçador foi para baixo, mais para baixo. Mas não!

Biboon respirou fundo e esperou.

— O último foi o humilde rato-de-água. O Criador o chamou. Wazhashk. O pequeno mergulhou. Levou um longo tempo, muito tempo, e então, finalmente Wazhashk subiu à superfície. Havia se afogado, mas sua pata estava fechada. O Criador abriu as patas com membranas do Wazhashk. Viu que o rato almiscarado tinha trazido um pouquinho do fundo. Com aquela pequena quantidade de terra da pata, o Criador fez a terra inteira.

— *Mii'iw.* É isso — disse Biboon.

Estavam sentados do lado de fora. Biboon olhava as folhas brilhantes do choupo, a forma como rodopiavam, reluzentes, para fora dos galhos. Uma vez, as pradarias selvagens já foram cheias de ossos. Ossos grossos e brancos até onde a vista alcançava. Ele tinha reunido e carregado os ossos de búfalos com o pai. Pagavam 8 dólares a tonelada no pátio da rodovia em Devils Lake. Toda sua família tinha ido até o fundo para pegar um pouco de terra. Mas agora seu filho estava sentando ali com ele. Suas cadeiras estavam encostadas na parede caiada de troncos velhos. O sol batia no rosto de Biboon. Não havia calor na luz, um sinal de que seu homônimo, o inverno, estava ali no horizonte.

— Sou um velho pônei malhado, magricela e sempre faminto. Esse inverno talvez acabe comigo — disse com a voz leve e entretida.

— Não — disse Thomas. — Você precisa ficar aqui, papai.

— Sou um peso nas costas de vocês — disse Biboon.

— Não diga isso. Precisamos de você.

— Não consigo nem desenterrar uma batata! Ontem eu até caí.

— Vou mandar o Wade ficar aqui. Precisamos de você, como eu disse. Esse negócio que está vindo de Washington. Precisamos de sua ajuda para lutar.

— Está bem — disse Biboon, erguendo os punhos.

O Mendigo do Templo

DEPOIS QUE se trancou no quarto, Patrice tirou as roupas e encarou a si mesma no espelho. Não era coisa de sua imaginação. Uma tênue, mas inegável, coloração azul se infiltrava em seu corpo. Ela tocou a barriga cheia de estrias. Os sovacos doíam e picavam. Um cheiro se agarrava à sua pele — o aroma do pesticida em pó que tinha que polvilhar dentro da fantasia da vaca. Olhou para si mesma com firmeza. Será que era realmente Patrice? Ou essa mulher azul com coceira que só fingia ser sensual na água era seu outro eu? Pixie. Com certeza, Pixie. Mas ia deixar essa garota para trás agora mesmo.

Patrice colocou o sutiã de volta e guardou ali o dinheiro. Pegou sua bolsa. Os braços estavam fracos. De repente, sentiu-se tão desesperadamente exausta que mal conseguia se mexer. Conseguiu aprontar a bolsa e arrumar a roupa que usaria. Então apagou a luz e se enfiou embaixo do cobertor vermelho com barra de fita. À medida que caía no sono, direcionou seu corpo para acordar em algumas horas. Disse a si mesma para se lembrar exatamente de onde estava quando despertasse. Estaria completamente escuro. Seria obrigada a fugir sem acender a luz, pois poderiam ver a luminosidade por baixo da porta. Teria que confiar no fato de que Sardento precisava dormir também.

De fato, acordou. Labaredas de fogo fluíam-lhe pelas pernas. O que a chocou, mas ela não gritou. Pela sensação do ar, soube que acabara de adentrar a madrugada. Em alerta, levantou, encontrou sua bolsa, sapatos e casaco. O dinheiro continuava empacotado entre os seios no pequeno bolso do sutiã. Se sentou na cama, invisível, e seguiu as instruções que dera a si mesma antes de dormir. Quando ficou satisfeita por ter seguido todas as diretivas, foi até a porta.

Usou a chave, soltou o ferrolho e empurrou a superfície. As dobradiças lubrificadas não fizeram barulho. Ela saiu e lá estava Jack, sentado no chão bem à sua frente.

As pernas de Jack estavam esticadas e os tornozelos, elegantemente cruzados. O paletó, dobrado cuidadosamente ao lado. Mechas oleosas de cabelo caíam no queixo. A pele do rosto era ondulante como água. Expressões fluíam por suas feições, que, ligeiras, iam de surpresa para alegria e depois horror. Ele tentou fixar as íris amareladas e turvas nela, mas os olhos rolaram para trás como as janelinhas de uma máquina caça-níquel. A pele e os globos oculares dourados, as mangas da camisa enroladas e as mãos abertas em súplica formavam uma imagem que ela já tinha visto em algum lugar, talvez em uma revista. Um mendigo na porta de algum templo. Ela estendeu a mão e colocou as mechas de cabelo atrás das orelhas dele.

— Jack?

Ele sorriu como uma criança de rosto límpido, e depois revirou os olhos novamente. Ela escapuliu, desceu as escadas lá de trás e da cozinha saiu para o beco nos fundos. Um homem no final da rua vasculhava latas de lixo. Ele não percebeu quando ela passou e seguiu pela rua até encontrar a Josen House. O vento soprava forte, a temperatura caía. Entrou no hotel e passou por cima dos corpos de homens que pagavam alguns centavos para dormir no hall de entrada. Não havia ninguém na recepção, então subiu três lances de escada. O número 328 ficava no final do corredor. O espaço era repleto de murmúrios de pessoas dormindo, ofegando, se mexendo, roncando e o tamborilar de ratos andando na malha metálica do teto. O vento entrava pelas janelas quebradas, chiando e vibrando. De vez em quando, um trovão rugia. No fim do corredor barulhento, bateu na porta. Ouviu-o saindo da cama e abrindo a porta.

— Pixie.

Puxou-a para dentro. Ela largou sua bolsa no chão. Havia uma janela no quarto. Uma luz fraca irradiava das lâmpadas e placas do lado de fora. Ela viu que os lábios dele estavam inchados e o rosto, cortado. A pele dela ainda ardia, mas a mente estava perfeitamente clara. Tudo o que aconteceu estava em foco agora, cada incidente se destacava nitidamente em seus pensamentos. Se sentou na cama. Ele estendeu o casaco no chão e se sentou em cima. Começaram a sussurrar.

— Eu sei, *eu sei*, que pegaram ela — disse Patrice. — Que pegaram a Vera.

— Ela pode estar morta — disse Wood Mountain, com menos gentileza do que pretendia, mas ela assentiu.

— Não, não está. Eles a levaram para algum lugar.

— Eu disse que voltaria para pegar o bebê.

— Vamos pegar ele... ou ela.

— Ele.

— Então vamos de uma vez.

— Devíamos dormir algumas horas. Se aparecermos na Bernadette agora, podemos ser mortos. Fica com a cama. Eu fico bem aqui no chão.

Ela deu a ele o cobertor duro de tanta sujeira e se cobriu com o casaco. Respirou e se colocou em transe. Enquanto dormiam profundamente, o vento ficou mais forte e de manhã uma chuva fria batia na janela. Patrice acordou deitada de lado, e olhou para o céu cinza. As paredes do hotel eram feitas de papelão, madeira compensada e estanho flexível que vibrava intensamente. Ela percebeu que o que pensou ser trovão antes, era o barulho de homens andando nos quartos. Vez ou outra, alguém se encostava na parede e um estrondo reverberava no corredor. Wood Mountain estava esparramado no chão. Ela pensou nos olhos de ouro velho de Jack. Centímetros acima da cabeça de Wood, insetos aquáticos de cobre se arremessavam e se desviavam, seres sensíveis que ficavam estáticos ao som dos falsos trovões. À medida que as vibrações diminuíam, eles recomeçavam suas jornadas.

— Everett Blue — disse ela, e os insetos se dispersaram.

Ele colocou as mãos no rosto antes de abrir os olhos e murmurou.

— Ele ficaram me enchendo a noite toda.

— Temos que ir na Bernadette agora. Eu preciso usar...

— O banheiro — disse ele. — Quem dera aquilo fosse um banheiro. Vou junto e fico guardando a porta.

Alguns minutos depois, eles saíram pelos fundos. No meio do beco, Wood Mountain passou por cima do que parecia ser uma pilha de roupas. Patrice percebeu que a pilha era Jack. Se abaixou e colocou os dedos em seu pescoço.

— Não — disse Wood Mountain. — Deixa ele aí.

Esperou por uma pulsação. Estava fraca, mais fraca. O espírito dele rapidamente se amontoou em uma poça nos tornozelos de Patrice.

— Ele ainda está aqui — disse ela.

— Ele é mau, Pixie.

Ela se levantou, ergueu os pés da poça mansa que era o último traço de consciência de Jack. Houve um gorgolejo baixo quando ele desvaneceu.

Patrice voltou para o hotel e parou na portaria. O atendente noturno nem mexeu a cabeça, mas virou os olhos para ela.

— Tem um homem morrendo no beco — informou.

Os olhos continuaram fixos nela.

— É o Jack aqui do lado.

O homem assentiu.

— Vamos cuidar dele.

Ela foi embora.

BERNADETTE ESPIOU pela linda janela oval e abriu a porta de carvalho. Vestia um avental branco babado e palitinhos no cabelo. Havia um ar pesado de exaustão.

— Minha nossa — disse ela. — Cal foi embora.

— Cadê a Vera?

— Ela não tá aqui. Por favor — disse Bernadette —, posso acabar me encrencando.

Ela olhou de relance para trás de Wood Mountain e Patrice antes de deixá-los entrar. Havia bacon fritando e o mesmo cheiro de flores flutuava dos ombros de Bernadette.

— Está com fome? — perguntou ela.

— Sempre — respondeu Wood Mountain.

Uma mulher de pele âmbar desceu as escadas até o vestíbulo. Bernadette fez um gesto para a moça e ela desembalou o pacotinho que estava segurando. O bebê franzia o cenho dormindo.

— Dê a ela o bebê — disse Bernadette, e a mulher o entregou a Patrice.

O bebê era surpreendentemente compacto, como um bloco. Bernadette se retirou para a cozinha. Depois de um instante, Wood Mountain a seguiu e se apoiou na porta fechada. Alguém conversava com Bernie atrás da porta. Ele ouviu. Então a mulher tocou em seu ombro e deu a Wood uma sacola com as coisas do bebê. Bernadette saiu da cozinha.

— Agora, caiam fora daqui — disse ela, dando a eles um pacote embrulhado em um jornal.

DEPOIS DE instalados no trem em movimento, Wood Mountain desembrulhou o pacote de jornal, onde havia uma pilha de panquecas e bacon. Dobrou uma delas no bacon e entregou o rolinho a Patrice. Ela segurou a panqueca com uma das mãos e manteve o bebê aninhado no braço. Ele tinha acabado de tomar uma mamadeira de leite. Havia um pequeno vinco entre suas sobrancelhas, onde sua preocupação com o futuro residia. Ela passou o dedo e tentou alisá-la. Mas o sulco parecia permanente.

— Pegue minha bolsa — disse ela a Wood Mountain. — Tire o cobertor do bebê.

Ele devorou o resto da panqueca, levantou, puxou uma cascata de lã branca de cima e entregou para ela. O cobertor era grande e flexível. Deu duas voltas no bebê. Os pontos de tricô elegantes faziam parecer que ela e Wood sabiam o que estavam fazendo com o bebê. Fazia o bebê parecer deles, o que os tornava um casal. Ninguém tentou pegar seus assentos dessa vez. As pessoas se sentavam longe do que poderia ser um pacote potencialmente explosivo. Patrice queria dizer que não era a mãe, que Wood Mountain não era o pai e que não era nada do que parecia. Mas apenas pediu:

— Pode dobrar esse jornal? Quero ler depois.

Não dava para ter certeza absoluta que ela não gostava de Wood Mountain, ou se retribuiria se caso ele sentisse alguma coisa. Ela queria dizer que era uma mulher trabalhadora com um emprego muito bom, para o qual estava retornando porque era muito boa no que fazia. Não havia razão alguma para dizer tudo isso. Não havia razão para pensar. Se recostou no assento segurando o bebê e tentou não fazer um balanço do que acontecera nas Cidades. Mas sua mente continuava agitada. Será que foi tudo real? A coleira do cachorro? As palavras do cachorro? A fantasia envenenada da vaca? Os olhos de ouro envelhecido de Jack? Bernadette com os palitinhos no cabelo? Quem acreditaria?

— Vou cuidar de você até ela voltar para casa — disse Patrice para o bebê.

Wood Mountain a encarava.

— Que foi? — perguntou ela.

— Nada.

Ele desviou os olhos. Não tinha nada que discutir e ainda não compreendera o que as palavras que ouvira atrás da porta da cozinha significavam. Eram boas ou ruins? Não queria contar a Pixie antes de processá-las.

O BEBÊ veio com seis fraldas. Uma pequena calça azul-clara de borracha com elástico na cintura e nas pernas. Duas mamadeiras de vidro e quatro bicos de borracha. Duas camisetas de algodão que amarravam dos lados. Um casaco cinza quentinho que o cobria dos pés à cabeça. Fora enrolado em um pano liso bordado com cúpulas e torres. Havia outra mamadeira de leite que deveria durar por todo o trajeto no trem. O bebê tomara a primeira rapidamente e Patrice achou que teriam que comprar mais em Fargo. Mas o pequeno caiu no sono. "Não parece que deu trabalho para eles", comentou Wood Mountain, tocando o redemoinho do cabelo no alto da cabeça do neném. Patrice ergueu o braço, deitou o assento um pouco para trás e segurou a criança sobre o peito. Ele se agarrou a ela como um carrapicho quente e a fez dormir na mesma hora. Mais tarde, ele acordou irritado. Os gritos estrondosos a enervaram. Wood Mountain cambaleou para o corredor enquanto ela carregava o bebê ao banheiro do trem. Depois que foi trocado e alimentado, Patrice o embalou sem parar enquanto andava entre os vagões. Quando o bebê se acalmou, ela finalmente percebeu que estava com o pescoço molhado de lágrimas. De suas próprias lágrimas. Sua mãe, é claro, ia cuidar do bebê. Não ia? Patrice não podia fazer tudo isso. Não conseguiria fazer nada disso.

Caminhou em silêncio pelo corredor, deslizou por Wood Mountain para seu assento e transferiu o neném para os braços dele. Quase ficou decepcionada quando o boxeador pegou-o sem pestanejar e apoiou o bebê em seu coração, como se fosse algo rotineiro.

— Que nome vai dar a ele? — perguntou a Patrice.

— Nome? Por quê? Ele tem nome. Vera deu um nome para ele.

Wood Mountain teve a impressão de que o pequeno o encarava, como se soubesse alguma coisa.

— Esse bebê gosta de mim.

— Ah, você acha é?

Patrice o encarou com um olhar severo, mas não se tratava de uma tentativa de se aproximar dela. Wood Mountain e o bebê se olhavam, fascinados um com o outro. Ignoravam-na. Ela se virou para a janela, embora já estivesse escuro e o vidro exibisse apenas o reflexo de um fantasma cansado.

Galo Selvagem

O CÉU se abriu enquanto dirigiam para Fargo, passavam por Larimore e seguiam para a reunião na qual registrariam sua oposição ao Projeto de Lei de Terminação. A estrada continuava molhada. À medida que a noite caía, o piche congelado ia ficando escorregadio. Thomas desacelerou e Louis passou rugindo pelo DeSoto de duas cores. Havia quatro pessoas amontoadas no banco de trás. Juggie acenou pela janela do passageiro.

— Queria que os dois se casassem — disse Moses. — Não é normal.

— Como assim? — perguntou Thomas, tentando esconder a surpresa.

— *Ay*, coroinha — respondeu Moses, rindo.

Do banco de trás, sua esposa, Mary, disse:

— Você acha que sabe de tudo!

— Bom, você que me ensinou tudo o que eu sei — disse Moses, numa voz de falsa humildade.

— Deixa a Juggie ser do jeito dela — disse Joyce Asiginak, sentada no meio.

Eddy Mink estava atrás do banco do passageiro. Sim, Eddy Mink. Sóbrio, Eddy era brilhante e um orador perspicaz, era por isso que Thomas bebia com ele antigamente. Ele se sairia bem nos questionamentos, pois Thomas o fizera estudar. O truque seria mantê-lo sóbrio. Joyce e Mary cuidariam disso.

— Não tenho nada para falar sobre o assunto — disse Eddy. — Casar não faz nenhum sentido para mim. É conversa de padre.

— Falou o renegado — disse Thomas.

— Agora você falou a coisa certa. Sou um galo selvagem aqui atrás com essas duas adoráveis galinhas. Não se vire, Moses. Ou vai ver uma coisa que vai te deixar chocado, rapaz.

Joyce e Mary começaram a bater nele, rindo, mas logo a brincadeira ficou tão violenta que a parte de trás do carro começou a sacudir.

— Opa! — gritou Thomas.

— Parem! — ordenou Moses.

— Somos a última esperança da grande nação Chippewa — berrou Eddy. — Não nos massacrem.

— Ah, cala a boca, bobão — falou Joyce rindo muito.

— Bobão? Vou te dar um pouco de sabedoria. Ouça. O governo é mais parecido com sexo do que as pessoas pensam. Quando o sexo está bom, ninguém aprecia muito. Quando está ruim, não dá de pensar em outra coisa.

— Você até que tem razão, galo — disse Moses.

Avançaram lentamente. Com o tempo, a estrada secou e chegaram inteiros. Como não havia dinheiro para pagar um alojamento, Thomas os deixou em diversos endereços perto do centro da cidade. Ele ia ficar com a parenta de Moses, Nancy, e o marido, George, que moravam em um pequeno apartamento com um sofá-cama e uma cama de armar na cozinha. De manhã, Nancy, grande e fofa como uma ursa, surpreendeu Thomas. Ele dormira como uma pedra. Acordou todo quebrado. Ele estava sem as calças, então Nancy lhe deu café na cama. Ele o bebeu apoiado em um cotovelo enquanto ela fazia mingau de aveia. Disse que se sentia como um rei.

— Rose nunca leva café na cama para você?

— Não!

— Bom, se você tentar levar para ela primeiro, quem sabe você dê sorte.

— Sério?

— Não desse jeito, seu mente poluída!

— Me chamaram de coroinha ontem à noite.

Nancy riu.

— Conheço uns coroinhas bem safados.

— Posso tomar mais?

— Vista as calças. Depois talvez sim.

Arthur V. Watkins

Se Arthur V. Watkins fosse boxeador, o que definitivamente não era, teria sido um dos violentos. Ninguém pensaria isso de um sujeito tão respeitável e de boa aparência. Aparência clássica de pregador, meio calvo com uma virtuosa auréola de cabelos esbranquiçados, óculos. Um ar agressivo de asseio e religiosidade — esse era Watkins. Gravata preta. Terno claro. Nasceu em 1886, quando Utah ainda era um território e foi batizado como Isaac Jacobs. Em 1906, seu pai, também Arthur V. Watkins, escreveu para Joseph F. Smith, "Apresentamos um pedido de terra na reserva para formar um lar". Isso aconteceu durante a era de distribuição de terra, quando os povos Ute e da Reserva de Uintah e Ouray, onde as terras de Watkins ficavam, perderam 13,8 milhões de hectares legalmente garantidos por decreto do primeiro Presidente Abraham Lincoln e, mais tarde, de Chester A. Arthur.

Arthur V. Watkins foi criado em uma dessas terras, as quais foram roubadas por seu pai. Em 1907, ele foi afastado. Foi chamado de Vernal, para a cidade de Uintah, Utah. Completou uma missão no leste dos Estados Unidos e depois retornou para Utah. Por fim, foi candidato nas eleições até se tornar senador dos Estados Unidos. Durante as audiências a respeito da terminação, diziam que ele "transmitia um ar de imparcialidade quase aterrorizante". Ao expor a terminação ele "gritava com a voz esganiçada". Joseph Smith e os primeiros mórmons fizeram o melhor que podiam para tentar aniquilar todos os indígenas de todo o país, mas, no fim, não tiveram sucesso. Arthur V. Watkins decidiu usar o poder de seu cargo para terminar o que o profeta começara. Nem sequer precisava manchar as próprias mãos de sangue.

Fria, Mas Agradável

DEPOIS DO trem, pegaram o ônibus, e, quando o ônibus os deixou na estrada perto da cidade, estava uma tarde de outono fria, mas agradável. As folhas caíam agora em rajadas. Começaram a caminhar. Havia poucas pessoas na estrada e nenhuma ia na direção deles. Wood Mountain caminhava ao lado de Patrice, carregando a bolsa dela e a sua própria. Ela carregava o bebê. À medida que avançava, rezava, *Que ele não esteja em casa*. Se o pai estivesse lá, gritando e vomitando, era bem capaz dela fugir. Voltar para as Cidades. Ela tinha dinheiro! Já Wood Mountain pensava bem diferente. Tinha um nome em mente para o bebê. Archille, o nome de seu pai. Era isso. Não conseguia evitar. Estava sendo jogado para todo o lado por essas coisas, essas emoções; sensações anônimas e reveladas apenas por suas ações e decisões repentinas.

— Pensei em um nome para ele — disse Wood Mountain, depois de terem andado alguns quilômetros. Ele esfregou o rosto com a mão livre para abafar a voz, duvidando que devesse falar, mas incapaz de não prosseguir. Olhou para o rosto dela de esguelha. — Um nome temporário, é claro.

Nenhuma resposta ainda.

— Archille.

Devia era dar um chute em si mesmo agora.

— Archille.

Ela continuou em frente. A cada passo, acariciava as costas do bebê. Amarrara o cobertor branco e flexível em si mesma de forma engenhosa, assim o pequeno ficava pendurado em uma espécie de bolsa, bem apertado contra seu peito. Seu peito! O neném agitou a cabeça como se tivesse espantando um inseto.

— Quando minha irmã voltar — disse Patrice —, vamos dizer a ela que você deu um nome para o bebê, um apelido, em homenagem ao seu próprio pai. Meu tio me contou que eles viajavam de trem quando eram jovens. Seu pai era um bom homem.

Ela não era uma pessoa sem compaixão. Mas ali estava ele, levando-a para casa. Totalmente fora do seu caminho. Ela falou várias vezes que conseguia ir para casa muito bem sozinha. Mas ele disse que não, não a deixaria andar sozinha com o bebê. A bolsa e o bebê iam ficar mais pesados a cada quilômetro, disse ele, e ela estava com os sapatos bons, que não eram os melhores para caminhar. No entanto, ele disse que os sapatos eram bonitos.

— Doem para diabo — disse ela. — Vou estar um caco no trabalho amanhã.

Ele pegou o bebê e a bagagem enquanto ela tirava os sapatos em um desvio pela floresta. Havia trilhas em toda parte e essa era uma das muitas que a levavam para a trilha principal para casa. É preciso caminhar um pouco no pântano, mas tudo bem. Seus pés amavam a lama. Ela pegou o bebê de volta.

— *Gwiiwizens* — disse ela, erguendo-o até o peito.

Era como chamavam os bebês meninos, se não quisessem que os maus espíritos os encontrassem. Se houvesse uma doença ou perigo por perto. Não significava nada em especial que pudesse chamar a atenção, apenas Menininho. Embora ele soubesse e aprovasse isso, Wood Mountain também sabia que o fato de Patrice não usar o nome que ele sugeriu para o bebê significava alguma coisa. Significava que... ficou pensando nisso enquanto atravessava a lama do pântano... Limpou os pés e colocou os sapatos de volta. Subiu uma colina enquanto guardava avelãs no chapéu. Para ela. Isso significava...

Significava que ela não estava comprando aquela história.

Ah, mas as cores eram tão lindas, o dourado e o amarelo do bosque, os tons ocres, a explosão de laranja e carmesim, o verdejante, todos os tons de verde, deixando mais atraentes os troncos exuberantes e as cores que eram pulverizadas em seus cabelos, ombros e corpos enquanto caminhavam. Os jovens corpos sem dores, exceto um osso dolorido na bochecha de Wood Mountain e uma bolha no dedo do pé direito de Patrice.

Por que ela não iria querer que alguém a levasse até em casa e que se tornassem assim um casal, já que ele talvez a amasse e certamente amasse o bebê? Ele forte, bem-apessoado, tinha perspectivas na vida e ela se sentia atraída por ele, apesar daquele sorriso sem graça. Que ele não tentou oferecer de novo. Se apaixonar por ele era o caminho correto. Não era? Mesmo assim, ela não pegou sua mão, que pairava ao lado da dela, se contorcendo em direção à dela. Em vez disso, usava a mão para acariciar o *Gwiiwizens.*

— Pixie — disse ele. — Ah, Pixie.

— Patrice. Falo para você toda hora.

Ela deu um olhar que teria lhe raspado o rosto se tivesse bigode.

Ele ficou quieto.

Ela percebeu que estava agindo da mesma forma que agia com Barnes. Dizendo coisas que sabia que o desencorajaria. Ignorando a mão balançante, evitando o toque à disposição, oferecendo olhares neutros quando sorrisos de admiração eram esperados. Ao longo do último quilômetro, admitiu a si mesma que era fácil se comportar assim com Barnes, mas muito difícil com Wood Mountain.

ZHAANAT NÃO ERA como os professores, as freiras, os padres e os outros adultos que mostravam o mundo a Patrice. Zhaanat tinha um tipo diferente de inteligência. Em seu pensamento não havia divisões, ou talvez as divisões não fossem as mesmas, ou talvez fossem invisíveis. Os brancos olhavam para indígenas como ela e pensavam: *teimosos e cabeças-duras.* Mas a inteligência de Zhaanat era de uma dimensão apavorante. Às vezes, ela sabia coisas que não devia saber. Onde um homem desaparecido tinha afundado no gelo. Onde uma mulher perturbada enterrara o filho que morreu de difteria. O motivo de um animal ter se rendido para um caçador e não para outro. O porquê de uma doença ter pegado um jovem e não o pai mais frágil. As razões para uma pedra estranha ter surgido do lado de fora da porta uma manhã, vinda do nada.

— As estrelas enviam mensagens para nós — dissera Zhaanat.

Patrice encarara a mãe, que certamente nunca tinha ouvido falar de um meteorito. Porque tudo era vivo, sensível à sua maneira, capaz de se ferir à sua maneira, capaz de punir à sua maneira. A essência do modo de pensar de Zhaanat era tratar tudo que a cercava com muito cuidado.

ZHAANAT DESCIA a colina com um avental cheio de cedros, quando Patrice e Wood Mountain chegaram à casa. Com uma selvageria estampada no rosto, largou tudo e correu até eles.

— Ainda não a encontramos — exclamou Patrice, enquanto a mãe se aproximava correndo com a saia esvoaçando, as tranças se desfazendo e os braços estendidos.

Zhaanat a abraçou, e o bebê ficou entre elas. Wood Mountain baixou os olhos. Pokey virou a esquina da casa, carregando muita lenha nos braços. Ficou lá, paralisado.

— Só trouxe Menininho para casa, Mama.

Patrice colocou *Gwiiwizens* nos braços dela e, apreensiva, Zhaanat encarou o bebê e depois começou a procurar pelos traços de Vera. De repente, sentou com o bebê e se jogou no chão como se suas forças tivessem acabado. Ficou em silêncio e Patrice sabia que a mãe ficaria em outro lugar, numa dimensão inalcançável, até que decidisse retornar.

— Agora é melhor você ir, Everett — disse para Wood Mountain.

Com cuidado, olhou ao redor. Nem sinal do pai.

Wood Mountain caminhou até a porta e deixou a bolsa dela ali. Assentiu de forma chamativa para Pokey, depois se virou e foi embora.

DEPOIS DE um tempo, Zhaanat recobrou a compostura e pegou o neném. Entrou na casa. A primeira coisa que fez foi sentar-se e colocá-lo em seu peito. Pokey não percebeu, mas Patrice ficou desconfortável. Ela perguntou por que a mãe estava amamentando o pequeno. Logicamente, não havia leite. No entanto, Zhaanat disse que às vezes, antigamente, quando a mãe de um bebê não conseguia amamentá-lo, as mulheres mais velhas conseguiam assumir a função.

— E eu não sou tão velha assim — disse Zhaanat. — Meus seios ainda não viraram bolsas de couro velhas e secas.

Em Chippewa, tudo isso era uma palavra só. As duas começaram a rir daquela forma desesperada e alta que as pessoas riem quando estão com os corações partidos.

O Toro

NA MANHÃ seguinte, Patrice esperava na estrada por Doris e Valentine, impaciente para fugir do bebê, que estava desesperadamente faminto. Seu choro era como uma torneira aberta ao máximo. Zhaanat ainda o deixava no peito, mas também tentava fazê-lo aceitar o suco coado de aveia fervida. Pokey saíra para pegar o ônibus da escola mais cedo. Não havia ninguém na estrada. Será que esqueceram? Patrice caminhou na direção delas. Seus pensamentos estavam agitados, parando ali e acolá como moscas. Se distanciando.

— Eu sei — disse em voz alta. — Eu sei que devo estar louca. Mas tenho que acreditar que minha irmã continua viva.

Pegou um pedaço liso de quartzo leitoso e o olhou na palma da mão.

— Estou ficando doida — disse e atirou-o no mato.

Ouviu o ronco de um motor, depois de cascalho sendo esmagado pelos pneus do carro de Doris, e fechou os olhos, aliviada. O carro parou ao seu lado. Por cinco dias, fora outra pessoa, em um planeta diferente, num outro tempo.

— Bom dia, minha gente! — disse ela, abrindo a porta traseira do carro.

— Viemos pegar uma andarilha — exclamou Valentine. — Entra aí!

— Encontrou a Vera?

— Não, ela ainda não apareceu. Trouxe o menininho dela para casa.

— Um menininho!

Não falaram de mais nada o caminho todo. No final do dia de trabalho, tinha recebido promessas e mais promessas. Mais mamadeiras. Fraldas para semanas. Um lixinho para fraldas com tampa. Roupas para bebê e um cobertor. Tudo o que um neném precisava, exceto a mãe.

— Conheço alguém que tem um leite em pó para bebê que sobrou — disse Betty Pye. — Ela queria vender, mas, quando souber da notícia, aposto que vai dar tudo de graça.

— Eu posso pagar — disse Patrice, a vaca aquática. — Posso pagar o quanto ela quiser.

Mas foi só para se gabar, porque tinha certeza de que as bolsas de couro de Zhaanat iriam funcionar.

AO FAZER um círculo em torno de um eixo, a superfície gerada pela rotação seria um toro. Um tubo interno. O resultado pode ser um toro oco ou sólido, que é o toro mais o volume dentro dele — uma rosquinha, um rolamento de joias. Um fuso metálico gira em um furo forrado com pedras preciosas que atuam como eixo. O buraco tem a forma de um toro, e o mecanismo possibilita o movimento perpétuo ideal sem fricção.

Não é possível sentir o desgaste do tempo. O tempo não é nada, mas é tudo, não os segundos, minutos, horas, dias, anos. No entanto, essa substância insubstancial, essa curvatura e modelagem, essa distorção... é assim que compreendemos nosso mundo.

Zhaanat estava deitada na cama da filha, iluminada por um fresco raio de sol, com o bebê exausto nos braços. Os dois estavam à deriva em um movimento perpétuo sem fricção quando Patrice entrou e tirou os sapatos. Ela tirou o casaco, deitou ao lado deles e abriu o casaco azul como uma asa.

Persianas de Metal

A GRANDE reunião em Fargo aconteceu no edifício do tribunal de justiça, uma estrutura imponente com pilares de pedra calcária lisa e clara. Os corredores com arandelas de bronze e lambris de carvalho polido se abriam para as majestosas salas de audiências, gabinetes de juízes, salas de deliberação de júris e vários outros espaços pequenos e escritórios. A sala em que Thomas e os integrantes do seu povo entraram também contava com lindos lambris de madeira. A parte superior da parede fora recém-pintada com branco fosco cor de giz. Através das janelas voltadas para o norte, penetrava uma suave luz cinzenta. Uma mulher baixinha com saia preta e saltos altos abriu um conjunto de persianas flexíveis de metal.

A luz suprimida se lançou fragmentada na mesa polida debaixo da janela. Quatro homens sentados à mesa se levantaram quando Thomas e os outros integrantes do seu povo entraram na sala. Todos vestiam terno e gravata, com vários tons e padrões de marrom e cinza. Eram do escritório do Bureau de Assuntos Indígenas em Aberdeen, na Dakota do Sul. Todos avançaram para apertar as mãos de Thomas, dos outros membros do comitê e do advogado da aldeia, John Hail. Depois, voltaram à mesa.

Thomas colocou sua pasta em uma cadeira na fila da frente, entre John Hail e Moses Montrose. Os outros sentaram-se à direita, à esquerda e atrás; havia mais de 45 membros do povo ao todo. Thomas passou as mãos nos olhos e olhou para baixo para esconder a emoção de ver que tantos haviam feito aquela viagem difícil.

— Sejam bem-vindos — disse o diretor da área, John Cooper. — Começamos registrando que a reunião está sendo realizada no dia 19 de outubro de 1953 à uma hora da tarde.

Os dedos da secretária começaram a bater rapidamente nas teclas da máquina.

— Obrigado — disse Thomas. — Estamos aqui para discutir o objetivo da legislação proposta referente à Resolução Simultânea 108, a qual terminará todo o reconhecimento e suporte federal à Agência de Turtle Mountains.

Ele respirou fundo para tentar relaxar a tensão que apertava seu estômago. Devido ao nervosismo, não comera o bastante no desjejum. Perguntou se John Cooper leria a legislação para favorecer os colegas pertencentes ao seu povo, e então se sentou. Senhor Cooper passou um maço de papéis para o advogado do BIA, Gary Holmes, que começou a ler cada seção.

Após as primeiras páginas, Thomas podia sentir o ar deixando o recinto. Pequenas frases chamaram sua atenção e em seguida um bloco de palavras a arrebataram. A voz era calma e rouca. Ele parava várias vezes para pigarrear ou para proferir um prolongado huuummmm.

alienação de propriedades pertencentes ao governo federal

da qual os referidos indígenas podem ser desapossados quando não mais necessário fazer com que as terras citadas sejam vendidas e os valores das vendas depositados

a relação fiduciária com os assuntos do povo e de seus membros será terminada

terminação

terminar

PIOR DO QUE ouvir a leitura do decreto era a consternação silenciosa atrás dele. Thomas não podia olhar para trás sem parecer rude com o orador, mas, ainda assim, ansiava por trocar olhares com Juggie e Louis, com Joyce e Mary, com os outros de Fargo que estavam ali e os de Grand Forks. Haviam descoberto a situação e vindo até este escritório sombrio. Martin Cross tinha atravessado o estado dirigindo para apoiá-los. Cerca de doze das pessoas ali não falavam inglês, ou mal o entendiam, e mesmo assim fizeram um grande esforço e tiveram grandes despesas para virem. Enquanto as palavras eram datilografadas como se fosse com martelinhos, Thomas pensou nos lugares onde seu povo vivia. John Summer, o velho Giizis, Clothilde Fleury, Angus Watch, Buggy Morrissey, Anakwad moravam em casas de troncos e lama no fundo de barrancos e colinas, protegidas do vento. Retiravam água de pântanos ou pequenas nascentes, iluminavam as casas com querosene. No entanto, ali estavam eles, todos com roupas imaculadas e desgastadas. Assim como indígenas fizeram geração após geração, estavam tentando compreender um homem branco lendo um maço interminável de papéis.

Holmes fez uma pausa para falar com o Sr. Cooper e Thomas se virou. Seu povo mantinha um olhar de intensa concentração, que, na ausência do orador, se voltou para Thomas. Ele retribuiu o olhar e encarou cada um. Ninguém desviou o olhar como as pessoas normalmente fariam. Todos mantiveram as expressões nele sem cautela, e ele acolheu a força do que aquilo significava. Quando se voltou para a frente, sentiu que tinham transmitido algo para ele. Sentiu atrás dos olhos como lágrimas secas. Holmes continuou de onde tinha parado.

QUANDO A longa leitura do decreto chegou ao fim, Thomas se levantou e, de novo, olhou para seus amigos e parentes. Pediu os comentários do público.

Louis Pipestone: Obrigado. Agora será que é possível explicar o decreto para que um velho rancheiro meio surdo consiga entender melhor?

Sr. Holmes: De forma simples e definitiva, ele diz que não haverá mais nenhum serviço indígena em Turtle Mountains. Vocês agora serão iguais aos brancos no que diz respeito ao governo.

Joyce Asignak: Bom, eu não diria iguais. Nossos direitos acabam. Então esse decreto não me serve de forma alguma. O governo está voltando atrás do que foi combinado. Vocês nos deixaram com terras pequenas demais, e a maioria não pode nem ser cultivada. O governo deveria nos devolver mais terras, não nos expulsar dessa mixaria.

Sr. Holmes: Ah, boas notícias! Vocês serão realocados para áreas com oportunidades legais. Está escrito no decreto.

Houve um silêncio absoluto na sala. Em seguida, um farfalhar nervoso, enquanto as pessoas repetiam e interpretavam o que fora dito.

Juggie Blue: Não queremos sair de nossas casas. Somos pobres, mas mesmo os pobres são capazes de amar suas terras. Não precisa de dinheiro para amar o lar.

Anakwad: Gawiin ninisidotoosinoon.

Louis Pipestone: Anakwad aqui disse que ele não compreende, nem a maioria dos que vieram aqui para saber seu destino. Ele pede que o decreto seja traduzido na língua dele, para que possa compreender.

O Sr. Holmes, se virando para seus colegas, ergueu as sobrancelhas e sorriu. Eles também sorriram indulgentemente e balançaram as cabeças com certa exasperação.

Clothilde Fleury: Vou me sentar ao lado do orador indígena e traduzir.

A plateia reorganizou seus lugares, Clothilde falou baixinho com Thomas, e então todos esperaram com expectativa.

Giizis (traduzido por Clothilde): Gostaria de respeitosamente solicitar que o Sr. Holmes leia o decreto novamente. Metade das pessoas aqui não o entendeu.

Holmes abriu a boca, fechou a boca. Tossiu. Conferiu com os colegas. Depois de servir água de forma pretensiosa, tomou um pouco e começou a ler. Depois de alguns minutos, foi interrompido pelo Sr. Cooper.

Sr. Cooper: Proponho que façamos um intervalo.

Thomas Wazhashk: Senhor, com todo respeito, temos só esse dia para entender o decreto que pretende tirar tudo de nós. Os que precisam de intervalo podem, discretamente, fazê-lo, enquanto o resto continua com a reunião? Além disso, proponho que o Sr. Holmes repita a versão simples do decreto. Ele parece captar o significado em poucas frases.

Thomas ficou surpreso por sua própria ousadia, mas se manteve firme. A reunião continuou com as pessoas saindo quando precisavam e retornando sem que a concentração na sala fosse interrompida.

Mary Montrose: Essa realocação não é da minha vontade. Que tal vocês realocarem alguns de nossos vizinhos que não são indígenas? Eles estão com as nossas melhores terras.

Sr. Cooper (rindo abruptamente): Fora de questão. Estamos aqui a seu favor, mas não podemos fazer isso.

Sr. Hail: Sabemos que o Departamento Indígena não iniciou essa ação que inclui os Indígenas Chippewa de Turtle Mountain e da reserva. Foi uma lei do Congresso. Alguns membros do Congresso souberam ou parecem acreditar que os Chippewas de Turtle Mountain têm evoluído tanto que o Governo devia renunciar à sua tutela.

Moses Montrose: Progredimos de certa forma. É verdade. Temos muitos indígenas inteligentes nessa sala. Mas a maioria está arruinada. Estamos trabalhando, mas, se ficarmos ricos, isso não afetaria em nada nosso acordo com o governo. Nada no tratado diz que se melhorássemos de vida perderíamos nossas terras.

Thomas Wazhashk: Não estou bem certo em que se baseou o estudo sobre nosso progresso, financeiramente falando. Mas vou lhe dizer que está errado. A maioria do nosso povo mora em chão de terra batida, sem eletricidade, sem encanamento. Eu tenho que buscar água como a maioria dos indígenas nessa sala. Eu considero que melhorei só porque sei ler e escrever. Quer dizer que não devo mais ser indígena só porque sei ler e escrever?

Sr. Cooper: Não há ação alguma para retirar suas identidades como indígena.

Joyce Asignak: É exatamente o que está acontecendo.

John Summer: Nós ainda somos nós, mesmo se progredirmos. Já eu, não progredi nada.

Sr. Hail: O congresso está tentando abandonar o compromisso com tratados que foram feitos com os indígenas para perdurarem ao longo do tempo. Já ouviram a frase "pelo tempo que a grama crescer e as águas dos rios fluírem"? Eu represento um povo que tem sobrevivido razoavelmente e precisa de ajuda para permanecer de pé.

Sr. Holmes: Não fomos nós que fizemos esse projeto.

Eddy Mink (de pé, mexendo na gravata de seda frouxa no colarinho): Gostaria de dizer algumas palavras. Podem me dar a palavra? Obrigado. Na minha opinião, o grande estado da Dakota do Norte terá que assumir os serviços para a nossa área remota, fornecer educação e coisas assim. O condado terá que começar a cuidar de nossas pontes, fazer a manutenção das estradas. Além disso, precisam intensificar o cumprimento da lei e assim por diante. Imagino que nosso maravilhoso condado esteja ansioso para assumir oportunidades tão gratificantes.

Sr. Cooper: Não tenho certeza se...

Eddy Mink: É claro, se o governo nos expulsar e ficar nos jogando de um lado para outro — me perdoe, nos realocar — acabaremos principalmente nas Cidades. E se o BIA vender as nossas terras, o problema está resolvido.

Anakwad (traduzido): Estão vendo algum rico aqui? Eu não conheço nenhum. Tenho só uns centavos no bolso. É só o que tenho. Desde que o homem branco chegou aqui em 1492, começaram a roubar as riquezas dos indígenas.

Juggie Blue: Eles só vão tirar nossas terras. Em cinco anos, as terras da reserva estariam nas mãos dos brancos e nós estaríamos nos arrastando pelas estradas com nossos filhos, procurando um lugar para nos assentar.

Giizis (traduzido): Não queremos nada com esse decreto. Nós vamos lutar. É assim que as coisas são. Queremos as coisas do jeito que estão no presente e que continuem do jeito que estão até que algo novo, melhor que isso, apareça.

Sr. Holmes: Agora podemos fazer um intervalo? Minha cadeira está ficando muito quente.

(Risos)

Buggy Morrissey: Eu mesmo estive em Washington uns anos atrás. Falei com o secretário do interior e com o comissário de assuntos indígenas. Eles disseram que várias décadas seriam necessárias para que os indígenas se tornassem independentes. Por isso não compreendo esse decreto. Talvez o futuro mostre que somos capazes.

Moses Montrose: Não havia nenhuma disposição como essa em nosso acordo original. Era para ser perpétuo. Mesmo se conseguirmos nos tornar independentes, deveríamos ainda estar no tratado.

Eddy Mink: Os serviços que o governo oferece aos indígenas podem ser comparados a um aluguel. Um aluguel pelo uso de todo o país dos Estados Unidos.

AS AUTORIDADES na frente da sala ficaram um pouco atordoadas com a declaração de Eddy. A reunião ainda seguiu por mais duas horas, mas ninguém disse nada diferente.

Quando a reunião estava prestes a ser encerrada, Moses Montrose, de repente, falou.

Moses Montrose: Agora estou pensando aqui e queria perguntar: ao fazerem o relatório depois da assembleia, como vão apresentá-lo ao Congresso?

Sr. Holmes: As várias declarações feitas aqui foram transcritas.

Juggie Blue: Então, por favor, façam a transcrição disso. Somos todos aqui contra esse decreto.

Thomas fez a votação
A favor do decreto — zero.
Contra o decreto — 47.

A reunião foi encerrada. Todos apertaram as mãos e foram embora. Conforme Thomas caminhava em direção à porta, Louie se aproximou e disse:

— Lembra da minha filha Millie? — Thomas deve ter parecido incapaz de responder, porque Louie continuou: — Checks é o nome dela.

— Ah, Checks, sim.

— A filha que tive com minha primeira namorada. Ela era Cloud, mas não aqui. E Millie virou universitária. Você se lembra que ela veio com perguntas? Coletando informações para pôr umas letras atrás do nome dela?

— Ah, claro — respondeu Thomas. — Nossa Chippewa acadêmica.

— Talvez ela possa nos ajudar com o que descobriu.

— Sim — disse Thomas. Estava tentando não demonstrar desespero. — Vamos com tudo o que pudermos para cima deles. Eles nos jogaram nas cordas.

Por trás de um tapete de nuvens brancas como algodão, a luz solar era tão difusa que deixava impossível determinar a hora do dia. Thomas achou que devia ser final da tarde. Ouviu Eddy tentar persuadir Joyce e Mary a parar para tomar um drinque com ele.

— Eddy quer molhar o bico — disse Moses.

— Eu também — disse Thomas. — Mas é melhor eu ficar na cerveja de raízes no jantar.

— Então o juiz do seu povo também vai ficar.

Moses até tomava um gole de uísque de vez em quando, mas nunca ficava bêbado o suficiente que alguém notasse. Uma das razões pelas quais era juiz. Ao não beber, estava sendo leal à promessa que fizera a Thomas, e a atitude não passava despercebida. Mas, por dentro, ele queria beber. Era como uma dor no cérebro. Seus pensamentos giravam em torno da dor. Uma aversão inquietante o tomou de assaltou, como o início de uma doença. À medida que caminhava, ficava pior. Ele era muito grande ou muito pequeno, não conseguia decidir. A ausência das sombras e as superfícies achatadas dos edifícios e calçadas de Fargo não ajudavam. Ele sentiu que não demoraria. Queria desviar. Estremeceu. Uma sensação igual a de quando foi castigado na escola o envolveu. Como quando ia a um banco ou comprava algo caro em uma cidade fora da reserva. Os olhares o pressionavam. As palavras o esmagavam. Os olhos o apertavam. *Isey*, vergonha. Como sua mãe costumava dizer. Mas era muito pior em português, a palavra *vergonha*. Ela o fazia coalhar por dentro. E o coalhado se tornava algo duro e amargo. Se tornava um sedimento preto que ele carregava no estômago. Ou um pensamento que o apunhalava com tanta força que ele poderia arrancá-lo num acesso de raiva. Ou que talvez ficasse lá dentro, escurecendo ainda mais, até subir ao cérebro e matá-lo.

Aquelas autoridades com rostos suaves e satisfeitos.

Odiava a aprovação dessa gente tanto quanto odiava a condescendência. E, no entanto, essa verdade ficava enterrada tão profundamente que se manifestava apenas como um sorriso amistoso na presença deles.

Mais tarde, saíram do restaurante que tinham escolhido, uma cantina italiana barata onde se encheram de espaguete e almôndegas, o que animou a todos. Do lado de fora, Thomas viu Paranteau. Ele estava caminhando do outro lado da rua, brigando com a gravidade, inclinando-se de um lado para o outro. A cada passo ele parava para se equilibrar, agarrando um poste, um parapeito, uma caixa postal. O casaco desabotoado esvoaçava ao redor de suas pernas. Thomas falou para os outros irem em frente e atravessou a rua.

— Olá, *niiji* — disse Thomas.

Com os olhos semicerrados, Paranteau olhava para a frente, para o fim da rua, como se estivesse mirando antes de começar a se mover. Não percebeu a presença de Thomas, mas se recompôs e, de repente, avançou em um galope desajeitado. Chegou até um poste de ferro e se agarrou ali como um homem em meio a um tornado. Thomas o seguiu. Contornou a estrutura frágil de Paranteau, parou em sua frente e o segurou pelo ombro. Que visão. O cabelo todo emaranhado, o lábio inchado, grosso como um charuto, e a boca flácida aberta. Seus olhos vermelhos úmidos e arregalados. Uma lástima.

— Amigo, parente, sou eu. Thomas.

Paranteau começou a chacoalhar como um cavalo se preparando para carregar uma carga muito pesada. Os pés tentaram abandonar o poste, mas as mãos não largavam.

— Não — disse ele. — Ainda não.

— Sim — disse Thomas. — Você está podre de bêbado. Vamos te levar para casa.

— Não, não, não. Ainda não.

Thomas tentou tirar os dedos de Paranteau do poste, mas eles não cederam. Paranteau começou a respirar ferozmente. Se retesou. Arregalou os olhos com tanto desespero que Thomas teve que desviar o olhar. Paranteau não conseguia soltar os dedos. Parecia que estavam soldados ao poste de metal.

— Ah, meu *niiji* — lamentou Paranteau. — Veja como ela me ama! Minha querida! Ela não me deixa ir!

Começou a rir com gemidos e grunhidos.

— Ah, meu Deus! Meu Deus! Ela me pegou, parente!

— Você pode se soltar — disse Thomas. — Respire fundo agora, relaxe que ela vai te soltar.

— Ah, tá — disse Paranteau.

Depois de um momento, Thomas percebeu que um fio de urina tinha surgido na barra da perna esquerda de Paranteau. O xixi desceu para a sarjeta e seu parente começou a chorar.

— Fui o primeiro da equipe. Ganhei a pontuação mais alta. Ninguém me superava, parente. Não conseguiam me pegar depois que eu me empolgava. Muitos três pontos. Na hora H? Eu era o cara. E na enterrada? Me chamavam de Pula-Pula. Lembra?

— Lembro.

A equipe de basquete tinha ido para o estadual naquele ano. Série B. Quase chegaram às finais.

— Você fez o último lance. Quase ganhou a partida — disse Thomas.

— Isso mesmo. Ah, meu parente, estou doente agora. Estou morrendo. Fim de jogo.

Thomas tentou soltar os dedos dele de novo, mas foi inútil. E estavam quentes, como se toda a força de vida de Paranteau estivesse concentrada nas mãos, queimando com uma determinação contrária. Por fim, Thomas conseguiu soltar o mindinho. Como se estivesse erguendo uma alavanca mágica, todos os dedos se soltaram de uma vez e Paranteau saltou para longe. Pulando como costumava fazer. Paranteau Pula-Pula. Em seguida, suas pernas se juntaram para sustentá-lo. Ele flutuou como um cervo e foi descendo a rua com o casaco esvoaçando, lançado ferozmente pelo sofrimento.

Deixe ele ir, pensou Thomas, andando de volta. Paranteau voltar para casa seria um inferno para o resto da família. Melhor deixá-lo derrapando em Fargo e torcer para que sobreviva.

X = ?

BARNES SENTIU seus punhos passarem com velocidade mortal! Estava golpeando tão rápido que uma brisa jogava seu cabelo para trás e seus olhos azuis abrasadores, fixos no saco de pancadas, mantinham uma firmeza de ferro. Ele viu a si mesmo do alto. Depois numa tela de cinema. Depois na ponta errada de um telescópio. Como iria tratar essa traição? Essa quebra de confiança? Descobrira por Pokey que Wood Mountain tinha ajudado Patrice a trazer o bebê de volta de trem para a reserva e depois para sua casa. Para seu quintal. Se é que podia chamar aquilo de quintal. O mato meio limpo ao redor da residência.

Com o suor fazendo seus olhos arderem, ele parou e então voltou a golpear de novo.

Depois de Barnes ter passado tanto tempo se sacrificando para Wood Mountain! Depois de todos os treinos secretos que oferecera a Wood. Depois de tantas cavalgadas, caronas, camisas emprestadas, hobbies, equipamentos e de lhe conceder seu orgulho e esperanças como treinador! Depois de tudo, isso sem mencionar as muitas refeições que trouxera de Juggie, que comprara no Henry's ou o maldito café da manhã com Wood Mountain no Hotel Powers em Fargo, como ele teve coragem? E o que Barnes devia fazer quando aquele vagabundo tarado aparecesse para praticar com seu treinador idiota generoso com cabelo de feno?

— Oi, tudo bem?

Barnes recuou e olhou carrancudo para o saco de pancadas que tremia.

— Oi, treinador! Nossa, como você é rápido!

Barnes se virou. As mãos comichavam. Não houve necessidade alguma de pensar no que iria fazer, porque ele simplesmente disse:

— Me falaram que você foi às Cidades para cuidar da Pixie Paranteau.

— Ela quer que a chamem de Patrice.

A raiva foi aumentando.

— Ah, ela quer, é?

— Sim. Mas pode baixar os punhos. Ela não tem tempo para mim também.

Barnes olhou furioso para Wood Mountain.

— Não que eu tenha chegado nela. Eu só, sei lá... Pensei que ela podia estar com problemas. Sei como eles pegam garotas nas Cidades, porque minha meia-irmã está envolvida com esse bando.

— Que bando?

— Cal Strosky e os outros.

— O que eles fazem?

Wood Mountain olhou para baixo.

— Foi só por causa do que minha irmã me contou que resolvi ir atrás dela.

— Pixie estava com problemas?

— Ela conseguiu sair. Estava se fantasiando de vaca.

— Do quê?

— Nada. Ela estava procurando pela irmã, mas, pelo menos, encontrou o bebê e o trouxe para casa. Eu só viajei junto. Não foi lá grandes coisas. Mas eu só queria que soubesse que tenho a sensação que, mesmo se eu quisesse, o que não quero, ela não teria nenhum interesse.

— Tá.

— Certo.

— Então tá bom.

— Então tá bom.

— Acha que eu tenho uma chance nesse caso? — Barnes baixou o tom de voz, engasgou e choramingou. — O que há de errado comigo? — resmungou, socando o saco de pancadas.

Wood Mountain abriu as mãos, como se quisesse ajudar. Sentiu um leve nó no estomago. Finalmente, ele falou.

— Não tem nada de errado com você. Ela é...

— Eu sei — interrompeu Barnes. — Ela é bonita.

— Não — disse Wood Mountain, recuperando-se. — Ela é insolente como o demônio. É isso o que ela é.

MAIS TARDE, quando tentava ajudar seus alunos iniciantes em álgebra a descobrir a identidade do misterioso X, como em $X + 12 = 23$, sua mente vagou para a construção de uma equação inteiramente diferente. A equação do amor, por assim dizer. Tentou se considerar "desapaixonado" e atribuir números aos prós e contras. Pensou em suas chances na vida, somando o quão bem apessoado e aprazível era Wood Mountain em relação à sua própria agradável aparência, ao seu emprego e a outros atributos tangíveis e intangíveis. O que o surpreendeu na construção da equação foi não ser capaz de decidir se não ser indígena era algo positivo ou negativo na cabeça dela. Dessa forma, a equação ficava mudando, se recusava a ser resolvida e aparecia com mais *xs* e múltiplas incógnitas para resolver.

Ele saiu na frente quando deduziu que ser indígena era negativo, e deu ao seu cabelo a mesma vantagem numérica que o cabelo de Wood Mountain. No dia seguinte, acordou e encontrou um pouco de cabelo no travesseiro. Horrorizado, imaginou a auréola de cabelo remanescente do pai e reestruturou a equação para diminuir sua janela de oportunidade e ampliar a de Wood. Como pôde se esquecer da idade? Da perda de cabelo? Será que isso importava? Não ser indígena era um ganho ou uma perda de, digamos, meia década e meia cabeça com cabelo? Revisou a conta mais uma vez. Largou o lápis e descansou o queixo em um dos punhos. Também estava pensando se ouviu ou não Wood Mountain dizer que ela estava se fantasiando de vaca.

— Isso parece loucura — disse Jarvis, quando entrou na sala de aula de Barnes e encontrou o professor cabelo de feno encarando um plano invisível de números mutantes que pareciam não ter fim.

WOOD MOUNTAIN observava Picasso. A pelagem branca e marrom vistosa parecia um mapa da América do Norte nas costas e na cernelha. Embora ele planejasse mencionar essa observação inteligente para Pixie (não conseguia pensar nela como Patrice, perdão), não era dele, mas de Grace. Da forte, resistente e incansável Grace. Que estudava geografia. Ela amava esse cavalo ainda mais do que a nova potranca. Cavalgá-lo era como cavalgar no topo do mundo, dizia ela. O pai do malhado era parte puro-sangue do sul de Kentucky, talvez. Como aquelas marcas na pelagem tinham surgido era uma maravilha e o cavalo era muito mais. Junto com o boxe, junto com o valioso cavalo branco, Gringo, o malhado se tornara a aposta do futuro de Wood Mountain. Desde que viajou de trem ao lado da Pixie e viu o bebê, Archille, dormindo nos braços dela, ele começou a pensar em seu futuro. Ver Grace cavalgar o malhado lhe dera uma ideia. Começara a treinar boxe com duas vezes mais dedicação.

Durante o treino, falou com Pokey. Depois, Pokey pulou nas costas de Wood Mountain e o boxeador saiu feito um cavalo de corrida. Barnes não gostou, mas teria gostado menos ainda se soubesse que Wood Mountain decidira levar Pokey para casa. Para ver Pixie, ou o bebê, ou os dois. Sendo bem sincero, ele acordara naquela manhã ansioso para saber como o pequeno estava.

Teve que descer Pokey duas vezes, e já estava escuro quando entrou correndo no quintal com o menino nas costas. Tentou manter Pokey ali até Pixie sair. Queria ver o rosto dela quando percebesse que ele tinha corrido até a casa com o irmão dela nas costas. Mas Pokey escorregou, correu até a porta e apenas Zhaanat saiu. Ele tentou não perguntar por Pixie, mas claro que as palavras acabaram saindo.

— Caiu no sono depois do trabalho — disse Zhaanat, balançando o bebê que parecia assustado ao ver Wood Mountain.

O repentino lampejo de reconhecimento do bebê o deixou sem fôlego.

Wood Mountain chegou perto do bebê e conversou com ele em Dakota, o que fez os olhos de Zhaanat flamejarem, porque em suas tradições ainda havia contas pendentes a acertar. Ele mudou para Chippewa e ela relaxou. Chegou até a sorrir frente a tamanho entusiasmo com o bebê. Wood ficou animado, arregalou os olhos, abanou as mãos e os olhos do bebê o seguiram até que, surpreso, ele deu uma gargalhada. Wood Mountain fez a mesma palhaçada. O bebê riu de novo. O riso deixou Wood Mountain tão atordoado que isso acabou empurrando Pixie para um lado do seu coração. O bebê ficou no centro, e riu novamente. Quando Pixie, esfregando os olhos, apareceu na cozinha, Wood Mountain estava dentro da casa sentado à mesa. O bebê em seus braços tomava a mamadeira de suco de aveia. Enquanto o neném sugava com esforço o bico da mamadeira, esfregava e pegava no rosto de Wood Mountain. Quando o pequeno agarrou seu nariz, Wood deu um ronco baixo, o que fez o bebê gritar de alegria. Isso prosseguiu até que ele balbuciou e adormeceu. Wood Mountain se levantou para ir embora, mas Zhaanat o fez se sentar e comer batatas fritas em gordura de cervo, com molho de carne. Ele olhou para a espingarda antiga atrás da porta.

— O Pokey acertou o cervo com aquela arma velha?

Parecia a espingarda da época de seu avô Touro Sentado.

— Pokey? — Zhaanat sorriu e apontou com o rosto para Patrice. — Ela que pegou o cervo no verão. Era gordo. Desidratei a carne.

Seus pensamentos foram do bebê à Pixie. Droga. Claro que ela tinha que saber atirar.

Wood Mountain se lembrou do pemmican macio e contou para Zhaanat que o comeram no trem e que estava bom. Enquanto cumprimentava a mãe dela, Patrice levou o bebê envolto em um cobertor para outro cômodo. Wood não ficou por muito mais tempo.

BARNES LEVARA Wade de carro para casa e passou uma hora conversando com seu pai sobre a reunião em Fargo. Thomas tirara um dia de folga para ir e ainda tinha uma infinidade de batatas para colher. Colocava força no forcado colina após colina. Wade e as meninas limpariam as batatas e as enterrariam no porão de terra. Ele os deixou trabalhando e convidou Barnes para tomar chá.

— Não entendo por que isso é tão ruim — disse Barnes. — Parece que vocês passarão a ser americanos comuns.

Estavam sentados onde Barnes sempre se sentava, quando levava seus alunos do boxe para casa e sempre, inevitavelmente, o convidavam para entrar — a mesa de jantar, de cozinhar, de enlatar, de desidratar e processar alimentos, também servia para jogar cartas, *pinochle* e *cribbage*, dar banho nos bebês em bacias e receber visitas. O chá, servido em canecas brancas velhas e pesadas, estava bom e quente. Thomas era um homem tão reflexivo e tranquilo que Barnes, às vezes, guardava certas perguntas para ele, porque sabia que Thomas ponderaria as respostas.

— Muitas pessoas aqui pensam da mesma forma que você — disse Thomas. — Mas então percebemos que temos resistido por... quantos anos faz que Colombo chegou aqui?

Barnes fez sua atividade favorita. Subtração mental.

— 461 — respondeu, imediatamente.

— Bom, quase cinco séculos — disse Thomas. — Resistindo a todo tipo de interesse que sua gente joga na nossa frente. E por quê? Porque não podemos simplesmente nos tornar americanos comuns. Podemos parecer com eles, às vezes. Agir como eles, às vezes. Mas, por dentro, não somos. Somos indígenas.

— Mas veja só — disse Barnes. — Sou alemão, norueguês, irlandês e inglês. Mas, acima de tudo, sou americano. Qual a diferença?

Thomas lhe deu um olhar tranquilo e prescrutador.

— Todos são países fora da Europa. Meu irmão foi lá, na Segunda Guerra Mundial.

— Sim, mas todos são países diferentes. Eu ainda não compreendo.

— Nós somos *daqui* — disse Thomas. Ele pensou um pouco e bebericou o chá. — Pense assim: e se nós, os indígenas, chegássemos aqui e matássemos todos os seus e tomássemos a sua terra? Digamos que você tenha uma grande fazenda na Inglaterra. Nós acampamos lá e o expulsamos. O que me diz?

Barnes ficou chocado com esse cenário. Ergueu as sobrancelhas tão rápido que o cabelo caiu por cima delas.

— Eu digo que chegamos aqui primeiro!

— Certo — disse Thomas. — Então vamos supor que a gente não se importe. Já que você sobreviveu àquela confusão, digamos que pode ficar com um pedaço da sua terra. Pode morar lá, mas precisa usar a nossa língua e agir como nós. E digamos que sejamos os indígenas antigos. Você tem que virar um indígena antigo e falar em Chippewa.

Barnes sorriu, pensando em Zhaanat.

— Eu não conseguiria — disse ele.

— É natural que não — comentou Thomas. — Que bom que você não precisa. Eu também não consigo me tornar totalmente um homem branco. É assim e pronto. Posso falar inglês, colher batatas, aceitar notas de dinheiro, comprar um carro, mas, mesmo se minha pele fosse branca, minha cor não me tornaria um branco. E não quero renunciar esse resto de terra que chamamos de lar. Eu amo meu lar.

— Entendi — disse Barnes. Ele pensou um pouco. — Mas soube que se tornariam cidadãos. Não quer ser um cidadão dos Estados Unidos?

— Como é? — perguntou Thomas. — Nós somos cidadãos.

— E votar? Vocês já podem votar?

— Claro, desde 1924 podemos votar. Depois dos negros, depois das mulheres. Mas podemos votar.

— Ah. Em quem você votou no ano passado?

— Não em Eisenhower. Mas apenas republicanos foram eleitos, no fim das contas. Para as duas câmaras. Por isso que aprovaram esse projeto de lei aqui. É desonroso para os indígenas.

Barnes exclamou:

— Vocês não querem começar a pagar impostos, é esse o problema?

— Não — respondeu Thomas, paciente. — Pagamos impostos como você. Se ganhamos o bastante em um ano, pagamos. A única diferença é que sobre nossa terra não. Não podem nos cobrar impostos para morar na terra *ishkonigan* que sobrou depois que sua gente roubou o resto, podem?

Aquilo não parecia certo para Barnes.

— Veja bem, esse negócio vai fragmentar nossas terras — continuou Thomas. — Nós a mantemos entre nós agora. É assim que funciona. Podemos vender um para o outro, mas, assim, sempre fica com a aldeia. Esse projeto fragmentaria nosso território e permitiria que o BIA o vendesse. Provavelmente por uma mixaria. Aí seríamos realocados. Enviados para as Cidades. É lá que acabaríamos. Vivendo naqueles pombais, como é que vocês as chamam mesmo?

— Apartamentos.

— Pois é. Visitando uns aos outros naqueles quartos minúsculos. Ruas com postes. Já estive lá. Rose e o pessoal não iriam gostar. Ficaríamos muito deprimidos.

— Entendo muito bem que ficariam — disse Barnes.

E ali, sentado, com um fogo gostoso crepitando, a lenha proporcionando a quantidade certa de calor, uma caneca de chá esfriando na mesa de madeira polida coberta com muitas marcas e um par de pombos arrulhando ternamente no pinheiro do outro lado da janela, ele também começou a se sentir deprimido.

— Se me casasse com uma indígena viraria indígena? Poderia me juntar à aldeia?

Questionou Barnes, deslumbrado com o possível sacrifício que poderia estar fazendo.

Thomas olhou para aquele sujeito grande e infantil com o vigoroso topete amarelo e os olhos azuis marejados. Não era a primeira vez que sentia pena de um homem branco. Alguns deles tinham essa ideia, um pensamento repentino de que, caso se tornassem indígenas, iriam ajudar. Ajudar em quê? Thomas queria ser generoso, mas não conseguia deixar de resistir à ideia de que seu trabalho interminável, de que o carinho de sua família e a identidade que o fazia ser seguido em lojas e expulso de restaurantes e cinemas, aquilo que era, para o bem ou para mal, fosse mais uma coisa que o homem branco pudesse adquirir.

— Não — respondeu, gentilmente —, você não pode se tornar um indígena. Mas gostaríamos de você mesmo assim.

Os ombros de Barnes caíram, mas o que Thomas disse ofereceu-lhe certo conforto. Gostariam dele de qualquer forma. Ele seria reconhecido e querido, o que importava porque seu coração não tinha lugar para qualquer outra mulher no mundo a não ser a Pixie. Ah, Pixie, não havia ninguém além de Pixie. Ele tinha que lutar todos os dias para se convencer de que ela poderia, de alguma forma, ir contra a imagem cada vez mais perfeita de Wood Mountain, e voltar seu olhar suntuoso e derretido a ele, recompensá-lo com o tipo de sorriso que nunca lhe oferecera, mas que ele vira, uma vez, quando ela riu e gostou de alguma coisa que Pokey fizera.

Mostre com os olhos que gosta de mim, pensou ele enquanto dirigia para casa e a imagem dela aparecia na escuridão. *Ah, Pixie, uma vezinha só, mostre com os olhos que gosta de mim.*

As luzes brilhantes e até os números no painel do carro lançavam um brilho solitário. A equação de amor se equilibrava e reequilibrava em seus pensamentos como uma gangorra num parquinho. Será que ele conseguiria atribuir mais peso do seu lado com atributos melhores? Mudanças modestas nas roupas? Uma mudança sutil em seu cabelo para esconder a calvície? E presentes? Que mulher não gostava de presente? Bom, talvez Patrice. Um presente poderia levantar suspeitas. E que tal um presente para o irmão, Pokey? Evidências da generosidade de Barnes, mas sem compromisso. O que teria de errado nisso?

Sonhos Gêmeos

Os corpos das mulheres fazem milagres. Depois de uma semana de intensa amamentação, um gotejamento de leite surgiu. Patrice acreditara na mãe, mas ficou surpresa mesmo assim. Zhaanat contou, com alguma segurança, que, em tempos de fome, sabia-se de homens que tinham vertido leite, e insistiu que, com a mudança da lua, ela teria uma quantidade normal.

— Só até a Vera voltar — disse ela.

Toda noite, à medida que esfriava, Patrice fazia tarefas em casa. Selou de novo os espaços entre os troncos com argila cavada perto do pântano e fechou os pequenos vãos nos caixilhos das janelas com grama seca. Com o dinheiro que tinha ganhado como vaca aquática, comprou caixas de gesso, cal, rolos de papel de alcatrão, pregos e um martelo. Fixou o papel de alcatrão na estrutura do telhado. Usou uma mistura densa de lama e grama para fechar as goteiras. Depois da escola e do boxe, Pokey vinha para casa e a ajudava a espalhar o gesso nas paredes internas. No canto, onde ele dormia, usaram cola de coelho para colar fotografias e reportagens na parede. Rocky Graziano, Tony Zale, Jersey Joe Walcott, Sugar Ray Robinson e Archie Moore olhando por cima de suas luvas redondas sob a penumbra do crepúsculo. As fotos e as reportagens não eram das revistas que Valentine deu para Patrice, mas de revistas de boxe que Barnes deu a Pokey, primeiro uma pilha e depois outra e outra. Embora Barnes insinuasse que já as tinha lido, as capas e páginas estavam duras e novas. Além disso, deu a Pokey uma jaqueta de inverno. Não um casaco velho de segunda mão, mas uma jaqueta de inverno novinha com estampa xadrez vermelha e preta que fazia Patrice lembrar, de um jeito meio desconfortável, do tema de lenhador do Madeirada 26. A peça contava com punhos de malha, gola grossa, alta e removível. Barnes alegou que alguém lhe dera a jaqueta e que só estava procurando alguém que faria melhor uso. Para Patrice era óbvio que Barnes a tinha comprado, o que a incomodou. Como se ela não pudesse comprar uma jaqueta para o próprio irmão! Como se não fosse fazer exatamente isso se o casaco velho do irmão tivesse desgastado! O que não estava. Ela podia muito bem ter comprado para ele o gorro de lã marrom com aba e protetores de orelhas dobráveis.

— Barnes que te deu?

— Foi.

Pokey sorriu e acariciou a frente da jaqueta. Passou os dedos pela gola.

— Ah, é muito bacana — disse Patrice, mas de uma forma que fez Pokey olhar para ela com mais atenção.

— Acha que devo devolver?

— Não — respondeu Patrice.

Afinal, como poderia minar o orgulho do irmão? Mas também, depois que os moleques descobrissem de onde vinham suas coisas bonitas, iriam lhe infernizar.

— Pokey, não fique falando por aí que Barnes te dá presentes, tá?

— Claro que não!

— Nem aceite mais nenhum presente dele, tá bom?

— Tá bom — disse Pokey.

Ele olhou para os sapatos, eram novos e bonitos, de couro com cadarços brancos e pretos. Pensou que Patrice talvez dissesse alguma coisa, mas ela estava passando cola no poster do Zale com um bastão, dando ao Homem de Aço a maior surra de sua vida.

ANTES DO nascer do sol, Vera sempre voltava. Conforme Patrice flutuava para fora do torpor do sono, sua irmã aparecia. Não como estava quando partiu para as Cidades, usando sapatos de salto alto, meias e carregando uma mala de papelão cor-de-rosa. Não havia nada daquele brilho nos olhos. Nem o sorriso desconfiado para algo que Patrice disse e do instante de silêncio que fez para receber a risada da irmã. Não, não era essa a Vera que a visitava. Certa manhã, Patrice estava de volta ao beco onde Jack, provavelmente, tinha morrido. Novamente, parou diante da pilha de roupas na alameda úmida. De novo, removeu a gola do casaco. Só que, em vez do sorriso esquelético de Jack, foi a face retorcida com sangue na boca de Vera que viu. Outra manhã, ela surgiu de pé em uma sala empoeirada e vazia a não ser por uma cadeira, uma coleira de couro cortada e uma folha amassada e manchada. Ouviu passos e se virou. Havia alguém na casa, havia arranhões nas paredes e Vera falou seu nome.

Em mais de uma manhã, ela era a vaca aquática, pelada no tanque. Os clientes ondulantes se deslocaram lá fora. Um deles, pressionando o rosto no vidro com curiosidade, era Vera. Não eram sonhos, mas cenários vívidos que invadiam sua mente. Parecia que tudo o que lhe acontecera na cidade tinha que acontecer repetidamente, só que com Vera sempre ali, ainda desaparecida, mas de alguma forma a encontrando.

— Mama, ando tendo uns sonhos... — disse Patrice em uma manhã, ainda confusa.

Estavam comendo mingau de aveia enquanto o bebê dormia no colo de Zhaanat. Havia algumas uvas-passas misturadas na cumbuca, por isso comiam devagar, fazendo com que apenas uma uva-passa viesse junto a cada colherada para que durassem por toda a refeição.

— *Wiindamawish gaa-pawaadaman.*

Patrice contou os sonhos. Depois viu o rosto da mãe ficar rígido e imóvel.

— Seria bom se Gerald viesse aqui, mas ele deve estar ocupado com as cerimônias agora — disse Zhaanat. — Vamos ter que cuidar disso.

— Cuidar dos sonhos?

Zhaanat encarou a mesa enquanto passava sua extraordinária mão na borda da mesa até que, subitamente inerte, deixou-a cair sobre o colo. A vida da mãe parecia se esvair diante de seus olhos.

— Seus sonhos são sobre a Vera? — perguntou Patrice.

— São exatamente os mesmos sonhos.

— Exatamente os mesmos sonhos que os meus?

Zhaanat assentiu com veemência, franzindo o cenho e fitando os olhos da filha. Patrice sabia. O tremor começou em algum lugar atrás de seu coração, mas logo avançou, trêmulo, e pousou debaixo de sua pele. Todo o seu corpo tremia como uma flecha que acabara de atingir o alvo. A mãe falou:

— Ela está tentando entrar em contato conosco.

O Powwow das Estrelas

NINGUÉM AS viu chegando e, em vez de latir em alerta como sempre fazia, Smoker foi encontrá-las na rua. Zhaanat carregava o bebê, não preso no *cradleboard*, a prancha de berço, mas envolto em uma teia de tricô prateada, pendurado nas dobras do cobertor como um saco de açúcar. Patrice caminhava ao lado, vestindo jeans com as barras dobradas, sapatos de sela e suéter verde. Zhaanat também usava verde; um vestido de chita escuro com florezinhas douradas. Bateram na porta de Thomas e Rose a abriu.

— Ah, são vocês!

O rosto de Rose relaxou de alegria. Gostava das duas, principalmente de Zhaanat, e queria conhecer o bebê. Ela soltou o bebê da colcha e o pegou no colo, examinando seu rosto minuciosamente e tentando fazê-lo lhe dar um sorriso. Thomas estava sentado à mesa da cozinha, enquanto as crianças entravam e saíam e Noko brigava com a filha. Ele tampou a caneta. Tinha escrito para Milton Young de novo, e para dois outros congressistas. Estava marcando uma reunião entre Arnold Zeff, líder da divisão local da American Legion, e Louis Pipestone. Louis iria expor a Arnold Zeff a perspectiva dos indígenas que haviam servido fielmente ao seu país e foram abandonados para mendigar nas ruas da comunidade fora da reserva de Zeff. Esperava que a Legion se opusesse ao projeto de lei. Thomas deveria se encontrar de manhã com o superintendente do distrito escolar. Iria propor que assumissem o financiamento da escola da reserva assim que o governo federal deixasse de lhes dar apoio. Essas ideias eram resultado das observações de Biboon e Eddy Mink sobre como as comunidades próximas poderiam ser afetadas pela terminação.

Patrice e Zhaanat se sentaram à mesa da cozinha. Sharlo afastou as lições de aritmética e Fee levou seu livro para outro cômodo. Do seu canto, Noko observava. Ela estava vestindo um grosso xale de lã com linhas firmes de miçangas brancas e tinha os braços fortemente cruzados sob o peito, contendo sua ira. O bebê se remexeu com fome. Sem nem se dar conta, Zhaanat o pegou de volta e começou a amamentá-lo. Rose passou café. A cabeça de Noko foi para trás, uma mecha de cabelo virou para cima e seus olhos se esbugalharam de modo que ela ficou parecendo uma garça enlouquecida. Thomas não mostrou surpresa alguma e Rose serviu canecas pesadas e riscadas de café, para em seguida se sentar ao lado de Thomas.

— Precisamos de um conselho seu — disse Patrice, dando a Thomas um pouco de tabaco.

Em seguida, começou a contar sobre o cachorro, o que ele disse, os quartos vazios com as coleiras presas nas paredes e as coleiras de couro cortadas no chão. Revelou só o que se relacionava à Vera. Talvez fosse melhor nunca contar a ninguém a respeito de seu breve trabalho como vaca aquática. Terminou com a viagem de volta de trem e se calou. Por fim, Thomas falou. Lágrimas de choque haviam surgido em seus olhos, mas ele não permitira que se derramassem. Aquilo tudo estava longe de seu entendimento.

— Temos que ir à polícia — disse.

Sua voz estava carregada de emoção, mas o que falou foi tanto impensável quanto decepcionante para Patrice e Zhaanat. Era quase certo que uma indígena buscando ajuda na polícia seria má interpretada. Independentemente do que acontecesse, ela seria culpada e punida. Essa era a razão pela qual seria impensável ir à delegacia, e era decepcionante perceber que Thomas confiava em seus inimigos.

— A polícia nunca vai nos ajudar — disse Zhaanat, por fim.

— Temos que encontrar outra forma — falou Patrice.

— Deixem eu pensar melhor durante a noite — disse Thomas, embora já soubesse que nunca dormiria.

Tentaram conversar sobre outras coisas, do trabalho na fábrica de joias, de coisas neutras que poderiam permitir que o misterioso horror esmaecesse em seus pensamentos.

QUANDO THOMAS foi trabalhar naquela noite, não levou a pasta. Ele sabia que não conseguiria se concentrar nas muitas cartas de solicitações e explicações que iam se amontoando. Tampouco seria capaz de planejar as reuniões informativas que aconteceriam no salão comunitário. Queria entender direito a lei para as reuniões. Mas ele sabia que não conseguiria encontrar as palavras depois do que Patrice lhe contou. Dirigir para o trabalho se tornara ainda mais aterrorizante. O terror era de que não fosse conseguir ficar acordado. De que, por outro lado, nunca mais conseguisse dormir. Terror da situação, ininteligível em sua magnitude. Solidão. As forças contra as quais estava lutando eram implacáveis e distantes. Mas, mesmo a distância, podiam estender a mão e varrer um povo inteiro.

E agora isso.

O que Patrice lhe contara era de uma maldade tão extrema que atingia seus crenças mais fundamentais. Ele sempre, mesmo diante do ódio ou da violência por embriaguez, acreditara que as pessoas fizessem coisas ruins por ignorância, por fraqueza ou por causa da bebida. Nunca soubera nem ouvira falar desse tipo de maldade da qual Patrice tinha falado — as correntes nas paredes, as coleiras, o cachorro falando do destino da irmã dela. Moses Montrose estava certo. Ele era um coroinha. Biboon, que a seu modo também era ingênuo, o tinha criado. Thomas não conseguia dar o salto de consciência necessário que lhe permitiria compreender tudo o que a existência daquele quarto implicava. Seus pensamentos se perdiam sempre que tentava imaginar o que aqueles quartos significavam. Chegou à fábrica e destrancou a porta. Caminhou até sua mesa, mas não se sentou. Ficou caminhando de um lado para outro. Entre as rondas, olhava para os cantos escuros da sala.

THOMAS PROVAVELMENTE estava dormindo ou então, de tanto cansaço, entrou num transe. Um suave toque de tambor o trouxe à consciência. *Era a coruja de novo*, pensou ele, confuso. A coruja tinha voltado. Ela batia nas janelas de trás, lutando contra sua própria imagem no vidro. Ele se levantou num salto, instintivamente bateu o cartão de ponto, depois saiu do prédio. Do lado de fora, no frio cortante, a porta se fechou atrás dele. Até correu de volta para a porta, mas era tarde demais. A porta bateu e o barulho ecoou. Estava sem casaco, sem lanterna e sem chaves, a não ser, como sempre, as chaves do carro presas num chaveiro de couro com miçangas. O vento vinha de Alberta e atravessava Manitoba, virando gelo no caminho. Agora, cortava. Embora estivesse acostumado depois de tantos anos, começou a tremer. Ele bateu nos braços, no peito e nas coxas. Não tinha coruja alguma e a batida continuava. Por que foi que saiu correndo? Precisava entrar de volta no prédio o mais rápido possível. Mas, é claro, tinha feito o que fazia toda noite, verificado cada fechadura e mexido nas travas das portas para garantir a segurança do prédio. Não havia como entrar, só se invadisse, e Thomas nunca na vida invadira um prédio.

Exceto quando abriu a janela do porão para Roderick, mas isso não contava. Tinham quase matado Roderick lá embaixo. Pelo menos, Thomas dera o jeito de abrir uma janela usando um arame roubado da mecânica de Fort Totten. Fizera um gancho na ponta e, por uma fenda, conseguira enfiá-lo para puxar um trinco de madeira — que era meio frouxo, então foi fácil. Depois, jogara um casaco, maçãs, fatias de pão e uma massa de aveia amarrada em um pano. Gritou para Roderick que tinha sido visto, o que não era verdade, mas tinha que sair dali. Roderick chorava muito. Thomas odiava o som de choro no escuro.

Se tivesse um arame agora, poderia enfiá-lo na fresta embaixo da janela congelada do banheiro feminino que ficava a cerca de 2 metros de altura. Precisaria de uma escada ou, não... poderia trazer o carro. Ficaria de pé no teto do veículo. Caminhou até ele, batendo os braços no corpo. Dentro do carro, esfregou as mãos e ligou o motor. Depois de alguns minutos o aquecedor trouxe a vida em um rugido. Ele aqueceu as mãos por uns minutos. Colocou a cabeça perto da abertura de ar para aquecer o cérebro. Infelizmente, mantinha o interior do carro obsessivamente limpo. Não tinha cobertor. Nem um casaco extra. Mas e um arame? No sistema elétrico? Não, era mais fácil passar a noite no carro do que arrancar um fio. O calor era maravilhoso. Ele temia sair dali. Começou a se preocupar que, se fosse descoberto cochilando no carro do lado de fora do edifício que era pago para proteger, Vold podia achar que o trabalho era muito árduo para ele. Poderia pensar que o estresse de ser presidente da aldeia fosse demais para que ainda pudesse ser um vigilante noturno eficiente.

Do lado de fora, as batidas se intensificaram. Thomas olhou através do para-brisa. Parecia vir de algum lugar distante. Em um vento como esse, normalmente teria nuvens. Mas o céu estava claro. As estrelas, baixas e luminosas. As batidas vinham de cima. Parecia que as estrelas batiam no tambor na imensidão sem lua. Que estavam se divertindo. Espere um pouco. De repente, ele saiu correndo, foi para trás, abriu o porta-malas. Ali dentro, havia um velho tapete rasgado que ele pegara das pilhas da caridade. Colocou-o em torno dos ombros. Embaixo do tapete havia um rolo de arame. Um arame fino e barato que comprara para fazer armadilhas da última vez que foi à cidade. Era fino e mole, mas ele achou que poderia dar certo. Entrou correndo no carro e deu a volta até a lateral do edifício. Claro que ficaria tudo bem. Tudo daria certo. Virou o aquecedor do carro para si mesmo enquanto pensava sobre a origem do tamborilar. Thomas ainda o ouvia, um tamborilar suave vindo de cima. O barulho o fez ter esperança e logo ele torceu o pedaço de arame. Pensando no modo como o trinco da janela funcionava, fez um laço na ponta. Pegaria o pequeno trinco que fechava a janela, apertaria o laço e o ergueria. Saiu do carro com isso em mente.

Vinte minutos depois, com as mãos quase congeladas, desceu do carro. *Iria se aquecer e tentar de novo*, pensou, mas, desta vez, quando ligou a ignição, nada. De novo e de novo. Nada. Esperou. Tentou de novo. Nada. Nada. Nada. E estava com muito frio. Tanto que o cérebro estava desacelerando. Até as axilas estavam dormentes e não aqueciam as mãos. Era tanto frio que ele sabia que devia desistir e caminhar em direção às luzes da cidade, não caminhar, correr, se quisesse viver.

Thomas saiu do carro, rumo ao campo aberto, da estrada de cascalho para um pasto áspero brilhando com a geada. Ele caiu, caiu com tudo, e ficou ali deitado e atordoado. Era como se tivesse sido jogado na terra como um brinquedo. Sem aviso, eles te jogaram no chão. Viver com eles era assim. Ah, era sim! Thomas os estudara. Havia se esforçado de todas as maneiras para ser como seus professores. E todos os chefes. Tentara fazer da maneira deles, a sua. Mesmo que não se sentisse bem, tentara. Tinha tentado ganhar dinheiro como eles. Pensara que, se trabalhasse duro e seguisse as regras deles, poderia garantir a segurança de sua família, manter seu povo a salvo dos piores danos, mas nada disso era verdade. Em sua mente surgiu, como uma infiltração nojenta, a percepção do que os homens tinham feito com Vera.

Não conseguiu evitar aquela imagem. A noção perfurou sua mente. Era intolerável, o que fizeram com ela. E o que ainda estariam fazendo se ela estivesse viva e em suas garras. Ele chorou e sentiu que agora estava soldado pelo frio à grama como o pobre Paranteau e o poste de metal.

O som dos tambores aumentava cada vez mais. Ao olhar para cima, viu os seres. Eram enevoados, indistintos e luminosos. Como eram graciosos, flutuando dos céus à terra! Tinham formas de pessoas comuns, e vestiam roupas, camisas, calças e vestidos comuns, feitos de tecido brilhante. Embora pudesse ver através delas, não eram transparentes de fato. E tinham a aparência de quem dava o sangue no trabalho. Thomas tinha a impressão de que as estrelas sempre trabalhavam muito, ficar brilhando lá em cima não devia ser fácil. Uma das pessoas luminosas era Jesus Cristo, mas ele era igualzinho aos outros. Assentiram para ele de maneira engraçada, compreendendo sua surpresa e, de repente, não havia mais dor alguma. Uma luz o invadiu e ele se ergueu, ciente de que os tambores queriam que ele dançasse. Lá em cima nas nuvens, e embaixo na terra, dançavam no sentido anti-horário, como fazem os espíritos na terra dos mortos, e queriam que ele se embalasse junto. Então, dançou com eles. Cada vez que pisava com força na grama endurecida, os pés levantavam um líquido brilhante no ar. Estava usando um adereço de cabeça imaginário que derramava luz a cada movimento. Olhou para baixo e viu que carregava um bastão de dança feito de luzes boreais tremeluzentes. Com os olhos brilhando e o coração pulsando à medida que o sangue se espalhava nas pontas de seus dedos, começou a cantar a música que deram para ele.

Quando os tambores pararam, Thomas subiu no teto do carro, tirou o arame do bolso e laçou a trava da janela do banheiro. Se ergueu pela janela e caiu no piso verde de linóleo. Em seguida, foi do banheiro para sua mesa, pegou as chaves, bateu o ponto e correu para o carro. O veículo ligou rápido. Ele o colocou de novo na vaga habitual do estacionamento e correu de volta para dentro do edifício. Sentou-se. O atraso no cartão de ponto foi de apenas dois minutos. Serviu-se de café e saudou o amanhecer.

Agonia Seria o Nome Dela

Os homens tinham cheiro de óleo quente, suor, álcool, carne estragada, um milhão de cigarros, e falavam a língua do carcaju. As barbas roçavam no rosto dela até que suas bochechas ficaram em carne viva. Se quisesse fugir, teria que correr por entre as facas. Se corresse por entre as facas, não teria mais pele para protegê-la. Seria apenas carne. Uma coisa. Seria agonia. Motores gigantes rangiam atrás das paredes. De vez em quando, como um gongo reverberante, ela ouvia a mãe chamar seu nome.

Boas-vindas

As folhas verdes, agora douradas, brilhantes sob a chuva torrencial, forravam as trilhas da floresta. Todos os Wazhashks trabalhavam muito. Nos pântanos, os pequenos estocavam galhos verdes. Na lavoura, a família colhia as últimas cenouras. Pilhas de variedades de abóboras verdes e rugosas, alaranjadas, marrons, pequenas e duras, enchiam o porão e se amontoavam nas laterais da casa. Réstias de cebola. Pequenas e pálidas cabeças de repolho. Caixotes de nabos roxos e brancos. Sacas de batatas. Thomas transportava carretas cheias. Wade e Martin discutiam na carroceria, acomodados entre os vegetais. Ainda discutindo, descarregaram os produtos na cafeteria, na escola e, por fim, no refeitório dos professores. Juggie Blue dava ordens, dizendo onde colocar e empilhar. Amanhã haveria um desfile, um almoço comunitário, uma partida de futebol e a coroação do rei e da rainha. Sharlo fazia parte da corte de Boas-vindas.

— Você está no desfile? — Juggie perguntou a Thomas.

— Desta vez não. Meu pai vai assistir sentado no carro e eu vou ficar com ele.

— E a Rose?

— Está fazendo o vestido da Sharlo.

— Ah! Como é o vestido?

O rosto de Juggie se iluminou. Ela amava vestidos, embora macacões fossem sua peça preferida.

— Longo, eu acho. Talvez... azul?

Juggie semicerrou os olhos.

— Longo e talvez azul? É só isso que pode me dizer?

— Tem babado em algum lugar.

— Você é um inútil!

Thomas observava Juggie atentamente enquanto conversavam. Conforme se afastava, se tranquilizou pela irritação da mulher. Ela não parecia o estar tratando como se houvesse alguma coisa errada com ele. Ele também tinha observado Rose com atenção. Será que ele tinha mudado depois da experiência que teve no gramado congelado? Será que já estava agindo estranho antes? Como uma pessoa pode saber se está agindo estranho? Thomas não contara para ninguém sobre sua experiência, não falara nada sobre as pessoas luminosas. Contaria para Biboon quando fosse a hora certa, mas não ousaria contar a mais ninguém. Exceto para o pai, para quem e o que poderia dizer? Eu estive em um *powwow* das estrelas? Encontrei Jesus Cristo e ele foi gente boa? Iriam rir, achariam que ele ficou doido, se preocupariam que talvez estivesse ficando doente por causa do estresse. Além disso, e talvez o mais importante: ele não queria interferência de ninguém na paz que tinha sentido desde aquela aparição. Embora ainda estivesse cansado e ansioso, não estava aterrorizado. Aqueles visitantes tinham deixado algo de sua presença reconfortante.

Toda noite, verificando duas vezes se estava com as chaves, ele saía e olhava para o céu. Cantava baixo, tentando se lembrar da música que eles dançaram. Quanto a Jesus Cristo, ele decidiu que seria melhor se fosse à Santa Missa.

A CHUVA fez uma pausa e o sábado amanheceu claro e frio. Todos no desfile se reuniram diante da igreja antes de seguir em marcha acelerada pela cidade até chegarem à escadaria do colégio. Sharlo, com um buquê de flores amarelas de veludo preso ao casaco, estava sentada no banco de trás do carro conversível do professor de inglês. Fee desfilava como trompetista. Pokey também estava presente. Ele saltava na carroceria de uma caminhonete transformada em um ringue. Franzia o cenho fingindo lutar com os outros garotos. Os boxeadores mais novos queriam ir sem camiseta, mas Barnes os obrigou a usar as jaquetas. Por outro lado, permitiu que usassem as novas luvas de boxe da Everlast e tinham uma campainha, emprestada da agência de correios, para tocar no final de cada assalto. Três dançarinas anciãs tradicionais com roupas de veludo preto adornado com miçangas seguiam na carroceria da caminhonete de Louie. As mais jovens seguiam a pé. Wade pegara emprestado um traje de dança de seu avô e ia balançando, sempre de olho no chão. Algumas mulheres usavam vestidos de algodão marrom, imitando camurça, com franjas. As mulheres que tinham cabelos mais curtos usavam tranças falsas feitas de meias-calças de nylon com enchimento de pelo de cavalo, tiaras com miçangas e medalhões brilhantes. Duas elegantes dançarinas usavam trajes com roupas de baixo vermelhas e longas por baixo de tangas adornadas com miçangas e anquinhas com plumas. Elas se curvavam e rodavam, caminhavam e riam, acenando e brincando com a multidão. Distribuíam lápis para algumas crianças, tirando reverentemente de uma sacola de pano cada bastão amarelo.

Grace Pipestone, de saia rodada com franjas, chapéu e botas de couro de cowboy ornamentadas, cavalgava a nova potranca, a Preferida do Professor. A égua tinha pelagem negra incrivelmente bonita. Os olhos eram delineados de preto e as patas pretas deixavam o rápido trote forte e preciso. Havia outros montando cavalos no desfile, mas nenhum tão imponente quanto o Superintendente Tosk, que vestia uma jaqueta de camurça de verdade com franjas e um adereço de cabeça com penas de águia. Adereço esse que sempre aparecia em eventos e fotos especiais. De forma magnífica, o adorno ficava eriçado na cabeça e descia pelas suas costas. Ele montava um dos mais valiosos cavalos de Louie, o Gringo, que deixara de ser um vencedor formidável para se dedicar ao amor e se estabelecera como garanhão. Gringo tinha pelagem clara, quase creme, com gentis orelhas que passavam um quê de coelho e focinho rosado. A crina, escovada com afinco, umedecida e trançada na noite anterior, agora caía toda branca ao longo da curva do pescoço. Grace tratara do rabo da mesma forma e suas ondulações brilhantes quase varriam a trilha de cascalho. Era um cavalo glamouroso que na verdade merecia um nome melhor. Algo que Wood Mountain sempre defendera. Ele dirigia o DeSoto verde e branco de Juggie, que carregava um trailer com fardos de feno onde Juggie e Deanna, vestidas como andarilhas, vinham sentadas. Juggie carregava uma placa que dizia: *Arruinada pela Terminação.* O Sr. Vold dirigia uma grande perua marrom coberta com papel crepe dourado preso com joias pintadas em papelão. Preso no teto do carro, havia um grande relógio e um foguete construídos por Betty Pye.

O outro carro que representava a fábrica de joias era o da família de Doris Lauder. Tinha placas pintadas penduradas nas janelas. Valentine ia no banco do passageiro, é claro. E falava para Doris como combinar xadrez cortado em viés em uma saia rodada. Patrice estava no banco de trás com Betty Pye. As duas seguravam pequenos sacos de balas de doce de leite caseiras, cada uma embalada em papel-manteiga. De vez em quanto, jogavam algumas balas para as crianças ávidas que assistiam ao desfile. Dois anos antes, Patrice fora ao desfile com Valentine, as duas na corte de Boas-vindas. Tinham feito balas de milho para jogar, mas a maioria do papel-manteiga tinha voado com o vento ou então os doces acabaram despedaçados quando caíram no chão.

No meio do percurso, Vernon e Elnath estavam parados de um jeito esquisito ao lado da estrada. Antes eram estranhos com ternos pretos, e agora usavam sobretudos também pretos, mas todos já sabiam que eles eram mórmons.

Patrice jogou algumas balas em direção a eles. Vernon se agachou, as recolheu e colocou uma na boca. Com os olhos faiscando de indignação, Elnath cruzou os braços e franziu o cenho.

— Tá vendo esses dois aí? — perguntou Patrice a Betty.

Betty se virou.

— Ah, eles são missionários. Mas Grace Pipestone está convertendo um deles.

— O quê?

— Louie os deixou dormir no celeiro. E o que está com a boca cheia é todo delicado com a Grace. Mas ela disse que não quer saber dele a não ser que vire católico. Ele está rezando por isso.

— Eu não apostaria em Grace — disse Valentine, de repente, do banco da frente. — Ela tem coisas mais sérias pra se preocupar agora. Eu por acaso sei que Wood Mountain está de olho nela.

— Ela não tem nem 16 anos! — disse Patrice, indignada.

— Olhos verdes mostram, olhos verdes brilham — disse Valentine, num tom presunçoso.

— O que isso quer dizer?

Valentine se virou para Doris Lauder e as duas começaram a rir.

O DESFILE seguia lentamente, mas então acabou rápido. Os veículos, pedestres e dançarinos chegaram ao estacionamento da escola. A realeza de Boas-vindas desceu dos carros e caminhou até a escadaria da frente para se arrumar no patamar de concreto diante das portas duplas. Thomas já tinha estacionado o Nash próximo, assim Biboon podia descer, sentar-se no capô e assistir à coroação do rei e da rainha. O velho frágil sentara-se, cheio de expectativa, à fraca luz do sol, envolto em um cobertor do exército, se divertindo com a agitação. A multidão gradualmente foi ficando em silêncio.

De um lado da nervosa realeza estava a Sra. Edges, professora de economia doméstica, junto com o Sr. Jarvis. Cada um segurava uma coroa feita de arame, metal e pintada de prateado. Outros professores seguravam as capas vermelhas e cetros que seriam presenteados a cada monarca. Primeiro, o Sr. Jarvis deu um passo à frente e rapidamente coroou Calbert St. Pierre, um dos boxeadores menos promissores de Barnes. Houve aplausos e certa comemoração ou euforia sincera de pessoas bem-intencionadas quando colocaram a capa em Calbert. Então a multidão ficou em silêncio de novo. Os cavalos, que arrancavam a grama à beira da estrada, relincharam e bufaram. A Sra. Edges caminhou adiante, segurou a coroa por cima da cabeça de cada uma das meninas, brincando, antes de finalmente descer nos cabelos castanhos enrolados de Sharlo, que tinham sido penteados em uma auréola fofa em torno de seu rosto resplandecente. A multidão suspirou. Os olhos de Sharlo se arregalaram de surpresa, então sua expressão mudou, tomada pela repentina emoção latente. Antes que ela se recuperasse e começasse a sorrir, algumas pessoas da multidão ficaram sobressaltadas com suas lembranças.

THOMAS VIU sua filha aos 4 anos, gritando do alto de uma pilha de feno antes de se lançar no ar. Ele se virou em um piscar de olhos e se jogou para pegá-la. O ancinho que ele largara sem nem pensar caiu junto com a menina. A ferramenta atingiu o chão ao lado da criança quando os dois caíram de lado. Enquanto ele olhava, tremendo por dentro, seu peito se expandiu em um soluço de horror. Sharlo acariciou-lhe o rosto. A pequena exibia a mesma expressão misteriosa de voo interrompido agora que estava sendo coroada.

ROSE VIU seu brilhante ferro de passar em pé e orgulhoso em cima da cômoda.

PATRICE FOI levada de volta ao dia de sua própria coroação como rainha do desfile de Boas-vindas naquela mesma escadaria. À forma como, vestindo a capa vermelha e segurando o cetro falso, olhou para a multidão e todos pareciam tão distantes. Seu coração se endureceu como uma pedra no peito. E ela se lembrou. De como cada um ali a tinha ridicularizado quando era criança, quando era tão pobre que ia para escola com os sapatos cortados na frente para não apertar os dedos; sem casaco até a professora conseguir um para ela; com calcinha feita de saco de farinha; do cabelo com longas tranças tradicionais. Eles a chamavam de *squaw*[7]. Até mesmo as outras meninas. Falavam que ela era suja. No entanto, quando Vera tinha idade o suficiente para procurar ou fazer roupas para as duas, uma vez que os seios de Patrice se desenvolveram e seu rosto mudou de esfomeado e com feições de elfo para encantador, passaram a olhá-la de forma diferente. Agora era rainha. Mas não tinha esquecido. Nunca esqueceria. E, de repente, sim, quando sentiu o peso da coroa, de repente, desejou que todos a reverenciassem. Queria que, principalmente os garotos que a chamavam de *squaw*, ficassem de joelhos como na igreja. Como se estivessem diante da imagem de uma virgem perfeita, iluminada, abençoada e sorridente. Sim, ajoelhem-se! Ah, queria que curvassem a cabeça com medo, como se o pequeno cetro de metal fosse uma espada. Queria ver os professores a reverenciando, e depois, talvez, que sorrissem admirados. Queria que suas cabeças abaixassem rapidamente, com medo que ela visse que ousaram olhá-la.

Queria que as mulheres que fofocavam sobre ela, que zombavam das mãos de sua mãe, temessem-na. Que os homens arrogantes, aqueles que a olhavam de cima a baixo e lhes davam piscadelas. Bem esses. Virariam as cabeças como se ela os tivesse esbofeteado. E Bucky. Esse poderia cair como se tivesse sido baleado.

Patrice começara a descer os degraus da escadaria da escola em transe. Ninguém a reverenciou. Nada disso aconteceu. As pessoas gritavam e aplaudiam, todos simpáticos. Exceto Valentine. A qual, daquele dia em diante, deixou de ser confiável como amiga. *Sim*, pensou Patrice, *ela deveria ter obrigado Valentine a oferecer uma reverência e feito com que parasse de tentar humilhá-la*.

À MEDIDA QUE a realeza seguia pela multidão e as pessoas viravam umas para as outras fazendo planos, Gringo, o cavalo que o Superintendente Tosk montava de maneira muito distinta, soltou um relincho estrondoso e se lançou em direção à Preferida do Professor. Tosk agarrou as rédeas. A égua de Grace Pipestone resfolegou de modo sedutor. Estavam do outro lado da multidão, cercados por pessoas e carros.

A Preferida do Professor inclinou a cabeça para trás, tentou parar e deu a ele um olhar de flerte. Grace esporeou a potranca, fez uma mano-

7. Palavra historicamente pejorativa e direcionada às mulheres indígenas, referenciando suas genitálias. [N. da R. T.]

bra evasiva e trotou para o outro lado do DeSoto de Juggie, que, ainda com as roupas de andarilha, saltou e tentou pegar o cabresto de Gringo, mas não conseguiu. A Preferida do Professor virou e Juggie viu que a égua, a vulva exposta, abrindo e fechando, estava no cio.

Barnes passou atrás do cavalo, parou e ficou paralisado de medo. Nunca tinha visto algo assim. Acenou com os braços e correu até Wood Mountain. Juggie correu em direção ao cavalo, à cavaleira e gritou.

— Desce, Grace! Ela tá piscando!

Talvez Grace não tenha ouvido, ou talvez tenha, mas queria tirar o cavalo de perto das pessoas. Grace se afastou da multidão e foi em direção ao pátio da escola, ou pelo menos tentou. A Preferida do Professor não queria. A égua caminhou graciosamente e piscou a vulva para Gringo. Só correu quando Grace usou as esporas decorativas das botas. Foi então que a Preferida do Professor começou a correr e as orelhas de Gringo se ergueram. Com os olhos em alerta, o Superintendente Tosk segurou as rédeas, mas o garanhão sacudiu a cabeça, soltou um relincho indignado e saiu disparado atrás da potranca, que agora ia em direção aos balanços do pátio da escola a todo galope — placas grossas de madeira balançavam suavemente nas correntes de metal penduradas em uma barra de ferro com cerca de 5 metros de altura. Grace guiou a égua entre os balanços, mas Tosk, coiceando e gritando, foi com o garanhão direto em um deles. Gringo ficou preso na base do pescoço como em uma armadilha. O cavalo se virou, se enrolou na corrente, meteu o Superintendente Tosk naquela bagunça, quebrou as penas de águia e quase se enforcou. Louis jogou um cobertor na cabeça do Gringo e rapidamente desenrolou o Superintendente. Grace desmontou da Preferida do Professor. Assim que tiraram as correntes, Gringo empinou, passou por um triz pela gangorra, e galopou ao longo da pista de atletismo atrás da Preferida do Professor, que havia se embrenhado no meio do bosque que dividia o terreno da escola dos campos de feno.

MAIS TARDE naquela noite, houve o baile de Boas-vindas. Todos os casais, tão bem vestidos quanto possível, fizeram fila para dar a volta no ginásio à meia-luz. Cada casal era seguido pela luz do holofote do Sr. Jarvis. Qualquer um podia ir ao baile, não apenas os alunos do ensino médio. As pessoas vinham se sentar às mesas e comer tortas de nêspera, pães com geleia, e pedaços de bolo folhado de doce de leite de Juggie

Blue. Bebiam ponche deixado ao lado das sobremesas e assistiam ao desfile dos casais.

Thomas e Rose estavam encostados na parede, bebendo uma mistura de suco com refrigerante de gengibre. O rei e a rainha da festa começaram enquanto dois violinistas tocavam uma música *Michif* cativante. O holofote lançou um círculo ondulante onde Sharlo apareceu. A coroa, com uma estrela de prata no topo, refletia a luz e a moça parecia flutuar à medida que avançava. *Talvez nem estivesse tocando os pés no chão.* Foi o que Thomas, desorientado, pensou ao vê-la se mover magicamente na escuridão. Ela era um dos seres das estrelas que, durante seu tempo na terra, ganhara forma e características humanas.

Em seguida, Angus e Eddy começaram a tocar para valer e os casais se separaram, balançando braços e pernas, indo para a direita e para a esquerda, trançando as mãos e, às vezes, se juntando por um instante em um chá-chá-chá bem ali no salão. Entre uma dança e outra, Grace Pipestone pegou o violão, e Wood Mountain também. As pessoas mais velhas ficavam observando das mesas, mordiscando a torta e bebendo café. A música variava entre ritmos animados escoceses e modernos. Por fim, para choque dos mais velhos, o Sr. Jarvis anunciou que usaria o sistema de alto-falantes para tocar alguns discos alto o bastante para dançar, e pela primeira vez uma versão arranhada de "Night Train", de Jimmy Forrest, foi ouvida em todo ginásio. A canção, extremamente popular, foi tocada diversas vezes, e Angus e Eddy logo a assumiram, ao vivo, com variações. Ninguém queria dançar mais nada pelo resto da noite.

Quando o baile acabou, o Sr. Jarvis limpou o disco e o guardou dentro da capa de papelão. Soprou com veneração a agulha do toca-discos, colocou-a no lugar, desligou e guardou o aparelho, fechando a caixa com cuidado. Ele a pegou e levou embora. Pagou o holofote com o próprio dinheiro e levou-o para casa.

Barnes foi o último a sair da escola. Demorou a sair por nenhuma razão aparente, ainda um pouco chateado por Patrice não ter ido ao baile. Seus olhos ficaram marejados de lágrimas quando percebeu que ela não viria. Lágrimas de novo! O que estava acontecendo com esse homem? Barnes abordara rapidamente a amiga de Patrice, Valentine e a chamara para dançar. Ela tinha a cintura fina e concordava com tudo o que ele dizia.

Valentine continuava ali quando ele saiu pela porta da frente.

— Podemos lhe dar uma carona? — falou ela, pegando em seu braço.

Ela cheirava um pouco a uísque. Descontraídos, desceram os degraus. Ele olhou em volta, mas ninguém os observava. Ela entrou no banco da frente do carro de Doris Lauder.

— Eu moro do outro lado da estrada — disse ele. — Obrigado, posso ir a pé daqui.

— Não, não pode! — exclamou Valentine. — Venha! Estamos indo a um baile campestre!

Ele sempre quisera ir a um baile desses — música animada, dança frenética, cerveja caseira, vinho e, quem sabe, Pixie. Então entrou no banco de trás do carro e se sentou no meio. Depois de um momento, estendeu os braços no encosto do banco. Não costumava sair com uma mulher dirigindo, e parecia que devia se mostrar o maior possível.

O Baile Campestre

Depois do sexo, ficaram entediados e irritados. Além disso, não havia nada para comer. Não que tivessem brigado, mas estavam se ignorando enquanto procuravam por alguma grama macia. Havia o campo de feno, mas tinha sido cortado e as palhas, secado. Então resolveram voltar e caminhar pelo bosque. A Preferida do Professor ouviu a voz de sua cavaleira, chamando-a, mas isso não a afetou da forma que fez uma hora antes. Ela apenas continuou caminhando ao lado de Gringo, o qual tinha bloqueado completamente os sons humanos e ainda desfrutava da perfeição de suas sensações. Passaram pela savana de carvalho, depois pelo bosque de bétulas, e em seguida por outro campo de feno insatisfatório, depois foram para um terreno abandonado onde pastaram livremente e defecaram todo o estresse do desfile.

Beberam água do pântano, rolaram na lama e gradualmente o mundo começou a ficar escuro. Podiam ter descansado, mas o vento estava frio e começaram a desejar o lugar quentinho perto dos seres enfadonhos, que às vezes também ofereciam uma ou duas coisas deliciosas. Uma maçã nodosa, um pedaço de cenoura, uma fatia de *bannock*. Ah, isso! Gringo trotou em direção ao cheiro que sentia no ar antes de alguém lhe dar uma fatia de pão, uma cenoura, uma maçã. Estavam perto da casa de alguém.

Da casa vinha ruídos de outros, talvez da sua própria espécie, ou próximo disso, ou de outra raça também, relinchos e guinchos, arfadas e grunhidos, sons agudos e suspiros. Chegaram perto, atravessaram o cascalho, cruzaram a terra, então pararam em cima de um monte de ervas daninhas pisoteadas e insípidas, esperando para serem alimentados com algum alimento de verdade. Grãos cairiam maravilhosamente bem agora. Mas os ruídos de passos e guinchos continuaram dentro do calor familiar e não pararam. De vez em quando, um ou dois humanos surgiam gritando ou contorcendo-se nos assentos traseiros dos carros fedorentos. Ninguém com o cheiro certo. Ninguém com comida. Por fim, desistiram, voltaram para a estrada e caminharam alguns quilômetros antes de chegarem ao caminho gramado que levava aos seus próprios campos. Sentiram muita pena de si mesmos quando saltaram por cima da cerca e ficaram parados, do lado de fora, esperando para os deixarem entrar. Uma golfada de vento abriu a porta. Gringo se chocou bruscamente com a Preferida do Professor enquanto ela entrava e, de repente, ela sentiu uma grande repugnância por ele. Ela lançou seu pequeno casco e abriu um corte horrível na barriga dourada e rosa dele. Era sua única imperfeição.

Cabelo de Palha

ELE ESTAVA dolorido, espiritualmente dolorido, então resolveu ir à igreja e se sentar em um dos duros bancos de madeira. O baile campestre durara a noite toda. Barnes tinha vacilado, principalmente ao fazer a dança do boxe. Bebera uísque, e, como sempre, a bebida lhe subira direto para a cabeça. O gingado acabara virando uma série de movimentos atrapalhados e ele saíra tropeçando pela porta. Em idas separadas ao bosque, primeiro com Doris e depois com Valentine, se vira diante de um grau assustador de beijos correspondidos. E também, mordidas. Valentine tinha deixado marcas. A evidência continuava em seu corpo. Ele tinha certeza de que as coisas poderiam ter ido mais longe. Mas era por Pixie que tinha sentimentos! Não era? Talvez estivesse se tornando promíscuo. Como poderia continuar a dar aulas, a boxear e a treinar os outros boxeadores, principalmente o seu protegido, quando estava atraído por três mulheres diferentes ao mesmo tempo? E elas eram, pensou ele, *muito amigas*. Foi um alívio, mas também desolador conseguir pensar em alguém além de Pixie Paranteau.

O clima da igreja o acalmava e estava levemente perfumado com especiarias. Talvez incenso. Ele não era católico. Não sabia como fazer o sinal da cruz, mas sacudiu a mão pelo peito com um gesto de súplica e olhou para a imagem da mãe de Jesus. Ela estava fixada em uma abertura oval pintada com extremidades pontiagudas. Isso o lembrou da égua do desfile de Boas-vindas. Sua mente se desviou desse pensamento. A abertura era forrada de vermelho e decorada com pontas douradas direcionadas para dentro. No centro, ela flutuava. À medida que a luz mudava, os olhos pareciam se voltar para todos os lados; um efeito assustador. Definitivamente, ela estava de olho nele. E parecia encará-lo sempre em reprovação. Houve até momentos em que ela deu a entender que ele deveria adiar o encontro. Que deveria seguir seu caminho e deixar que as pessoas ali vivessem suas vidas sem interferência do Sr. Barnes. O Cabelo de Palha. Ele não gostava, mas todos dali tinham um apelido. E poderia ser bem pior.

Mas ali estava ele. Disposto a enfrentar seu problema de cabeça erguida.

Primeiro, havia Pixie, é claro. Ah, ele já tinha passado por tudo isso. Não havia um centímetro conhecido deixado de lado, indesejado, não catalogado, embora houvesse muitos, obviamente, desconhecidos.

Segundo, havia Valentine. Que nome perfeito, com forma de coração para uma mulher cujo rosto não tinha esse formato, era fino e estreito com olhos evasivos. Valentine era um pouco astuta, como uma raposa. Sim, uma delicada senhora raposa correndo pela floresta com um coelho morto preso nas mandíbulas. Não exatamente...

Ele pressionou a veia jugular, os ombros, um ponto no peito de onde ela literalmente tirara sangue. Isso era normal?

Terceiro, surpreendentemente, Doris Lauder com a pele úmida e branca como uma maçã sem casca. E aquela pequena gordurinha de bebê sob a mandíbula e cintura era simplesmente deliciosa. Os braços redondos e pernas firmes. As ondas castanho-avermelhadas do cabelo. Preso na nuca, não era nada, mas quando o soltava! Ah, parecia um pêssego avermelhado. Uma tentação de lamber os dedos. E ela era muito, e por não ser indígena era menos exótica e fascinante. Mas talvez, ele já tivesse fascínio demais. Talvez só quisesse uma boa garota que não precisasse ter que se esforçar para impressionar. Talvez só uma pessoa, com quem ele soubesse o que queria e que soubesse o que queria com ele.

— AÍ ESTÁ VOCÊ — disse Thomas Wazhashk. Ele sentou no banco ao lado de Barnes e retirou as luvas. Vestia roupas de frio: um casaco pesado e um gorro de tricô. — Estou com frio.

— Estou rezando um pouco — disse Barnes.

— Vim para fazer a mesma coisa — disse Thomas. — E já rezei. Tive uma conversa com Jesus no canto ali atrás. Fiquei sentado esperando você levantar e passar por lá para trocarmos uma ideia. Mas preciso ir embora, por isso resolvi vir aqui te perturbar. Mas longe de mim me intrometer.

— Imagina, tudo bem — disse Barnes, lisonjeado por ter o tipo de solidão que alguém poderia se intrometer. — O que foi? Já terminei de rezar.

— É sobre organizar um card de boxe — explicou Thomas. — Vamos ter que recolher fundos para enviar uma delegação.

— É por causa do projeto de lei, certo?

Thomas assentiu.

— O governo não vai nos dar dinheiro para depor contra o que querem fazer. Então vamos ter que levantar o dinheiro. Eles já deram o prazo. Março. Vamos ter que estar com tudo pronto até lá.

Barnes procurava as palavras certas:

— Quer dizer que vocês vão depor? Esse tipo de coisa?

— Vamos juntar muitas provas contra o projeto de lei. Isso mesmo. Entramos em contato com uma acadêmica da aldeia também. Ela pode ser nossa arma secreta. E precisamos pagar as passagens de trem, um lugar para ficar.

— Por isso, um card de boxe.

— Com cobrança de ingresso. Acho que, se colocarmos Wood Mountain contra Joe Wobble de novo, a casa vai encher.

— Acho que tem razão. Mas Joe, ou talvez Wood, não estejam interessados em uma luta. Não foi uma boa luta. Tenho minhas dúvidas.

— Você não é o único. Por isso repetir a luta pode atrair muita gente.

— Sim, eu entendo — disse Barnes. — Podemos usar o centro comunitário. Posso ver com o Sr. Jarvis para colocar um alto-falante ou algo assim. Podemos arrumar uma campainha de verdade, e não a do correio.

— E o tipo certo de cordas.

— Garotas bonitas. Placas de pontuação — prosseguiu Barnes, esperançoso.

— Não — disse Thomas.

— Bom, foi só uma ideia.

Thomas assentiu. Não queria ver Sharlo andando com um número acima da cabeça recebendo assobios e sendo admirada por homens rudes. Seria uma luta limpa com outros boxeadores no card, até chegar ao grande evento.

— Se ele for lutar com Joe Wobble de novo — disse Barnes —, é melhor começar a trabalhar com ele agora.

Isso o tinha libertado, pensou ele mais tarde, quando saía da igreja. Se estivesse trabalhando com Wood Mountain pelo bem do seu povo, então nada — nem as sensações deliciosas, porém estressantes, pelas três garotas, nem mesmo sua rivalidade com o boxeador principal — significaria mais do que deixar Wood Mountain em forma para lutar e vencer Joe Wobleszynski.

ENGRAÇADO COMO as coisas aconteceram, porque na mesma semana, quem entrou no restaurante Four Bees querendo um desjejum da fazenda se não o próprio Joe Wobleszynski? E lá estava Barnes, com o cabelo penteado para baixo e colado na cabeça com água fazendo-o parecer uma das panquecas douradas que estava cutucando com um garfo. Barnes cumprimentou Joe quando passou; apertaram as mãos e ele o convidou para se sentar já que estava sozinho. Joe não quis pedir nada para comer porque ia se encontrar com um amigo, mas podia ficar com Barnes para um café, pelo menos. Não havia ressentimentos nem nada com Joe Wobble. Ele não estava ali para acabar com o treinador de seu oponente, nem com o seu oponente, fora do ringue.

— Você estaria interessado? — perguntou Barnes, depois que descreveu o local do evento e a razão para o card.

— Eu receberia alguma porcentagem?

— É para eles viajarem a Washington para depor, como já disse. Ninguém vai se beneficiar. Mas pode ajudar na sua classificação se vencer o meu garoto.

— É, não gostei daquela coisa toda com o cronometrista. Fez parecer que eu estava perdendo.

— Você é um bom homem — comentou Barnes.

— Talvez. Não sei por que eu deveria me importar com essa viagem para Washington.

— Você não conhece nenhum indígena?

— O que você acha? Claro que sim, eles trabalham para nós.

— Na sua fazenda, certo?

— A família Stone Boys não seria nada sem eles. São bons indígenas. Comecei a fazer *sparring* com Revard, sabia?

— Ele nunca me contou! Ele está melhorando. Agora eu sei o motivo — disse Barnes, apenas por generosidade estratégica.

— Ele é um garoto forte — disse Joe, sorrindo ao beber café.

— Você seria um bom treinador — comentou Barnes, com sinceridade. — Olha, percebi uma coisa. Se esse negócio de terminação for adiante, todos nós perderemos. Eu ficarei sem emprego. Eles vão tirar as pessoas da reserva, não terá mais ninguém, os Stone Boys acabarão nas Cidades. Esse lugar já está se esvaziando.

— Isso eu sei — disse Joe. — Meu irmão está em Fargo e disse que gosta de lá.

— Não sou muito fã de cidades — disse Barnes. — Não me importaria de viver aqui.

Joe ficou sério.

— Temos que arrumar uma namorada para você.

Barnes mexeu as mãos desanimado.

— Não se preocupe. Isso já está sendo resolvido.

Mais do que resolvido, pensou Barnes, enquanto Joe se levantava para encontrar seu amigo. Barnes ficou observando. Joe era quadrado como uma casa de tijolos, mas se inclinava um pouco para a esquerda e ficou visível quando se sentou em outro lugar com o amigo. Barnes olhou para as costas de Joe por mais alguns minutos, notou que seu ombro esquerdo era definitivamente mais baixo que o direito. Era bom saber disso.

— WOBBLE ANDA MEIO TORTO — disse Barnes a Wood Mountain. — Não sei o que significa, mas pode ser algo para ser estudado.

Barnes gastara mais do que devia e comprara um saco de velocidade com seu próprio dinheiro. Wood Mountain estava usando para treinar.

— Ele andou mais ou menos assim, e sentou assim — explicou Barnes, replicando o caminhar inclinado para a esquerda, com o ombro caído.

— Pode ser que esteja machucado. Ou talvez haja algum erro em seu treinamento, falta alguma coisa. Temos que levar isso em conta.

— Certo — disse Wood Mountain. — Ou talvez ele só não estivesse bem no dia. Ou talvez estava fingindo na sua frente.

— Fingindo? Será que ele fez isso? — Barnes ficou chocado com a possibilidade.

— Não sei. Mas faria sentido que alguém tentasse.

— Como nós — disse Barnes. — Deixa eu pensar.

— Ninguém está te impedindo — respondeu Wood Mountain.

— Já sei — disse Barnes. — Você vai usar um gesso falso na mão direita, no punho. Só por algumas semanas. Você tira para treinar, mas só para treinar. Ninguém pode te ver sem ele. Vou pedir para o Jarvis fazer, ele faz bem adereços de teatro.

— Não estamos perdendo um pouco a mão? — disse Wood Mountain.

— Ha-ha!

— Ha-ha o quê? Oh, perdendo a mão! Essa foi boa!

Ao longo da meia hora seguinte eles voltaram na piada de novo e de novo, encontrando coisas mais engraçadas a cada vez. Concordaram que era uma pena não poderem contar para os outros.

— Iria se tornar um clássico — disse Wood Mountain, meio melancólico.

Quase nunca fazia uma boa piada.

— Sua *vitória* será clássica. Desde que mantenhamos a boca fechada — falou Barnes.

Tuc

Wood Mountain começou a ficar preocupado. O barulho que ela fez cortando lenha da última vez o deixou excitado. Só um pouco. O corte limpo, a segurança do golpe, a certeza, o som do machado ao entrar em contato com a madeira. Cada um de seus golpes era certeiro e poderoso. Tinha algo que ele simplesmente não conseguia explicar. Algo que mexia com ele. Um calafrio interno. Um tremor. Uma sensação quente que escondeu sentando-se repentinamente na cadeira e se inclinando na mesa perto do bebê, que o olhava com um sorriso desdentado. Quem conseguiria resistir? Zhaanat deixou o fogão e trouxe para a mesa uma tigela. Ela tinha preparado mingau de aveia, sem passas, sem açúcar, nem nada. Só podiam estar racionando naquela semana. Era quinta-feira.

Zhaanat o viu olhando para o mingau.

— Não se preocupe — disse ela. — Nossa filha vai receber amanhã.

Ela pegou o bebê e começou a alimentá-lo com pequenos bocados de mingau na ponta de uma colher. O bebê parecia pensar que era um petisco magnífico, então Wood Mountain também o comeu, lentamente, enquanto o ruído do corte de lenha continuava. Tuc. Tuc. Que droga. Rachava seu peito. Uma suavidade tomava conta dele. Tuc. Tuc. *Como ela conseguia deixá-lo assim?* Pensou nela como a vaca aquática. A vontade era de se dar um soco.

Barnes chamou seu tio para dar uns conselhos a Wood Mountain. No dia seguinte, ele estava lá, um cara magro, nervoso, com cabelo igual ao de Barnes, apontando de trás das orelhas como um fardo de feno estropiado. Ele também não era chamado de Música à toa. Tinha música mesmo envolvida em seu treinamento. Trouxera um toca-discos elétrico e tocara os discos mais recentes no volume mais alto, rápidos e furiosos, para inspirar o treino de pular corda, salto cruzado, salto duplo. Ele trabalhava o ritmo das combinações de Wood Mountain com as versões rápidas de “El Negro Zumbón” e “Crazy Man, Crazy” de Bill Haley & His Comets. As músicas que usaram ficaram na cabeça de Wood Mountain e era só o que ele ouvia. Coloriram seu mundo. Os punhos começaram a ter vida própria.

As Amígdalas

DESDE O FINAL de semana do desfile de Boas-vindas e o que Valentine e Dores se referiam como "gorjeios", que tinham alguma coisa a ver com o baile campestre, ficar no banco de trás tinha se tornado ainda mais irritante para Patrice. Era como se elas estivessem falando em uma língua secreta, se referindo a certos eventos com palavras sem sentido. Mas e daí? O que elas sabiam? As duas pareciam tão jovens que as invejava e tão ignorantes que as desprezava. O escárnio ardia em sua garganta enquanto ficava sentada no banco de trás encarando pela janela com um olhar sereno pregado em seu rosto. Tinha mais do que o suficiente para ocupar a mente. Em casa, *Gwiiwizens* estava saindo de seu estado de sonolência dos recém-nascidos. Junto com sua risada gorgolejante e encantadora, começava a usar os olhos. Ele tinha um olhar inquietante. Não doce como os outros bebês, mas severo. Quando seus olhos se fixavam em Patrice, perfuravam sua alma. Era como se ele tivesse algo para lhe contar. Será que Vera deixara uma mensagem com o pequeno? Uma localização? Uma exigência? Será que ele se lembraria quando aprendesse a falar? O coração dela acelerou. Mas seria tarde demais. Até o momento não havia notícias de ninguém que Thomas havia contatado nas Cidades, nada de quem poderia saber. Bernadette tinha que saber. Será que se Patrice voltasse lá, se esperasse Bernadette sair de casa, se a cercasse, descobriria o que tinha acontecido com sua irmã?

No trabalho, analisava com cuidado as outras funcionárias. Alguém estaria disposto a renunciar aos dias de licença médica, como Valentine tinha feito? Sem ficar falando, do jeito que Valentine fazia, sobre seu gesto generoso? A única amiga com que poderia falar, Betty Pye, já usara os dias para retirar as amígdalas. Talvez ela tenha ido longe demais com as amígdalas. Naquele dia, ela as levou na hora do almoço.

Betty pegou a marmita, que na verdade era uma caixa de papelão embrulhada em papel alumínio. Depois colocou um pote do lado da caixa que continha uns cachos marrom-esverdeados.

— Alguém por aí perdeu as amígdalas?

— Tirei as minhas quando estava no internato — disse Jay Cachinhos. Ela estava do outro lado da mesa. Houve um silêncio do lado da mesa onde Betty se sentou com suas amígdalas no pote.

— Fiquei com as minhas porque disseram que são tão incomuns. Além disso, são minhas! — disse Betty para o grupo.

Deu uma mordida no sanduíche de ovo e mastigou enquanto, sem interesse algum, olhava para as colegas. Todas se afastaram dela. Doris disse alguma coisa e, como sempre, Valentine riu. Só Patrice não desviou o olhar de Betty Pye, mas também não olhou diretamente para as amígdalas, embora fosse quase impossível não vê-las. Pareciam um casal de sanguessugas. Patrice estava com fome e levara uma batata assada para o almoço. Já tinha preparado coelhos, cervos, porcos-espinhos, todo tipo de pássaros selvagens, rato almiscarado, castor e basicamente não conseguia se incomodar com um par de amígdalas.

— Você jogou todas as balas no desfile? — perguntou ela a Betty.

— Não — respondeu Betty.

Ela mexeu em sua caixa e passou um pedaço de papel para Patrice.

Que surpresa! Patrice colocou a bala em sua marmita. O rosto de Zhaanat iria se iluminar quando ela a levasse para casa. Fazer Zhaanat feliz, por apenas um segundo ou dois, era um dos seus principais objetivos naqueles dias, e o de Pokey também. Ela podia dizer que até o bebê se esforçava. Ele fazia Zhaanat sorrir com seu risinho desdentado. Mas ele nunca sorria quando olhava para Patrice.

O Sr. Vold entrou no refeitório com uma caneca imponente. Informou que os superiores chegariam logo para inspecionar as instalações. Tudo deveria estar perfeito. Além disso, por enquanto, não haveria intervalo para o café da tarde. Tentou deixar seus olhos fracos firmes. Depois foi embora. As mulheres olharam umas para as outras, limparam os restos de comida e voltaram a trabalhar. Depois de um momento, começaram a murmurar. Sem intervalo do café da tarde? Como conseguiriam ficar sem? Justamente quando o corpo ficava no auge do cansaço, quando os envesgavam, quando o pescoço doía, pensar na hora do café era a única coisa que as mantinha trabalhando. Passar direto? Colapso. Patrice ainda trabalhava ao lado de Valentine e, quando Doris não estava por perto, às vezes Valentine ainda conversava com ela. As duas concordavam sobre o intervalo do café. Então o tom de Valentine mudou.

— Você deve estar querendo que a gente desembuche — disse ela, em um sussurro tímido.

— Desembuchem?

— Por assim dizer. Bom, ele nos beijou. Beijou nós duas.

— Ao mesmo tempo?

— Oooopaaaa. Não!

— Não vai me perguntar quem foi *ele*? — disse Valentine, depois de um momento.

— Barnes?

Valentine ofegou.

— Ele te contou?

Algo perverso fez Patrice responder.

— Contou.

E depois disso ficaram em silêncio.

MAS CONVERSARAM com Patrice na volta para casa e não falaram mais sobre "gorjeios", nem sobre Barnes. Era tudo tão estranho. Lá estava ela, sem homens na cabeça, exceto os sujeitos sem-rostos que tinham sequestrado sua irmã, ou talvez até feito coisa pior. Nenhum homem, só os cruéis, ocupavam-lhe a mente. Certamente, Patrice não pensava em Barnes, a menos que ele estivesse bem à sua frente. E também não pensava em Wood Mountain, embora isso fosse mais difícil, porque ele ia regularmente ver o bebê. Que sorria para ele! Sim! Wood Mountain ganhava os sorrisos que deviam ser de Patrice. Se fosse para ter ciúmes de alguém, não seria de Valentine, nem de Doris, seria de Wood Mountain.

QUANDO CHEGOU AO caminho gramado, viu que ele estava ali de novo. O cavalo claro que gostava de montar estava amarrado a um toco de árvore, mastigando o que Vera sempre quis que fosse um jardim. Patrice parou para acariciar o focinho e coçar as orelhas do bicho. De qualquer forma, era melhor do que ter o pai de volta em casa. Infinitamente melhor. Dentro da casa, o bebê tomava mamadeira com o chá fortificante de rosa mosqueta de Zhaanat. Wood Mountain segurava o pequeno e a mamadeira. Ele era o único dentro da casa.

— É melhor não ter açúcar nisso aí — disse Patrice.

— Por que não?

— Açúcar não é bom para bebês.

— É só chá de bebê. Não se preocupe. Acho que sua mãe saiu para pegar um pouco de cedro para fazer um banho especial. O cedro deixa o bebê mais forte — continuou Wood Mountain, caso ela não soubesse.

Patrice foi para trás da cortina e trocou a roupa por jeans. Quando saiu, cutucou o fogo no fogão e colocou uma chaleira de água para esquentar.

— Quer ficar com ele no colo? Enquanto corto lenha lá fora?

Wood Mountain assentiu sem tirar os olhos do bebê.

Patrice saiu, afiou o machado, e então começou a cortar um pouco de lenha para aliviar a dor que sentia nas costas e nos ombros. Wood Mountain sentiu cada pancada. Quando voltou, Wood Mountain segurava o bebê por cima do ombro, caminhando e balançando a cada passo. O tipo de caminhar que faz os bebês dormir. Ele lhe dava leves tapinhas e cantava uma música antiga, uma canção de ninar, uma que Juggie cantava. O boxeador ficou, rapidamente, bom com bebês. Sabia domar cavalos também. Mas isso não significava que ela tinha que gostar dele, embora talvez, por que não como amiga?

— Pixie? Digo, Patrice?

Ora, ora. Finalmente ele a estava chamando de Patrice.

— Quer um chá? Juggie mandou pães brancos recém-assados.

— Claro. Patrice?

— Tá bom. O que foi?

— Não acha que o bebê precisa de um cesto quente? E de um *cradleboard*?

Patrice tinha conversado a respeito com a mãe.

— Ele precisa mesmo. Estávamos pensando em como fazê-lo ontem mesmo.

— Precisa de duas camadas de cobertor, com tábuas entre eles. É assim que a Juggie faz. E o *cradleboard*, eu posso fazer.

Ele disse a última parte de sopetão, mas era uma grande coisa fazer o *cradleboard*. De qualquer forma, pela tradição de seu povo, quem o fazia era o pai.

— Tá bom, pode fazer — disse Patrice, como se não fosse nada. — Estamos tentando arrumar o cobertor para o *cradleboard*. Senão temos que cortar um dos nossos ao meio.

— Cada um tem um cobertor?

— Sim — respondeu Patrice. — É claro.

— Um só?

Ela sabia onde ele queria chegar. Em quão pobre eles pareciam. Mas estava pronta para isso. Como ele deve ter notado, ela tinha tirado alguns pacotes de sua sacola. Um pouco de farinha e bacon, cenouras e cebolas. Açúcar e um pacotinho e chá.

— Assim que eu receber semana que vem, vamos ter dois cobertores para cada um e um para o bebê. Estou guardando dinheiro.

— Você pode pegar cobertor do exército de graça na caridade.

— Eu sei — respondeu Patrice —, mas Zhaanat não gosta. Diz que eles têm doenças.

— Muitas pessoas idosas pensam assim.

— Ela não é idosa.

— Mas ela é de antigamente.

— Isso sim — disse Patrice, colocando o chá na água.

Era uma boa forma de descrever a mãe. De antigamente. O bebê estava dormindo, mas Wood Mountain continuava segurando ele perto do corpo, dentro da jaqueta, ao longo do braço.

— Além disso — disse Patrice, tocando o rosto do bebê —, a mamãe vai colocar miçangas na beirada do cobertor quando tiver tempo.

— Patrice. Preciso te perguntar. Você acha que a Vera vai voltar?

Patrice se virou, pegou uma xícara de chá e a deu para Wood Mountain. Sua mão começou a tremer. Havia tido outro sonho, o mesmo sonho de sempre. Um quarto pequeno. Uma masmorra.

— Sim, eu sei que vai.

— Como você sabe?

— Eu fico vendo ela. Quero voltar para buscá-la. Mas não sei onde procurar. Você sabe de alguma coisa? A Bernadette falou alguma coisa?

— Não, mas tem uma coisa que ela disse que está me perturbando.

— O quê?

— Ouvi ela falando com alguém na cozinha naquele dia e ela disse algo que parecia com "ela está no matão" ou "ela está no fundão". Não consigo me lembrar. Eu até fiquei pensando se era realmente "fundão". Mas não fazia sentido.

Patrice se lembrou das vozes. Da quietude na casa. Da sensação de que Vera estava perto. Sua boca ficou seca, ela teve a impressão de que não conseguiria ouvir mais nem uma palavra. E colocou as mãos nos ouvidos.

— Não, espera. — Wood Mountain gentilmente tirou as mãos dela dos ouvidos. — Escute. Depois me lembrei de "porão". Ela está no porão.

— Porão?

— É. Não fez sentido até Louie conversar com um amigo dele que era da marinha e ele disse algo sobre o porão de um barco. Então, pensei no que Bernadette disse. "Ela está no porão."

— Não tem barcos por aqui, nem por lá.

— Tem no rio Mississipi, Patrice. E lá para cima, no nosso antigo território indígena, o *Gitchi Gumi*, os Grandes Lagos. Tem todo tipo de barco.

Patrice se sentou segurando a xícara de chá e olhou para Wood Mountain com serenidade. Aquilo não fazia sentido para ela.

— Barcos. São cheios de homens.

Wood Mountain desviou o olhar e tomou uns goles do chá. Continuou a dar tapinhas no bebê adormecido. Finalmente largou a xícara e falou para ela, calmamente, como se não quisesse acordar o bebê.

— Patrice. É por isso.

Mas ela se fechou para o que ele disse e saiu da casa.

Uma Carta para a Universidade de Minnesota

Prezada Millie Cloud,

Talvez fique surpresa ao receber notícias de um antigo amigo de seu pai, mas Louis sugeriu que eu escrevesse para você. Como sei que recentemente você conduziu um estudo sobre as condições econômicas daqui da reserva, estou lhe escrevendo para pedir uma ajuda. Como bem sabe, uma notícia muito grave chegou até nós do Congresso. De acordo com a Resolução Simultânea 108 da Câmara, foi programada a terminação do nosso povo. Essa é praticamente a pior coisa que já ocorreu com indígenas. Firmemente acredito que esse projeto de lei significa o desastre para o nosso povo.

Estou lhe escrevendo para pedir seu apoio para depor diante do Comitê do Senado dos Estados Unidos. Fomos avisados de que esse depoimento deve ocorrer em março, mas ainda não temos a data certa. Poder contar com suas informações o mais rápido possível e sua ajuda em apresentá-las será de grande valor.

Atenciosamente,
Thomas Wazhashk
Membro e Presidente do Comitê do Povo

A Chippewa Acadêmica

Millie Cloud tinha uma mesa favorita na sala de estudos da Biblioteca Walter na Universidade de Minnesota. Ela gostava de se sentar de costas para a coleção de encadernação vermelha do *Anuário de Enfermidades e Estatísticas de Mineápolis e Saint Paul.* Gostava de ter à sua esquerda as grandes janelas retangulares, que recebiam a sombra das grandes árvores no verão, mas que agora brilhavam com apenas galhos sem folhas se torcendo em direção ao céu. À sua direita as fichas dos catálogos, a mesa da bibliotecária, o globo azul da terra e a imensidão de água. Adiante, a porta. Ela nunca sentava-se em uma sala em que não pudesse ver a porta, e nunca escolhia uma cadeira que não estivesse contra uma estante ou uma parede. Não gostava que as pessoas roçassem ou tocassem nela acidentalmente.

Era bastante evidente que Millie era aficionada por padrões geométricos. Hoje vestia xadrez com losangos duplos. A blusa em preto e branco, a saia, azul-esverdeado. Em torno do pescoço tinha um cachecol com blocos aleatórios em cinza e dourado. Fora de vista, pendurado no pequeno armário do seu quarto havia cinco blusas listradas, dois suéteres de tricô com intrincadas carreiras de cores entrecruzadas. Além disso, três saias xadrez de padrão escocês e um par de calças incomuns, azuis e amarelas. Usava sapatos de cela marrom e branco, os quais constantemente pensava em adornar com finas linhas pretas. O dia estava frio, e se arrependeu de não ter colocado as calças listradas. Suas pernas estavam enfiadas embaixo da cadeira para esquentar. Tinha coberto os ombros com um casaco de lã leve enquanto estudava. O casaco era inadequado. No entanto, ela o adorava, porque o desenho de quadrados podia ser visto de duas maneiras e a transformava numa ilusão de ótica ambulante. Mas o vento passava direto pelas fibras macias. Teria que comprar um novo e também guardar dinheiro para botas de inverno.

Millie tinha um emprego no refeitório de café da manhã, outro para datilografar títulos e a classificação Decimal de Dewey nas fichas dos catálogos, para o qual ia às tardes da uma às três, no porão dessa mesma biblioteca, e um trabalho de fim de semana servindo drinques em um bar chamado Purple Parrot. Ela tinha um rosto quadrado, grande e agradável, usava óculos escuros que apontavam ligeiramente para cima nas pontas. Além de necessários, os óculos eram acessórios da moda; serviam para tirar a atenção, e com sorte diminuir, o pescoço forte e pequeno e ombros largos iguais ao do pai. Era mais alta do que Louis Pipestone, então o torso de búfalo que herdara ficava acima de longas pernas desengonçadas. Também tinha herdado as mãos, as quais eram quadradas e fortes, mas seguravam uma caneta em vez de rédeas. Ela não tinha a atitude bem-humorada de Louie. Era nervosa e enérgica. Millie parecia avançar quando caminhava. Expressava suas opiniões com clareza. Gastava a maior parte de sua energia em moda, combinando padrões — odiava comprar qualquer coisa com cores lisas e sempre ficava diante de um dilema. Mantinha o cabelo curto, preso de um lado com um grampo. Não usava maquiagem, apenas batom, vermelho brilhante que enfatizava tudo o que ela dizia.

Depois de certo tempo, pensou em tentar se tornar advogada. Podia ser boa nisso, porque nunca voltava atrás em nada.

E também, podia ser ruim nisso pela mesma razão.

As pessoas não gostavam dela. Os homens se sentiam intimidados. Ela não ligava muito. Era filha única da mãe. Via o pai de vez em quando, até tinha ficado com ele, quando fez uma pesquisa física e econômica da reserva, indo de casa em casa.

Millie tinha notado a construção de cada casa, a condição do telhado e janelas, se houvesse janelas. Observara como a casa era aquecida e quantas pessoas a habitavam. Em geral, era convidada para entrar, pois, embora fosse rude, sabia ser amigável com estranhos. E, é claro, havia também o pai que era muito querido. Se fosse convidada a entrar, Millie fazia várias perguntas sobre dinheiro e mais diversas observações adicionais. Nessas viagens também conheceu diversos parentes que não conhecia. A pesquisa e suas descobertas se tornaram sua dissertação de mestrado e sua longa visita à reserva foi importante. Como crescera em Mineápolis, sempre quisera conhecê-la. Agora sabia como era a reserva e achava que morar ali seria um grande desafio para ela.

Primeiro, por causa dos cavalos. Todos na sua família montavam da mesma forma que ela, na cidade, costumava subir em uma bicicleta e passear pela calçada ou na rua. Saltavam e galopavam por todo lugar, até para ir a lojas ou fazer visitas com total desprendimento. Ela não conseguia fazer isso. Por fim, tentara montar a égua mais calma. Mas não soubera como fazer o cavalo começar a andar.

— Dá um chute nela — dissera Grace.

Millie deu o tipo errado de chute e o cavalo saiu galopando feito um louco, tentando tirá-la de cima raspando-se na cerca. Quando o chutou novamente, ele rodopiou e tentou mordê-la com os dentes longos e verdes. Era muito melhor estar ali, acumulando e comparando dados na biblioteca, com um fio de luz solar neutra caindo em uma longa e larga mesa de madeira. E, quando a escuridão chegou cedo, toda feliz, ela acendeu uma lâmpada de leitura de vidro esverdeada. Por um curto período de tempo, ignorou a fome. Por fim, pensando na torta de carne fria que tinha comprado no dia anterior e deixado no peitoril da janela, resolveu voltar para seu quarto. Envolveu o casaco no tronco volumoso e quadris estreitos e passou um cachecol grosso de lã xadrez com franjas na cabeça. Colocou as luvas laranjas. Pedira à mãe para fazer luvas com uma cor só, assim ela poderia ser facilmente vista ao atravessar as ruas. Eram grossas e quentes. Saiu e espremeu os livros contra o peito. As luvas pesadas e os tomos funcionavam como um escudo contra o vento. No caminho para casa, parou no correio do campus e abriu a caixa postal. Tinha algumas cartas, as quais colocou dentro do livro de estatística. Esperou um minuto atrás da porta da associação de estudantes e respirou fundo, antes de sair no vento.

ASSIM QUE chegou ao quarto, ligou o reconfortante Salisbury, o aquecedor elétrico que comprara com o dinheiro da bolsa escolar. Era sua aquisição favorita de inverno, assim como o ventilador elétrico era a aquisição favorita do verão. Ela era sensível à variação de temperatura e, em um dia frio como esse, Millie olhava apaixonada para o revestimento metálico e dourado em torno da bobina. Sem tirar o casaco e as luvas, colocou uma chaleira no fogo para fazer chá. Tinha um fogão a gás de duas bocas, mas verificava se havia desligado o fogo antes de ir dormir. Além disso, sempre abria uma fresta da janela, mesmo com frio intenso. Nas noites mais frias, ainda colocava para dormir o casaco por cima de um suéter e ceroulas, e, uma vez, com quarenta abaixo de zero, ainda calçara galochas de inverno. Essa noite, o aquecedor elétrico acabou com o ar frio rapidamente. Ela pegou a torta de carne do peitoril da janela e a colocou na frente do aquecedor. Jogou água quente por cima de folhas secas em uma xícara, e, quando o chá estava pronto, o serviu com meia colher de açúcar. Sentou-se em uma velha cadeira de madeira de cozinha. Descansou os pés com meias em um banquinho de madeira, perto do aquecedor. A torta de carne descongelava lentamente em um pires ao lado de seus pés. Quando estivesse descongelada, usaria o fogão, uma frigideira e um pouco de manteiga para dourar a massa. Lá fora o vento aumentava. Neve rondava a janela, mas não conseguia entrar. Para Millie Ann Cloud, as coisas não podiam ser melhores. Estava sentada no quarto aquecido, enquanto a neve enchia a atmosfera e aquecia os pés diante do Salisbury incandescente. O jantar estava descongelando e tinha duas cartas para abrir.

A primeira era completamente normal. Da mãe que agora morava em Brainerd. Ela sempre escrevia muito, principalmente sobre as artes do cachorro, do gato e de seus amigos brincalhões, notícias reconfortantes, mas nada interessantes. A segunda carta era de Thomas Wazhashk, e Millie ficou muito interessada. Na verdade, foi uma carta muito surpreendente. Primeiro, porque ela foi lembrada, ou era conhecida por alguém da aldeia que não fosse de sua família. Segundo, que suas descobertas podiam ser consideradas úteis. Terceiro, esse negócio de terminação. Seja lá o que fosse, ela não achava que a afetaria pessoalmente. Mas ser considerada útil pelo povo do seu pai a aquecia mais do que o Salisbury.

O Que Ela Precisava

VERA ESTAVA doente há muito tempo — não apenas por causa do movimento, do balançar, do cubículo fedorento onde estava presa e onde os homens vinham usar seu corpo, dia e noite (embora não pudesse distinguir o dia da noite). O ajudante de cozinha, que deveria cuidar dela, usava o que ela precisava, e, por causa disso, a agonia de Vera era contínua. Suas entranhas estavam sendo puxadas para fora. O cérebro se revolvia dentro do crânio. O ajudante de cozinha tentava controlá-la dando-lhe doses menores. Então, do que os dois precisavam, acabou. Vera começou a se arranhar, a gritar, a gemer como um demônio, a se jogar nas paredes. Ficou pior. Ela espumava, cagava e ficou tão horrível que, uma noite, vestiram-na com as roupas de um homem morto, tiraram-na do barco e a levaram para o cais. O homem que usou o que ela precisava sabia como era não ter o que precisavam. Ele aconselhou os outros a não a jogar no lago, que estava frio, anaeróbico no fundo e poderia preservar o corpo que tinham usado. Então, os dois a deixaram, inconsciente, jogada no próprio cobertor imundo, no final de um beco íngreme de Duluth.

O Ancião Inverno

Às VEZES, ele achava que seu espírito voaria de árvore em árvore como um pássaro curioso. Imaginava que observaria os vivos, os chamaria e cantaria para eles. Mas, se fosse muito longe com essa ideia, acabava sentindo-se solitário. Os vivos não o conheceriam mais. Não, ele faria a jornada de quatro dias para a cidade dos mortos. Lá, haveria um banquete, sempre havia, cada prato de que gostava estaria espalhado sob uma mesa de pedra amarela. Tudo na cidade seria de cor dourada, exceto talvez o alimento, o qual teria as cores comuns apetitosas — o azul do mirtilo, o roxo da amora, o marrom de carnes assadas, o vermelho das gelatinas, e pães e bannocks. Ele iria comer e comer. A comida seria compartilhada com todas as pessoas que ele perdeu, pessoas que lhe faziam falta. Quando visse sua *niinimoshenh* amada, o que ela faria? Assobiaria para ele? Costumavam usar o canto do chapim na primavera. Sim, iria direto para ela. Ele não ficaria andando com os vivos. Deixe-os com o que eles precisam.

Era difícil partir.

A beleza das folhas já tinha ido embora de novo, outro quarto da grande roda do ano se foi. Os ramos elegantes recortavam o céu. Amava quando as verdadeiras formas das árvores eram reveladas. Ele dormia e dormia e dormia. Podia dormir o dia todo e a noite inteira. Parecia estranho que, com tão pouco tempo à frente, escolhesse passá-lo tão agradavelmente inconsciente. Ainda ansiava por beber da grandeza do mundo. Quando nos dias mais quentes, se agasalhava e sentava na sua pequena cadeira do lado de fora, sentia as raízes das árvores murmurando embaixo da terra. As árvores estavam tomando um último gole das grandes águas que fluíam lá embaixo, como ele, antes de ir dormir. Abaixo dessa camada de água ele sentia os seres. Eles se moviam tão lentamente que os humanos, em geral, não tinham consciência de suas existências. Mas ele sentia, sim, os movimentos nas regiões lá embaixo. E, apesar de mais profundo, muito profundamente, abaixo desses seres, havia o fogo da criação, o qual fora enterrado no centro da terra pelas estrelas.

Biboon colocou mais lenha no fogão. Moveu a cama para mais perto do calor. Depois deitou e fechou os olhos. Estava aquecido embaixo do cobertor, até os pés estavam quentes. Observou um círculo de mulheres prateadas dançando no campo congelado. Uma delas se virou e acenou com o pequeno leque manchado de penas de pica-pau. Era Julia.

Logo vamos nos ver, pensou ele. Mas acordou na manhã seguinte, aquecido em sua cama de lona, embora o fogo tivesse apagado no fogão. Com esforço, reavivou as chamas. Wade logo chegaria e deixaria comida para o dia todo. Na maior parte das noites, Wade também ficava para cuidar dele. Mas Biboon tinha tanta coisa para pensar que não se importava de ficar sozinho. Fez xixi no penico, ferveu água e fez chá e mingau. Enquanto comia e bebia, cantava e pensava.

Quando se sentaram juntos e seu tio tocou nos joelhos de Biboon, foi um sinal para que se lembrasse do que o tio tinha dito. As estrelas eram impessoais. No entanto, tomavam a forma dos humanos e se organizavam em ordens que transmitiam instruções para a vida seguinte. O tempo não existia no lugar para onde estava indo. Algo que ele sempre achara inconcebível. Por anos, tinha entendido que o tempo era tudo de uma vez, para frente e para trás, de cabeça para baixo. Como os animais, sujeitos às leis da terra, achamos que o tempo é experiência. Mas o tempo é mais uma substância, como o ar, só que, é claro, não é ar. É, na verdade, um elemento sagrado. No tempo, o besouro dourado, os *maniddons*, o pequeno espírito que ele removera de dentro de uma concha ao quebrá-la, voou até ele. Isso aconteceu quando era apenas um garotinho de pé no extremo da encosta de uma pradaria. Naquele lugar, viu os búfalos caminharem penosamente pelo horizonte até o outro lado do mundo. Os bichos cruzaram diante de seus olhos e desapareceram do outro lado do mundo em uma linha ininterrupta de seres. Aquilo era o tempo. Todas as coisas se sucediam de uma vez, e o pequeno espírito dourado voava para frente e para trás, para cima e para baixo através do elemento sagrado.

O Cradleboard

WOOD MOUNTAIN treinava sozinho com Barnes, em segredo, porque não podia ser visto usando a mão sem o gesso falso. Tinha prometido não contar a ninguém, mas se sentiu mal com a trama quando segurou o bebê. Era como se estivesse mentindo para Archille, e então, em um momento, sussurrou:

— Não se preocupe, o gesso não é real.

Gringo tinha que ser montado, por isso ele o levou pela trilha, parou à margem do terreno, coberto por um cobertor. Louie ganhara um bom dinheiro colocando o Gringo para criação. Vinha gente do Canadá, de Montana, para cruzar suas fêmeas com um cavalo com a cor incomum que Gringo tinha. Ele conhecia a beira do jardim de Paranteau, o início do bosque, e as longas gramíneas congeladas que podia arrancar.

Dentro de casa, Pokey estava preocupado com a luta. Todos vendiam ingressos e todos sabiam do machucado de Wood Mountain, que talvez tenha acontecido enquanto retirava lama do casco de Gringo. Será que o cavalo o tinha mordido, pisado em sua mão, cruelmente lhe esmagado o punho, ou talvez o jogado quando o estava montando? Wood Mountain não diria — não porque o machucado fosse difícil de descrever, mas porque sabia que não conseguia mentir. Seu rosto o entregaria. Então ele assentia para o cavalo ou mencionava o nome do garanhão e balançava a cabeça quando alguém perguntava. O que era sempre.

— Como machucou a mão?

— Gringo — dizia ele, estremecendo.

— Aquele maldito cavalo — disse Pokey.

— Chiiuu — protestou Wood Mountain. — Não diga isso na frente do seu irmãozinho.

MAIS TARDE, no celeiro, Wood Mountain lhe fez uma carícia e deu cereal para ele. Alimentou a pequena estufa no canto onde dormia. Se sentou em um banquinho de ordenha e começou a trabalhar no pedaço de madeira que usaria para o *cradleboard*. Ganhou uma placa de cedro de um amigo em Minnesota; também tinha separado um pedaço de freixo que o estava umedecendo para usar como protetor curvo da cabeça. Talvez afixasse também um pedaço liso na base da prancha. Dessa maneira, o bebê amarrado no *cradleboard* poderia apoiar os pés quando fosse mais velho.

Grace entrou no celeiro e viu Wood Mountain lixando o cedro como uma plaina.

— Oi — disse ela — está tudo bem com sua mão agora?

Wood Mountain ficou pálido, depois fez uma careta de dor.

— Ai — falou ele, largando a plaina. — Eu não devia estar fazendo isso.

— Parece que você não está sentindo nada — disse Grace, desconfiada. — Sua mão está mesmo machucada? Parece que não.

— Você está mesmo flertando com aquele mórmon? Parece que não.

— Não — afirmou Grace. — Ele foi embora.

— Para sempre?

— Acho que sim. Ele estava ficando meio... sei lá.

— Empolgado — disse Wood Mountain.

— Talvez.

— O que aconteceu?

— Eu não estava me insinuando nem nada.

— Ah, claro.

— É verdade! A gente só escovava os cavalos juntos, e de repente ele disse que, se a semente dele se misturasse com uma Lamanita, ele seria condenado ao fogo eterno, mas que estaria disposto a sofrer. Falei para ele relaxar, que não tinha como a semente dele se misturar com nada aqui. Mas então fiquei curiosa e perguntei o que era uma Lamanita. Ele perguntou se eu não sabia e respondi que não. Ele falou que eu era Lamanita e eu falei que não era, que sou Chippewa. Ele disse que era a mesma coisa. Mas que, se eu me tornasse mórmon, ficaria cada vez mais branca até brilhar no escuro.

— É difícil sair escondida do seu pai se estiver brilhando no escuro.

— Como sabe que saí?

— Às vezes, quando estou muito cansado para ir embora, tiro uma soneca aqui fora. Foi assim que vi seu namorado saindo na ponta dos pés para te encontrar uma noite dessas. Ele estava com os sapatos nas mãos. Com as calças erguidas até o joelho. Parecia um bobão.

— Foi nessa noite que ele me falou da sua semente preciosa.

— Ele saiu da linha. Acho que vou bater nele por isso.

— Com a mão quebrada? Essa mão que está usando agora para tirar o óleo da madeira?

— Ai.

— Você está fingindo?

— Não fale para ninguém! A nem uma alma viva! Estou tentando enganar Joe Wobble.

Grace começou a rir tanto que teve que se sentar.

— Pare com isso.

— Você não sabe? — disse ela, finalmente. — Ele está tentando te enganar também. Andando todo torto. Às vezes, ele esquece o lado de ficar torto. Todas as garotas sabem.

Wood Mountain ficou boquiaberto.

— Como você? O quê?

— Achei que soubesse. Todo mundo sabe.

— Ele sabe que estou fingindo?

— Não que eu saiba. Você é muito bom. Até eu acreditei, mas aí te vi trabalhando com a madeira.

— Estou fazendo um *cradleboard*.

Grace deu um passo para trás, franzindo o cenho.

— Há alguma coisa que sua mãe devia saber?

— Não, claro que não. É para o bebê da Vera.

— Bom, você devia ter cuidado. As pessoas estão dizendo coisas por aí.

— Dizendo o quê?

— Que o bebê não é das Cidades. Que o bebê é seu e da Pixie. Que estão tentando esconder do padre.

— E por que eu me importaria? Esse bebê é da Vera.

— Por que você fica lá o tempo todo?

— Um homem não pode gostar de um bebê?

— Claro, mas normalmente é do próprio bebê.

— Eu nunca vejo a Pixie. Quase nunca — disse Wood Mountain.

— Ah, claro — falou Grace.

— Ela não liga para mim.

— E sua mão está mesmo quebrada. Homens são tão bobos.

Ela se afastou, balançando o cabelo, batendo as mãos nas baias. Ela parou para acariciar a Preferida do Professor.

— Não diga para ninguém! — falou ele.

— Sobre a sua mão ou sobre Pixie Paranteau?

— Ah, pare com isso — disse Wood Mountain.

Ele jogou no chão o pano que estava usando para limpar o óleo da madeira. Começou a aplainar a prancha de cedro novamente, removendo da superfície tiras oleosas enroladas de madeira. Grace olhou para trás e já ia começar a rir de novo, mas algo na violenta concentração e no jeito que ele piscava e espremia os olhos para a placa a fez sentir pena. Depois sentiu ainda mais pena de si mesma. Ela se inclinou para a Preferida do Professor, esfregou as orelhas macias da égua e, olhando para aqueles olhos pretos líquidos, sussurrou:

— Ele está caidinho por ela, mas ainda não sabe disso.

Pixie vai arrancar o couro dele, pensou Grace enquanto atravessava o jardim. Pensou na barriga do Gringo, na pele rosada aberta, horrível até que o pai a costurou. Sabia que tinha sido a Preferida do Professor, porque tinha pele do Gringo presa no casco dela. Mas quem se importava? Que Wood Mountain descubra como é a sensação. O ar estava frio e pesado. Ela sentiu o cheiro da neve e olhou para cima. A lua estava torta, como Joe Wobble. Não havia vento ali embaixo, mas a oeste via nuvens se lançando para cima, apagando as estrelas, se aproximando rapidamente. Pensou em voltar e falar para Wood Mountain sobre a tempestade. Não, os cavalos que falem. Ele que durma no celeiro. Sempre soube que ele era velho demais para ela. Já estava farta. Ele que fosse direto para a Pixie.

A Batalha Real

QUAL DEVIA ser o nome? Uma Batalha Real, a Disputa de Sexta à Noite, Maratona de Sábado? Thomas tentava resolver o problema enquanto preparava o card do boxe para impressão. Emoção Garantida. Isso soava ridículo? Ele e Barnes tinham combinado os garotos mais velhos dos clubes de boxe da região, além, é claro, de Wood Mountain e Joe Wobleszynski, a atração principal. Thomas estava colocando dinheiro do próprio bolso para fazer os folhetos que poderiam ser pregados em todo lugar — nos pequenos armazéns no bosque, escolas, bares fora da reserva, cafeterias e postos de gasolina. Na parte inferior, escrevera o preço como "ingresso sugerido de 2 dólares", mas sabia que aceitariam o que a multidão — esperava que fosse uma multidão — pudesse dar. Finalmente se decidiu por Batalha Real Beneficente. Na parte de baixo, escreveu, "Aberto a todos. Divirtam-se nessa noite de alegria. Emoção Garantida! Façam o que puderem para levar seus representantes a Washington." Sharlo desenhara um par de luvas de boxe em frente a uma bandeira dos Estados Unidos. Ele a fez desenhar de novo para parecerem mais ameaçadoras. Colou tudo junto em sua mesa, terminou cerca de três da manhã e deixou o folheto ao sair do trabalho na manhã seguinte.

Depois de outra reunião com Moses Montrose, foi direto para casa e cambaleou até seu quarto, tirou os sapatos e, como sempre, colocou as calças vincadas e cuidadosamente dobrou e colocou a camisa na caminha ao lado. Se enfiou embaixo das cobertas com camiseta e shorts, colocou outra camiseta em cima dos olhos e começou a respirar fundo e devagar. Mas seu coração pulsava nas orelhas. Seus pensamentos dispararam no momento em que colocou a cabeça no travesseiro velho e achatado que, de forma egoísta, guardava para si. Imagens tão claras como se tivessem acontecido no dia anterior surgiam em sua cabeça. O olhar de Roderick, quando foi trazido pelas escadas, piscando, aterrorizado, tremendo, tossindo, assustado. Já meio morto. Algumas semanas depois, iria acordar Roderick no dormitório. Seu amigo estava quieto e com a pele cinza; mal respirava nos lençóis ensanguentados. Ah, Roderick. Será que esses choques elétricos de memória um dia parariam? Pior, ele se lembrava de provocar Roderick, de desafiá-lo, até mesmo de colocá-lo em apuros, e de LaBatte o acusar.

Quem fez isso?

Foi o Roderick, senhor.

Não dormiu tanto quanto gostaria; na verdade, continuava cansado quando acordou quatro horas depois. Smoker latia como um doido quando Noko saiu de casa, e havia uma pessoa procurando por Rose para perguntar se ela podia ficar com seu bebê furioso e robusto naquela tarde. Ele tentou dormir algumas horas, mas, quando o resto da família foi para cama, novamente, seu coração acelerou e o corpo ficou tão tenso que não conseguia relaxar. E como aquele bebê gritava... Ele via Roderick por trás das pálpebras, depois ficou preocupado se a luta de boxe levantaria dinheiro suficiente, depois passou a pensar em Washington, D. C. Pensava como seria no congresso, no que diria, em como aquela gente dificultaria, se iria se engasgar com as palavras. E sabia que pensar assim com antecedência era inútil e ridículo, mas a mente tomara um caminho próprio, irracional e não seria controlada pela lógica. Ele não conseguia relaxar para dormir.

Quando finalmente parou de brigar com a mente e levantou para ir trabalhar, se vestiu no escuro como sempre e foi para a cozinha sem fazer barulho. À mesa, sob a luz fraca do lampião de querosene, Sharlo estava sentada com um cobertor nos ombros. Estava inclinada sobre um livro, tão concentrada que nem o percebeu. Ele foi ao banheiro e quando voltou lavou o rosto, as mãos, os braços e o pescoço com água fria para acordar. Sharlo nem olhou para ele. Colocou o casaco, chapéu e pegou a maleta, a marmita e a térmica com café. Quando se virou para dar tchau e dizer para Sharlo ir dormir, ela suspirou, balançou o cabelo enrolado e fechou o livro. Esticou os braços, bocejando.

— Esse foi bom.

— Te manteve acordada — falou Thomas, tocando em seu cabelo.

— Toma, você devia ler.

Era um livro de mistério. Mas Thomas tinha muitas cartas para escrever e estava determinado a analisar o livro que os missionários tinham deixado com ele.

DEPOIS QUE suas primeiras rondas terminaram, Thomas se serviu de uma xícara de café e pegou o livrinho preto. Pensou que deveria ler o livro para entender Arthur V. Watkins. Afinal, Biboon, quando o enviara para o internato, dissera: “estude bastante, porque precisamos conhecer o inimigo.” Ao longo dos anos, ele compreendera a sabedoria daquelas palavras. Ao conhecer o tipo de gente com que estava lidando, seria capaz de persuadir as forças que tinham alocado a fábrica de rolamento de joias perto da reserva. Seria capaz de usar a lógica deles para conseguir melhoras na escola comunitária. Ele usou a educação que lhe deram para melhorar as condições de seu povo — sempre se esquecia de que, como Biboon dissera, fora por isso que estudara, mas no fim funcionara. Mesmo assim, ao longo do caminho, a palavra inimigo se tornara confusa. Os representantes da BIA no quarto em Fargo podiam ter sido os inimigos, mas eles pareciam mais consternados com o projeto de lei do que ansiosos em levar adiante suas diretrizes. John Hail, o advogado da cidade, era um amigo. E até Vold não era exatamente o inimigo, nem mesmo um adversário. Mas Arthur V. Watkins era claramente um inimigo — o do tipo mais perigoso: um inimigo com princípios que pensava que o que estava fazendo era o melhor. *Mas não quero chamá-lo de inimigo*, pensou Thomas. Vou pensar em Watkins como meu adversário. Um inimigo tem que ser vencido na batalha, mas um adversário é diferente. É preciso ser mais esperto do que um adversário. Por isso é preciso conhecê-los muito bem. Pela experiência de Thomas, alguém que assumisse e tentasse impetuosamente resolver o que sempre foi chamado de “situação” ou “problema” indígena tinha uma razão pessoal. Ele se perguntava qual razão seria essa para Arthur V. Watkins.

A primeira surpresa intrigante no Livro de Mórmon era que Joseph Smith, o profeta deles, também recebera a visita de um ser extremamente iluminado que era semitransparente. Thomas abaixou o livro. No início, seus sentimentos estavam confusos e talvez até feridos, a descrição chegava bem perto de sua experiência particular na noite em que quase congelou. Mas, assim que superou essa sensação, ficou um pouco aliviado. Esses seres, aparentemente, apareciam para os outros. Tinham vindo falar para Joseph Smith sobre algumas placas históricas que pareciam estar enterradas em diversos lugares. O livro possuía certos elementos de suspense. Por exemplo, a subtrama de um homem chamado Néfi, que não estava nem um pouco animado para matar um bêbado com sua própria espada, mas foi persuadido a completar o assassinato pela voz do

Senhor. Néfi, depois, se fez passar pelo homem que matou, enganando seu servo e roubando todo seu tesouro — placas de latão com histórias gravadas nelas. Os olhos de Thomas começaram a fechar. Havia selvageria, mulheres, judeus. Acima de tudo, havia esse tal de Néfi. Será que Néfi era o narrador desse livro todo? Thomas passou algumas páginas para a frente. De novo, seus olhos começaram a arder e então sentiu a cabeça cair e acordou. Seria uma noite difícil.

Perseverou por mais uma hora e começou a ler sobre a vinda dos gentios à América, o que o surpreendeu, porque não pensou que as coisas andariam tão rapidamente. Mas então de volta ao livro, com todo o vocabulário arcaico, a sua origem era na América, então tentou se ajustar. Havia muita ira legítima no livro. Certa revolta com uma grande e abominável igreja, a qual Thomas não conseguiu identificar. Falava muito sobre a imundície das outras pessoas e do asseamento do povo de Néfi. Quando chegou à queda das filhas de Sião, Thomas sentiu pena das mulheres. *Aparentemente, as filhas eram orgulhosas e arrogantes, mas a punição foi excessiva*, Thomas pensou. Ele gostou da ideia de que elas tilintavam enquanto andavam, como as dançarinas do *jingle dance*. Mas certo dia o Senhor tirou a bravura dos ornamentos tilintantes e coifas e adornos redondos como a lua. O Senhor tirou tudo. As correntes, os braceletes e os xales. Os toucados, enfeites de pernas e diademas, caixinhas de perfume e os brincos. Os anéis e as joias do nariz. Os vestidos de festa e os mantos e as toucas e os grampos de encrespar. Os espelhos e o linho fino e os capuzes e os véus. E, em vez de perfume, haverá fedor. Em vez de cinto, andrajos. Em vez de cabelos penteados, calvície. Calvície! Em vez de corpete, seja lá o que seja isso, um envoltório de saco, e, o pior de tudo, queimaduras em vez de formosura.

Thomas, que procurava por roupas bonitas e amava quando Rose deixava os cabelos longos soltos, quando usava o vestido cor de fogo e sapatos negros com saltos curvados, fechou o livro, deprimido.

A PRIMEIRA coisa que escreveu sobre Arthur V. Watkins foi que, provavelmente, ele gostava de vestido liso em uma mulher e também se vestia de forma simples e discretamente. Nada de sinos nos tornozelos para esse sujeito. Nem gravatas chamativas ou sapatos com duas cores, nem chapéus de abas largas. Certamente era um homem justo. Como lutar contra alguém assim?

DEPOIS DE escrever respostas para uma série de artigos do jornal e preencher uma ordem para requisitar o mimeógrafo somente para uso do conselho do povo, Thomas se lembrou de uma coisa dos dias de internato. Lá, tinha traçado uma estratégia. A única maneira de lutar contra os justos era apresentar um argumento que os convencesse de que o que Thomas queria parecia ser a única coisa justa a fazer.

Jornada de Dois Dias

VERA PERCEBEU que estava caminhando. Vestia um sobretudo quente, chapéu e botas. Ela estava em uma estrada. Sabia, como todos sabiam, que, após a morte, a alma começa uma jornada para a próxima vida. Sai caminhando por uma estrada como a de agora, escura e solitária, mas claramente marcada pela luz da lua. Estar morta talvez fosse um alívio. Conforme caminhava, Vera tentava se lembrar de quais eram as instruções para seguir na estrada — seria testada várias vezes. Ouviria as vozes dos vivos, chamando-a de volta, mas não devia voltar. Tinha que continuar para oeste. Haveria alguns alimentos que não deveria comer, mas outros que poderia. Talvez haja, ela não lembrava muito bem, uma ponte ou uma cobra, talvez uma ponte com um *trol* embaixo, ou ela tinha ouvido em algum outro lugar quando estava viva? Se fosse longe o bastante, conseguiria ouvir os mortos a chamando, encorajando-a, porque depois de três dias estaria cansada. Tinha medo de ouvir choro de seu filho na cidade dos mortos. Não queria que ele morresse, mas correria até onde quer que o pequeno estivesse. Pelo menos, ele não estaria sozinho. Depois de um tempo, o ar ficou cinza e ela viu uma placa, *Rodovia 2*. Depois outra, pintada com traços pretos, lenha à venda. Começou a duvidar de que estava na estrada certa. Começou a imaginar se estava mesmo morta. Embora andasse morta anteriormente, quando estava viva. Talvez por um longo tempo. Disso ela tinha certeza.

Boxe pela Soberania

A NEVE parou e as estradas estavam claras. Uma máquina de pipoca de segunda mão comprada pela escola para eventos esportivos foi arrumada e transportada para o salão comunitário. O cheiro de óleo quente e o barulho do milho estourando aqueciam a multidão. Sharlo ensacava a pipoca e Fee pegava as moedas. Juggie vendia os ingressos na porta. Moses contava o dinheiro. Thomas distribuía os cards do evento e apertava as mãos das pessoas em agradecimento na frente das portas para o grande salão, onde o ringue estava montado. Lá dentro, os boxeadores foram isolados perto dos banheiros. Cortinas tinham sido penduradas, para que pudessem surgir dali para os aplausos. O ringue, os postes e cordas, a plataforma construída por Louis com lenha doada, tudo parecia bom o suficiente. O juiz, Ben Fernance, que também era o Comissário do Condado, usava braçadeiras e carregava um pequeno megafone branco. Ele fazia anúncios, e saudava a multidão enquanto o Sr. Jarvis brincava com o alto-falante mais fraco.

PATRICE E Valentine tinham vindo mais cedo e estavam paradas perto do ringue, atrás das cadeiras, que eram apenas para os mais idosos. A multidão crescia rapidamente e o Sr. Jarvis apareceu com um microfone e um gongo. Quando bateu no gongo, houve uma reverberação exótica. Ele queria ter luzes, mas isso foi impossível. Sua intenção era usar o som para dirigir a multidão. Deu certo. O zumbido se extinguiu em antecipação, então os boxeadores apareceram para receber a ovação do público. Cada um foi apresentado junto com seu oponente. Embora a maioria dos presentes fosse indígena, juntando os Sioux de Fort Totten e Devils Lake, havia muitos vizinhos de fazendas e cidades a cerca de 160 quilômetros de distância. A localização da luta tinha mudado o equilíbrio, no entanto, havia pouca animosidade palpável. Até a família de Joe Wobble e seus apoiadores se mostravam cordiais, apertando as mãos dos Stone Boys, torcendo por Revard e também por seu oponente, Melvin Lauder.

O Sr. Jarvis sempre quisera narrar uma luta, e achou que seria sua obrigação fazer das contendas as mais emocionantes possíveis. Afinal, os garotos estavam neste esporte para formação de caráter, não para massacrar um ao outro. Não faria mal exagerar seus espíritos guerreiros.

— Stone Boy aguenta o golpe sem vacilar, assim como seu nome, ele é de pedra mesmo. Lauder continua a pressioná-lo, está em ponto de bala! Mas Stone Boy desliza em torno dele como um mestre na dança de salão! Direto na cachola. Um de esquerda na mandíbula! Lauder tem queixo de aço. Lauder encolhe os ombros. Stone Boy dá voltas, o avaliando. Stone Boy enlouquece, saltando com uma enxurrada de golpes. Mas Lauder está trocando golpes! Ele se esquiva! Eeeeeee soa o gongo!

Mais pessoas ainda se espremiam, deixando o salão mais cheio, à medida que os boxeadores mais jovens das outras lutas iam ganhando e perdendo. John Skinner, um boxeador de St. Michael, fez uma grande apresentação contra Tek Tolverson. O clima alegre se intensificou; Jarvis ia trazendo emoção a cada embate. As lutas, todas vencidas por decisões ou por pontos, não eram, afinal, tão emocionantes. Só uma vez houve um nariz sangrando. Jarvis narrou isso como se uma barragem tivesse rompido. Mesmo quando o *grand finale* foi anunciado, o que todos tinham vindo para ver, ainda havia um clima afável. O fato de ser beneficente ajudou. Jarvis anunciava isso a todo momento, agradecendo o público.

— Está na hora, amigos! O evento principal!

Àquela altura, todos sabiam que Wood Mountain e Joe Wobble tinham fingido estarem machucados. Então, os dois resolveram fazer piada disso. Joe surgiu se inclinando tanto que se desequilibrou. Wood Mountain veio usando o gesso.

— Aqui estão eles, meus amigos! Vamos aplaudi-los enquanto eles chegam ao ringue! Dispostos a andar até aqui, mesmo os dois lutando com a terrível dor que sentem de seus ferimentos. O quê? O que é isso? Wobble está se aprumando! Wood está jogando o gesso para a multidão! Ele está deixando cair seu lenço e Pixie Paranteau pega o mimo! Ah, senhores, vou lhes dizer, é um milagre. Um milagre é o que estão vendo. Dois combatentes lutando pela soberania recobram a saúde diante de seus olhos!

Nos primeiros dois rounds, ficaram testando o alcance um do outro, lançando e bloqueando golpes. Wood Mountain ainda era o boxeador que mais estudava, empurrando Wobble para o meio do ringue, sem dar oportunidades para o oponente. Mas Joe Wobleszynski era potencialmente mais perigoso, as forças de seus golpes não diminuíam, e talvez tivesse alguma percepção de que na última luta ele havia mostrado sua falta de estratégia. Estava claro, no terceiro round, quando os golpes fortes de Wobble só atingiam o ar, que Wood Mountain queria cansá-lo e, se pudesse, desmoralizá-lo.

Joe Wobble estava um pouco mais magro do que na última luta, enquanto Wood Mountain tinha ganhado alguns quilos, que não alteravam em nada sua velocidade. Barnes e seu tio tinham se certificado disso. Ele treinara velocidade o tempo todo. Tinha um senso natural de astúcia. O próprio Jarvis lhe ensinara um truque, que ele empregou no quarto round. Wood Mountain simulou uma queda, como se tivesse tropeçado, para provocar o soco forte de direita mais temido. Com um deslizamento super-rápido, Wood Mountain contra-atacou o soco perdido com um de esquerda e acertou onde a ponta do queixo de Wobble encontrava a suave linha da mandíbula. Conseguiu bater ali com precisão e força, e desviou quando Joe contra-atacou, o que fez o oponente perseguir Wood Mountain no canto para acertar vários golpes superficiais que pareciam brutais, mas não causaram nada demais, o que surpreendeu a todos. Novamente, com o treinamento de Jarvis, Wood Mountain se lembrou de se encolher sob o ataque e Wobble foi para o seu canto sentindo que estava por cima.

— Tenha paciência. Toque a música quando for a hora certa — disse Barnes, colocando várias porções de neve na maçã esquerda do rosto de Wood Mountain.

A música era uma versão mais acelerada do cancan, com a qual Wood Mountain ensaiara uma combinação de golpes que podia alterar o ritmo para adaptar à situação. Um turbilhão veloz que depois ficava mais rápido ainda, e enfim o fazia ir de boxeador a *swarmer*. Foi assim que Jake LaMotta vencera o lutador francês Laurent Dauthuille no round final do campeonato mundial de peso-pesado de 1950. Pareceu para todos os observadores, exceto para Música, que a aceleração surgira repentinamente, de alguma reserva da alma, mas a brilhante mudança de ritmo vinha o tempo todo e era coreografada, disso ele tinha certeza.

— Estão rodando como panteras! Nada de mostrar as garras, amigos. Wooble se movimenta como um urso-pardo! Wood Mountain devolve os golpes! É tudo força bruta. E agora estão se avaliando de novo. Olhem aquele magnífico trabalho de pés!

Até ali, os boxeadores pareciam não ter ferimentos. Na verdade, pareciam magníficos. Joe, um touro premiado de pele macia, Wood Mountain, viscoso e reluzente, olhando por baixo de uma mecha de cabelo brilhante. Isso estava para mudar. No sexto round, Joe Wobble ficou cansado de correr atrás de Wood Mountain e lançou um golpe forte que deslocou seu nariz.

— Wood Mountain levou um no nariz!

Patrice ouviu o barulho e seus joelhos cederam. Valentina ficou branca como um fantasma. Elas se agarraram até que a luta parou. Barnes cuidou de Wood Mountain, que voltou para o ringue com narinas tortas e cheias de algodão. Assim que o gongo tocou, Wood Mountain prosseguiu com uma frieza assustadora, pegou emprestado o gancho de direita de Wobble e o deixou de joelhos. O oponente se levantou, mas agora era evidente que a luta tinha começado, não em fúria, mas em violência consciente, e os dois rounds seguintes foram de trocas de golpes fortes. Ainda assim, os dois estavam quase empatados. Wood Mountain tinha alguns pontos na frente, porém nada definitivo.

— Parem a luta! — gritou Patrice.

Mas estava um pandemônio, porque um idoso tinha acidentalmente atingido outro com uma bengala de salgueiro diamante, e suas famílias tentavam separá-los. Além disso, a família de Joe não sabia bem o que fazer, então apenas gritavam. Os apoiadores de Wood Mountain não sabiam se paravam a luta, então ficaram em cima do muro. Jarvis soara o gongo novamente.

— Minha gente, se acalmem. Os boxeadores dizem que se recusam a desistir. Eles querem dar tudo o que têm. O juiz aceitou. Eles dizem que estão bem, que não têm problema algum e que querem chegar até o final.

Então o round começou, mas o público emudeceu. Joe abriu um corte profundo na sobrancelha de Wood Mountain. Por sua vez, Wood Mountain deu um golpe no corpo de Joe, que o fez sair aos tropeços pelo ringue. Nos momentos finais, estavam apenas trocando golpes, movendo-se em uma bruma fervorosa, e Jarvis ficou em silêncio. Não havia estratégia, nem plano algum.

— Que coisa mais horrível — disse Patrice, desviando os olhos.

Quando o gongo soou, as pessoas gritaram, aliviadas. Bateram palmas angustiadas e saíram em grupos desordenados. Wood Mountain venceu por pontos, mas vencer não era importante. Joe Wobleszynski sentara-se mudo em uma cadeira. Os dois estavam com os olhos fechados pelo inchaço, lábios cortados, tinham gaze na sobrancelha, zumbido nos ouvidos, narizes quebrados, cérebros inchados nos crânios, e todo osso e músculo do corpo doendo. Foi maravilhoso, foi terrível, foi a luta final. Foi a última vez que qualquer um dos dois lutou.

A Promoção

INJUSTO, ERA tão injusto. Valentine foi promovida para a sala de banho de ácido, onde teria a chance de usar óculos de segurança, luvas, touquinha branca para cabelo e um avental de proteção de borracha. Era muito injusto, porque Patrice era mais rápida, mais precisa, mais concentrada e sempre produzia cartelas limpas. Era boa nesse nível. Não que Valentine fosse ruim no trabalho, não mesmo, mas não era tão boa quanto Patrice. Disso todo mundo sabia. Mas, aparentemente, para o Sr. Vold, ela não era boa o bastante para ser promovida.

— Bom trabalho, bom trabalho — disse ele, atrás de Patrice.

Hoje, estava com bafo de mexido de atum. Patrice queria socá-lo, do jeito que Wood Mountain tinha feito com Joe Wobble recentemente no ringue. Um jab de esquerda e depois um cruzado de direita. Clássico. Não que importasse. Ela imaginou os olhos do Sr. Vold se revirando para cima enquanto o velho cambaleava confuso pelo corredor. Mas, é claro, só serviria para fazê-la ser demitida. Tentou se concentrar. Pelo menos para isso a angústia servia.

Não, nada de ficar triste. Era o primeiro dia de Valentine na sala de banho de ácido e sim, Patrice estava com inveja, mas também sentia falta da colega sentada ali perto do seu cotovelo, da comunicação abreviada que tinham desenvolvido. Fazia as horas passarem mais rápido. Já hoje, o dia parecia se arrastar. E nada de intervalo para o café. Vold levara mesmo adiante a ideia de não ter pausas em preparação para a visita de Bulova e do General Omar Bradley, e nunca mais restabelecera os descansos. Seu pescoço doía, tenso. Ela se concentrou. Entrou no transe da concentração. Então chegou a hora do almoço. Patrice foi primeiro ao banheiro feminino, porque não queria ouvir Valentine falando de como o novo trabalho era ótimo. E sobre seu aumento. Valentine diria que não ia contar, mas depois acabaria cedendo e revelando a quantia.

— Se acalme — disse Patrice a si mesma. — Parece até que ela virou rainha ou algo assim.

Entrou no refeitório e se sentou perto de Betty Pye, embora houvesse um assento vago perto de Valentine. De qualquer forma, sua amiga estava ocupada falando para todos à mesa do quanto o avental de borracha era pesado e de como era estranho ter que usar luvas de borracha a manhã inteira.

— Minhas mãos estão enrugadas! Olhem isso!

Eu bem que tenho umas coisinhas para contar sobre usar roupas de borracha, de ficar enrugada, e também sobre ficar azul, pensou Patrice. Afastou esse pensamento. Seu almoço era um bolo de aveia frito em gordura de cervo e algumas passas. Comeu lentamente, para fazer cada bocado durar. Estava com tanta fome que, quando terminou, o estômago ainda parecia dolorosamente vazio. Ou, talvez, fosse Valentine falando do aumento a razão da dor de barriga. Ainda assim, era, no fim das contas, menos do que Patrice imaginava: 90 centavos em vez de 85 por hora, e muito menos do que tinha ganhado com a vaca aquática. Como a Atração Principal. Os olhos de todo mundo se fixavam nela quando nadava e mergulhava no tanque. Sim, pareciam borrões, mas borrões atentos a ela. Estava sendo admirada, não estava? Ou talvez não. Deixou esse pensamento para lá também. Jogou para o fundo da mente. Valentine estava lhe perguntando alguma coisa. Todo mundo se virou, esperando por sua resposta.

— Eu falei, Pixie...

— Patrice.

— Eu falei que dou um centavo para saber o que você está pensando!

— Meus pensamentos valem muito mais do que um centavo — disse ela.

— Uuuuuuuh — disseram algumas mulheres.

— E quanto seria? — insistiu Valentine. — Tome.

Ela empurrou uma nota de um dólar na mesa.

Patrice pegou a nota, sacudiu-a no ar, colocou-a de volta à mesa e empurrou o dinheiro de volta.

— Ainda não é o bastante.

— Ah, nossa — disse Doris. — Parece que nunca vamos saber de quem a Pixie gosta.

— É Patrice. E eu não gosto de nenhum deles. Pode ficar com os dois.

— Talvez eu fique com um deles — disse Doris. — Vou ao cinema com Barnes.

— Que bacana. Quando? — perguntou Patrice.

— Algum dia — respondeu Doris.

— Como assim? — agora era Valentine quem a questionava.

— Eu aceitei quando ele disse que deveríamos ir ao cinema algum dia.

— Ele convidou ou você que disse que deveriam ir ao cinema? — insistiu Valentine.

— Tá bom — admitiu Doris. — Foi ao contrário, mas ele aceitou.

— Estou feliz por você. Me conte quando acontecer — comentou Patrice.

Valentine disse:

— Que coragem, Doris.

E se levantou para vestir o traje especial de segurança.

— Vocês três deviam parar de brigar — disse Betty Pye, tranquilamente. — É muito melhor viver de maneira amigável.

— Eu sei — disse Patrice. — E o mais estúpido é que tudo isso é por causa de homens. Valentine e Doris só vão ficar felizes quando eu me trancar em uma torre com um anel no dedo.

— Você é engraçada. Quero ver é achar uma torre por aqui.

— Que tal um elevador de cereais?

— Minha sorte é ter o bom e velho Norbert — disse Betty. — Nós nos damos bem.

— Você vai casar com ele?

— Ah, a gente vai é fugir se eu engravidar — respondeu Betty Pye.

De tão admirada, Patrice ficou sem palavras. Voltaram todas para a sala principal e vestiram os jalecos. Patrice queria que Betty trabalhasse perto. Queria saber mais sobre o "se eu engravidar" e esperava que Betty contasse tudo.

QUANDO PATRICE desceu do carro de Doris, viu que Thomas Wazhashk estava visitando a sua mãe. O carro dele estava bem estacionado na estrada principal. Como todos os homens pareciam destinados a fazer, ele estava segurando *Gwiiwizens* quando ela entrou em casa.

— Descobriu alguma coisa sobre a Vera? — perguntou Patrice.

— Sim e não.

— E?

— Não sabemos onde ela está, mas ela foi vista. Em Duluth. Foi detida por vadiagem e depois liberada.

— Ela deu o nome e desapareceu — disse Zhaanat. — Mas está viva. Sabia que estava. Deve estar tentando nos ligar.

— Ligar? — Thomas sabia que só havia telefone a quilômetros dali.

— Pelos sonhos dela, lembra? Pelos nossos sonhos.

— Claro. Só estou cansado. O que ela vai fazer agora? — perguntou Thomas.

— Não sei — respondeu Zhaanat. — Por um tempo ela usou sapatos de salto alto verdes. Depois roupas de homens. Estava caminhando ao longo de uma estrada. Mas meus sonhos pararam.

— Os meus também — disse Patrice. — Ontem à noite sonhei...

Ela murmurou alguma coisa e desviou os olhos. Noite passada, na verdade, sonhara que tinha sido beijada por um homem de um anúncio de revista. Ele saíra da página, apagara o cigarro, se inclinara e...

— Quanto conseguiu arrecadar? — perguntou ela, rapidamente.

— Mais da metade. Vai faltar pouco se acharmos alguém que possa nos hospedar em Washington. Os hotéis lá custam uma pilha de dinheiro.

— Uma pilha — repetiu Patrice, rindo.

Thomas explicara calmamente o projeto de lei para Zhaanat e ela ficara preocupada porque, se tivesse que pagar impostos sobre a terra, seria obrigada a ir embora. Não teriam onde morar. Como Juggie falou, sair pela estrada à procura de um lugar para se assentarem. *Embora, é claro*, pensou Patrice, *com seu trabalho poderia pagar o aluguel de um teto para morarem, em algum canto.* Poderiam ter um lugar melhor se Valentine não tivesse roubado sua promoção. Ela tinha acusado sua amiga de brincadeira exatamente disso na volta para casa e Valentine disse apenas, "Tá toda roxa de inveja!" Mas agora Thomas estava tentando descrever sua estratégia.

— Eu tenho uma carta na manga. A filha de Louie Pipestone com aquela garota com quem ele nunca se casou. Bom, foi o contrário. Os pais dela não queriam que ela se casasse com Louie. Disseram que ele era indígena demais. Acabaram com tudo.

— Que triste!

— Pois, Louie ficou arrasado na época. Agora a menina cresceu e entrou na faculdade. Está até se preparando para um grau superior. Vamos ver se conseguimos usar tudo o que ela descobriu. O Congresso acha que somos muito avançados, que nadamos em dinheiro, mas sabemos que não é assim. Não temos como provar. Precisamos de um estudo.

— Um estudo!

Soava tão profissional para Patrice. Uma mulher de sua própria aldeia fazendo um estudo. Parecia algo que ela mesma poderia fazer. Ir para a faculdade. Fazer um estudo. Era inteligente o suficiente, gostava de matemática e sua escrita sempre foi a melhor da sala. Mas se considerava como aquela barraca de peles, esticada até ficar finíssima. Sem ela, a família entraria em colapso. Não era possível mandar dinheiro para casa quando se estava na faculdade. O bebê precisava de um tapete para brincar. O piso era muito gelado. Mas mesmo esse piso, esse pequeno pedaço de terra, não existiria mais se tivessem que vender a terra. Não dariam conta. Seria como antes. A gente não esquece.

Patrice foi para trás do cobertor, para seu quarto. Não ousava acabar com o tesouro que guardava embaixo do linóleo, mas abriu a caixa de especiarias. Havia cinco dólares lá dentro, tudo trocado. Contou quatro dólares em cima da cama e trouxe o dinheiro para a mãe. Colocou as moedas em suas mãos. Zhaanat colocou o dinheiro na mesa.

— Isso é para Washington — disse ela.

Thomas, visivelmente emocionado, agradeceu:

— Obrigado, parenta.

No dia seguinte, aconteceu. O Sr. Vold enviou Betty Pye para a estação de trabalho perto de Patrice. Ele deu a ordem na hora do almoço, e Betty trouxe suas coisas logo depois. Foi um alívio. Por um tempo, trabalharam em silêncio. Patrice prometera a si mesma que não conversaria a menos que Betty falasse primeiro. Não queria correr o risco de causar problemas para Betty, no caso de ela querer ficar bem com o Sr. Vold. Mas, depois de uma hora, Betty perguntou o que ela iria fazer naquele fim de semana e Patrice respondeu que não sabia. Então perguntou a Betty o que ela iria fazer no fim de semana e ela disse que sairia do trabalho e se encontraria com Norbert, mas que depois disso tinha uma boa ideia do que aconteceria.

— Então, Betty — disse Patrice, baixinho —, eu só sei bem por cima o que acontece. Queria que alguém me contasse os detalhes.

— Quer dizer que você nunca fez?

Betty falou muito alto, mas por sorte Jay Cachinhos teve um ataque de espirros na mesma hora e encobriu a voz dela.

— Shhhhhh.

— Desculpe, é que não consigo acreditar.

— Eu também estou com medo. Pela mesma razão que você disse que pode fugir.

— Vamos sair e tomar café em algum lugar, aí eu te explico tudo.

— Jura?

— Meu deus, alguém tem que te contar.

NO SÁBADO, Patrice caminhou para a cidade com Pokey. Ele foi ao centro para treinar com o saco de velocidade. Ela foi ao Henry's se encontrar com Betty. E lá estava ela, já tomando café e vestindo um chapéu de feltro bege parecido com um bolo grande com uma linda pena que se aninhava em seus cachos escuros com permanente. O casaco era rosa com detalhes em pele branca de coelho. Bem chamativo. O rosto amplo, redondo e alegre estava ávido e os lábios franziam sobre a xícara. Ela soprou delicadamente para esfriar o café. Patrice pediu chá. Não tomava café nos finais de semana. Se possível, ela cochilaria à tarde.

— Então, ninguém nunca te contou?

— Não — respondeu Patrice.

Não era exatamente verdade. Ela sempre soube o que acontecia. Morava no meio de animais selvagens e mansos. Uma vez, viu furões cruzando nos juncos do pântano. Já vira todo tipo de coisa. Ficara presa com Bucky e seus amigos no carro e sabia o que eles estavam tentando fazer. A mãe tinha contado essas coisas, mas tudo em Chippewa, então ela tinha uma boa ideia do que acontecia, em Chippewa. Mas queria saber como acontecia em inglês, porque precisava saber as palavras para o que pudesse acontecer, no caso de acontecer com alguém que não falasse a língua indígena. Ela entendia que poderia acontecer de várias maneiras, mas não como era negociado. Parecia estranho, ela ter sido uma vaca aquática e não saber. Mas também entendia que o fato de não saber talvez tenha ficado óbvio para Jack Malloy. Talvez essa tenha sido a razão pela qual ele a contratou. Às vezes, ela suspeitava que fosse trabalho de Jack provocá-la, mas ele vacilara quando ela lhe apertara o braço. Patrice era muito forte.

Betty olhava ao redor atentamente. A cafeteria estava cheia, mas não lotada. Tinham sentado num canto. Ninguém ouviria o que ela dissesse. Explicou para Patrice o que era uma ereção. Patrice já sabia. Tentou não pensar em Bucky e nos amigos dele. Betty falou como fugir de homens de quem não gostava, homens com ereções. Novamente, não havia nada de novo ali. Falou como fingir que deixou cair alguma coisa, como roçar num homem sem querer caso gostasse do sujeito e quisesse ver se ele gostava dela.

— Finja que tem algo no olho e não consegue ver onde está colocando a mão. Ou se abaixe para pegar alguma coisa aos pés dele. Passe a mão nele quando ficar de pé. Ops! Depois sorria para ele, se gostar do que sentiu. Ele sabe. Mas, se não gostar do que sentiu, se afaste logo do cara.

— Certo — disse Patrice.

Pensou em Bucky, agora com seu olho torto.

— Depois que tocar, mesmo que por acidente, eles podem te agarrar. Então precisa estar preparada. Depois, se você gostar, e quiser tentar, procure um lugar privado. No outono ou no começo da primavera, no bosque. No verão pode ter carrapatos. Não é muito atraente ficar tirando carrapato para fazer sexo.

— Não.

— É melhor se tiver um celeiro, uma cama ou se ele tiver um carro.

— Não tem carro — disse Patrice, mas Betty não percebeu e continuou com uma praticidade clínica a descrever posições que faziam Patrice colocar o rosto nas mãos, rindo.

— Não ria! É assim que chega lá.

— Lá aonde?

— Lá.

— Nunca ouvi falar disso.

— A sensação é de que a gente está flutuando. Meu Deus do céu, você parece uma criança mesmo.

Betty deu tantos detalhes desse tal de "lá" que o rosto de Patrice ficou vermelho e quente. A mãe não falara nada sobre isso, nem em Chippewa. O ponto. Mas que ponto era esse? Devia ser o outro, aquele que ficava embaixo do umbigo. *Viu*, pensou ela, *por isso que precisava falar com a Betty.*

— Aconteça o que acontecer, não quero formar uma família. Como posso impedir isso?

— A camisinha, mas eles não gostam. Ou talvez não tenha uma à mão e ainda queira fazer. Dá tudo certo se transar uma semana depois que termina o seu período. É a única semana em que você fica segura. É o que eu e o Norbert fazemos. E, é claro, temos a lata velha dele. Saímos de carro nos fins de semana e estacionamos bem longe das estradas. Com quem você vai fazer sexo?

— Só queria informações para o caso de acontecer, mas não tenho nada planejado.

— Não é o que suas amigas pensam.

— Elas são tão irritantes.

— Seja como for, parece que pode tentar com qualquer um dos dois. O importante é se livrar deles rápido se não gostar.

Patrice parecia completamente perplexa.

— Eu sei. Dizem que a gente só deve fazer se estiver planejando que o relacionamento seja para sempre. Casamento. Mas minha tia me falou que, se for levar a sério, o certo é experimentar primeiro. Não vale a pena fazer isso com uma pessoa sua vida inteira se não for bom. Foi o que minha tia falou. Por que ficar presa com um bobalhão?

— Você está tão certa!

Patrice estava ainda mais impressionada com Betty. Ela perguntou se queria um doce, e Betty aceitou. Cada uma comeu uma bomba de bordo. Quando Betty pôs a boca na bomba gelada para morder, encontrou os olhos de Patrice e começou a rir tanto que quase se engasgou. Ela pôs o doce na mesa.

— Ai, meu deus, isso me fez lembrar!

— Do quê? Ah...

Betty lambeu o glacê da parte de cima e dos lados do doce. A língua dela era grossa e rosa-claro.

Patrice olhou em volta, perturbada. O que Betty parecia insinuar nunca teria lhe passado pela cabeça.

— E os homens podem fazer isso com as mulheres também. É como lamber o creme de um bolinho, um tiro certeiro para chegar lá.

— Como você sabe de tudo isso? Pela sua tia?

— Não — respondeu Betty, modestamente. — Experiência.

Patrice ficou meio enojada, depois completamente impressionada.

— Bom, não diga para ninguém que eu te falei.

— Eu não diria por nada.

Betty olhou para cima e sorriu para alguém atrás de Patrice.

— Oi, Cabelo de Palha. Digo, desculpe, Sr. Barnes.

— Oi, Betty. E olá, Patrice.

Patrice virou sua cadeira. Só o jeito que ele deu olá já a deixou desconfortável, como se o ar a estivesse pressionando. E a deixando envergonhada. E se ele tivesse ouvido a conversa? E quão pior seria se ela tentasse com ele e ele fosse um bobalhão?

— Olá, Sr. Barnes — respondeu ela em uma voz neutra.

Ele deu um passo para trás, sorriu sem graça e foi embora.

Depois que ele saiu, elas encheram as xícaras de café e chá novamente.

— A questão é — disse Betty, inclinando-se para Patrice e, com a boca suja de glacê, olhando-a de um jeito estranho. — Os homens querem tanto que até pagam por isso. Sabe do que estou falando?

— Não exatamente...

— Eles vêm aqui e dizem às mulheres que vão casar com elas nas Cidades, e vão para lá. Daí, nas Cidades, abandonam as mulheres e as vendem para alguém que as coloca na rua para fazerem sexo.

— Na rua...?

— Na rua, procurando clientes, fazendo os homens pagarem para fazer sexo com elas, mas depois dão o dinheiro para o cafetão.

— O que é isso?

— Você não sabe de nada! Um cafetão é o dono da mulher. Pega o dinheiro que ela recebeu para fazer sexo, entendeu?

— Não. Não entendi — disse Patrice, categoricamente.

Mas tinha entendido. Jack a havia corrompido um pouco, o suficiente para quando outra pessoa aparecesse, ela sentisse vergonha, e depois mais vergonha, até perder a vergonha e não ser mais ela mesma.

— Está certo — disse Betty, desconfortável. — Estou inventando tudo isso.

— É claro — disse Patrice.

Ela se afastou de Betty. Queria voltar para o início da conversa. Para o assunto de poder tentar fazer sexo e se livrar dos homens.

— Você estava me fazendo de boba com a história de chegar lá e daquela outra coisa?

— Não, não inventei nada não.

— Que bom — disse Patrice.

Ela picou a bomba de bordo em pedacinhos e não conseguiu terminar. O recheio de creme escorreu para o prato. Ela teve que cobri-lo com guardanapo para beber o chá.

Edith, A Cachorra Paranormal

Harry Roy, médico aposentado do exército depois de ir para a Guerra da Coreia e para a Segunda Guerra Mundial, viu uma pessoa dormindo perto da estrada cerca de uma hora da madrugada e apertou os freios. Seu velho Studebaker tremeu ao parar. O dorminhoco estava na beira de uma vala rasa, na grama congelada. Ele foi até a forma amarrotada, se abaixou e arrumou o boné de lã de marinheiro da pessoa. Era uma indígena com as bochechas rachadas e um queixo pontudo feminino. Quando pegou a mão, soube que era uma mulher. Estrutura óssea delicada, unhas irregulares, pedaços de laca vermelha. O pulso estava fraco e rápido. Pensou em levá-la para o hospital, mas conhecia aquele hospital bem até demais. Iriam tratá-la como uma bêbada e, depois de aquecê-la, a jogariam de volta na rua. Ele apoiou a cabeça dela, colocou o braço por baixo dos joelhos e a levantou. A moça era só ossos, muito leve. Respirava bem e não cheirava a bebida. Ele a carregou para o carro, a ajeitou para que ficasse firme em um dos braços, enquanto abria a porta de trás. Tentou dobrá-la para entrar, mas não conseguiu ser completamente delicado, então teve que puxar e empurrá-la. Estava fraca, e ele, preocupado. Mas seu pulso parecia mais estabilizado agora e ela ainda respirava de forma apropriada. Resolveu levá-la para a casa dele.

Harry morava com uma cachorra marrom esperta e de aspecto comum chamada Edith. Como acontece quando uma pessoa mora com um cachorro, o bicho se tornou paranormal. Quando Harry parou o carro, Edith sabia que ele tinha pegado alguém na estrada. Ela esperou silenciosamente, em alerta, na entrada. Chegou perto quando Harry parou e ficou do lado dele quando se inclinou na parte de trás do carro. Ele puxou o outro humano, cambaleou um pouco enquanto o puxava em seus braços, endireitou-se e começou a andar. Por causa do jeito que Harry segurava a mulher, Edith ficou preparada para protegê-la.

Colocou o nariz na perna da mulher. Ela tinha dormido com roupas de um homem que cozinhara com gordura, dormido na neve sobre ramos de hortelã selvagem perto da carcaça de um gambá, recentemente estivera na cidade e antes disso na água. Não havia nenhum ferimento, mas estava confusa, desesperada, e talvez tenha resolvido dormir para sempre. Edith aceitou tudo isso. Quando Harry a trouxe para dentro de casa, Edith o seguiu. Ficou em estado de atenção; as orelhas se viraram para frente quando ele deitou a moça no sofá que Edith reivindicava depois que Harry dormia. Era um sofá grande e macio e a mulher era pequena. Edith não se importou em dividir.

ANTES DE abrir os olhos, Vera detectou um homem. Manteve os olhos fechados, tentando fazer o coração não pular do peito. Sentiu cheiro de comida. Sua cabeça virou e seguiu o aroma.

— Abra a boca.

Uma voz de homem, o que a fez tremer, mas era um tom gentil.

— Eu sou médico. Consegue tomar um pouco de sopa?

Ela não devia abrir os olhos, mas não conseguiu se segurar e abriu a boca. Ele lhe deu uma sopa miraculosa cheia de pedaços de carne, cenoura, cebola e trigo. O homem derramou um pouco de água em seus lábios e colocou um pedaço de pão em suas mãos. Ela manteve os olhos fechados, mas lentamente comeu o pão. Gradualmente, à medida que a comida fazia o caminho por seu corpo, sentiu a estranheza de estar do outro lado das coisas. Como se tivesse passado pelas entranhas de um tornado. Continuava mexida por dentro, até a medula. Depois que comeu, seu corpo pediu para dormir, então ela dormiu, dormiu muito. Toda vez que acordava, mantinha os olhos fechados. Não queria saber o que havia ali fora.

Harry preparou um banho e levou-a para o banheiro, porque ela ainda não abria os olhos.

— Aqui — disse ele, quando ela entrou. — Aqui é a pia. — Ele colocou a mão dela na porcelana. — Do lado dela fica a privada e aqui a banheira.

Ele colocou as pontas dos dedos dela dentro da água.

— E aqui está a tranca — disse ele, levando-a para trás da porta.

Colocou a mão dela no pequeno pino de metal.

Ele fechou a porta quando saiu. Vera deslizou o pino, trancou e, tateando, chegou à privada. Urinou por um minuto inteiro, depois tirou as roupas, tateou o caminho até a banheira e entrou na água quente. A beleza da sensação foi tão intensa que o medo sumiu. Parecia um tipo de nascimento. Ela abriu os olhos. A luz do sol atravessava a janela embaçada. Havia uma planta verde na prateleira. O ar leve e delicioso do outono. Ela era um bebê novo — a pele frágil como papel e os braços muito fracos enquanto o cérebro transformava formas em pensamentos.

Na manhã seguinte, ouviu o homem rindo.

— Edith, você foi bem ligeira mesmo. Ela deixou que você aquecesse os pés dela.

EDITH REALMENTE foi ligeira. Seguia a mulher. Ficava perto dela. Compreendeu pelo faro que coisas inenarráveis tinham lhe acontecido e que podiam voltar a acontecer. O nível de medo que a mulher sentia nada tinha a ver com Edith, mas sim com Harry. Ela tremia quando ele entrava no quarto, tentava se esconder, colocava as mãos debaixo do cobertor.

Era ruim, mas nada que Harry não tivesse visto antes. A contração, o tremor, os olhos agitados, pesadelos, lágrimas repentinas, mas sem soluços, a tentativa de esconder o medo. Ele se sentava no quarto com ela, lia uns livros de detetive da biblioteca, tocava discos. Ela não dizia de que tipo de música gostava. Ele gostava de country, mas achou que devia manter apenas músicas sem letras. Músicas relaxantes. Nada de Kitty Wells. Nem Hank. E nenhuma das animadas Andrews Sisters, nem *big-band* da guerra. Ele tinha alguns discos antigos que a mãe ouvia, instrumentais e relaxantes. Às vezes, seus olhos reviravam para trás e ela começava a se debater, como se estivesse empurrando alguém para longe. Tocá-la deixava tudo pior. Nem mesmo Edith podia ajudar. Ele colocava Debussy e esperava.

O Homem Faminto

A NEVE pesada caíra à noite e cobrira tudo. Millie soube disso no momento em que abriu os olhos. O ar lá fora estava diferente, cheio de um frio radiante. Foi uma luta sair da cama ao lado do aquecedor. E sentia falta da confortável proximidade de sua chaleira de chá. Mas tinha que arrumar as malas e sair. Calçou as galochas de zíper, forradas de feltro e com acabamento com pelo de animal. Tão básicas. O casaco pesado, que a mãe encontrara por um preço que pudesse pagar, era decepcionante: uma jaqueta de lã com forro marrom acolchoado. Quente, mas o tecido tinha manchas perturbadoramente aleatórias de lã vermelha. Ela teve que contra-atacar tudo com o novo conjunto de linhas rígidas brancas e pretas.

Lembrou que a tinham apelidado de Xadrez da última vez. Será que agora a chamariam de Listrada?

A mãe também comprara para Millie um conjunto de ceroulas de lã. Não pensou que chegaria a usá-las, mas, ainda assim, na hora de sair, enfiou-as na mala.

Lá fora, praticamente precisava de óculos escuros por causa da luminosidade. O som estava abafado. No início, a sensação era de estar debaixo de quilômetros de água limpa. Em seguida, o arrastar de pneus e passos na neve ficou normal. A primeira nevada, mesmo que significasse cada vez mais neve, sempre deixava Millie empolgada. O ônibus estava aquecido e quase vazio, o que era um alívio. Enquanto caminhava, os olhos se acostumaram com o mundo brilhante. Quando entrou na estação de trem, foi como se uma cortina verde caísse em sua vista. Cega, teve que parar abruptamente diante da porta giratória e alguém trombou com ela antes que seus olhos se adaptassem. Detestava ser empurrada por estranhos. Depois que se recuperou, caminhou com atenção especial, se esquivando das pessoas com antecedência, mas mantendo um ritmo uniforme, até chegar à bilheteria. Essa mudança foi tranquila, pelo menos. Era um daqueles dias em que não gostava nem de descer as escadas para a plataforma, porque era quase impossível não tocar nas pessoas no processo de embarcar no trem. Segurou a mala com firmeza e se concentrou no que estava levando. Uma cópia do estudo datilografada em papel de seda. Seu orientador estava com a outra cópia. Vários anos de trabalho duro naquele estudo e não tivera tempo de copiá-lo no escritório administrativo. A existência frágil dos papéis a deixava tensa. O pai a encontraria em Rugby, como da última vez. Ela se sentiria melhor quando houvesse alguém que respeitasse a importância do estudo. Que ajudaria a protegê-lo. Por essa razão, pediu que o pai trouxesse Thomas Wazhashk.

MILLIE NÃO sabia que, enquanto viajava, a neve seguia seu rastro como uma longa capa ondulante. O vento chegou quando se aproximaram do plano Vale Red River e continuou até Fargo. A ventania ficou mais forte, provocando tempestades de neve no solo que o trem atravessava com facilidade, mas fez com que a maioria das viagens de carro fosse interrompida, de maneira que, quando finalmente chegou ao seu destino, Millie teve que esperar até que a estação de trem ficasse quase vazia antes que Louie e Thomas aparecessem. Seu pai imediatamente a abraçou, o que a deixou confusa.

— Ah, Xadrez — disse ele. — Estou tão feliz que veio nos ajudar!

Thomas apertou sua mão, o que foi tranquilizador. Os homens estavam exaustos, tiveram que tirar a neve da frente várias vezes ao longo do caminho. Como era impossível partir naquela noite, o chefe da estação permitiu que dormissem nos bancos com alguns outros viajantes presos pelo tempo. Usando a mala como travesseiro, Millie tentou se acomodar.

— Não parece nada confortável — disse o pai. — Use minha jaqueta como travesseiro.

— Não quero perder o relatório dentro da mala — disse Millie. — Nem que seja roubado ou algo assim. É minha única cópia.

— O que acha de eu pegar a corda no seu carro e amarrar a mala em mim e na Millie? — sugeriu Thomas.

Ótimo, ele tinha o respeito apropriado pelo documento, pensou Millie, aliviada.

Thomas e Millie dormiram com a mala entre eles, a corda fora enrolada duas vezes nas fortes alças e depois bem amarrada no punho dos dois.

Para Louie, a presença da corda mostraria que a mala tinha algo valioso, o que poderia atrair algum ladrão. Mas nenhum dos companheiros desabrigados dali parecia nem de longe com um larápio.

De manhã, tomaram café da manhã num restaurante que anunciava o prato Especial da Casa para o Sujeito Faminto na vitrine. Foi o que os três pediram e a piada foi que Millie comeu o dela e o que sobrou do deles e ela nem era homem, mas estava mais faminta que um.

— Às vezes, sonho que sou um homem — disse Millie.

Era o tipo de comentário para o qual nenhum deles tinha resposta.

— Que bom que a neve parou — comentou Louie, olhando pela janela.

— Espero não ter que usar a corrente de guincho — disse Thomas.

— De qualquer forma, está clareando.

— Continuo bravo comigo mesmo por não ter colocado as correntes nos pneus ainda.

— Talvez a gente tenha que pedir para a Millie aqui mais um desjejum — disse Louie. — Mal não vai fazer esperar até que o sol bata um pouco na estrada.

— Vou pegar mais café — disse Millie. — Mas terá que parar para mim no caminho. Eu corro para trás das árvores.

Louie se esquecera de que as conversas com a filha quase sempre eram interrompidas por esse tipo de declaração desconfortável. Os dois homens falaram com a garçonete quando ela veio retirar os pratos e não tinham certeza, na verdade, do que seria seguro conversar com Millie.

— Um *M*, um *E*, dois *L*s, dois *I*s — disse Millie, do nada. — Sou eu. — Ela sorriu para eles e disse: — Enquanto esperamos aqui, vamos conversar sobre as descobertas do meu estudo.

Boas Notícias, Más Notícias

THOMAS REFLETIU a respeito do relatório detalhado.

A BOA notícia é que somos pobres o suficiente para requerer que o governo mantenha, e até aperfeiçoe, o status quo.

A má notícia é que somos pobres e ponto final, acabou.

A boa notícia é que o condado, o estado e nossos vizinhos das cidades fora da reserva não nos querem em suas mãos.

A má notícia é que não é só porque somos pobres. É porque não gostam de nós.

A boa notícia é que temos um teto sobre nossas cabeças.

A má notícia é que 97% deles são feitos de papel de alcatrão.

A boa notícia é que temos escolas.

A má notícia é que muitos de nós são analfabetos.

A boa notícia é que foi encontrada a cura para o último flagelo que nos atingiu, a tuberculose.

A má notícia é que muitos dos nossos parentes morreram e suas crianças agora são criadas em internatos.

A boa notícia é que temos esse relatório.

A má notícia é esse relatório também.

Voando sobre a Neve

PATRICE LENTAMENTE tirou o pó da sua estação de trabalho com uma escovinha macia. A neve caía em espessas camadas. Agora só haveria uma chance de testar as possibilidades das informações de Betty Pye na primavera. Tinha decidido que faria o teste com Wood Mountain porque, se tudo corresse bem, ele era menos "pegajoso" do que Barnes. Tinha em mente os pequenos carrapichos que grudavam nas calças e nos casacos, dobrando o tecido fazendo uma nova costura. Pegajoso. Parecia que Wood Mountain tinha muitas admiradoras. Ele deve até estar de olho em alguém, o que o tornaria menos sujeito a ficar com ela. Além disso, se algo desse errado, o que ela não esperava que acontecesse, podia dar a ele o bebê para criar. Sim, era um pensamento ultrajante! Nunca ouvira falar de uma mulher que tivesse feito isso. Mas veja como ele é bom com bebês. O único lugar que podia pensar para tentar fazer sexo era no bosque, mas agora a neve caía com muita força, não daria certo. A menos que, de alguma forma, fizesse no trabalho. Ajustou o equipamento e começou sua meticulosa tarefa. Ontem, Betty Pye espirrara na lente de aumento, e o Sr. Vold precisou aplicar o spray especial de limpa vidros e polir com um pano macio. Hoje, Betty não veio por causa de um terrível resfriado, então não havia distrações. Como sentia falta de Valentine! E dos intervalos de café. E também de luz. A escuridão chegava mais cedo nessa época do ano.

DORIS E Valentine já estavam no carro quando ela chegou.

— Desculpe — disse, entrando no banco de trás.

— A gente quase te deixou para trás — respondeu Valentine. — Doris está doida para chegar à estrada.

— Mentira, quase deixamos nada — disse Doris. — Eu precisava esquentar o motor de um jeito ou de outro. A Valentine aqui que vive exagerando.

— Eu não!

Patrice se inclinou para trás. Era possível sentir o calor chegando a seus pés, que já estavam ficando dormentes nas botas finas. Precisava de meias mais grossas. Um suéter por baixo do casaco. Seu grande achado, o casaco azul, tinha aguentado só até outubro. Pensou em como Pokey andava bem agasalhado graças a Barnes, e se sentiu culpada de novo por escolher Wood Mountain em vez dele, apesar de ser uma escolha sem sentido, por causa da neve. Pelo menos a estrada estava limpa o suficiente, dirigir não era impossível. À frente, a discussão ia virando provocações e risos, então Patrice deixou os pensamentos voarem soltos. E se fosse visitar Wood Mountain na casa dele, quando Juggie já tivesse saído? E se pegassem o carro da Juggie emprestado? E se... ah, e se... e se fossem para aquela velha cabana abandonada na colina, a que Vera costumava ficar ajeitando porque achava que poderia ser sua algum dia? Não, que ridículo. Era tão frio lá fora quanto dentro da cabana, e talvez houvesse até galhos crescendo nas paredes. *Mas ainda tinha um fogão de latão pequeno e enferrujado lá*, pensou, *e podia levar cobertores*. No entanto, isso significaria que tinha planejado tudo isso, o que fez sua cabeça girar. Fechou os olhos. O peito forte de Wood Mountain, sem camisa e brilhando com suor e calor. O olhar em seu rosto na primeira vez que percebeu que amava o bebê, mas aquele olhar de adoração dirigido a ela — espera, não era isso que queria. Wood Mountain era um experimento pessoal. O plano era apenas testá-lo, não ser adorada ou amada nem nada que pudesse torná-lo pegajoso, como Barnes. Mas ele já não era um pouco pegajoso? Ficava vindo em casa para ver o bebê, não ficava?

Não, não era pegajoso. Ele nem olhava mais para ela. E, agora que a neve tinha caído, ele não estaria montando o Gringo. Aquele cavalo era valioso demais para ficar no frio. Na verdade, nem o veria coisa nenhuma. Ficou um pouco decepcionada. E novamente o pensamento daquela velha cabana, ou do carro de Juggie. Aquele carro bonito que Bernie Blue lhe deu. Com o dinheiro que Bernie ganhara de alguma forma. Os pensamentos de Patrice mudaram.

Como Bernie ganhava dinheiro? Com coisas erradas, é claro. Bernie vivia com um homem violento e obscuro, que talvez tenha lhe dado dinheiro. Por alguma razão. Talvez amor. Mas um homem obscuro e violento daria a uma mulher tanto dinheiro por amor? Patrice não fazia ideia. Juntara certa quantia como a vaca aquática, então talvez houvesse outras coisas que Bernie fez para montar um pé de meia. Coisas sexuais que Patrice nem sabia que podiam ser trabalho, da mesma forma que não sabia que nadar em um tanque vestida de vaca azul seria. *Ou talvez*, pensou ela, *o tipo de drogas que Jack obviamente usara. Devem valer dinheiro, assim como a bebida*. Seus pensamentos se desviaram. Talvez Bernie tenha algo a ver com as coleiras, as correntes e a ameaça daquela casa fechada com tábuas. Talvez Bernie estivesse envolvida de alguma forma com o lugar para onde Vera fora e o dinheiro com que pagara o carro tenha alguma relação com o lugar para o qual Vera foi. As coisas que Betty tinha tentado lhe contar eram verdade, e talvez tivesse algo a ver com o lugar em que Vera estava. Além disso, o que Wood Mountain tentara contar no trem e depois sobre os barcos tão grandes que chegavam a ser inimagináveis eram também as coisas de que Betty Pye tinha falado, e se relacionavam com o lugar para onde Vera tinha ido.

Eram possibilidades que ela sabia que outras pessoas consideraram e sempre tinham considerado. Eram coisas em que Patrice tentara não pensar. Mas fatos que agora caíam sobre ela com todo o peso e a fizeram dar um grito afiado do banco de trás. Ela achou que Valentine fosse se virar, mas não, a amiga estava tão absorta em uma entusiasmada conversa sobre como fazer guardanapos e bordar fronhas para enxoval e sendo tão enfadonha e irritante que não dava mais para aguentar. As freiras tinham ensinado a ela. Mas chega! Não faria isso! Por nada no mundo. Nem pelo enxoval. Se casaria sem enxoval. Doris concordou com veemência. Valentine virou a cabeça e olhou com raiva pela janela. Ela ficou em silêncio. Seu rosto estava refletido no vidro, e, do banco de trás, Patrice podia ver como os olhos de Valentine viravam de um lado para o outro, brilhando de tristeza. Valentine nunca bordara para um enxoval. Tinha bordado para as freiras durante os anos que passou, quando garotinha, no internato, furando os dedos, tentando fazer o desenho de forma correta. A mãe quase morrera de tuberculose e Valentine quase morrera de solidão ao longo dos anos.

PATRICE VESTIU as ceroulas, o macacão acolchoado, duas camadas de meias de lã, as botas do seu pai e pegou um rolo de arame de um prego ao lado da porta. Era seu dia de folga, mas não ia caminhar nem pegar carona para a cidade. Mais neve tinha caído durante a noite sem vento e agora estava suspensa nas árvores, delineando cada galho. Havia um silêncio mágico. Era o tipo de dia que Patrice gostava para caçar coelhos.

Com freixo curvado e tendões, Zhaanat fizera para a filha um par de raquetes de neve. Usando-as, Patrice podia ir a qualquer lugar, suspensa como a neve naquela brancura congelada. Ao longo do pântano congelado, amarrou juncos nas trilhas de coelhos para prender as armadilhas. Carregava um grande saco de pano amarrado na cintura e, ao atravessar o pântano, arrancou taboas plumadas dos caules e colocou dentro do saco até encher. Fez armadilhas na vegetação rasteira que ia até a cabana de Vera. Os cedros que Zhaanat plantara em pontos úmidos estavam quase pretos no frio, adormecidos. A medicina que proviam era suave nessa época do ano. Por fim, Patrice atravessou um emaranhado de framboesa e bétula até a clareira onde ficava a cabana. Lá estava, uma caixa de madeira e lama suspensa na neve. Ainda tinha as portas, as pequenas janelas e o vidro continuava miraculosamente intacto. De fato, era possível ver pequenos choupos crescendo no telhado. Estavam carregados de neve e contribuíam para o encanto do lugar. Era tão quieto ali. Tão adorável. Ah, Vera. Por mais curiosa que estivesse, como é que tinha a pachorra de pensar em levar Wood Mountain ali para fazer um sexo grosseiro?

Estou só curiosa, ou sou como a Betty? Será que há algo de errado em ser como a Betty? *Melhor do que ela eu não sou*, pensou. Foi tomada por uma síncope, por uma sensação úmida e ansiosa. Não, não sou melhor que nenhuma outra mulher. Mas o pensamento não apaziguou o anseio, tão misturado com vergonha. Em vez disso, pensou em quão frio e escuro estaria dentro da cabana, mesmo que acendesse uma fogueira. Provavelmente haveria um gambá morando ali. Patrice se virou e voltou, não pela mesma trilha. Queria que a lenta queda dos restos de neve cobrissem seu rastro perto das armadilhas. Pegou um caminho mais difícil para casa, passou ao lado de uma ravina onde a neve se amontoava, o solo estava instável e o acesso, difícil. No meio do caminho, pisou em uma trilha com neve que desmoronou e caiu em um buraco forrado de folhas.

Foi tão repentino que, depois que caiu, ficou sentada um pouco nas folhas, perplexa, mas confortável, e sem vontade de se mexer. Tirou as raquetes dos pés. Lá em cima, no topo da ravina, ouviu passarinhos murmurando — aqueles gordinhos e cinzentos que ciscavam na neve atrás de comida e voavam em bando. Sua queda na neve só os perturbou brevemente. Ela virou a cabeça. Para trás, havia uma abertura estreita entre raízes e um monte de folhas, e, mais atrás ainda, uma escuridão profunda e amistosa. Parecia acolhedora; a cama de folhas, a curvatura das raízes secas... *Aqui podia ser meu ninho de amor*, pensou ela. Eu poderia gostar de um homem que gostasse daqui.

Mas sim. O lugar parecia vivo, a margem da ravina, a caverna de folhas. Parecia ter vida. Da entrada, sentiu o cheiro inconfundível de urso, mas era um tipo suave de odor, infiltrado debaixo das densas folhas de carvalho. Achou que devia sentir medo, mas não sentia. Sabia que o urso estava dormindo profundamente. Agora se arrependeu de não ter levado a espingarda. Assim era a melhor forma, a única forma de verdade de matar um urso com a arma velha que sua família tinha. Ainda assim, teria caído com a espingarda pendurada no ombro. Teve sorte de cair sem se machucar com as raquetes nos pés. Ela se virou para ficar mais confortável. Lá fora, a neve caía pelas camadas de ar, floco por floco. Olhar a neve planando colocou Patrice em um transe, e agora podia sentir o lento movimento dos pulmões do urso, o que a deixou ainda mais sonolenta. Talvez, as folhas fossem aquecidas pelo corpo dele e pela lenta respiração. Patrice se enrolou como uma bola e fechou os olhos. Era hora de seu cochilo do final de semana, de qualquer forma, que chance uma mulher trabalhadora moderna teria de dormir com um urso vivo?

ACORDOU DENTRO DA caverna de folhas com uma sensação de que algo bom tinha acontecido e poderia acontecer. Depois se lembrou de que tinha dormido a poucos metros de um urso. Colocou as raquetes e saiu em silêncio, primeiro caminhando, depois saltando com os joelhos altos para a neve ir caindo das raquetes, ao longo da beira da ravina. O ar gelado que invadia sua garganta era fonte de poder. Dormir foi um combustível que também a deixou animada e com energia. Ela era tão mais forte do que pensava. E corajosa. Estava quase voando sobre a neve enquanto descia a colina.

— O VELHO, ele está por perto — disse Zhaanat, quando Patrice entrou em casa.

— Como você sabe?

— Encontrei marcas de pés essa manhã. Senti o cheiro dele lá fora. Sinais.

— E a sorte dele está prestes a acabar.

Era sempre assim. Depois de uns dois ou três meses vagando por aí, Paranteau geralmente chegava cambaleando, fumegando e delirando.

— Eu fico de vigia à noite — disse Patrice, e saiu para pegar o machado.

A noite estava clara, mas o vento tinha mudado.

Patrice levou o machado para dentro e o colocou sobre a mesa. Ela tinha trazido querosene e podia manter a luz acesa a noite toda. Pegou um livro, alguns papéis e uma caneta. Pokey estava encolhido no colchão. Zhaanat foi para a cama com o bebê.

NO MEIO da noite, Patrice percebeu que não tinha pensado em Wood Mountain nem uma vez desde que acordara na caverna de folhas. Talvez tenha até perdido o interesse. A intensa concentração nesses pensamentos e planos parecia remota. Por que perderia tempo tentando conhecer homens se tinha dormido com um urso? Ela estava bem acordada agora, porque dormira à tarde. Manteve as forças que ganhara com os minutos de sono. Eram necessárias ideias melhores. Por que algo seria impossível?

Na hora mais escura da noite, Patrice abasteceu o fogão e colocou as botas e o casaco para combater o frio que entrava em casa. A madeira, queimando, trincava. Depois os tocos viravam carvão. Tudo acabava. Ela ouviu com atenção. Nada, nada, nada. Mas podia sentir a respiração tranquila da noite. Pôs as luvas da mãe, pegou o machado e saiu. Lá fora, o silêncio era retumbante. O céu negro era um poema além de qualquer significado. *Esse Mundo não é a Conclusão. / Há uma Espécie além... / Invisível, como a Música... / Mas Verdadeira, como o Som.*

Armadilhas

— Será que Doris e Valentine não gostariam de me ver colocando as armadilhas? — perguntou Patrice ao irmão no dia seguinte. — Ali, está vendo o lugar onde o coelho pulou? Coloca uma ali em cima.

— Eu sei! Para de mandar em mim!

Pokey enrolou o arame e o prendeu em um galho que pendia acima do ponto que queria usar.

— Todos os meus amigos pegam e caçam coelhos — disse ele. — Suas amigas são inúteis.

— Elas trabalham. E pertencem ao Clube das Donas de Casa. Elas costuram, cultivam jardim e criam galinhas.

— Queria que a gente tivesse galinhas — disse Pokey. — Eu podia colocar elas no celeiro pequeno.

— Elas iam virar pedras de gelo.

— Talvez seja melhor colocar um fim nessa história, Pixie.

Pokey era o único que podia chamá-la de Pixie.

— Acabar com o quê?

— Você sabe.

Patrice era a pessoa que tinha sido antes de seus pensamentos terem se tornado sujos. Se sentia superior à pessoa que era antes de ter dormido com um urso. Deu um sorriso a Pokey.

— Imagino que você esteja falando do Cabelo de Palha, não é?

— Ele é legal comigo. Mas eu sei por quê. Não é ele.

— Wood Mountain?

— Ele só é meio ruim.

— Menos do que cinquenta por cento ruim. — Patrice levantou um pouco os ombros — Estou procurando por algo mais como noventa por cento bom.

Pokey bateu nela.

— Ele te acha inteligente, sabia?

— Acha?

— Disse que talvez seja inteligente demais para ele.

— Talvez ele esteja certo.

Pokey olhou cético para ela, depois se abateu.

— *Gego babaamendangen, nishimenh*, relaxa. Vamos verificar as armadilhas que coloquei ontem perto da casa velha.

Patrice falou para a mãe sobre o urso, mas em Chippewa, que Pokey não entendia muito bem. Também usou as palavras mais complexas que pôde pensar, para que ele não descobrisse o que ela estava falando e não inventasse de tentar atirar no urso sozinho. Zhaanat a ouvira com os olhos brilhando e o bebê dormindo no peito.

Quando se aproximaram da cabana de Vera, cruzaram o pântano congelado, buscando com cuidado as armadilhas que Patrice montou. Encontraram uma grande lebre-americana branca congelada e um coelho-de-cauda-de-algodão menor. Subiram a colina, passaram pelos arbustos e depois pararam diante da cabana. A calma imperturbável do lugar fez Patrice se sentir tão sozinha, que disse não a Pokey quando ele quis olhar a cabana.

— É da Vera — disse ela.

— Então só vou olhar pela janela.

— Não — disse, mas ele foi até lá do mesmo jeito.

O rapaz ficou parado diante da janela com as mãos em concha ao lado dos olhos.

— Tem alguém dormindo lá dentro — disse. — Encolhido perto do fogão.

— Volte aqui — ordenou Patrice.

Ela sabia que quem estivesse lá não estaria dormindo. Não havia pegadas no dia anterior. As de Pokey eram as únicas ali hoje. Pela forma como o rosto de Pokey estava quando voltou, ela sabia que ele também sabia.

— Vamos voltar para casa. E não fale para a mãe.

— Melhor não — disse Pokey. — O que vai fazer?

— Vou à cidade, chamar Moses Montrose. Ou o tio Thomas. Mas não conte para a mãe ainda.

— Não vou falar. Estou com medo de quem pode ser.

— Eu também. Conseguiu ver se era homem ou mulher?

— Está enrolado em um cobertor.

— Acho que é melhor chamar o tio Thomas — disse Patrice.

O FRIO apertou e queimava enquanto Thomas, Patrice e Wood Mountain seguiam para a cabana. Wood Mountain puxava o trenó que

Zhaanat e Patrice usavam para carregar a caça na neve e que Pokey usava para escorregar pelas colinas. Pokey queria ir, mas o fizeram ficar em casa com a mãe, que sentou distraidamente diante do fogão, ninando o bebê. Já haviam contado a Zhaanat o que tinham visto na casa da colina. Ela perdera o equilíbrio e caíra de volta na mesa, como se tivesse sido atingida por um golpe.

Chutaram neve suficiente para abrir a porta e entraram. Patrice sabia antes de Thomas retirar o cobertor. Mesmo antes de ele brevemente descobrir o rosto, ela reconheceu os sapatos. Sapatos finos com buracos que revelavam o papelão lá de dentro. Os sapatos do pai. E as garrafas de bebida. Umas seis ou mais. Sua morte deve ter sido indolor.

Os dois homens se afastaram e colocaram as mãos nos grossos gorros de lã com abas que estavam amarrados em seus queixos.

— Podem ficar com os gorros — disse Patrice, furiosa. — Só vamos levá-lo colina abaixo.

Então os homens o carregaram, e Patrice caminhou na frente. O fato de ele ter escolhido voltar e morrer na casa de Vera a deixou tão brava que ela chegou a ficar com calor enquanto caminhava. Agora as paredes da casa de Vera estavam manchadas de morte. Os olhos de Patrice continuavam marejando. Não de lágrimas. Ela não estava chorando. Era o frio. E o terror de que poderia ter sido a Vera. Quando pensava em Paranteau, só conseguia lembrar das vezes em que ele chegava bêbado e arrastava todos para o seu horror. De quando ele jogou Pokey na parede. Ela sabia que nem sempre fora assim, mas não conseguia se lembrar. *Já vai tarde*, pensou ela. Ninguém falou nada. Todos usavam raquetes nos pés e conseguiram chegar antes de escurecer. Pokey saiu da casa. Seu rosto não se alterou quando descobriu quem era. Ele ajudou a colocar o pai no alpendre. Os homens ficaram do lado de fora enquanto Patrice entrou na casa. A mãe desviou o olhar quando ela contou quem era. Patrice sabia que ela não queria que a filha visse o alívio em seu rosto.

Agora era Pokey quem estava usando as emoções para cortar madeira. Talvez tenha amado o pai. Ou talvez achava que deveria amar o pai. Antes de os homens irem embora, puxaram uma árvore caída do bosque e a cortaram para pôr no fogão. Pokey e os outros manteriam o fogo aceso para Paranteau. Não sabiam ao certo há quanto tempo ele morrera. Mas seu espírito poderia ainda estar vagando, disse Zhaanat. Precisavam encaminhá-lo para a estrada. Ela queria que fosse enterrado em uma clareira atrás da casa, onde poderia ficar de olho nele, disse. Wood Mountain trouxe naquela mesma noite um carrinho cheio de madeira. Fez várias fogueiras no terreno do enterro. Teriam que amaciar a terra para abrir a cova. Wood Mountain trouxe uma picareta de gelo, uma pá e um grande pote com o ensopado de carne de Juggie, com generosos bolinhos de carne, batatas e cenouras macias em um caldo apimentado e engrossado com farinha.

NAQUELA NOITE, Patrice foi acordada por um som que começou baixo e depois ganhou força até que se tornou um rangido alto. Vinha de dentro da cabana, de onde sua mãe dormia. Ou será que vinha de trás da parede, onde o pai, congelado, estava deitado? Patrice afundou inexpressivamente no sono. A certa altura percebeu que Pokey tinha arrastado a cama dele e estava encostado às suas costas.

FOI DIFÍCIL ir trabalhar na manhã seguinte. Ao sair de casa, Patrice olhou para o alpendre. O corpo do pai continuava lá, enrolado em um cobertor, na cama que costumava dormir depois de suas bebedeiras. *Devia estar triste*, pensou Patrice, mas não era assim que se sentia. Estava feliz por ele não ter voltado à vida, o que a deixava chateada. Como era triste não estar triste...

Quando o carro parou, Patrice viu Valentine, carrancuda, na janela do banco traseiro. Abriu a porta de trás.

— Por que está sentada aí atrás?

— A Doris mandou.

Valentine cruzou os braços e olhou para frente.

— Vai para o banco da frente — disse Patrice.

— Não — disse Valentine. — Estou só fazendo o que a Doris me mandou fazer.

Doris fingia que não havia nada acontecendo. Não falava. *O que quer que tivessem discutido era uma estupidez*, pensou Patrice, mas se lembrou da tristeza nos olhos de Valentine, enquanto olhava pela janela da frente do carro e disse:

— Por favor, então. Por favor, sente-se no banco da frente. Não sei por que vocês discutiram, mas não vale a pena. Vocês são melhores amigas.

— Você é minha melhor amiga — disse Valentine, em voz baixa, mas ainda alto o bastante para Doris ouvir.

— Nós três somos amigas — disse Patrice. — E, inclusive, falando nisso, devemos incluir a Betty. Vamos, vai para o banco da frente. Vamos nos atrasar.

— Isso — concordou Doris. — Vamos nos atrasar. Vamos.

— Peça desculpas! — gritou Valentine.

— Eu vou perder a paciência — disse Patrice, surpresa com sua própria voz autoritária. — Valentine. Vai pro banco da frente.

Valentine saiu do carro e, se segurando como um passarinho ferido, foi para a frente. Ela vestia um casaco fino marrom com gola estofada que caía muito bem nela. No banco de trás, Patrice fechou os olhos. Um dia, teria seu próprio carro. E um casaco igual ao da Valentine. Qualquer coisa poderia acontecer agora. Se lembrou de quando acordou nas folhas, da sensação formigante de que alguma coisa boa logo iria acontecer. Será que fora seu pai? Será que o encontrar morto foi a coisa boa que aconteceria?

Patrice, você é terrível. Tão deplorável, ele era tão deplorável. Por que ela não sentia mais? Ele devia ter morrido enquanto ela dormia na caverna de folhas. A sensação estranha de leveza voltou. Ela se viu saltando pelo vale da ravina. Não tinha ideia de que estava carregando tanto peso. E então o fardo desapareceu. O declínio violento do pai pairara sobre ela pela maior parte da vida. O pavor desapareceu. Foi embora quando ele morreu. Ela não tinha se dado conta de que era tão pesado.

Trabalhou na fábrica de rolamento de joias o dia todo. Incapaz de fingir tristeza, Patrice não contou para ninguém sobre o pai.

Do Berço ao Túmulo

THOMAS TRABALHAVA no túmulo enquanto Wood Mountain terminava o *cradleboard*. Estavam no celeiro de Louie, porque ele tinha todas as ferramentas — serras, plainas, limas, torno, martelo e lixas. Nenhum dos dois falava. Thomas usava um formão afiado para encaixar os cantos das tábuas. Não gostava de usar pregos em túmulos. Fez pequenos caibros para o telhado e depois aplainou as telhas necessárias. Sabia que faziam telhas de papel de alcatrão ou de caibros comprados, mas se sentia próximo de Zhaanat enquanto trabalhava — ela tinha lhe pedido para fazer o túmulo, porque sabia que ele fazia do jeito antigo. Só que Thomas se perguntava se aquele era mesmo o jeito antigo. Biboon disse que o pai dele se lembrava do tempo em que a pessoa morta era cuidadosamente embrulhada em casca de bétula e depois presa no alto de uma árvore. Parecia melhor. O falecido seria comido por corvos e urubus em vez de vermes. O corpo voaria por cima da terra, em vez de ser distribuído entre criaturinhas que viviam embaixo do solo. Esse túmulo, provavelmente, surgiu depois de terem sido forçados a morar em um lugar, nas reservas. Eles tinham principalmente enterros católicos. Queria perguntar a Wood Mountain, o que ele achava melhor: árvore ou terra? No entanto, Wood Mountain estava terminando o *cradleboard*.

— Acho que melhor a gente não contar a Zhaanat que estamos fazendo o túmulo e o *cradleboard* ao mesmo tempo — disse a Wood Mountain.

— Acha que pode ser ruim para o bebê?

— Não sou supersticioso — respondeu Thomas, embora certamente fosse, sim.

Mas não tanto quando LaBatte, que vivia com medo de corujas e interpretando presságios aleatórios em tudo. Wood Mountain disse que queimaria um pouco de sálvia e passaria a fumaça no *cradleboard* para tirar a urucubaca.

— Já vai servir — disse Thomas.

Wood Mountain usava a melhor ferramenta de Zhaanat para lixar a parte de cima do *cradleboard* — uma cavalinha cortada e colada em um pedaço de madeira que servia para destacar linhas estreitas do cedro branco. Num jarro de chá e noutro de vinagre, deixara guardadas umas moedas durante uma semana. Depois que lixou a madeira, pintou a base do *cradleboard* com o chá, o que lhe deu uma suave cor marrom. Pintou a parte de cima da madeira com o vinagre das moedas, tingindo-a com um azul-claro, inclusive no protetor da cabeça. Amarrou diversas peças de tendão no protetor. Às vezes, encontrava pequenas conchas do mar quando trabalhava nos campos. Algumas eram espiraladas, outras eram pequenas vieiras sulcadas. Fez buracos nelas e as pendurou ao longo dos tendões.

— Barnes disse que aqui antes era um oceano — contou ele a Thomas.

— Em um tempo infinitamente distante.

— Pense nisso. O bebê de Vera vai brincar com essas coisinhas do fundo do mar que existia aqui. Quem imaginaria?

— Aqui, estamos ligados aos povos de antigamente de várias formas. Talvez uma pessoa de antigamente tenha tocado nessas conchas. Talvez as criaturinhas dentro delas tenham se desintegrado na terra. Talvez alguns pequenos pedacinhos dessa criatura estejam dentro de nós agora. Não dá para saber essas coisas.

— Essa conexão existir mesmo depois de tanto tempo me dá uma sensação de paz — disse Wood Mountain.

— Essa é a base de tudo — disse Thomas. — E agora vamos colocar outro homem na terra. Talvez um bêbado, mas ele nem sempre foi um bêbado.

— Às vezes, quando estou por aí — disse Wood Mountain —, sinto que eles estão comigo, o povo de antigamente. Nunca falei nada, mas eles estão ao nosso redor. Nunca deixarei esse lugar.

A Vigília Noturna

TINHAM DEIXADO uma árvore com galhos fortes de pé perto da casa. Dava para pendurar um cervo naquela árvore e esfolá-lo. Ou um urso. Era o que Zhaanat estava fazendo quando Patrice chegou do trabalho. Claro que ela tinha ido atrás do bicho. Um urso era um armário de medicina ambulante. Quando um urso era morto durante a hibernação, sua carne era mais macia, mais doce. Patrice se sentiu obrigada a contar para a mãe, mas torcera para que ela não o matasse. Agora Zhaanat e Thomas estavam trabalhando meticulosamente na pele. Para Patrice, ursos sem pele pareciam muito com humanos, então ela correu para casa. De lá, ouviu-os cantando para o urso em voz baixa enquanto entrava. A casa estava quente e acolhedora. As pessoas estavam sentadas em torno do fogão, à mesa. O bebê estava nos braços de Juggie e Rose estava fazendo pão bannock. Havia gente sentada na cama de Pokey e no colchão baixo da mãe. Algumas tinham trazido cobertores e os jogaram nos ombros para que pudessem dormir no chão. Patrice conhecia todo mundo, ou quase. Sua cortina fora puxada e uma pessoa, que ela não conhecia, estava sentada em sua cama, sozinha, segurando uma xícara de chá. Talvez fosse uns anos mais velha que Patrice, com cabelos lisos escuros e óculos de gatinho. Vestia um suéter desconcertante com linhas brancas e pretas. A colcha de Patrice também era, em sua maior parte, preta e branca. Quem era ela?

Alguém pendurara um cobertor num canto, para privacidade; um lugar onde Patrice pudesse trocar de roupas. Ela colocou ceroulas, macacão e um suéter velho da caridade. Pegou as luvas de pele em uma prateleira. Vestiu um gorro de lã e, quando saiu de trás do cobertor, a mulher que desconhecia foi surpreendida pela mudança no visual.

— Olá — disse a moça. — Meu nome é Millie Cloud.

Ela não estendeu a mão, então Patrice o fez. Millie examinou a mão de Patrice como se fossem incomuns, como as de Zhaanat, mas depois as apertou quase com desespero. O aperto de Millie era forte, como o de uma pessoa branca.

— Sua mão tem calos — comentou Millie.

— Gosto de cortar lenha — disse Patrice. — Vou lá fora agora cortar.

— Nunca cortei lenha — disse Millie. — Quando sua casa foi construída?

— Não sei.

— Vejo que aproveitaram bem o papel de alcatrão. Seu pai que fez?

— Ele? Isso eu queria ver. Meu pai era um bêbado — informou Patrice.

— Você é muito comunicativa — falou Millie.

— Bom, a cama em que está sentada é minha — disse Patrice.

— Achei que fosse. Notei a pilha de revistas. Se importa de eu me sentar aqui?

— E eu lá posso fazer alguma coisa a respeito? — reclamou Patrice.

Ela emendou o comentário dizendo algo agradável, murmurando que Millie ficasse à vontade para ler suas revistas, e saiu. Preferia muito mais ter enterrado o pai com poucas pessoas em volta. Não essa multidão e alguém que ela não conhecia, mas já tinha ouvido falar, a Chippewa acadêmica. Ela devia ter sido mais simpática. Lembrou-se de que poderia obter informações de como entrar na faculdade. Patrice conversou com algumas pessoas, recebeu alguns abraços, comeu bannock e a sopa de Juggie. Depois foi para fora. Pokey continuava cortando lenha.

— Pode parar um pouco — disse. — Parece que está cortando o dia todo.

— Na verdade, não. Tenho que parar e aquecer as mãos toda hora.

Patrice tirou as luvas e pegou o machado. Ela estava quente. Levou um longo tempo cortando lenha até que suas mãos ficaram frias. Pokey levou um carregamento de tocos para o fogão dentro de casa. Patrice entrou no seu ritmo e tudo desapareceu. Se esqueceu da mulher estranha em sua cama, misturando-se com o desenho da sua colcha. Esqueceu os sentimentos complicados, ou os mandou embora, junto com o machado para dentro da madeira. Se esqueceu da gentileza do urso e como o tinha traído, embora talvez, como Zhaanat sempre acreditava, o urso tenha se entregado a ela intencionalmente. Ainda parecia que sua queda fora um acidente e que o urso tinha apenas aceitado sua presença enquanto dormia, ou não a notado ali, ou talvez o urso tenha sonhado com ela, porque, certamente, ele a farejara enquanto dormia e percebera sua presença. Como deveria ser aparecer nos sonhos de um urso?

Não é algo que acontece com a maioria das rainhas do baile, pensou Patrice, *ou com a maioria das vacas aquáticas. Certamente não acontecia com muitas funcionárias da fábrica de rolamento.*

Wood Mountain estava perto da cova usando uma picareta de gelo no solo congelado. Enquanto ela trabalhava com a madeira, começaram a dar golpes alternados. O que era reconfortante. Deu-lhe força. Significava que o trabalho estava sendo feito. O pai logo estaria a salvo e ela estaria a salvo dele. Todos viveriam melhor. Nunca mais a mãe teria que dormir com uma faca embaixo do travesseiro e um machado nos pés. Nunca mais Pokey teria que se encolher. Nunca mais Patrice teria que limpar o mijo e a merda que o pai deixava pelos cantos. Ou ouvi-lo chorar no alpendre, chamando por eles como uma alma perdida. Embora tenha, de fato, o ouvido mais uma vez.

A Primeira Vigília Noturna

Depois de ter trabalhado mais um pouco, Patrice entrou em casa e comeu outra cumbuca da sopa de Juggie. O fogo sagrado queimava desde que tinham encontrado seu pai. Ela se afastou do fogo segurando uma caneca de metal com o chá da mãe. Deu algumas gotas às labaredas como oferenda. O chá era feito de folhas de cedro aromáticas e neve derretida. Era seu favorito. Havia algo diferente na água que vinha rolando dos céus, congelada, era recolhida com uma colher e fervida com cedro. Não dava para descrever. Mas o chá quente, feito com ingredientes que unem o céu e a terra, irradiava uma força penetrante por todo o seu corpo. As pontas dos dedos doíam e o estômago estava aquecido. Era possível sentir o sangue despertando. Se sentou com os homens perto do fogo. Tratavam-na diferente quando ela usava as botas do pai, o casaco grande e o macacão. Ela os ouviu falar sobre as façanhas do pai no basquete. Pogo Paranteau. Já tinha ouvido isso mais de mil vezes. Às vezes, quando, com um gesto, um dos velhos parceiros de time imitava o distinto arremesso dele, ela até ria.

A Segunda Vigília Noturna

Thomas saiu para trabalhar no túmulo, na esperança de acabar antes do amanhecer. Os outros homens revezavam com a picareta de gelo e a pá, para tirar da cova as raízes e a terra congelada. Ao fundo, havia sempre o som do esforço. As batidas eram fracas, estranhas, ecoavam no bosque e reverberavam nas árvores. Gradualmente, à medida que adentravam a terra, o som ia aficando abafado. Finalmente, os homens deixaram o fogo e entraram para comer. Patrice ficou sozinha. Em dado momento, sentiu um formigamento nas costas. Olhou ao redor, mas não havia nada. Ela se virou e caiu em um transe com o fogo, olhando como a madeira se esbranquiçava nas pontas enquanto a chama brilhava no centro. Com o canto dos olhos, viu algo se mexendo de novo. Olhou em volta. À margem do bosque, no início da trilha, algo ou alguém deslizava entre as árvores. Ela o viu tremulando entre os galhos.

A Terceira Vigília Noturna

Uma vez mais, na parte mais escura da noite, Patrice ficou sozinha perto do fogo. Os homens haviam terminado a cova. A mais profunda quietude se instalara. Ela posicionou uma lenha no ponto mais quente. Então, observando as brasas sugarem o ar e as chamas se arquearem gananciosamente em cima da madeira nova, caiu em um estado de exaustão tão profundo que seu corpo chegou a abrir. A mente se abriu. Novamente, algo se moveu. Ela olhou. Viu o deslizar do visível e o surgimento do invisível. Um ser parou, se agachou e, com cuidado, olhou para fora dos arbustos. Era o pai dela, com olhos brilhando nos buracos sombrios, vestindo as mesmas roupas desbotadas esfarrapadas com as quais o encontraram. Ele a viu. Parecia que queria algo dela. Ele abriu a boca vermelha e chorosa como se fosse implorar. Talvez estivesse com sede. Ou fome. Ainda assim, havia algo tão desprezível e clamante na maneira que a olhava, agora morto, sendo chamado pelas outras pessoas mortas, violando as leis de estar morto do jeito que sempre violou as leis de um homem vivo. É, ele queria levá-la junto, do jeito que sempre quis.

Patrice se levantou, achando que ele poderia ir embora se ela se mexesse, e, sem dúvida, ele começou a investir pelo bosque de novo, pelas árvores negras apinhadas, em direção ao lugar onde sua cova o esperava. Ela conseguia ver a fenda negra na terra. Ele parou ali, na beira da escuridão, olhando para baixo. Foi quando sua voz começou, primeiro baixa, depois aguda em um assobio alto. A voz voou para ela, chorando e dominando o ar. Patrice ficou parada enquanto o som açoitava o fogo em chamas mais altas. Chicoteava os galhos nus e varria as nuvens como fumaça cinza no espaço escuro. A voz dele estava tentando sugar a vida dela. Com o coração na boca, Patrice ficou em choque. Conforme o vento girava em torno dela, agarrava seu corpo e cortava-lhe o rosto, ela sentiu que começava a flutuar. Jogou o peso para cima dos pés e começou a rir.

— Você não tem como nos pegar! Não pode nos pegar agora! — gritou.

Alguém chegara por trás e sua garganta fechou. Mas, aos poucos, ela ousou olhar. Era sua mãe, olhando para o lugar onde o pai estava descendo na cova. Por um momento, o rosto de Zhaanat ficou exaltado de ferocidade, mas então, lentamente, ela virou o olhar para a filha, e Patrice teve a impressão de ver seu próprio rosto iluminado por baixo por um espelho que exibia o reflexo de nuvens e água. No entanto, era apenas uma cumbuca que a mãe lhe estendia com uma forte sopa bem quente de carne de urso.

Amanhecer

Wood Mountain trouxe o túmulo. Thomas iria dormir e depois conduziriam o enterro. Zhaanat e Pokey tinham amarrado Paranteau em um cobertor, coberto-o com casca de árvore descongelada e a enrolado em torno do corpo. Gerald chegara à noite e seu povo se acomodara no chão da casa em um quebra-cabeças de formas tapadas por cobertas. Três mulheres dormiam na cama de Patrice com seus filhos, então ela vestiu um casaco pesado e se enfiou em um canto. Millie já estava dormindo lá, com a cabeça coberta por um cachecol, os pés para fora com galochas de pelo estranhas e comoventes que pareciam ser infantis.

Mais pessoas começaram a chegar. Famílias inteiras. Algumas traziam comida, enquanto outras vinham porque precisavam comer. Os LaBatte apareceram, todos com as próprias cumbucas para levar sobras de comida para casa. LaBatte chorou. Ele tinha bebido com Paranteau e Eddy algumas noites atrás, mas não disse nada, embora tivesse avisado o Sr. Vold, em nome de Patrice, para que ela pudesse tirar folga do trabalho pelo funeral. O clima continuava extremamente frio. Bucky veio de casaco e com um cobertor por cima. Patrice o viu de onde estava. O cabelo dele estava emaranhado na cabeça, grudado como o couro de um animal. Quando ele entrou na casa de Zhaanat, arrastando a perna, todos ficaram em silêncio. Bucky caminhou com esforço até Zhaanat e apontou para o próprio rosto, a bochecha e a carne caindo de um lado. A boca estava deslocada, incapaz de fechar completamente. Havia baba congelada no pescoço e um olho deslocado.

Bucky se abaixou, pegou dos bolsos o par de sapatos que tinha roubado de Patrice. Ficou de joelhos e o empurrou no chão. Murmurou algo que soou como, "Tire isso de mim".

Zhaanat olhou para os sapatos e observou o sujeito com atenção, mas sem empatia.

— Seus atos colocaram isso em você. Não tenho nada a ver com essa história — disse ela.

Bucky caiu no chão.

— Então me cure, por favor, me cure.

Na confusão incoerente de suas palavras não havia sobrado nada do velho Bucky.

Ele estava indefeso, pensou Patrice. Tão indefeso quanto eu. Mas, se ele recobrar a força, vai nos machucar.

MAIS TARDE, enquanto Gerald conversava com o corpo de Paranteau e falava para ele o que tinha que procurar e o que fazer quando chegasse do outro lado, Millie foi para perto de Patrice. Quando Gerald fez uma pausa, Millie perguntou o que ele tinha dito, assentindo quando Patrice contou em voz baixa. O rosto de Millie mostrava uma expressão atordoada e absorta. Por fim, os homens usaram cordas para descer Paranteau na cova.

Dois Meses

Thomas

A DATA foi marcada. As audiências aconteceriam na primeira semana de março. O que dava ao Conselho de Turtle Mountain cerca de dois meses para salvar a existência do povo.

Millie

Millie Cloud sentou-se no chão usando o casaco de inverno. Curvada sobre o caderno preso firmemente nas coxas, estava escrevendo notas rápidas sobre o funeral de Paranteau. Nunca tinha visto um evento como o funeral, nunca tinha ouvido as músicas repetitivas e desafinadas, porém estranhamente agradáveis, nem escutado mais do que algumas poucas palavras em Chippewa na casa dos Pipestone. Quando realizara a pesquisa, as pessoas falavam quase sempre em inglês. Agora compreendia que o inglês era para auxiliá-la e que a maioria das pessoas ao seu redor, incluindo Louis e Grace, falava a língua tradicional. Tudo isso era fascinante para Millie, embora quase não tivesse conseguido tomar notas durante a cerimônia, observara o passo a passo com atenção. Pegara o caderno assim que foi possível e sentara-se em um canto do quarto compartilhado com Grace Pipestone. Estava congelando de frio, enquanto Grace dormia na cama embaixo de dois grossos cobertores. Assim que todos os detalhes que conseguiu lembrar foram escritos, Millie tirou o casaco. Depois de vestir as meias mais quentes que tinha e as ceroulas, que, por mais incrível que parecesse, quase não trouxera, andou na ponta dos pés e entrou debaixo dos cobertores, perto da Grace.

Barnes

Havia uma mesa de madeira quadrada no que ele passara a considerar como sua cela no mosteiro. Em cima da mesa, Barnes colocou o presente adiantado de Natal que ganhara do tio. Parecia uma mala pequena feita de pele de jacaré esbranquiçada, mas era de plástico. Ele a abriu e dentro encontrou um prato giratório, um braço, uma agulha e botões. Ligou o fio elétrico na única tomada no quarto. Tirou um disco da capa e o colocou, depois deitou na cama de lona e fechou os olhos. A voz imortal de Slim Whitman invadiu o ar. Três mulheres eram sua sina. Como sua vida se desdobraria? Barnes se virou e ajeitou a cabeça no travesseiro. Cada uma delas rodopiava em sua cabeça e deixava para trás um rastro de perfume e sorrisos. Barnes se virou de costas e abraçou o outro travesseiro. Precisava de dois para ficar confortável. Um para a cabeça, outro para abraçar toda noite. *Qual delas foi feita para mim? Ô, senhor, meu coração está partido em três.*

Juggie

Será que ele não via? Estava com o rosto todo machucado, nunca mais seria o mesmo. Ninguém mais parece notar. Comparar o antes com o depois era coisa de mãe. Sentia um peso no coração. O humano perfeito que criara estava sendo adulterado por essas lutas estúpidas. Qual a razão disso? Por um momento na vida, pelo menos, ele fora lindo como o pai. E inteligente. Agora parecia ter perdido até mesmo o bom senso que a maioria dos jovens tinha. Trouxera o *cradleboard* para ela admirar! Tinha feito-a tocar na madeira.

Macia como seda, disse ele.

Ah, e era mesmo.

O que diabos ela deveria dizer?

Betty Pye

Norbert, Norb, ah, Norbie! O trinco da porta afundava nas costas dela e o pescoço doía por manter a cabeça firme. Caso contrário, bateria a nuca contra a janela do banco de trás — o que iria doer. No começo tinha sido, como sempre, como voar para fora do corpo. Mas essa parte para ela não era nada demais. Quando ain, ain, ain, Norbert, Norb, quando, Norbie, ain, será que ele já estava quase lá? Por cima do ombro dele, era possível ver a janela oposta. Um rosto apareceu no vidro, embaçado e nervoso. Betty abriu a boca. Seu grito foi abafado por um beijo avassalador. Norbert abaixou a cabeça dela de volta, e sua decisão foi de não berrar. A porta estava trancada. Se interrompesse Norb, ele teria que começar tudo de novo. De qualquer forma, o rosto desaparecera. Quem poderia ser, nesse lugar longe de tudo, tão longe da estrada que tudo o que se via era uma luzinha fraca e solitária? Quem estaria andando sozinho aqui à noite? Ain, ain, ain. Norbie! Finalmente. O frio lhe cortava as costas. Ela conhecia aquele rosto. Alisou as roupas, arrumou os cabelos, usou um lenço elegante para retirar a *biinda'oojigan* e outros dois para enrolá-la e colocar do bolsinho ao lado da bolsa. De alguma forma, sim, conhecia aquele rosto. Ela usou mais alguns lenços e passou para o banco da frente. Own, querida, own querida, Norbert dizia. *Niinimoshenh.* Own, querido, own *niinimoshenh*, disse ela de volta. Colocou as mãos macias nas bochechas dele e afagou sua face. Um beijo suave. Agora vamos embora. Devolver o carro para seu tio. Está tudo limpo? Está tudo limpo. *Mii'iw.* Ela tinha que pensar. Quem era ele? Aquele rosto não lhe era estranho.

Louis

Tornou-se uma missão sagrada: obter a assinatura de todos os residentes da reserva. Havia outros, que moravam em outros lugares, mas rastreá-los estava fora de seu alcance. Sua caminhonete verde estava sem rodas. Juggie precisava do DeSoto para ir trabalhar. E agora? Será que devia selar um dos cavalos e pegar atalhos? O sol já tinha se posto e dava para caminhar. Ir de raquete pelas trilhas. Millie saiu do quartinho onde dormia com Grace. Claro que Grace estava com os cavalos. Millie, certamente, não estava vestida para o frio com aquelas botas de cano curto. Ele lhe tinha dado um par de suas meias. Espantosamente, ela perguntou se podia montar um cavalo. Millie queria ir até a casa de Zhaanat. Ela tinha medo de cavalos desde uma experiência ruim que teve ao montar. Ele disse que iria com ela e depois continuaria a pegar mais algumas assinaturas. Ficou pensando em qual cavalo seria manso o suficiente para Millie. Nenhum. Estavam todos nervosos por ficarem presos ou se agitavam para sair do vento e voltar para o celeiro. Até mesmo a velha Daisy Chain estava arisca e, além do mais, já havia sido aposentada. Mas Millie, determinada que só, pediu de novo, e ele sabia que quando ela cismava era melhor ceder imediatamente, e não bater de frente com uma versão de si mesmo.

Thomas

Dois meses e alguns dias para se salvarem como nação e como povo. Então por que, agora que não tinha tempo, Thomas se pegava olhando para o nada durante o trabalho ou escrevendo longas cartas discursivas, não para indivíduos importantes para o caso, mas para amigos e família? Por que ficava fazendo rabiscos e por que agora lia os livros de mistério da Sharlo, que facilmente o mantinham acordado? Por que não se esforçava e se concentrava? Porque estava com medo, por isso. O que diabos uma pessoa faria em Washington? Como chegariam lá? Onde se hospedariam? E se Arthur V. Watkins o destruísse? As notícias sobre Watkins se espalhavam. Ele fazia pedacinhos dos indígenas com seu jeito e suas palavras. E se Thomas falhasse? E se não conseguisse se pronunciar? E se não conseguisse argumentar sobre o caso? E se fossem terminados e todos perdessem suas terras e tivessem que mudar para as Cidades e ele fosse obrigado a deixar sua casa para trás? E a sua família? E Biboon?

Patrice

Logo depois do Natal, seus olhos começaram a doer. Talvez os tivesse queimado com a neve quando foi checar as armadilhas num dia de sol. Talvez o trabalho, tão exigente das vistas, estivesse começando a lhe afetar. No começo, não foi tão ruim, desde que ela resistisse à necessidade de coçá-los. Ela podia ainda — piscando e semicerrando os olhos — focar os cards. Conseguia retirar o rolamento de joia, colá-las corretamente e completar o trabalho. Mas bem lentamente. O Gafanhoto esfregava as patas ansioso. A dor começou a aumentar. A secreção purulenta colava seus olhos quando dormia. Quando chegava em casa do trabalho, exausta, deitava na cama coberta de colchas, enquanto Zhaanat lavava seus olhos com chá de bálsamo.

Isso ajudava, e ela sempre conseguia voltar ao trabalho, mas a queimação continuava a voltar. Zhaanat preparava o chá e Patrice o levava numa garrafinha. Todos os dias na hora do almoço, dentro da cabine do banheiro feminino para que ninguém a visse e a entregasse, lavava os olhos com a medicina. Tinha medo de que fosse perder seu emprego.

Palavras

A palavra usada para ejaculação — *baashkizige* — também é usada para "disparar uma arma". A palavra usada para camisinha — *biinda'oojigan* — significa "estojo de arma". Millie colocou os termos em seu caderno. Fascinante.

Vera

Uma tarde, sob o olhar de Edith, o bom e velho Harry ajoelhou-se ao lado do sofá com um anel. Pediu-a em casamento. Ela fechou os olhos. Tinha acabado de acordar, mas continuava cansada. Antes que pudesse responder, caiu no sono novamente. Mais tarde, à noite, ele ficou de joelhos de novo. Dessa vez, ela permitiu que os olhos abrissem. Ele parecia uma saída daquela confusão toda. Ela pegou o anel e o colocou no dedo. Depois, escondeu o rosto. Ele disse que nem a beijaria. Disse que não aconteceria nada por um bom tempo. *Nunca*, pensou ela. Algumas noites depois, ele ficou parado na porta se masturbando. As vibrações a despertaram. Aquele roçar.

— Santo Cristo — gritou ela, se sentando —, o que diabos pensa que está fazendo?

Harry acendeu a luz. Segurando uma garrafa. Estava chacoalhando o leite porque o topo congelara um pouco. Não tinha conseguido dormir e foi esquentá-lo. Ela queria um pouco?

LaBatte

Ele mal tinha parado e a correria já começou. Francis Boyd pediu para que fosse rapidinho pegar café para ele. Só uma xícara da lata. Usaria o pó quatro vezes, disse ele. Lilia Snow pediu papel higiênico. Estava cansada da opção disponível no catálogo da Sears que andava ralando seu pequeno pêssego. Junior Bizhiki queria um béquer de vidro como o que vira na cozinha da amiga. "Não faço mais isso", disse para ela, alarmado. "Eu nunca fiz isso, quer dizer, do que está falando?" Gordon Fleury disse que ficaria feliz se LaBatte pudesse lhe arrumar umas ferramentas. Qualquer tipo de ferramenta. LaBatte dessa vez ficou indignado. Foi insultado. Bateu a porta de sua casa caindo aos pedaços e quase a fez desabar. Bom, não se batia portas nessa reserva. Não se batia a porta na cara das pessoas. Isso acaba voltando. Deram-lhe o apelido de Batedor. O que não era ruim, e o recebeu de bom grado. Era um apelido melhor do que diversos outros com que já tivera que conviver. Melhor do que Dedos Leves, Punguista, Papai Noel ou o outro nome que morria de medo de acabar conquistando: Urucubaca. Ele estava correndo o risco de receber esse porque sabia o que sabia. Por exemplo, sabia que Pixie tinha uma maldição. Ele podia dizer por causa de seus olhos.

Sopa do Ano-Novo

Ah, como era bom. Enchia a barriga. Fazia o povo sorrir. Curava ressaca. Mantinha as pessoas em movimento no frio. Era feito com cebolas, bolinhos de carne que os Michifs chamavam de *boulettes*, batatas sem cascas e cozidas na medida certa. Era só mexer com farinha e fazer o caldo. Pimenta e sal. Só isso. Às vezes, dava para só cortar a carne. Ficava bom assim também. Não tinha como errar, contanto que estivesse quente. Era possível fazer pão se tivesse farinha, fritar se tivesse gordura, montar os bannocks, que os Michifs chamam de *gullets*, em quadradinhos que estufam quando fritos — *beignets*, que chamavam de *bang*. Era comida que rendia. Zhaanat fez com carne de urso. Curava o resfriado comum. Curava o incomum. Não curava conjuntivite. Não dava para pôr sopa nos olhos.

— Você devia era ir no postinho — disse Wood Mountain. — Olha, eu te levo à cidade. Pode montar a Daisy Chain e eu corro do lado. Ainda estou treinando, mas minha mãe me falou para não lutar nunca mais.

— Devia mesmo — disse Zhaanat. — Minhas medicinas não curam isso, só controlam.

Patrice foi até a cidade na velha e forte égua. O bicho ia devagar e sempre, e Wood Mountain corria quase um quilômetro na frente, voltava correndo, caminhava do lado dela por um tempo e corria à frente de novo. O posto era feito de tijolos. A sala de espera era austera e as cadeiras, duras. Patrice fora vacinada contra varíola na escola. Até Zhaanat tomara vacina. "Doenças do homem branco precisam das curas do homem branco", disse ela. Para qualquer outra coisa, Patrice recorria às medicinas de Zhaanat. Era a primeira vez que as medicinas da mãe não funcionavam. Ela nunca tinha ido ao médico ou ao posto de saúde. Nem esperado em uma salinha tão sinistra.

A enfermeira era magra, grisalha e tinha o cabelo preso em um coque. Ela usava um vestido cinza longo com gola branca e engomada e tinha porte de uma freira sem tempo para brincadeiras.

— Por que veio aqui, minha jovem? — perguntou ela, com a voz aguda e seca. Patrice piscou para ela.

A enfermeira pediu a Patrice para se aproximar de uma lâmpada forte, falou para abrir a boca e usou um palito de madeira para empurrar sua língua para baixo.

— Seus dentes são bons.

Ela olhou os ouvidos e mediu a pressão. Por fim, examinou os olhos de Patrice, concentrando-se em um, depois no outro. Então, colocou os dedos frios e limpos embaixo e em cima dos olhos lacrimejantes. De perto, a pele do rosto da enfermeira tinha uma textura suave como papel, com ruguinhas quase transparentes. Algo que, mesmo com o olho lacrimejante, Patrice conseguia ver. A enfermeira puxou para baixo a pálpebra inferior e para cima a superior.

— Que bom que descobrimos isso a tempo. Você podia ter ficado cega.

Ela deixou Patrice sentada na salinha pintada de um verde peculiar, com prateleiras segurando vidros cheios de bolas de algodão e palitos finos de madeira. Cega! Cega! Patrice ficava ouvindo sem parar o que a enfermeira tinha dito. Quando ela voltou, deu a Patrice um potinho com uma pomada.

— Passe um pouco nos olhos.

Depois, Patrice deve lavar as mãos rigorosamente, explicou a enfermeira. Devia observar a família em busca de sintomas. Sua voz era severa.

— A cegueira é resultado da falta de higiene. Onde você mora?

— Mineápolis — disse Patrice.

Falta de higiene, pensou Patrice. A enfermeira talvez fosse à casa dela. Poderia fazer uma vistoria oficial e relatar todas as formas pelas quais nossas maneiras não estavam de acordo com os padrões dela. Os funcionários da saúde podiam até levar o bebê. Isso acontecera com outras crianças. Ainda assim, obrigada, obrigada, meu deus! Não vou ficar cega! Seu pescoço estava coçando, um sinal de que era melhor sair dali. Agradeceu.

Antes de Patrice sair, a enfermeira pediu que voltasse quando o oftalmologista estivesse lá e marcou uma consulta para ela na clínica oftalmológica.

— Por quê? — perguntou Patrice.

A enfermeira a fez prometer que iria.

Do lado de fora, Wood Mountain ainda esperava com Daisy Chain.

— Não precisa voltar junto comigo — falou Patrice. — Posso ir até o mercado e arrumar uma carona.

— Vamos voltar do jeito que viemos — insistiu Wood Mountain. — Ela deu um jeito seus olhos?

— Não vou ficar cega — disse Patrice.

— Cega! — exclamou Wood Mountain. — Minha avó ficou cega.

— Que horror. Eu perderia meu emprego. Não poderia cortar lenha. Nem sei mais o quê. Eu perderia tudo.

Ela não conseguia chegar nem perto do que queria falar.

— Toda a beleza.

— Aposto que não está falando de mim — disse Wood Mountain. — Toda a beleza.

Mas parecia que ele queria estar incluído em toda aquela beleza, sim.

— Claro que estou falando de você também — disse Patrice, ainda em choque diante da ideia.

Perder tudo isso. Nunca tinha parado para pensar a respeito antes, mas agora saber que poderia ter acontecido...

— Minha avó soube se virar muito bem — disse Wood Mountain. — Ela falava que os outros sentidos se desenvolveram. Ouvia tudo, em qualquer lugar, e, nossa, podia sentir seu cheiro mesmo se não fizesse nenhum barulho.

Ele falava rapidamente para encobrir a descarga de prazer que as palavras dela tinham lhe dado.

— Eu nunca soube disso — falou Patrice.

Logo os olhos já coçavam menos e a luz já não fazia mal. O ar fresco e frio a agitava. *Não vou ficar cega*, pensou. O sol estava baixo no céu, e projetava raios sublimes. À medida que prosseguiam, os raios dourados se intensificaram até parecer que emanavam de todos os elementos da terra. Árvores, arbustos, neve, colinas. Era impossível parar de olhar. A estrada passava pelo pântano congelado que se eriçava com juncos chamuscados. Salgueiros vermelhos secos queimados. Os galhos em leque e pontiagudos brilhavam, vivos. Nuvens invernais formavam desenhos no céu nublado e acinzentado. Escamas, cordas enroladas, ossos de peixes. O mundo era enternecedor e emanava significados.

— *Onizhishin*, tão lindo — murmurou Patrice.

Tinha desmontado e caminhava ao lado do cavalo. Wood Mountain se inclinou e a beijou. Ele não pretendia fazer isso e se sentiu completamente desmoralizado quando ela montou no cavalo, deu um tapa no lombo do animal e foi embora. Ele ficou vendo o bicho descer a estrada. Daisy Chain não trotaria por muito tempo. Logo estariam caminhando de novo, devagar o bastante para que as alcançasse com pouco esforço. Na verdade, ele tentou *não* as alcançar, mas inevitavelmente acabaram lado a lado. Por alguns instantes, ninguém falou.

— Eu queria poder apagar o que fiz — disse Wood Mountain, finalmente.

— Tudo bem — disse Patrice. — Fiquei surpresa.

— Como assim ficou surpresa? Eu vou à sua casa toda hora. Estão falando que estamos juntos.

— Estão até falando que o bebê é nosso — disse Patrice.

Perturbadoramente, ela riu.

— Bem que eu queria — falou Wood Mountain, rapidamente. — Queria que você ficasse comigo.

Assim que disse isso, ele sentiu que tinha deixado escapar a mais pura verdade de sua alma. Precisava dela. Queria-a. Não havia mais escapatória. Ela era a primeira e única. Em uma onda louca de certeza, agarrou o cabresto de Daisy Chain, parando-as, e quase em fúria gritou:

— Você é a mulher para mim. A primeira e única! Preciso de você, ah, Pixie! Quer dizer, Patrice! Pelo amor de deus, por favor, case comigo.

Ele olhou enlouquecido para cima. O rosto dela flutuava contra as nuvens. Ela olhou para baixo. Mesmo sem dizer nada, os olhos ternos e doentes dela faziam com que ele experimentasse as mais deliciosas das sensações. Recomeçaram a lenta caminhada para casa, cada um com seus pensamentos. Ela, aliviada porque não tinha prometido nada e ele, aliviado porque não recebera um não como resposta.

ERA VERDADE que, no momento, Patrice quisera dizer eu também te quero, meu homem! Também preciso de você, meu homem! Sim! O que não quisera foi dizer eu te amo. Ele não tinha dito isso. Mas, mesmo em um momento crítico, mesmo enquanto ele falava tão maravilhosamente, do fundo do coração, uma parte de Patrice tinha observado. Uma parte de sua mente estava pensando e até falando a respeito de si mesma. “Ela está emocionada, o coração batendo tão rápido que está meio tonta, olha, está tão feliz, está loucamente feliz, está acreditando, ela está gostando, gostando.” Quando Patrice chegou em casa, foi direto à pilha de lenha trabalhar, e aquela voz continuou falando com ela. Algumas das garotas com quem estudara já estavam casadas havia anos. Algumas tinham três, quatro, cinco filhos. Algumas pareciam mulheres de meia-idade. Lavavam roupas com água de neve derretida. Roupas de uma família inteira. Roupas que congelavam ao secar. Que esvoaçavam ao sol. E sua mãe nunca dera a menor sugestão de ela se casar com Wood Mountain. Então por que Patrice deveria se casar? Um pensamento decepcionante a invadiu. Agora que ele tinha dito seus sentimentos secretos, Wood Mountain estava pegajoso. Ela não poderia experimentá-lo. Iria contra algumas coisas que a mãe falara sobre o amor, "Nunca brinque com o coração de um homem. Não se sabe quem ele é." Zhaanat quisera dizer que o homem poderia ter algum tipo de poder espiritual e que poderia feri-la se a amasse e fosse rejeitado. E Patrice pensou em outra coisa que a mãe dizia e era muito verdadeira: *só se conhece um homem de verdade quando se diz a ele que não o ama*. É quando sua verdadeira crueldade, submersa em encanto, vem à tona. Afinal de contas, fora o que aconteceu com Bucky.

Os Nomes

As coisas começaram a dar errado, pelo que Zhaanat podia entender, quando lugares por toda a parte receberam nomes de gente — políticos, padres, exploradores — e não os nomes das coisas verdadeiras que aconteceram lá — os sonhos, o alimento, a morte, a aparição de animais. Essa confusão dos *chimookomaanag* entre a atemporalidade da terra e o curto espaço de tempo aqui dos mortais era típico da arrogância deles. Mas parecia a Zhaanat que esse comportamento causara uma ruptura na vida dos lugares. Os animais não iam aos lugares manchados pelos nomes dos humanos. Plantas também tinham começado a crescer mais esporadicamente. Até mesmo a mais delicada de suas plantas medicinais estava desaparecendo por completo, ou talvez a tivessem arrancado pelas raízes para arrastar seus frutos e folhas para lugares secretos onde nem mesmo Zhaanat poderia encontrá-las. E agora até mesmo os lugares meio arruinados que tinham nomes de santos, proprietários de terra e padres seriam tomados. Sua experiência lhe dizia que, quando essa gente chega com essa conversa de tomar terras, é porque já tem tudo resolvido.

Elnath e Vernon

JÁ ESTAVAM cansados da companhia um do outro. Então, quando Milda Hanson lhes ofereceu um quarto em sua fazenda, sim, quartos separados, lágrimas de ansiedade surgiram nos olhos de Elnath. Sentiu um nó tão intenso que nem foi capaz de falar. Vernon teve que reunir forças para fazer a voz sair e recusar a oferta. As regras dos missionários e seu presidente haviam insistido em quartos compartilhados, sempre. Só podiam deixar a companhia um do outro nos intervalos para irem ao banheiro. Porque, se um deles caísse nas garras da tentação, o outro estaria ali para testemunhar, e depois escrever para o presidente da área, ou mesmo telefonar, em uma emergência.

Entretanto, um dos quartos tinha duas camas e a casa era perfeita — ficava fora da reserva e a cerca de 1,6 quilômetros da cidade. O Senhor providenciara camas que não eram uma do lado da outra, mas sim cada uma em um canto do quarto. O que já era alguma coisa. A Sra. Hanson era uma viúva que tinha arrendado suas terras e agora morava sozinha. Ela disse que os alimentaria. Eles abaixaram as cabeças ao ouvirem aquelas palavras. Além de agradecidos, estavam tontos de fome. Panquecas foram colocadas em seus pratos naquela noite com bacon ao lado. A Sra. Hanson, sem pescoço e com um brilho estranho no rosto, os observou comer com orgulho. Eles mal respiravam. Estavam com tanta fome, que quase se engasgaram tamanha a avidez. O olhar da senhora tornou-se compadecido e ela meneava a cabeça lentamente. O ninho ralo de seu cabelo estava preso em formato de ponto de interrogação. Afinal, o que eles eram? Que tipo de religião? Ela ouviria um baita sermão.

Naquela noite, Elnath se deitou do outro lado do pequeno quarto, pelo menos a três metros de distância de Vernon. Era maravilhoso. Milda lhes dera duas colchas de cada e, por cima delas, tinham colocado seus casacos de inverno. Estavam aquecidos, quase aquecidos demais, mas sabiam que de manhã o fogão a lenha bem alimentado de Milda estaria só com cinzas e o frio os congelaria.

Apesar da exaustão, e, mais ainda, do ressentimento desgastante, Elnath estava acordado. Lutava com a decisão de fazer a ligação crucial ou não para o Bispo Dean Pave. Não queria denunciar seu irmão do Senhor, mas não podia deixar que os lapsos continuassem. Durante o chamado da missão no rancho Pipestone, e houve vários, Vernon pedira licença como se quisesse ir ao banheiro.

Dentro da casa, Elnath continuara a compartilhar com Louis Pipestone as muitas provas maravilhosas do seu conhecimento da escritura e dos benefícios interessantes da religião. Só desistiria depois de declarar que sua religião era a única a ter origem na América. Normalmente, quando dizia isso, recebia um sorriso de aprovação; não importava se as pessoas estavam ou não dispostas ao batismo. Mas o homem, feito um touro, apertara os lábios com firmeza e, com o cenho franzido como se estivesse prestes a dar o bote, se inclinara para frente. Elnath gaguejara até parar de falar. Depois de um longo momento, Louis reorganizara as feições e lhe dera um surpreendente sorriso angelical.

— Temos nossa própria religião aqui — dissera ele. — Nossa própria escritura também. A única diferença é que são ensinadas através de histórias.

— É claro — comentara Elnath. — Temos noção do alcance do Papa.

— Todos por aqui são católicos, mas não é disso que estou falando — dissera Louis.

— Bom, então...

Confusão. Elnath se perguntava se algum fanático religioso tinha chegado ali primeiro.

— Como eu disse, nossa própria religião de nosso próprio povo — continuara Louis. — Somos gratos por nosso lugar no mundo, mas não adoramos ninguém maior do que...

Louis gesticulara em direção à janela, para o céu que escurecia, as nuvens confinadas e o sol que desaparecia como se afundasse nas camadas de nuvens. O celeiro também estava à vista e foi quando Elnath vira Vernon saindo de lá em vez do banheiro.

A AUSÊNCIA de Vernon tinha sido curta. Mal teve tempo o bastante para cometer o pior tipo de pecado, embora Elnath tivesse certeza de que o objetivo de Vernon fosse a garota que viram montando o cavalo no desfile. Ele começara a rir, em parte por causa da surpresa com Vernon, e outra porque pensou que Louis estava fazendo uma piada sobre sua própria religião. Fosse lá no que indígenas acreditassem, Elnath tinha certeza de que não poderia ser chamado de religião. Achara que Louis começaria a rir também e ficaria impressionado que, pela primeira vez, Elnath tinha captado seu humor. Mas, em vez disso, Louis assumiu um ar sombrio e o fulminou com o olhar. E com o silêncio. Até naquele momento, Elnath continuava com uma sensação fria no estômago. E ele ali, achando que o povo daquela reserva eram os Lamanitas de outrora, que tinham se elevado a Nefitas civilizados, como Vernon afirmara. O silêncio durou até Vernon voltar.

— É melhor irmos andando, Pastor Vernon — disse Elnath.

Sua voz ainda esganiçava quando estava sobre pressão.

E agora, como se para castigá-lo, ele ouviu barulho de ratos e um redemoinho, um turbilhão, mais sons de arranhões. O ruído parecia uma manifestação dos pensamentos presos em seu cérebro. Ideias que corriam de um lado para o outro dentro do crânio. Ele estava em conflito. Por um lado, tinha certeza de que, se a situação fosse oposta, o que jamais aconteceria, Vernon o denunciaria. Não pensaria duas vezes. Ele odiava Elnath até mais do que Elnath o odiava. Mas não era bem ódio (palavra essa que aprendera que não deveria existir), ódio não. A questão era que ele simplesmente não tinha amor. Tinha uma insuficiência de amor. E era bem por essa razão que não conseguia se decidir. Será que ele, Elnath, estava mesmo preocupado com a alma de Vernon? Ou será que só queria se livrar da companhia de Vernon para receber um novo companheiro? E será que denunciá-lo lhe traria algo de bom? Seu parceiro cairia em desgraça. O dinheiro que os pais de Vernon guardaram, que Vernon guardou, tudo para ir a essa missão, seria desperdiçado. Não existia a possibilidade de superar uma missão fracassada assim. Ser enviado para casa poderia prejudicar, seriamente, a posição de Vernon na comunidade, pela vida inteira. Mas, se a alma de Vernon estivesse mesmo em perigo, seu respirar poderia acabar prejudicado por toda a eternidade. Os pensamentos de Elnath oscilavam, circulavam e depois ficavam presos entre as suas opções. Um pensamento, na forma de sensação, veio se arrastando em sua direção.

Elnath queria se afastar da sensação rastejante desse pensamento. Não queria ser tocado pela ideia, mas ela continuava voltando. Parecia algo que ia além das palavras. Mas finalmente, à medida que caía na inconsciência, as palavras se formaram. Sentenças, escritas num quadro-negro, eram constantemente apagadas. Uma sentença permanecia.

Converse com Vernon sobre o assunto.

Elnath despertou. Falar com o bispo era uma regra clara. Nenhuma regra dizia "Converse com seu companheiro." Por outro lado, nenhuma proibia. Entretanto, as perspectivas do que Vernon estava fazendo eram tão particulares, tão impossíveis de serem abordadas com franqueza. Quais palavras Elnath usaria para conversar? Para falar assim tão diretamente? Ninguém nunca tinha lhe ensinado que conversar com outra pessoa sobre assuntos particulares fosse pecado, mas parecia pecado. Essas sensações que estava sentindo pareciam sintomas de uma doença chamada emoção. Ele e Vernon teriam que reconhecer essa condição humilhante. Elnath tinha dado seu testemunho, mas isso era diferente. Algo que não se fazia em sua vida familiar, nem em sua vida religiosa, nem com seus poucos amigos. Com o Senhor se conversava em um quarto fechado dentro da alma, uma luz profundamente enterrada cercada pelo fosso do coração. Um lugar que não se compartilhava com outros seres humanos, principalmente um do formato de Vernon.

Pássaro Noturno

ELA TINHA estudado com Bucky desde o primeiro ano, e o jeito que ele lhe oferecera carona foi muito simpático. Verão. A janela do banco de trás abaixada. Por favor, entre. Vamos. O sorriso. Ele sempre foi simpático, às vezes mais simpático com ela do que o normal, o que deveria ter sido um sinal de alerta. Mas, até aquele dia, ela nunca tinha sido uma pessoa desconfiada. Havia três garotos sentados no banco da frente e apenas Bucky atrás. Ela entrou atrás e um dos garotos, Myron Pelt, passou para o seu lado. Ela não gostou muito, e depois desejou ter causado um alvoroço na hora. Assim que o carro andou, já a mil por hora, Bucky veio para cima dela. Patrice o empurrou e Bucky voltou a atacar. Myron segurou seus braços. Ela se contorceu, tentando chutar. Bucky enfiou as mãos por baixo de sua blusa e enterrou as unhas nela. Depois tentou separar seus joelhos com os dele, mas se atrapalhou com as calças. Ela sentiu aquele hálito rançoso de perto. A baba na boca.

— De divertido isso aqui não tem é nada — disse. Todos riram no carro. Ela congelou. Depois disse, mais alto: — No caso para vocês, *garotos.* — Sentiu que eles prestavam atenção. — Vamos para o lago. A gente entra no bosque. Eu conheço um lugar. E aí vocês vão ver o que é diversão.

De onde *aquilo* tinha saído, ela nunca soube. Mas era só do que se lembrariam. Myron deixou ela se sentar direito. Um dia, quando estivesse pronta, o mataria também. Seguiram a estrada esburacada para o lago. Ela lhes mostrou onde parar: bem em frente à água. Bucky tirou os sapatos dela.

— Agora ela não tem como correr.

Tolo. Porque tinha como correr, sim. E como. Correu. E mergulhou no lago. Correram atrás dela, mas talvez tenham precisado tirar os sapatos ou talvez não soubessem nadar, mas ela sabia, porque era assim que se lavavam no verão. Amava nadar com a Vera. Jogou os braços para frente e nadou rápido até chegar bem longe. O vestido era leve. Não o tirou. Nada podia fazê-la afundar. Eles estavam pequenos lá na margem, mas mesmo assim continuou a nadar. Quando viu o barco do tio, desviou em sua direção.

Naquela noite, colocou um lampião embaixo do cobertor e olhou os ferimentos, os hematomas. Havia até uma marca de mordida no ombro. Não tinha sentido nada. Mas ainda sentia o toque daquelas mãos. Tremendo, fechou os olhos com força e se encolheu debaixo da coberta. No dia seguinte, mais hematomas apareceram em sua pele. Havia uma frase em sua mente, *eles entraram embaixo da minha pele*. Mostrou as marcas para a mãe e contou a Zhaanat tudo o que os garotos fizeram. E que tinham ficado com seu único par de sapatos. A mãe soltara o ar bruscamente duas vezes. Depois, colocou suas mãos nas mãos da filha. Nenhuma das duas disse nada; sentiam a mesma coisa e sabiam disso. Mais tarde, quando Patrice soube que Bucky estava com a boca torcida e como tudo estava se espalhando do lado do seu corpo, ela olhou para o rosto da mãe, sereno e severo, procurando uma pista. Mas Patrice sabia que ela é quem tinha sido a responsável. O ódio de sua mãe era tão maligno que tinha saído de dentro dela como um pássaro noturno, voado direto até Bucky e enfiado o bico no lado de seu rosto.

U.S.I.S

— QUE MARCA você tem aí?

— Lucky Strikes.

— Que bom. Quer dizer, que droga.

Juggie deu um cigarro a Barnes e os dois se sentaram na cozinha à mesa branca esmaltada que ela usava para sovar massa de pão depois do jantar. No começo da noite, abrira a massa que tinha crescido com fermento e modelou-a no polegar e dedo indicador enquanto cantarolava junto com o rádio. Agora as fornadas de bolinhos estavam todas muito bem assadas, descansando embaixo de panos de prato limpos na grade do fogão. O ar cheirava a pão recém-assado e tabaco. Abaixou o volume do rádio, mas ainda dava para ouvir Johnnie Ray.

— Isso é que é vida — disse ela, contente.

— Isso é que é vida — repetiu Barnes, triste.

— O que houve?

— Não é segredo.

Os cantos de sua boca murcharam.

Que droga, tudo nesse homem deve estar murchando, pensou Juggie. *Que bom que meu companheiro não tem esse problema*. Acabou se sentindo mal por pensar assim. E sentiu o que Barnes queria que ela sentisse, pena dele.

— Desista de uma vez — disse ela.

— É fácil para você falar. Foi seu filho que pegou a Pixie de mim.

— Cabelo de Palha, vê se me escuta. Ninguém rouba o coração de uma mulher, principalmente de uma mulher como a Pixie. Ela decidiu o homem para quem quis dar o coração e pronto, acabou. Desista.

— Você não está ajudando.

— Olhe ao seu redor. Turtle Mountains é famosa pelas lindas mulheres.

— Foi o que me falaram.

— Ah, não vem com essa besteira de foi o que falaram! É verdade e você sabe disso. Deixe seus olhos vagarem. Está começando a parecer um bobão.

— Eu não ligo.

— Você não saiu com a Valentine?

— Tenho medo dela. Ela morde. Além disso, fica rindo de mim desde que fomos ao baile campestre.

— Ela é minha meia-sobrinha.

— Como é?

— Deixa pra lá. Vai lá e chama ela para sair de uma vez.

— Ela é muito agressiva comigo. Vai me rejeitar.

— Eu falo com ela por você.

— Fala para ela não me morder.

— Um homem grande como você? Que medroso.

— Vou pegar raiva. — Ele sorriu. Talvez a mordida não tenha sido tão ruim. Barnes apagou o cigarro no cinzeiro do governo. Juggie pegou uma colher pesada de aço com a etiqueta do *Serviço Estadunidense para Indígenas.* Mexeu o chá com a colher gigante, à espera de uma resposta. Ele não disse nada, então ela entendeu como um sim.

VALENTINE MORAVA na estrada principal. Sua família tinha um pequeno negócio de conserto de carros, por isso havia veículos espalhados por toda parte, disponíveis para venda de peças. Juggie chegou e estacionou ao lado de um antigo e galante Model T, o qual estava em cima de alguns troncos. O meio-irmão dela, Lemon, saiu pela porta da agradável casa com a pintura descascada.

— Que belo amontoado de carros vocês têm aqui — disse Juggie.

— Pelo menos eles ficam parados — disse Lemon. — Diferente do Gringo no outono passado.

Juggie riu.

— O velho Gringo nunca mais foi o mesmo. Cadê a Valentine?

— O que você quer com a Valentine? Daqui a pouco ela já chega.

— Quero perguntar uma coisa. Vou esperar.

Enquanto caminhavam pela neve cinza e batida no quintal, ouviu-se um som de motor e Doris Lauder entrou na garagem. Valentine saiu do carro rindo e deu tchau para as amigas.

— É coisa de mulher? — perguntou Lemon.

— É. Tchau — disse Juggie, caminhando até Valentine.

— Oi, tia.

— Oi, menina. Cabelo de Palha quer te chamar para sair.

— Olha — disse Valentine, encarando amuada as luvas, as quais só vestia quando Doris ou Pixie estavam por perto —, estou cansada de pegar os homens usados da Pixie.

— A Pixie nunca o usou — argumentou Juggie. — Ele está novinho em folha, pelo menos por aqui.

— Nunca o usou, mas mesmo assim. É de segunda mão.

— Pelo amor de deus. Você foi a única que o usou. Você o mordeu. Ele tem medo de você. E também — mentiu Juggie — ele está cansado da Pixie.

— Está mesmo, é?

— Exausto da cara dela.

— Bom, então, ele pode me convidar — respondeu Valentine, com um tom de voz insultante.

— Não sei por que ele deveria, Senhorita Metida à Besta — disse Juggie. — Na verdade, acho que ele não devia se misturar com você. Mudei de ideia.

Juggie saiu marchando para o carro, reclamando.

— Espera! — gritou Valentine.

Mas Juggie meteu o pé no acelerador e foi embora.

À NOITE, bem depois do jantar, Barnes apareceu e ofereceu a Juggie outro cigarro.

— Eu parei — falou ela.

— Só estou tentando agradecer.

Barnes parecia alegre de forma desconfiada. Juggie parecia apenas desconfiada.

— Valentine me chamou para sair.

— Ora, ora, ora — disse Juggie, pegando o cigarro. — Minha pequena meia-sobrinha caiu em si. É a primeira vez.

— Não fale mal da minha namorada — disse Barnes.

— Namorada! Onde já se viu... — falou ela soprando um anel de fumaça, depois outro logo em seguida, e sorriu de satisfação. — Quer meu conselho?

— Sim e não.

— Vou dar do mesmo jeito. Por outro cigarro. O último antes de eu realmente parar. Não corra atrás dela. Não muito. Ela é do tipo que gosta de homens mais sossegados.

— Acha que corri muito atrás da Pixie, né?

— Pela última vez.

— Eu sei, é para esquecer ela. Eu sei. Vou ser elegante e gentil.

Vai nada, pensou Juggie. *É bem o tipo de coisa que um homem que não é nada disso, falaria.*

— Seja como Cary Grant — disse ela, por fim. — Não deixe os sentimentos transparecerem em seu rosto. Use os olhos. E o canto da boca.

Boca?

Um olhar de aflição passou pelo rosto de Barnes. Estava pensando no lindo formato de arco da boca de Valentine e no brilho de seus dentes afiados entre os lábios. Como podia um homem disposto a levar um soco ficar tão nervoso por causa dos dentes brancos perolados de uma mulher?

O Corredor

Voltando do trabalho para casa, Thomas viu algo perturbador com o canto dos olhos. Um menino correndo ao lado do carro, acompanhando a velocidade do veículo. Thomas estava indo a 15, 20, aumentou para 25, depois 30, e o menino continuava correndo. Era possível sentir os olhos do menino nele. Thomas sabia que, se olhasse, não conseguiria voltar a atenção para a estrada. Porque, é claro, o menino era Roderick. Ele sabia que o menino que corria era uma alucinação e que as duas ou três horas por noite que estava dormindo essa semana não eram o suficiente. O garoto foi embora quando Thomas chegou à cidade e ele dirigiu com cuidado o resto do caminho para casa. Entretanto, o medo o despertara de forma tão profunda que ficou com medo de não conseguir dormir.

— Vi Roderick de novo — contou para Rose no café da manhã: um pouco de carne de cervo, batatas e mingau. — Correndo do meu lado na estrada.

— Hoje à noite eu vou com você — disse Rose.

Naquela noite, ela o levou para o trabalho. O frio era intenso e o vento, forte. A neve caía ao longo da estrada em formatos que se retorciam e entrelaçavam nos faróis.

— Às vezes, eu fico hipnotizado pelos flocos de neve — disse Thomas.

— Eu te belisco se ficar com o olho vidrado — disse Rose.

— Então me belisque com delicadeza, e num lugar bom.

— Seu safado. De qualquer forma, não vou cantar para você.

As únicas músicas que Rose já tinha cantado eram canções de ninar sem letra e repetitivas que faziam bebês dormirem rápido.

— Além disso, trouxe uma surpresa para você na marmita — disse ela. — E a maior surpresa de todas é que vou fazer você deitar a cabeça na mesa. Eu fico vigiando enquanto dorme um pouco.

— Acho que isso é contra as regras.

— Quem é que vai saber?

Ficaram em silêncio.

— Exceto Roderick — disse ela —, mas ele não vai contar.

— Não fique fazendo piada com o meu fantasma — disse Thomas. — Nós voltamos a nos dar muito bem ultimamente.

— Vocês conversam?

— Na maioria das vezes é uma conversa unilateral, só que, de vez em quando, escuto umas palavras na minha cabeça. Coisas que ele falou muito tempo atrás.

— Você está ficando doido, velhote.

— É disso que tenho medo, mulher.

— Quanto tempo isso vai durar?

— Depois que formos a Washington, vou fazer uma pausa.

— Você não percebe, mas está difícil para nós.

— Percebo sim.

Thomas pegou a mão dela, aquela mão nodosa e forte que nunca fora mão de mocinha. Desde pequena, era conhecida por trabalhar duro. Com mais afinco do que qualquer um. A própria mãe dela dizia isso. A base do casamento deles era o trabalho, mas um cooperava com o outro quando alguém falhava, como hoje. Ele apertou a mão dela. Ela apertou a mão dele. Era assim que conversavam, às vezes. Chegaram à porta no momento em que LaBatte estava saindo. Ele os cumprimentou. Saiu e fez seu carro voltar à vida. Chegaram a ouvir o veículo engasgar e ratear algumas vezes antes de LaBatte entrar com um estouro na estrada, que o fez dar uma parada, depois outro estouro e conseguir lentamente ir em direção à sua casa.

— Ele fica consertando o próprio carro — disse Thomas. — Devia é levar no Lemon.

Rose puxou um banco e colocou suas coisas perto da mesa. Foi junto quando ele fez a primeira ronda, depois passou um longo tempo no banheiro feminino. Não conseguia evitar: adorava o encanamento. Quando saiu, estava sorrindo. De cabelo escovado e com batom nos lábios.

— Água corrente e quente.

— Um dia quem sabe — disse Thomas. Ele a olhou de novo e, do nada, sentiu vergonha. — Você está toda arrumada.

— Só tentando deixar você acordado.

— Está funcionando direitinho.

Beberam um copo de café juntos. Ele estava emocionado por ela ter vindo junto. Rose, com todos os seus afazeres domésticos, desafios diários, o cuidado com os pais e as inúmeras crianças de pessoas com problemas. Ela cuidava de todos ao redor de Thomas e agora estava cuidando dele (e usando batom). Ela olhou para baixo com modéstia para a xícara de café, depois ergueu os olhos e o encarou. Ele a olhou de volta e tudo o mais desapareceu. Era só Rose e sempre Rose. Ficaram olhando um para o outro por tanto tempo que a tensão os fez rir. E, então, escutaram um ruído vindo do canto mais escuro.

Esperaram. Uma sombra se mexeu. Houve um rangido. Talvez um barulho na estrutura do edifício. Então, a sombra se afastou, se moveu sem nem disfarçar, e os cabelos da nuca de Rose se arrepiaram.

— É ele — sussurrou ela.

Thomas não disse nada. Se fosse Roderick, queria que ela o visse. Mas não aconteceu mais nada e, por fim, relaxaram. Rose o mandou deitar a cabeça na mesa. Ele se recusou. Fizeram a ronda seguinte e Rose levou a lanterna. Quando se sentaram de novo, ela lhe deu um sanduíche de dentro da marmita. Era de frango cozido coberto com um pouco de molho. Ela tinha feito seis galinhas em conserva naquele outono. Essa era a última.

— Deita sua cabeça aí e dorme — ordenou ela, quando terminaram de comer.

O tom foi tão rígido que ele cedeu. No momento em que abaixou a cabeça sobre os braços cruzados, sentiu uma sensação esmagadora de alívio e conforto. Um instante depois, caiu no sono.

RODERICK ESTAVA sentado atrás do motor, não em cima, não onde Rose poderia vê-lo. Mantinha as mãos na frente ao rosto e fingia comer aquele sanduíche de frango. Pão caseiro. Já tinha trabalhado na padaria da escola. Trabalhar na padaria era a forma de uma criança não ir dormir com a barriga roncando. O negócio era roubar toda a massa de pão que fosse possível e colocar tudo dentro do bolso. Surrupiar era como chamavam. Surrupiar a massa. Depois à noite, ela inchava e enchia a barriga o suficiente para que o estômago não estivesse vazio e doendo pela manhã. Para conseguir um emprego na padaria, era preciso ser bom e mantê-lo era a única coisa com que Roderick se importava, então, por um bom tempo, ele foi bom. Mas então um garoto foi pego e a Sra. Burton Bell verificou os bolsos de todos. Ele foi demitido. Daí deixou de se preocupar e todo o mal a que tinha resistido veio à tona. Ele fugiu. E fugiu e fugiu. Tornou-se um corredor. Foi como acabou no porão passando tanto frio. Tudo por causa da massa de pão. E agora não conseguia mais sentir o gosto, mesmo se comesse um pouco daquele sanduíche. Tinha começado a vir aqui, à fábrica de rolamento de joia, porque era um lugar novo e estava cansado de todos os lugares velhos da reserva. Além disso, é claro, gostava de ficar perto de seu velho amigo Thomas. Às vezes, Roderick encontrava um lugar para dormir por um ano ou dois. Mas, quando acordava, era sempre um fantasma, ainda um fantasma, e isso estava ficando cansativo.

QUANDO THOMAS acordou, não sabia onde estava de tão profundo que havia dormido. Ele ergueu a cabeça dos braços e abriu os olhos. Lá estava Rose, desmaiada no banco. Com a cabeça sobre o casaco, tinha colocado um suéter em cima do peito e dos braços. Parecia tão tranquila. Ele fez a ronda seguinte, mas não saiu para fumar seu charuto, em vez disso, se sentou à mesa e brincou com a caneta. Estava tão perto de conseguir que o comissário do condado vizinho escrevesse uma carta se opondo veementemente a assumir as responsabilidades federais do seu povo! Não havia arrecadação suficiente de impostos na reserva para cuidar das estradas, isso sem falar das escolas. Ah, sim, neste caso, precisavam de todos os funcionários subordinados dos condados e municípios brancos que pudessem assustar no conforto de seus escritórios. Thomas começou a escrever.

Pés Missionários

EMBORA ESSA missão parecesse eterna e já os fizesse caminhar um bocado, e embora Vernon ansiasse pelo final do dia (principalmente agora que teriam a comida abençoada da Sra. Hanson), à noite, toda noite, ele acordava com os pés se mexendo. Eles doíam, precisavam descansar, mas ainda assim os pés com longos dedos brancos, estreitos e ossudos não paravam quietos. Era como se tivessem ideias próprias. Não conseguia controlá-los. Era grato ao Senhor por ter chamado os dois, Elnath e Vernon, para serem transferidos em breve, mas também estava com medo de que tivessem que caminhar até Fargo.

Embora os pés, pensou com ressentimento, *não se importassem nem se congelassem*. Era como se não pertencessem a ele de forma alguma.

A única coisa pior do que tentar voltar a dormir enquanto os pés ficavam se retorcendo e tremendo, foi quando se deu conta de que os pés tinham decidido ir para longe de sua cama. Às vezes, resolviam pegar Vernon para dar um passeio. E, algumas vezes, ele acordou e viu que estava no quintal de Milda Hanson. Depois na entrada de carros, como se tivesse ido pegar a correspondência.

Sentia saudade da família que tinha, de muito bom grado, deixado para trás. Da avó com um dente só, das tias encantadoras e dos tios feios. Mas, acima de tudo, sentia saudade da sensação de *talvez* ser amado por alguém. Um alguém doce como mel, que costumava descer do telhado da sua casa da infância e abraçá-lo em seus sonhos. Ele tinha que ser muito cuidadoso para não deixar a mente ir encontrar essa pessoa nem mesmo dormindo. Não podia, nunca, nunca pensar em Grace. A maior parte de seu corpo obedecia, mas os pés não. Os pés doloridos e rebeldes não lhe davam ouvidos.

Uma noite ele se viu em uma estrada solitária ao luar. Vestia o sobretudo, mas os pés descalços queimavam de frio e as pedras do cascalho cortavam as solas nuas. No caminho de volta à casa de Milda, viu um velho calhambeque estacionado ao lado da estrada. Ele parou e olhou pela janela. No banco de trás, havia um movimento frenético e ruídos de animais brigando na lama. Ele seguiu adiante e só mais tarde, quando os pés machucados finalmente se acalmaram embaixo das cobertas, lhe ocorreu o que tinha testemunhado. Ficou paralisado, em profunda decepção. Decepcionado consigo mesmo por não ter interferido e impedido que aquelas duas almas pecassem. Agora estavam perdidas.

O Mimeógrafo

— PAREM A impressão — ordenou Juggie, e entregou a última página ainda úmida do estudo econômico às mãos de Millie.

Millie colocou a página direto no nariz. *Como uma criança*, pensou Juggie.

A página ainda estava úmida, de fato, e o cheiro de anilina fresca inundou Millie de euforia. Era, talvez, seu aroma favorito. Ela também gostava de cheiro de gasolina, aipo frito encharcado em soro de leite coalhado e cimento de borracha. Tinha vindo até o escritório ajudar Juggie. Havia 35 cópias de cor roxa cada vez mais desfocadas. Mas também, quatro cópias especiais feitas por uma mão sorrateira com acesso à fotocopiadora mais sofisticada do escritório do Superintendente Tosk.

Essas cópias eram do arquivo que Thomas estava montando. O acesso de Juggie ao escritório do superintendente, no entanto, era limitado. O mimeógrafo que Thomas solicitara não tinha chegado (talvez nunca chegasse) e assim tiveram que fazer as cópias com o que tinham. Depois de trinta, a cópia mestra se degradou e Millie estava datilografando outra. As cópias seriam enviadas para todos os funcionários do estado e do município, para jornais e rádios, qualquer um que se interessasse pela situação econômica que ali prevalecia.

Millie retirou a placa deslizante da máquina e inseriu a folha mestra com carbono na máquina de escrever. Era muito exigente consigo mesma e queria acertar de primeira.

— O povo lá de fora sempre entende tudo errado — disse Juggie.

Ela tinha trazido rolinhos de canela. Um agrado para Millie. Rolinho de canela e café as deixariam acordadas até tarde da noite.

— Muito tempo atrás — continuou Juggie —, enviaram um idiota de Wahpeton chamado McCumber para contar os indígenas. Claro que de idiota o sujeito não tinha nada. Ele sabia muito bem o que estava fazendo. A maioria de nós estava fora caçando e ele contou somente os indígenas sangue-puro e, como consequência, nossa reserva, que já estava reduzida a vinte municípios, foi reduzida a somente dois. É isso que quero dizer com entender errado.

— Verdade — disse Millie, limpando agora os botões da máquina de escrever com um pincel especial. — Verdade.

Era a palavra que resolvera usar em vez de "sim".

— E entender errado significa que muita gente morreu de fome. Desde então, não temos terra suficiente e todo o nosso povo está num lugar só.

— O governo está operando com um conjunto de suposições que equivalem a pensamentos ilusórios — disse Millie. — Suspeito que, como sempre, eles simplesmente queiram nossas terras.

— Espera — disse Juggie. — Deixa eu anotar isso.

Millie ficou tão contente que teclou uma letra errada e cometeu um erro. Mordeu o lábio, irritada. Levantou a placa e usou uma lâmina de barbear para raspar suavemente o carbono na parte de trás do papel. Depois cobriu o erro com um corretivo. Enxugou com uma massa corretiva, inseriu um pedacinho de papel carbono, teclou a letra certa, removeu o pedacinho e continuou datilografando. O que Juggie disse era uma verdade. Um censo errado fora usado para convencer o Congresso de que o povo de Turtle Mountain era próspero. Mas a população era muito maior. Millie não conseguia estabelecer a sequência, nem exatamente a forma do porquê disso em um parágrafo. Era algo sobre ser indígena. E o governo. O governo agia como se os indígenas lhes devessem algo, mas não era o contrário? Ela não tinha estudado em um internato nem estudado nada sobre indígenas. Na escola católica que frequentou, nunca aprendera nada sobre indígenas, exceto que eram um bando de pagãos que foi vencido ou convenientemente morto. Mal conhecera sua família e foi tão envolta em cultura europeia quanto um indígena poderia ser. As pessoas quase nunca a reconheciam como indígena. Então por que se sentia categoricamente como uma? Por que valorizava isso? Por que não almejava o anonimato dos brancos, a comodidade de ser um deles, a alegria de se sentir integrada? Quando descobriam por que ela tinha uma aparência um pouco diferente, diziam: "nossa, nunca imaginei que você fosse indígena". E isso era dito como um elogio. Mas parecia mais um insulto. *Por quê?* Pensou em Pixie. Ou Patrice. Não sabia ao certo qual era o nome dela. As duas estavam no mesmo nível, não em beleza, mas na cor, e talvez Pixie já tenha pensado nisso. Millie pensou na mãe de Pixie, tão forte, tão elegante, tão experiente. E Pixie sabia tudo que Zhaanat sabia. Será que ela sabia quão extraordinária era por ser tão parecida com a mãe?

— Droga!

Millie tinha acabado algumas páginas. Perfeito. Ela era, é claro, uma excelente datilógrafa. Mas, pensando em Zhaanat e Pixie, ficara desatenta, acionara as teclas erradas e estragara uma linha inteira. E tinha quase chegado ao fim da página. Então agora tinha que retirar o papel inteiro, usar uma lâmina para raspar a linha errada, datilografar de novo a linha em outro papel, passar a lâmina e arrumar a cópia mestra com fita transparente. Depois fazer o processo com o pedaço de papel carbono. E, em seguida, conseguir colocar a linha arrumada exatamente abaixo da linha anterior. Mas, claro, ela era muito boa nisso. Tinha datilografado sua dissertação inteira de mestrado, na qual essa era apenas uma parte do trabalho. Todos os homens que faziam o programa com ela tinham contratado mulheres para datilografar para eles. Ela os desprezava por isso.

Quando terminou, a noite já tinha caído. E Juggie dormia em um cobertor no canto da sala. Millie tomou uma xícara de café, ainda quente, da térmica e comeu todo o maravilhoso rolinho, lambendo a cobertura e as sardas de canela do garfo que usou meticulosamente. Outros comiam com as mãos. Verdade. Mas Millie não. Sabendo disso, Juggie tinha até comprado pratos e talheres. *Vou deixá-la dormir*, pensou Millie, e arrumou a primeira folha da cópia mestra no rolo mimeógrafo. Virou o frasco de fluído, fez os ajustes necessários na pressão, no feltro, no trilho. Depois, começou a girar a manivela, com delicadeza, e foi ficando cada vez mais feliz com o cheiro intoxicante do fluído duplicador que enchia o ar do escritório.

Oração por 1954

Nessa noite, quem está acordado nas colinas?

Uma jovem cada vez mais satisfeita opera o rolo de um mimeógrafo. Um missionário esguio tropeça em meio ao sono ao longo da estrada congelada. Uma mulher Chippewa-Cree tradicional passa gordura de urso na pele de um bebê desperto. Um senhor muito idoso conversa com pequenas luzes que foram visitá-lo e uma senhora muito idosa tem um sonho intenso de estar atravessando o revolto Red River para escapar de seus inimigos. Um homem alto e loiro tenta chegar à segunda base com uma mulher esbelta que se senta, de repente, e diz: "Você é muito desajeitado." Um sujeito extremamente bêbado grita parado na neve, pedindo que sua maldição seja revogada. Outro homem, apenas meio bêbado, joga um jogo de cartas interminável com seus irmãos, que dizem a ele que sua conversão ao mormonismo é ridícula e que manchará o bom nome católico dos LaBatte. E ainda outro homem, machucado, forte e com o nome do lugar de onde nasceu caiu no sono na baia do cavalo ao lado de seu pequeno fogão a lenha. Na baia seguinte, um cavalo chamado Gringo é o único cavalo coberto por um cobertor e ainda assim não está satisfeito. Ele força a cabeça contra as tábuas grossas e rói pensativamente a rica madeira. Gringo, com certeza, preferiria aveia ou trigo e joga a cabeça para frente e para trás, bate a pata no chão, esperando que seu servo apareça. Mas nada acontece e a noite prossegue, sem parar.

Uma mulher forte e muito cansada deitada no chão do escritório da aldeia começa a falar dormindo. *Sal demais,* diz ela.

Uma jovem com olhos suaves e brilhantes, que sempre foi chamada por seus professores de "duende", preenche um pedido do catálogo da Montgomery Ward para comprar um relógio de pulso.

O HOMEM amaldiçoado rasteja em direção à casa dos pais, onde todos estão dormindo profundamente. Ele acha que já foi punido o suficiente por algo que só fez porque deu vontade. Se seu cérebro estivesse funcionando direito, poderia apontar alguns homens adultos aqui e ali que tinham feito o mesmo e estavam caminhando por aí em boa forma, sorrindo com a boca escancarada, abrindo e fechando os dois olhos. Sim, ele a atacou. Sim, quase a pegou. Mas nada aconteceu! A questão não é ter tentado. O problema foi que tinha escolhido a garota errada.

A VÁRIOS quilômetros dali, um homem preocupado com uma caneta tinteiro faz os exercícios do método Palmer na fábrica de rolamentos de joias. Ele mexe os punhos, flexiona os dedos e vira de um lado para o outro em sua cadeira. Depois que termina, olha para frente e escreve mais uma carta para o senador Milton R. Young na qual apresenta a sua estratégia e assina com desespero educado. Em seguida, sem esperança, escreve uma missiva cortês, cheia de piadas, para outro senador da Dakota do Norte, William "Wild Bill" Langer, que é a favor da terminação. Não há nada a perder e Thomas não consegue deixar de gostar de Wild Bill, que, uma vez, se entrincheirou na mansão do governador e resistiu a ser retirado de lá. Se o isolacionista Langer tivesse saído, quem sabe Falon não tivesse morrido em uma guerra distante. Certamente, o mundo seria muito pior, mas Thomas teria seu irmão, Falon, no mundo real, não só atravessando as paredes de vez em quando. E, falando em espíritos errantes...

RODERICK NÃO parecia estar por perto hoje à noite, mas havia uma sensação estranha no ar. Como se a caneta mantivesse tudo em equilíbrio na reserva à medida que Thomas ia escrevendo. E ele continuou a escrever.

Não Dá para Doutrinar Indígenas Fantasmas

Mesmo como fantasma, Roderick nunca seria doutrinado. Não dá para doutrinar indígenas fantasmas. É tarde demais! Ele não foi para o inferno dos brancos e nem para o céu dos brancos. Mas morreu nos territórios de Sac e Fox, longe demais para chegar no prazo ao paraíso Chippewa. Por isso, seguiu seu caixão para casa e simplesmente ficou por ali. Sempre ouvindo tudo. Foi depois de morrer que descobriu aquele termo. Que percebeu o que estavam aprontando. Doutrinação. O jeito deles se torna o seu jeito. Ele fez um levantamento. Quando raspavam sua cabeça e o cabelo crescia todo bagunçado e de pé, Roderick gostava. Parecia pelo de bicho, e ele ficava passando a mão. Certas coisas ele realmente gostava. Pêssegos em lata. Mas não dos sapatos duros. O trompete. Mas não antes do nascer do sol. Um casaco quente de lã. Meias de lã. Mas, de novo, se não os tivessem aniquilado, poderia ter tido um casaco, e até meias, de pele de búfalo de chifre curvado. Claro, da tuberculose não tinha gostado nem um pouco. Será que havia essas doenças antigamente? Nunca tinha ouvido nada a respeito e não fazia ideia. Do que os indígenas costumavam morrer? Por ataques de animais, acidentes, frio e por causa de outros indígenas. Tinha ouvido falar que antigamente existiam muitos animais, em todo canto, então ninguém morria de fome. Podia levar um coice de um cavalo ou ser chifrado por um búfalo bravo. Ele era obcecado pela forma como poderia ter morrido. Qualquer coisa teria sido melhor. Uma batalha, por exemplo, atravessado por uma lança ao rechaçar o inimigo. Não, o horror e a agonia pelos quais passara ainda lhe povoavam a memória mesmo depois de todos esses anos. Claro, os anos eram como um instante para ele como fantasma. Tinha ido ao funeral do velho Paranteau, pensando que talvez pudesse furtivamente ir junto com ele ou segui-lo na jornada para a vida após a morte. Estava pronto para algum lugar novo. Mas o velho Paranteau morrera bêbado e se desviara da estrada sagrada. E Roderick tinha voltado, porque sentiu o cheiro de carne do urso fervida que Zhaanat estava cozinhando com três trocas de água, como sua mãe fazia. Continuava sentindo cheiros. E também gostava de ouvir Zhaanat falar. Não à doutrinação! Não havia palavrões na língua Chippewa, mas muitas palavras referentes a sexo e Roderick gostava de ouvir sobre sexo. Se lamentava por nunca ter feito, mas claro que sabia tudo sobre o assunto. Sabia até demais. Muito tempo atrás, parara de assombrar pessoas quando começavam a agir de maneira sexy. Mas quando Zhaanat e os de antigamente falavam sobre sexo era engraçado. Ele dava uma risada fantasmagórica, que parecia o som da água pingando de uma estaca de gelo, ou dos galhos da floresta raspando um no outro, lá no alto. Mas sexo num geral? Era uma farsa. Que era o mesmo que agir como alguém doutrinado. Isso é que era! Então agiu dessa forma. Só que era muito difícil não ser doutrinado sozinho. Desejava poder voltar para casa.

Clark Kent

A CLÍNICA oftalmológica ficava na esquina do hospital, com uma fila na frente da salinha onde o médico itinerante fazia os exames. Patrice esperou por uma hora. O exame de vista consistia em cartazes, luzes e cartões com linhas pretas. Depois o doutor escrevia todos os resultados, descia um grande conjunto de lentes à frente de seu rosto e ficava trocando as lentes em cada olho até que as formas diante dela entrassem em foco. Quando acabou, ele fez mais algumas anotações e depois a informou que sua receita não era incomum e que poderia ajudá-la com óculos nesse mesmo dia.

— Óculos? Não preciso de óculos.

Não lhe ocorrera que os exames a levariam a usar óculos, porque não tinha problemas para enxergar.

— A sua visão para leitura está ótima — disse ele. — Precisa de óculos para ver de longe.

— Eu enxergo bem de longe.

— Você verá com mais nitidez.

Ele deixou a sala e voltou com uma caixa de papelão. Dali, retirou um óculos. Eram os típicos óculos do Serviço de Saúde do Indígena que todos usavam. A armação era preta e quadrada. Ele os colocou no rosto de Patrice e verificou se a curvatura encaixava atrás das orelhas.

— Pronto. Ficou perfeito. Pode tirá-los para ler.

Os óculos pesavam no nariz e ela não achava que conseguiria se acostumar a ver tudo enquadrado naquele plástico preto. Não conseguia não se incomodar com a curvatura das hastes atrás das orelhas. Patrice desceu as escadas do hospital e não percebeu muita diferença. Tudo parecia absolutamente normal. Só que, quando olhou para Wood Mountain, que a esperava no final da escada, conseguiu ver os detalhes daquele rosto marcado pelas lutas. A expectativa agitada, o amor que ela não queria que ele expressasse de novo. Enquanto descia os degraus em direção a ele, percebeu que nunca tinha sido capaz de ler os rostos das pessoas de longe. Nunca tinha visto suas expressões. Ela nem tinha percebido que, de longe, ele parecia diferente agora. Não o chamaria de bonito agora que seu nariz estava quebrado. Ela parou nos degraus e olhou para Wood Mountain, para os carros e casas, para as árvores e para a caixa d'água. A precisão do mundo a deixou sem fôlego. As linhas nítidas do tijolo. A legibilidade das placas nas portas. As pontas dos pinheiros afiadas que se projetavam contra mais pontas e a parte escura atrás do tronco.

Quando olhou maravilhada para Wood Mountain, percebeu que ele queria rir.

— Qual é a graça?

Mas estava achando muito engraçado também. Ali estava ela com outro disfarce.

— Você parece a namorada do super-homem.

— Não. Eu pareço o Clark Kent.

— Ah, nossa, parece mesmo!

Wood Mountain estendeu o braço e ela aceitou, como nos cinemas, mas precisava deles para se equilibrar. Os óculos passavam a impressão de que seus pés estavam muito distantes.

— Por qual caminho vamos para casa, Clark Kent? O longo ou o curto?

O vento *chinook* havia soprado durante toda a noite anterior. O mundo estava resplandecente de neve e luz. A estrada brilhava de água e o ar estava quente e agradável. E os pássaros... os pássaros estavam fora de seus refúgios, entoando seus cânticos primaveris no meio do inverno.

— Os dois levam ao mesmo lugar — respondeu Patrice.

A meio caminho de casa, na estrada, Wood Mountain a fez parar. Pegou o rosto dela com as mãos. Mas não a beijou. Beijou os cantos dos óculos, depois pegou sua mão quando voltaram a caminhar.

— O que foi isso?

— Não consegui evitar. Esses óculos.

— Eu pareço um garoto — disse Patrice, rindo.

— Não parece, não — retrucou Wood Mountain. — Mas parece mais intelectual. Tenho pena do cara que incomodar você.

À medida que continuavam, os montes de neve brilhantes jogavam tanta luminosidade em seus olhos que eles não conseguiam absorvê-la. Tinham que fechá-los um pouco. Era possível sentir a escuridão nos cantos. Alguém passara de trenó no bosque e uma trilha tinha sido feito, então, seguiram por ali. A luz azul os envolveu, uma luz mais suave.

— Me incomode — disse Patrice.

— Incomodar você. Eu nunca pensei que fosse dar em cima do Clark Kent desse jeito.

— Bom, mas dê em cima mesmo assim.

Wood Mountain envolveu as costas dela com o peito. Suas mãos foram para a cintura acolchoada de Patrice. Estavam com roupas muito quentes, mas ambos ficariam com neve abaixo do pescoço e nas calças se fizessem à moda antiga. Ela se virou e o beijou até a cabeça dele girar. Ela usava saia, mas estava com meias de lã por baixo.

— Vamos achar um tronco para sentar — disse ele. — Eu sento embaixo, você fica em cima de mim.

Ela não sabia o que ele estava dizendo até que encontraram um lugar para sentar. Ele colocou as mãos nos seios dela, por baixo do casaco, o que a deixou um pouco atordoada. Nossa, era tão bom. Ele ajustou as roupas quando ela se sentou em cima, e logo ela se lembrou do que Betty lhe falara para perguntar. Ele tirou um pacote de dentro do bolso do casaco.

— Sempre trago isso aqui quando vou te ver — disse ele envergonhado, e a colocou.

E então, estava dentro dela, com avidez até demais. Lágrimas molharam os olhos de Patrice, embaçando os óculos e ele se afastou. Ela arrumou os óculos e arfou para começar de novo. Então foram em frente, e ficou melhor. Embora não fosse a melhor coisa do mundo como Betty dissera, Patrice chegou a pensar se ficaria obcecada, como Betty também dissera que aconteceria. Se fosse assim, não pensaria em mais nada. Enquanto estava acontecendo, ela realmente não achou grandes coisas. Mas, uma vez que Wood Mountain se entregou e foi à loucura, e depois gritou e ficou inerte, ela passou a achar grandes coisas, sim. Se importou (e muito). Segurou a cabeça dele contra o coração, ainda usando as luvas laranja que Millie tinha lhe dado. Na floresta, de cima dos galhos, a neve caía aos montes. Embaixo da neve, correntes de água derretida murmuravam. Um pica-pau bicava uma árvore tão forte que parecia um gongo tocando. A respiração dos dois diminuiu até que começaram a respirar normalmente. Parecia que, talvez, estivessem tendo o mesmo pensamento, mas ela não queria testá-lo e então não falou nada. Ajeitaram as roupas e permaneceram na trilha. Estavam purificados. Era assim que se sentiam. O desejo agora se fora e os dois se sentiam como crianças. Ela riu do nada e ameaçou lavar o rosto dele com neve. Ele deixou, então ela pegou um punhado de neve, mas passou apenas nas bochechas, e quando ele abriu a boca a encheu de neve. O gosto da neve era eterno para Wood Mountain. Ele colocou neve na boca da Pixie, que derreteu em sua língua. Seus óculos embaçaram. Ela estava começando a se acalmar. A colocar os pés no chão. Mas foi só quando viram a cabana ao longe que ela sentiu o peito apertar. Mal conseguia respirar. Disse adeus a ele e não o deixou entrar.

Xadrez

HAVIA UM problema. Millie estava ficando sem padrões. Ela foi ao centro de caridade com Grace, mas encontrou apenas estampas florais. E detestava flores no tecido.

— Metida! Você escolhe demais — disse Grace.

— Eu sei o que gosto de vestir.

— O que acha desse?

Grace segurava uma saia rodada com linhas tracejadas, mas de maneira aleatória, o que deixou Millie vagamente enjoada quando Grace a girou com um sorriso convidativo.

— Tem a sua cara, Xadrez.

— Não gostei.

— Metida!

Millie estava sendo tomada por aquele sentimento que a assolava quando ficava perto de muitas coisas velhas — um tipo de pânico. Ela mesma tinha se diagnosticado com várias formas de claustrofobia. Além disso, tinha certeza de que não poderia testemunhar em Washington, não com as roupas que tinha.

— Vamos sair daqui.

— Espera!

Grace pegou uma blusa xadrez preta e amarela do tamanho perfeito para ela. E tinha decote em V, mangas três quartos e pregas. Então, enquanto Millie admirava a peça, Grace enfiou a mão no fundo da pilha e a provocou com uma roupa maravilhosa. Tratava-se de um vestido largo e pesado, feito com seis tecidos diferentes, cada um com um padrão geométrico diferente. As cores eram as mesmas — azul, verde, dourado — mas cada combinação diferia de forma intrincada. Era feito de sarja e os padrões eram trançados, não estampados, no tecido. Millie ergueu os braços. O coração acelerou. Pagou para a freira a blusa e o vestido, então caminhou até a entrada, onde se sentou e admirou cada painel da estampa. Pareciam intrincados e misteriosos como os inúmeros desenhos nos tapetes persas. Quando observou os padrões, eles a levaram para dentro, para além da loja e da cidade, para as bases do significado, e depois para mais além, para um lugar onde a estrutura do mundo não tinha nada a ver com a mente humana e nada a ver com os padrões do vestido. Um lugar simples, selvagem, inefável e requintado. O lugar para onde ela ia todas as noites.

Os Lamanitas

— Seu ódio era implacável e eles eram guiados por sua natureza iníqua, de modo que se tornaram selvagens e ferozes e um povo sanguinário, cheio de idolatria e imundície, alimentando-se de animais predadores, habitando em tendas e vagando pelo deserto com uma curta faixa de pele ao redor dos lombos.

— O que acha, Rosey? — perguntou Thomas. — Somos nós.

Ele leu a descrição novamente.

— Não — disse Rose, — parece mais o Eddy Mink.

Thomas fechou o Livro de Mórmon e voltou a estudar o texto do projeto de lei. Ele também escrevera para Joe Garry, presidente do Congresso Nacional dos Indígenas Americanos, pedindo mais informações sobre Watkins.

"O fato é que Watkins não tem senso de humor", Garry respondera.

O que era ainda mais assustador do que a bíblia dos mórmons.

Watkins também se recusara a destinar dinheiro suficiente para socorrer o povo Navajo, que estava em uma situação desesperadora no deserto. Dissera que os Navajos "estavam acostumados à pobreza". Mas sua observação foi amplamente divulgada e talvez o tiro tenha saído pela culatra. Thomas decidiu atacar duramente a difícil situação econômica. Parecia que Watkins queria que os indígenas desaparecessem e que também o amassem por fazê-los desaparecer. E agora que Thomas lera o Livro de Mórmon pelo tempo que conseguia se manter acordado, entendeu por que esse homem desdenhava completamente da lei dos tratados. Na religião de Watkins, o povo mórmon tinha sido divinamente dotado de toda terra que quisessem. Os indígenas não eram brancos e bem-aventurados, mas amaldiçoados com pele escura, e por isso não tinham o direito de viver na terra. Os tratados de lei terem sido assinados pelos órgãos de mais alta patente do governo dos Estados Unidos também não significava nada para Watkins. A legalidade vinha depois da revelação pessoal. Tudo vinha depois da revelação pessoal. E a revelação pessoal de Joseph Smith, toda escrita no Livro de Mórmon, era que só o povo dele era o melhor e devia possuir a Terra.

— Quem acreditaria nessa história absurda de pedra vidente, visão dentro de um chapéu, placas douradas? O livro todo é uma desculpa para se livrarem de indígenas — disse Thomas.

Rose o ouviu e começou a rir.

— Todas as histórias são doidas se for pensar — disse ela.

O que fez Thomas pensar. Qual livro religioso era melhor? A Bíblia Sagrada, cheia de poder e poesia, estava também repleta de contos de fadas. Thomas as tinha achado fascinantes, mas no fim eram meras histórias, menos importantes do que as histórias da Deusa do Céu, do *manidoog* na criação, do *Nanabozho*. De todos, principalmente do livro sem graça que Elnath e Vernon tinham deixado ali, Thomas preferia a figura sobrenatural de *Nanabozho*, que enganou os patos, se irritou com a própria bunda e a queimou, criou uma montanha de merda para poder descer quando ficou preso no alto de uma árvore, tinha um lobo como sobrinho e não sentia remorso em momento algum; que pintou o martim-pescador com cores lindas e com um truque alimentou seus filhos quando estavam famintos; que jogou seu pênis por cima do ombro e as bolas para o oeste; que fez a si mesmo virar um tronco e fez seu pênis parecer um galho onde o martim-pescador se empoleirou; que matou um deus atirando em sua sombra, e criou tudo o que era útil e muito do que era essencial, como a risada.

O Plano de Deus

CHEGOU A um ponto que Norbert parou de fingir que iriam seguir em frente. Ele não lhe fez carícias. Nada de doces para Betty. Nem falas amorosas, nem fingimento. Não compraram refrigerante nem passearam de carro olhando a paisagem, nem foram ao cinema nos dias de estreia, nem ouviam rádio quando ele parava o carro. Iam logo para o que interessava. O que não agradava Betty, embora ela não ligasse de ir para o banco de trás com ele. Uma noite, conseguiu atrasá-lo; estava indo bem e, inclusive, ela estava muito excitada e feliz, mas então a porta do carro se abriu e Norbert caiu com tudo para fora. Ele tinha se espremido contra a porta, com a cabeça pressionando a janela enquanto se movimentava. A porta, infelizmente, abriu quando ele saiu de dentro dela e se meteu entre os seios. Ele escorregou para fora do corpo dela e caiu de barriga para baixo na estrada escorregadia. Betty pensou que a trava tinha aberto sozinha até que alguém do lado de fora disse:

— Vocês têm um minutinho para ouvir o plano de Deus para suas almas?

O Conselho

LOUIS NÃO queria ficar longe de seus cavalos. Moses estava acamado com a perna coxa. Precisavam ser persuadidos. Caso contrário, a delegação para Washington seria apenas Juggie Blue, Millie Cloud e Thomas Wazhashk. Tinham sido convidados para se hospedarem na casa de Ruth Muskrat Bronson, a secretária executiva do Congresso Nacional dos Indígenas Americanos, a pessoa que coordenava a coisa toda de casa, porque ainda não tinham fundos para um escritório em Washington. Pouco depois de aceitarem, ela disse que não poderia recebê-los. Consternação. Encontraram um hotel barato.

— Acho que não dou conta — disse Millie. — Não posso me sentar na frente de um monte de senadores. Não confio na minha voz.

— Você já ficou sem voz antes?

— Não. Mas eu falo coisas.

— Tudo mundo fala coisas.

— Minhas coisas saem errado.

Juggie ficou em silêncio. Millie de fato falava coisas que ofendiam as pessoas ou que as provocavam. E se fizesse isso com um senador e estragasse o testemunho?

— Pode testemunhar sobre o estudo? — perguntou Millie.

— Claro que não — respondeu Juggie. — Eu já vou lá para ler a declaração de Thomas se ele se ficar nervoso. Eu ficaria um caco se tivesse que me preocupar com a sua também.

— Vamos pôr Patrice no meu lugar.

— Endoidou, foi?

— Viu os óculos novos dela? Ela ficou mais séria. Patrice é a única que estudará minha pesquisa até saber de trás para frente. E ela fala bem.

JUGGIE E Millie foram à fábrica de rolamento de joias e esperaram Patrice sair do trabalho. Quando ela estava indo para o estacionamento, abordaram-na.

— Posso te dar uma carona para casa? Millie e eu temos uma coisa para te perguntar — questionou Juggie.

— Não, obrigada — respondeu Patrice, mas insistiram até que ela assentiu para Doris e Valentine irem embora. — E então? — disse ela quando entrou no banco traseiro do DeSoto.

Millie virou para trás e a encarou através de seus óculos desconcertantes. Patrice a encarou de volta através de seus próprios óculos igualmente desconcertantes.

— Viu o que eu disse sobre os óculos? — perguntou Millie, enquanto entravam na estrada principal. — Eles escondem os olhos da Pixie. Ela fica bem menos bonita, o que seria bom.

— Bom para quê?

Patrice se sentiu desconcertada, como se isso já tivesse acontecido antes. Ah, sim, ela se lembrou. Bucky, e, da última vez em que fora coagida a entrar em um carro, acabara vestindo uma fantasia venenosa de vaca aquática e nadando em um tanque de vidro.

— Bom para o quê? — repetiu ela.

— Bom para testemunhar em Washington capital — respondeu Millie. — Eu não consigo. Tenho que escrever as coisas antes para saber o que vou falar. Você pensa rápido.

— Por que você não pensa rápido? Não é só ler o estudo?

— Eles querem me fazer perguntas.

— Ah, não. Não posso responder perguntas. Não sei nada do estudo. Não consigo.

— Consegue, sim — disse Millie. — Você não é tão estúpida.

Patrice já estava acostumada com o jeito de falar de Millie.

— Não sou estúpida mesmo, Millie. Mas tenho que ficar em casa e trabalhar.

— O conselho do povo falará com seu chefe. Eu ajudo a sua família.

— Bom, você já não sai de lá mesmo — comentou Patrice.

— Estou fazendo anotações — disse Millie. — Talvez eu mude de economia para antropologia.

— Vai saber o que é essa coisa — comentou Juggie.

— Eu não vou — disse Patrice. — Mas te ajudo a praticar, Millie, assim você não perde o controle.

— Você devia ir com a gente — falou Millie. — No caso de eu perder mesmo o controle.

— Eu iria sem problemas — disse Patrice.

— A REUNIÃO vai começar.

Thomas deu início às formalidades e, como Millie estava lá e disse que sabia taquigrafia, ela tomava notas, inclusive anotações das anotações que Juggie fizera na última reunião. O verdadeiro motivo da reunião do conselho era decidir quem iria para Washington, D.C.

— Moses?

— Minha perna anda doendo muito, acho que não vou.

— Louis?

— Uma época ruim do ano para os cavalos.

Louis tinha conseguido as assinaturas dos funcionários do estado e do condado na carta de apoio. Ele continuava trabalhando nas divisões locais da American Legion. Com seu corpo de touro e aquele sorriso afável, conseguia se aproximar de qualquer um para pegar suas assinaturas. E ainda fazia as pessoas doarem dinheiro. Mas não queria ir a Washington.

— É só para marcar presença, assim eles vão ver que temos uma delegação.

— Não daria certo, eu só consigo pensar que eles destruíram meu filho — disse Louis.

Thomas baixou os olhos para seu maço de papéis e passou a mão na testa. Estava para lá de cansado naquele dia e lutando contra uma vertigem.

— Sabemos que Millie não quer ir — disse Thomas. — Mas Patrice pode substituí-la, se levantarmos um pouco mais de dinheiro. Além disso, ela pode testemunhar sobre a fábrica de rolamento de joias. E você, Juggie? Não me decepcione.

— Eu não perderia isso por nada. Não acontece todos os dias.

— Não será uma viagem de turismo.

— Isso está claro. Mas estou pronta para ler sua declaração se ficar doente com a água da cidade.

— O que não vai acontecer — disse Thomas, sacudindo a mão. — Estou sóbrio.

— É melhor todos estarem sóbrios durante a viagem — disse Moses.

— Seria bom você ir junto para ajudar a cuidar do rebanho — disse Juggie. — Não dá para saber o que um bando de Chippewas doidos podem aprontar.

— Pare de tentar me enrolar. Sou um velho.

— Essa é a sua única oportunidade de fazer algo importante antes de morrer, *akiwenzi*.

DEPOIS QUE a reunião acabou, com todos ainda abalados, Thomas deu carona para Patrice e Millie. Como sempre acontecia agora, Millie foi para casa com Patrice. Quando chegaram, ela se sentou à mesa perto do fogão de Zhaanat e pegou um caderno e um lápis. Estava desenhando uma das plantas que Zhaanat regularmente colhia. Tentando reconhecer as folhas secas.

— Tenho que voltar no verão — disse Millie. — Não consigo reconhecer essas plantas secas assim.

— É *miskomin* — disse Patrice. — A mamãe a usa para tudo. É uma planta para mulher. Ajuda contra cólica, fortalece o útero, faz o leite descer. Mas ela a usa para coisas mais gerais também. Por isso que tem tanta. E esse aqui, *gaagigebag*, é uma planta para mulher também.

— Verdade — disse Millie.

Patrice aproveitara uma aula de conservas na fazenda da agente agrícola e comprara uma caixa de potes para a mãe. Pokey fizera uma prateleira resistente com galhos novos e a fixara na parede. As fileiras de potes cheios de folhas trituradas e raízes descascadas intrigavam Millie. Outras medicinas ficavam penduradas em um canto ou trançadas com longas caudas, como as cebolas silvestres que Zhaanat estimava.

Millie apontou o lápis com um canivete e continuou a escrever no caderno. Parecia muito familiar.

— Isso é um caderno de escola — disse Patrice.

— Coisa do governo. Encontrei com o professor de matemática e falei que precisava de alguns.

— Você encontrou com o Cabelo de Palha? Quer dizer, Barnes?

— Sim. Grace e eu fomos buscar Wood Mountain onde ele treina. Barnes me falou para ir lá ver uma aula dele.

— E você foi?

— Claro. Ele disse que gostou da minha blusa xadrez. Disse que o fez ter ideias.

— Bom, essa é novidade — disse Patrice.

— Novidade — disse Millie. — Ideias novas, sim.

— Não, quer dizer... ah, você sabe.

— Ah! Não esse tipo de ideias. Como ensinar matemática pintando de preto certos quadrados de uma tabela. Eu falei que entendi o que ele quis dizer.

— Voltando para a pesquisa, eles podem perguntar como conseguiu as informações.

Millie explicou como a ideia para a pesquisa surgiu depois que visitou o pai, e então das aventuras para conseguir as entrevistas, tudo com muitos detalhes. Contou sobre o programa acadêmico do qual fazia parte e de como obteve o dinheiro da bolsa. Enumerou seus outros trabalhos, as poucas credenciais, suas referências, notas. Agora era Patrice quem fazia anotações com um lápis de ponta afiada. Millie teria que dizer tudo aquilo no caso de um dos senadores tentar desacreditar suas informações.

Magricela

Às VEZES, quando Valentine olhava de esguelha para Barnes, por entre as pálpebras semicerradas, ele se sentia como o coelho fofo que imaginara nas mandíbulas dela. Claro, ele esperava, por dentro, que ela fosse doce como os doces no Dia dos Namorados. *Seja minha*. Ele tinha chegado nas preliminares (ou quase). Ela era especialista em lhe estapear as mãos ou até mesmo machucar suas partes íntimas. O medo cada vez maior o deixava hesitante. Molengo! Cabelo de Palha! Estava claro para ele que, para ela ser mais receptiva, teria que haver primeiro uma proposta de casamento. Extremamente católica. E claro, Barnes respeitava isso. Por outro lado, um homem era um homem. Como consequência, ele ficou tão rápido no saco de velocidade e pulava corda como um louco tão regularmente que tinha perdido peso, muito peso. Ao olhar de Valentine, tinha encolhido.

— Você está ficando magricela — observou ela.

Agora, além de desajeitado, ele era magricela. Com certeza, nunca ninguém o chamara disso antes. Era um homem corpulento, disso ele sabia e podia provar, se pelo menos ela fosse um pouco mais delicada como o nome que tinha.

A Viagem

DORMIRAM NAS poltronas. Pegaram o trem seguinte em Mineápolis. Dormiram nas poltronas outra noite. Thomas estudava seu testemunho obsessivamente, tentando não amassar demais os papéis que teria que ler em voz alta. Patrice checava o relógio, depois checava de novo. Ansiava por toda noite para dar corda nele. Tinha trazido também a mala cara que comprou na cidade. Xadrez. Dois tons de verde com linhas vermelhas. Uma trava que se abria com um clique alto e profissional. Juggie trouxera a bordo uma sacola surrada, arrumada na noite anterior, com sanduíches, bolachas, maçãs desidratadas, cenouras inteiras e passas. Não queriam gastar dinheiro no vagão-restaurante. Dormiram a terceira noite em seus assentos e acordaram em Washington. Tentaram não tropeçar devido ao cansaço, enquanto carregavam as malas pela plataforma. Respiraram fundo e carregaram a si mesmos e suas bagagens por um longo lance de escadas. Depois, com os corações acelerados e os olhos ardendo, se viram diante de uma série de grandes abóbadas.

O tamanho do lugar os deixou atônitos. Havia uma cobertura baixa de fumaça de cigarros e, acima, uma luz clara. O ar era abafado perto do solo, mas o espaço era tomado e cercado por um rugido tão alto que parecia uma única presença física, embora fosse composto de motores girando e roncando, buzinas, apitos, sinos, sirenes, assobios, avisos sonoros, rangidos de breques e pneus cantando e, abaixo de todos esses sons, havia outros mais baixos como o sussurrar de passos, o farfalhar de papéis, o burburinho de vozes, o tilintar de colheres e garfos, os ruídos de xícaras e de mastigação, o ir e vir de casacos sendo colocados e tirados, o bater de gongos de latão, o tique-taque de relógios, os chiados de movimento, de galochas ou de prazer. Ficaram ali, em total silêncio, como se fossem mudos.

Para Thomas e Moses, o barulho da cidade era tão desorientador que nem conseguiam se mexer. Juggie tratou o ruído como se fosse o clima. Não separou som por som ou se importou com os detalhes. Millie morara perto do campus de onde estudava, na Avenida Universitária, por isso estava acostumada com o barulho. Patrice tinha se preparado. Finalmente, se organizaram, se espremeram em um táxi e foram levados para o Hotel Moroccan. Era um lugar pequeno e limpo, mas caindo aos pedaços. Os quartos, no segundo andar, ficavam voltados para a rua. Mesmo com as janelas fechadas, o barulho era estrondoso. Thomas e Moses dividiram um quarto e as três mulheres dividiram o outro. Juggie pedira que uma das camas fosse de casal, mas as duas eram de solteiro.

— Não vamos conseguir nem respirar — disse Juggie. — Meus ossos doem e eu me mexo muito. Vocês dormem juntas.

Comeram num restaurante em um estado louco de exaustão e, em seguida, se revezaram para entrar na banheira com água morna. Depois chegou a hora de dormir. Millie usava um pijama coberto de formas de diamantes e pontos que embaralhavam a vista. Juggie vestia uma velha camiseta surrada e macia de Louie. Patrice, uma camisola de algodão azul-claro da pilha de roupas da caridade. Ela deitou perto de Millie, e as duas ficaram de costas uma para outra. Cobriram-se até o pescoço, embora o quarto estivesse quente. Juggie e Millie caíram logo no sono. Patrice ficou acordada sozinha, agitada. Parecia que as pessoas estavam conversando a centímetros da sua cabeça, embora estivessem no andar de baixo. Primeiro, ouvia cada fragmento intrigante, e então, sem nenhum instante de transição para o sono, voltou a se sentir consciente, embora continuasse de olhos fechados. Era possível sentir Juggie e Millie se mexendo no quarto, então achou que já devia ser de manhã. Mas, quando abriu os olhos, havia pouca luz. Ainda só no final da tarde. Seus olhos se fecharam.

FOI ENTÃO que algo a invadiu. Em um lugar novo, com sons diferentes, com o ar diferente, aquilo a que ela vinha resistindo encontrou força. Sentiu como se estivesse se rasgando. Como se estivesse sendo dividida ao meio. Seu coração bateu selvagemente. Não conseguia respirar. Os braços se ergueram — se pelo menos ele estivesse ali, segurando-a. O rosto dela se suavizou. Se pelo menos o rosto dele encostasse no dela e a beijasse. A neve que derreteu em sua língua.

— Acorde — disse Juggie, cutucando-a. — Estamos com fome.

— Vamos — disse Millie —, tem um restaurante no fim da rua.

— Parece decente — disse Juggie, e puxou o pé de Patrice. — Anda logo.

Olhos de Falcão

PATRICE ENTROU na galeria com vista para o salão da Câmara dos Deputados. O cachecol e o casaco continuavam úmidos por causa da chuva. Estavam tentando conhecer o Congresso já que no dia seguinte dariam seus testemunhos. Ela se sentou. Olhou atentamente para as pessoas ao redor. Notou uma mulher de aparência extraordinária usando um batom ousado. Ela era tão marcante que foi difícil para Patrice não encará-la. Ela olhou brevemente para Patrice, depois se concentrou na visão da Câmara. O cabelo preto estava penteado para trás em ondas que se enrolavam lindamente na nuca. Tinha feições fortes de rainha e vestia um terninho marrom-claro com um casaco pequeno e justo e saia até a canela. Sem esboçar reação alguma e com os olhos fixos enquanto segurava forte a bolsa no colo, ela contemplava com a intensidade de uma ave de rapina o semicírculo de deputados sentados e de pé. A conversa na Câmara começou abordando a economia do México, e, embora Patrice tivesse dificuldade em acompanhar os oradores, a seriedade de estar nos salões do poder governamental parecia lançar um feitiço nos observadores.

— Viva Puerto Rico libre!

Patrice só reconheceu que o som era de tiros quando virou a cabeça e viu a pistola na mão da mulher. Ela estava de pé, a mulher alta. E de novo, gritou:

— Viva Puerto Rico!

A pistola parecia um troféu de guerra que Patrice vira uma vez na casa de Louis Pipestone, uma Luger. Era a arma que ela segurava. A mulher mirou alto, por cima da multidão, mas havia outra pessoa mirando para baixo. Chocada demais para se abaixar e até mesmo para se mover, Patrice viu homens caindo no chão enquanto outros buscavam refúgio atrás das mesas e do palanque. E então, tudo acabou. Os guardas invadiram a galeria, pegaram a arma da mulher e depois a prenderam. Arrastaram um homem pequeno para fora, no corredor, tinha mais outro homem, mais quantos? E depois todos no salão de visitantes ficaram tropeçando, confusos e aterrorizados, antes de serem informados de que teriam que ser interrogados para receberem autorização para sair.

Patrice ficou na fila por uma hora. O guarda que finalmente a inquiriu franziu o cenho com desconfiança e a levou para o lado. Na hora, ocorreu a Patrice que a mulher de cabelo preto poderia ser sua irmã.

— De onde você é?

— Dakota do Norte — respondeu.

— Você é turista?

— Sou — disse Patrice, temendo ser detida por qualquer complicação que pudesse ocorrer.

— Tem algum documento?

Patrice entregou o passe do senador Young e um pequeno cartão de papelão que recebera quando começara a trabalhar na fábrica de rolamento de joias. O cartão exibia um selo do Departamento de Segurança. O policial devolveu os documentos e deu a ela um sorriso tenso e desagradável.

— Você viu alguma coisa? — perguntou ele.

— Eu estava sentada perto dela, da mulher.

— Deixe eu anotar suas informações.

— Ela atirou para cima. Não atirou em nenhum membro do Congresso.

— Ah, verdade? Que bom para ela — disse o sujeito com sarcasmo.

Os degraus de fora do edifício foram os mais longos que já tinha descido na vida, e procurou ao redor pelos membros do povo. Havia carros de patrulha, sirenes soando, um monte de policiais. Turistas e repórteres aglomerados nas ruas. Patrice saiu direto da Câmara e encontrou facilmente Thomas e Juggie a esperando. Moses voltara para o hotel. Ela não sentira medo da mulher. De fato, embora reconhecesse que tinha sido terrível, ficara energizada quando a mulher se levantou e gritou. O que a fez tomar essa atitude? O que era Puerto Rico?

— Viu o que aconteceu? — perguntou Juggie.

Quando Patrice não conseguiu responder, percebeu que ali em Washington vira pessoas serem baleadas, coisa que nunca tinha visto antes, nem na reserva, um lugar considerado selvagem pelo resto do país. Não sentia nada. Os homens adiante dela tinham trombado um no outro, caído, talvez até gritado, e ela nem reagira. Era a mulher no terninho marrom que ficara observando, aqueles olhos de falcão, os gritos ousados, a maneira como empunhava a arma com as duas mãos, como tinha tentado pegar um pedaço de pano, vermelho, branco e azul, para desfraldá-la. E como segurava a pistola de forma atrapalhada. Como o impulso de Patrice foi dizer: "Olha, deixa eu te ajudar." Chacoalhar o pano para ela. Uma bandeira, certamente uma bandeira de seu país. E por quê?

De repente, a situação toda parecia esmagadora: a Câmara, os monumentos, o interior dos edifícios, as escadas, o sangue... certamente tinha sangue no piso polido e nas almofadas das cadeiras. Patrice cambaleou um pouco e disse que precisava voltar para o quarto e se aconchegar na cama. Estava tremendo. Juggie segurou seu cotovelo.

— Eu vi tudo. Sim, eu vi — disse Patrice. — Havia uma mulher.

Terminação dos Contratos e Promessas Federais Feitas com Certos Povos Indígenas

Audiência Conjunta
perante os
subcomitês dos
Comitês de
Assuntos Insulares e do Interior
Congresso dos Estados Unidos
Octogésimo terceiro Congresso
segunda sessão

Parte 12
Indígenas de Turtle Mountain, Dakota do Norte
2 e 3 de março de 1954

Declaração de Thomas Wazhashk,
Presidente do Conselho
dos Chippewas de Turtle Mountain,
Dakota do Norte,
como também declarações de
outros membros do conselho,
funcionários da fábrica de rolamento de joias,
um fantasma, uma aluna de doutorado
e uma estenógrafa.
As observações do Senador Arthur V. Watkins
são citações diretas do registro do congresso.

ENTRARAM EM uma grande sala forrada com painéis cor de mel. Um imponente banco semicircular de madeira ornamentada dividido em assentos semelhantes a escrivaninhas ocupava um lado do recinto. Uma luz suave se infiltrava na estrutura por uma janela ampla. Havia uma mesa longa e retangular no centro da sala, de frente para a grande mesa. Todos cumprimentaram o senador Milton R. Young, um homem tranquilo e atencioso, com queixo de granito de boxeador. Lá de Fort Berthold, o simpático e astuto Martin Cross, com seu rosto cheio de marcas, conversava com o senador. Thomas ficou próximo à mesa conversando com eles enquanto o resto do grupo se sentava nas cadeiras diretamente atrás. Moses e Juggie murmuravam um para o outro. Patrice colocou as mãos no colo. Ao lado dela, Millie se sentou e ficou olhando para a frente em um transe de terror.

Millie olhava para um painel recuado atrás dos lugares de onde os senadores iriam se sentar. Talvez fosse uma porta. Era decorado com ângulos verticais acentuados. *Congruência é sorte*, pensou ela. *Sorte, sorte, sorte. E não sou supersticiosa*. Como fazia quando estava estressada, analisou também as formas dos objetos dispostos na sala. A porta, caso fosse uma porta, estava perfeitamente centrada, o que era tranquilizador. Mas as cortinas pesadas, que empurravam para o lado o fluxo de luz que entrava pela janela, estavam um pouco tortas. Isso deixou Millie com vontade de chorar. Ela nunca chorava. Se controlou e encontrou conforto com os castiçais de bronze dos dois lados — que desafiavam a geometria. As luminárias pareciam lanternas enormes. Cada uma tinha um brilho que parecia medíocre na sala já inundada de luz. As lanternas distraíram Millie, mas sua pulsação acelerou quando se levantou. Ela fez o juramento com os outros e se sentou à mesa à esquerda de Thomas. Entre sussurros e murmúrios, os senadores deliberavam. Millie se tranquilizou verificando e reverificando a ordem das páginas de sua declaração. O senador Watkins começou a falar. Millie entrou em pânico até que o olhou e viu que ele não passava de mais um sujeitinho qualquer que também não sabia datilografar.

De um lado, abaixo da grande mesa, sentou-se uma mulher com uma roupa discreta. Colocou os dedos acima das teclas do estenógrafo e começou a teclar. Ah há. Não havia desculpa alguma para esse tipo de coisa. Ocorreu a Millie que a mulher, a estenógrafa com aquela máquina bonita, também anotaria e escreveria suas palavras. Millie deixou que essa ideia fosse, lentamente, lhe dando pouco a pouco uma certa confiança secreta.

O SENADOR Young falou bem e disse exatamente o que os membros do conselho do povo esperavam que ele dissesse. Insistiu que o estado não podia intervir e assumir as responsabilidades do governo federal. Que, pelo contrário, o governo deveria financiar um programa de formação profissional de alto custo para a reserva.

THOMAS TOMOU A PALAVRA.

PRIMEIRO, as apresentações, as cortesias, a insistência de que ficasse registrado que as despesas de viagem do território para Washington tinham sido pagas pela generosidade das pessoas, e não pelo governo. Nada foi dito sobre as lutas de boxe.

SENTADA ATRÁS de Thomas, na fileira de apoiadores e grupos interessados, Patrice piscava e se lembrava do corte na sobrancelha de Wood Mountain. Naquele dia de neve, por um instante, seus óculos escorregaram e ela pôde ver a cicatriz que havia se formado no osso, uma interrupção vigorosa e ainda cicatrizando. O que faria a respeito dele?

EM VEZ de discutir a premissa da terminação, o conselho do povo decidira ganhar tempo. O plano quinquenal do governo era insatisfatório, porque a reserva era atualmente incapaz de se sustentar sem apoio financeiro. Na mosca. Depois, para demonstrar a indignação, exigiria mais dinheiro do governo.

DESCRIÇÃO DA Reserva de Turtle Mountain.

UMA DECLARAÇÃO de forte oposição. Depois, uma concha de xarope de milho — uma forma de agradecimento pelos esforços e tempo do governo, uma dose extra para o Senador Watkins e para o Comissário Associado de Assuntos Indígenas H. Rex Lee, os autores de duas medidas que arrancariam tudo daquele povo.

WATKINS INTERROMPEU. Watkins começou a falar.

THOMAS PENSOU: *Que inferno, fique firme, fique firme, não deixe ele lhe dar aquele olhar de professor, não deixe que ele o faça engolir essas baboseiras, não o deixe...*

...E DE repente, Roderick estava na sala.

Roderick

No instante em que Roderick viu o Senador Arthur V. Watkins, soube exatamente quem ele era. Watkins foi o professor que ensinara o Método Palmer, o homenzinho que acabara com suas mãos com a ponta da régua, que puxara suas orelhas, que gritara com ele, que o chamara de inútil, que o punira por falar sua língua originária. Watkins foi o homem que arrastara Roderick pelas escadas do porão e dissera a Thomas:

— Quer se juntar ao seu amigo, é?

Senador Watkins: Na minha área, os brancos ficaram com a terra improdutiva da reserva. Em um ano, no entanto, os índios arrendaram os loteamentos. Eles simplesmente não queriam trabalhar com agricultura. Isso hoje é verdade. Acho que a maioria dos loteamentos dos índios está arrendada aos brancos. É por isso que duvido sinceramente que os índios gostem de agricultura.

Patrice, Pensando

Ele é outro fazendeiro branco como a família de Doris Lauder que adquiriu terras indígenas baratas depois das parcelas ficarem com juros. Eu sei muito bem que ele não comprou terra improdutiva coisa nenhuma, porque nenhum branco a compraria. Ele tem a única terra cultivável.

Senador Watkins: Se me permite perguntar, Sr. Wazhashk, o senhor trabalha?

Thomas Wazhashk: Sim. Eu cultivo a terra.

Senador Watkins: É uma pena que não tenha mais pessoas como o senhor nessas aldeias.

Thomas Wazhashk: As terras cultiváveis que tem na reserva são, em sua maioria, cultivadas pelos indígenas.

Senador Watkins: Sempre que vejo os índios, eles trabalham em coisas como oficinas, serviços que requerem habilidade com as mãos. E parece que eles gostam.

Patrice

Parece que eles gostam? Acho que gostam mesmo. Acho que nós gostamos.

Millie

Não vou olhar para o meu vestido. Não vou me perder nas minhas mangas. Mas vou ficar bem, porque estou vestida com elementos geométricos. Mais além do que isso não posso ir, porque preciso manter o pensamento firme até apresentar meu estudo.

Thomas Wazhashk: Tendo em vista que o emprego mostrou uma considerável queda nos Estados Unidos como um todo, acreditamos que o programa de realocação é inoportuno e estaria repleto de dificuldades intransponíveis. Queremos ressaltar que o programa de relocação tem limitações. Não resolve nossos problemas.

Senador Watkins: Eu não diria que cobre todos eles. Não. Porque, apesar de tudo, o governo não pode resolver os problemas de vocês para vocês. A maioria deles deve ser resolvida por vocês mesmos.

Thomas

É você, Roderick?

Roderick

Sim, sou eu. Aguenta firme. Não fique nervoso. Eles não gostam de indígenas que têm cérebro. Ignore o velho Sr. Covardão e estruture bem suas frases.

Senador Watkins: Ah, é claro. Não há nada que se cure permanentemente se não curarmos a nós mesmos. Nenhum governo, por mais benevolente que seja, consegue colocar ambição nas pessoas. Isso deve ser desenvolvido por elas mesmas. Não dá para legislar moralidade, caráter, ou qualquer virtude nas pessoas.

É andando que se aprende a andar.

Thomas, Pensando

Não chegamos a Turtle Mountains sentados em um carroção coberto.

Roderick e Thomas

Por toda sua vida, quando Thomas pensava no momento em que seu professor perguntou se ele queria se juntar a Roderick no porão, Thomas se imaginava dizendo, "Sim, sim, me jogue lá para baixo, seu rato sarnento." Mas não tinha dito isso. Não, Thomas ficara em silêncio e deixara Roderick levar a culpa. Mas não tinha sido um ato movido apenas pela covardia. Não, porque, apesar de tudo, era só um porão e Roderick já tinha ficado em lugar pior. Não, porque, por trás das costas do professor, Roderick balançou a cabeça para ele não ficar. Ele sabia que crianças tinham sido esquecidas ali embaixo por uma semana. Não, foi estratégia. De cima, Thomas podia libertá-lo.

Senador Watkins: Gostaria de lhe fazer algumas perguntas pessoais. Não precisa responder se não quiser. Não estou exigindo que responda, mas poderia ajudar para ilustrar a situação. Com o que trabalha?

Thomas Wazhashk: Como já mencionei, eu cultivo a terra. Além disso, sou um dos vigilantes da fábrica de Turtle Mountain, a fábrica de rolamento de joias, onde fazem rolamentos de joias.

Senador Watkins: O que são os rolamentos de joias?

Thomas Wazhashk: Trouxemos uma amostra de rolamento de joias, como também uma lente de aumento, que é necessária para vê-lo. Também temos uma especialista desse trabalho. A senhorita Patrice Paranteau. Posso chamá-la para dar seu testemunho como especialista?

Senador Watkins: Ela deve fazer o juramento, mas, sim, pode.

Patrice Paranteau (depois de fazer o juramento e ficar tonta de medo, mostrou o cartão, a amostra, e a lente de aumento): Esse pequeno fio que está vendo aqui é feito de haste de aço, ele é colocado na máquina, e vai para frente e para trás até finalmente fazer um furo na joia. Pela lente de aumento dá para ver que há um pequeno buraco que atravessa a pedra preciosa. Tudo é polido, por dentro e por fora. Ela precisa ter as dimensões específicas descritas no cartão, que dá para ver aqui, e também em forma de concha, para que retenha óleo para lubrificação.

Senador Watkins (ignorando Patrice e se dirigindo a Thomas Wazhashk): Quanto os funcionários ganham, com treinamento, para esse trabalho?

Thomas Wazhashk: Acredito que pagam em média de 75 a 90 centavos por hora. Quanto a mim, eu levo para casa US$38,25 por semana.

Senador Watkins: Algumas das mulheres indígenas que têm família trabalham ali também, não?

Thomas Wazhashk: Sim, a maioria das mulheres indígenas empregadas têm família.

Senador Watkins: Por que empregam mulheres em vez de homens? Tem bastante homens na reserva, não tem?

Thomas Wazhashk: Eles fazem testes. Dão testes de habilidade manual e acredito que as mulheres são melhores nisso do que os homens. E agora, se puder aproveitar a oportunidade, a senhorita Millie Cloud está aqui para apresentar sua pesquisa de campo do estudo feito sobre as condições econômicas e sociais na Reserva de Turtle Mountain.

Millie

— Se puder constar na ata... — disse Millie.

E começou.

A leitura do estudo passou voando.

Foram muitas as perguntas.

Passou uma hora, e depois mais uma. E, por fim, um recesso.

Roderick

Você se lembra de como bajulava esse professor branco? Era senhor para cá, senhor para lá, vivia agradecendo ele, pedindo conselhos. E aí roubou as chaves do bolso do paletó dele? Depois você me soltou e colocou as chaves de volta.

Thomas

— Devo tentar? — sussurrou Thomas.

Thomas observou o Senador Watkins caminhar pelo corredor. Com sua pequena comitiva, o sujeito desceu as escadas. Thomas o seguiu escada abaixo. Encontrou o gabinete do senador e entrou. Estava prestes a explicar para a secretária quem era, quando o Senador Watkins saiu de dentro do gabinete.

— OLÁ — DISSE o Senador Watkins. — Em que posso ajudá-lo?

— Vim aqui para agradecer — respondeu Thomas.

— Ora, ora.

— Agradecer por sua preocupação com nosso povo. Obviamente, vocês levaram nossa situação a sério, fiquei impressionado com a bondade que foi demonstrada por nós, por ouvir atentamente e ponderar de forma cuidadosa nosso testemunho sobre o projeto de lei da terminação.

— Em todos os meus dias como senador, ninguém nunca me agradeceu por escutar seu testemunho.

— Chamo isso de omissão — disse Thomas.

Quando saiu do gabinete do senador, ficou pensando. Eu estou, nós estamos absolutamente desamparados e desesperados. Isso é um sinal de como as coisas estão ruins. Estou disposto a esquecer minha dignidade e puxar seu saco até não aguentar mais. Espero que isso ajude a nossa causa.

Adeus

Depois do segundo dia de testemunho, a pequena delegação estava ansiosa para deixar a Câmara. No entanto, se demoraram, como se a presença ali ainda pudesse ter algum efeito.

A Volta Para Casa

Thomas

Na volta para casa no trem, enquanto a neve cinza e ofuscante e os campos escuros passavam voando, os pássaros se entusiasmavam e giravam em torno dos flocos de neve, movendo-se em manchas e espirais estranhas, enquanto Thomas vislumbrava em silêncio, inúmeras janelas fechadas ou com as cortinas cerradas, saídas de incêndio instáveis, lixeiras desleixadas, paredes de tijolos enegrecidas e entulho, ele avaliava todos os momentos daquele dia, cada palavra. Será que tinha dito isso e aquilo? Será que o senador ter arrumado os óculos àquela hora significou alguma coisa? O que aconteceria dali para frente? Thomas estava convencido de que tinha destruído as chances de seu povo. Não sabia determinar ao certo como o tinha feito, mas sabia que tinha. E a outra coisa. O senador também perguntara para cada indígena que testemunhou sobre seu grau de sangue puro indígena. O engraçado foi que ninguém sabia exatamente. Ninguém respondera com um número. Não era uma coisa que seguiam de perto e, na verdade, Thomas não tinha analisado os próprios ancestrais — não determinara quem era um quarto, ou meio, ou três quartos, ou 100% indígena. Nem ninguém que ele conhecia fazia isso. À medida que os quilômetros passavam, isso começou a incomodá-lo. Todos sabiam que eram indígenas ou não indígenas independentemente do que constava nos registros ou do que o governo dizia, era uma questão de oito ou oitenta. Há muito tempo, um cara em um bar tinha feito uma árvore genealógica para ele. Quando Thomas olhou para a árvore, o sujeito determinou os indígenas e resultou em um de sangue puro, embora ele soubesse que havia franceses em algum lugar. Então, o cara fez a árvore de novo e o deixou mais branco, mais indígena, mais branco. Virou um jogo. E ainda era um jogo, mas um jogo que interessava ao senador Watkins, o que significava que era um jogo que podia erradicá-los.

Todos compraram jornais para guardar de lembrança. Leram a respeito do que tinha acontecido na Câmara dos Deputados. Nenhum dos deputados foi morto, mas um estava em estado grave. Era surpreendente pensar agora que a audiência não fora cancelada. E que tinham sido revistados superficialmente quando entraram no dia seguinte, apesar de haver muitos policiais extras com olhares furiosos e vigilantes.

Patrice

Agora eu sei. Sei como Wood Mountain se sentiu depois daquela luta, ela pensava. Não externamente, é claro, mas no interior. Toda a adrenalina se fora, toda a luta acabara, mas todos os momentos continuavam claros e enfáticos, os rostos dos senadores vivos em cada detalhe. Principalmente o do senador Watkins. A palavra era arrogante. Essa era a palavra para cada detalhe. Watkins boca de sapo. A calma presunçosa. O jeito que ele se controlava, que emanava aquela vibração. Que enchia o ar de hipocrisia. Outra palavra que lhe vinha à mente.

Os jornais traziam bastante informação sobre Puerto Rico, assim Patrice conseguiu suas respostas. Havia uma grande fotografia da mulher que se levantara num salto e atirara com a pistola. Aqueles olhos quentes e luminosos e a boca reta com batom estavam borrados no papel. Patrice correu a mão sobre as fotos granuladas e guardou cuidadosamente o jornal na bolsa. Inclinou a cabeça para trás e viu os olhos da mulher. Lolita Lebrón. Viva Puerto Rico. Ela queria tanto que seu país vivesse, que estava disposta a matar. Será que havia alguma coisa de errado com ela? Ou será que era Patrice quem tinha algo de errado? Se estes testemunhos de oposição não funcionassem, se perdessem o pedaço do universo que lhes pertencia, se a mãe fosse forçada a viver na cidade, o que a mataria, se Vera nunca fosse encontrada, se, se, se tivesse o Senador Arthur V. Watkins prostrado diante de si e a vida dele estivesse em suas mãos. E se. E se? Sr. Boca de Lesma. Sr. Santinho do pau oco.

Ele estaria em perigo, pensou. Eu não durmo em serviço quando estou furiosa.

Patrice não conseguiu dormir no trem durante aquela viagem. Toda vez que estava quase adormecendo, uma imagem vinha à sua mente. Ela via suas mãos como as mãos da mãe. Os dedos fortes e sobrenaturais da mãe, apertando o pescoço de Sardento, de Bernie, do senador. Patrice tentou cessar as imagens, mas elas voltavam. Estava habitada por um espírito vingativo, turbulento e até assassino. O mesmo espírito que entrara no pássaro que bicou o rosto de Bucky. Quando chegasse em casa, limparia a tenda de suor e pediria a mãe para ajudá-la a se livrar desses pensamentos.

Moses

Sentia saudade da esposa. Ela era uma mulher pequena, ordeira e com um sorriso impertinente. Estavam juntos desde que eram crianças. Não passou nenhum momento sem ela. Esse foi o período mais longo que ficaram separados. Levara um de seus cachecóis tricotados na viagem, um vermelho, e à noite dormiu com ele perto do rosto, até no trem. Os filhos os chamavam de "os de antigamente", porque o amor deles era assim, como de antigamente. Davam as mãos. Se beijavam. Chamavam um ao outro de *niinimoshehn*. Bom dia, meu amorzinho, ele dizia toda manhã. Estava apavorado com a possibilidade de que algo pudesse acontecer enquanto estivesse fora. Talvez pudesse telefonar para o parente dela, que morava na cidade. Talvez agora não fosse tão caro. Se algo tivesse acontecido, teriam enviado um telegrama, disse Juggie, várias vezes. Ele estava se preocupando à toa. Mas a sensação de que algo iria acontecer não o deixava e ele saiu com Thomas esperando se distrair. Na escala na estação de trem em Mineápolis, planejaram encontrar uma loja de charutos e comprar alguns para eles e para Louis.

Thomas

Enquanto Thomas caminhava por entre os altos pilares ornamentados de ferro com Moses, percebeu que já havia um tempo que não estava se sentindo bem. Que uma sensação estranha o tinha invadido. Ah, ele sabia que não estava mentalmente estável. Quem estaria, depois de tudo isso? Mas agora estava estranho fisicamente também. Se recostou em um pilar para recuperar o fôlego. A força de suas pernas estava sumindo. Uma dor aguda começou a subir pelo lado direito de seu rosto. Moses se virou chamando-o. Thomas continuou em frente, na esperança de que caminhar fizesse o mal-estar passar.

Juggie

— Ah, pois deixem eles ir atrás desses charutos catinguentos — falou ela rindo. — Temos uma hora de espera, meninas. Vamos encontrar uma cafeteria e experimentar os bolinhos daqui. *Ambe!*

Thomas

Os azulejos padronizados do chão de pedra se levantaram. Ele estava de quatro, depois mergulhando, nadando através de uma escuridão cada vez mais profunda. Teve a noção de como era minúsculo. E o mundo, um espaço monstruoso que se expandia, ficava cada vez maior, maior, tudo era dimensão e água. Ele sabia que lá atrás, em algum lugar lá em cima e ao redor, havia um turbilhão de movimentos. Gritos e convocações. Tinha que ignorar tudo e se manter nadando para baixo, cada vez mais para baixo, mesmo que a escuridão estivesse se tornando densa e resistente. Mal era capaz de continuar se movimentando. Precisava encontrar um resquício de força, depois um resquício ainda menor, para seguir avançando para o fundo daquela escuridão. Tinha que atingir o fundo antes de conseguir subir. Essa era a tarefa do rato almiscarado.

— AANDI? — CHAMOU ele, acordando. — Onde estou?

— No hospital. Você teve um derrame.

Uma enfermeira branca e alta o confrontava com olhos amarelos de lobo e uma juba voluptuosa de cabelos grisalhos. Não ficaria surpreso se visse orelhas pontudas saindo dos lados da touca branquíssima e engomada.

Ele perguntou:

— Você já acabou de medir a terra?

Ele era um grãozinho de areia que ela poderia sacudir para longe com o rabo. Os dentes eram longos e manchados. Ele viu que, de fato, o lobo tinha acabado de medir e sentiu o coração apertar no peito.

Se

A PRIMEIRA camada de cobertas era lavada todos os dias. A camada seguinte, toda semana. A camada de cima era uma manta de lã ornamentada com linhas de miçangas azuis. A videira branca de miçangas era o caminho da vida. Folhas de bordo, rosas multicoloridas e as formas preferidas de Zhaanat se ramificavam da videira. Wood Mountain colocou Archille no *cradleboard* e pôs taboa macia ao redor do bumbum e coxas magrinhos do bebê. Assim que o pequeno era todo atado em seu *cradleboard*, ficava calmo e sonolento. Wood Mountain o carregou para a cama de Pokey e o colocou em cima. Frustrado porque ele e o bebê estavam sozinhos na casa. Era a hora perfeita. O fogão aquecia o recinto. Zhaanat saíra para pegar cedro. Se Patrice estive ali, ele poderia pedir a mesma coisa novamente. Case comigo. Não dava mais para viver assim. Ela diria sim dessa vez, não diria? Havia até uma panela fervendo chá. Ele ouviu passos do lado de fora, mas não conseguiu ver quem era. Tinha alguém falando. Correndo. Seu coração bateu forte como se estivesse entrando no ringue.

Uma mulher surgiu na porta. Wood Mountain estava respirando rápido, meio tonto e com a boca aberta. Não sabia o que dizer. Não era Patrice. Era uma estranha, ou pelo menos, no começo pensou que fosse. Os olhos dela estavam perdidos em dois buracos profundos e o rosto, tão magro que os dentes pareciam enormes. Ela vestia um casaco de lona marrom, macacão e um gorro de tricô também marrom. Ele ficou boquiaberto quando a moça disse:

— O que está fazendo aqui, Wood Mountain?

Ele meneou a cabeça.

— Não lembra de mim? É a Vera.

Um homem com barba grisalha entrou atrás dela, abaixando a cabeça, com um gesto tímido e aturdido. A casa estava na penumbra e ele piscou para os olhos se acostumarem.

— Não vou ficar por muito tempo — disse ele. — Minha cachorra está no carro.

Vera o encarou por um longo instante. Depois ficou na ponta dos pés e pegou a espingarda da família. Tentou lhe entregar a arma, mas ele não aceitou.

— Por favor — pediu ela, com o rosto tenso e lágrimas em seus olhos.

Com os dentes brilhando levemente através da barba e olhos infelizes, o homem sorriu. Ele ergueu as mãos e disse que a família precisaria da arma. Depois se virou e saiu da casa.

Archille fez um barulhinho e os olhos de Vera se arregalaram em direção aos de Wood Mountain, e ele sabia que ela estava juntando as peças: ele, o bebê, a irmã dela, a mãe, todas as possibilidades. Sabia que ela não achava que era mãe daquele bebê. O pensamento louco de que poderia ir embora com Archille e desaparecer lhe passou pela cabeça. Ele pegou Archille no *cradleboard*, orgulhoso pela beleza do objeto e apaixonado pelo rostinho suave e adormecido do pequeno. O bebê vestia um pequeno capuz de pele.

— Ele é seu — disse à Vera, mas não a olhou; ficou apenas encarando Archille.

Ela desabou como a neve. No momento em que ele a levantou e colocou o bebê em seus braços, Zhaanat entrou na casa e as duas se abraçaram com o bebê no meio. Wood Mountain saiu e foi até Daisy Chain. Suas pernas tremiam e, com os braços fracos, não conseguia montar a égua, então pegou o cabresto e a levou estrada abaixo. De alguma forma, não tinha imaginado que isso poderia acontecer... se. *Se*. Agora o *se* tinha acontecido e ele não conseguia imaginar ficar sem Archille.

Tosca

GRAÇAS A deus foi um caso de exasperação mútua. Durante um episódio de carícias leves e angustiantes, ela se sentou e disse:

— Me leve embora. — O que Barnes fez de bom grado. Quando saiu do carro, ela acrescentou: — Adeus, e falo sério.

Barnes se inclinou para fora do carro enquanto ela caminhava entre as carcaças de veículos com neve no pátio do pai.

— Você disse adeus, querendo dizer adeus para sempre? — gritou ele.

A brisa gelada e cortante picou suas bochechas e testa. Era março, caramba, o auge do inverno! Nunca que ele saberia o frio ali de cima.

Ela se virou e, pelo olhar em seu rosto, era exatamente isso. Aliviado como o demônio atrás do volante, ele se afundou de volta no carro.

PASSOU DIRETO pela academia. Se iria treinar no sábado à noite? Não. Ia era voltar para seu quarto em um estado misterioso de euforia. E desanimado. Um homem pode ter sentimentos (e contraditórios também). Por que não poderia? Tinha ganhado outro presente do seu tio. Um disco de ópera. Embora Barnes não considerasse ópera viril, secretamente achava o disco muito bom. Na verdade, chegou até a chorar. Chorar de soluçar. Só o tocava quando estava sozinho. Depois de chorar, sempre tinha os mais doces dos sonhos.

O Salisbury

Foi Millie que chamou a ambulância e insistiu que Thomas fosse levado para o Hospital Universitário de Minnesota. Ele foi atendido rapidamente, e agora estava deitado e enrolado na cama hospitalar de um andar alto e silencioso. Como era da família, Patrice foi a única que permitiram entrar no quarto. Ela se sentou ao lado da cama em uma cadeira de metal e ficou de olho. Ele não estava totalmente inconsciente, mas estava mais do que só dormindo. Embora a expressão dele estivesse calma, suave e tranquila, Patrice foi tomada pelo medo. Era possível senti-lo pairando fora do corpo.

Uma enfermeira entrou e mediu os sinais vitais. Patrice tinha medo que a mulher rude espantasse seu espírito, mas, quando o silêncio caiu novamente, conseguiu sentir a alma de Thomas pairando acima da cama. Aquele homem era a coisa mais próxima que tinha de um pai. Estendeu a mão para perto da dele e fechou os olhos. Depois de um tempo, começou a falar na língua da mãe e as palavras que lhe vieram à mente foram as que a mãe usava no início de toda cerimônia. Termos que invocavam os espíritos dos ventos que se sentavam nos quatro pontos cardinais e os espíritos dos animais que vinham das quatro direções. Ela convidou a todos os representantes e espíritos que entrassem no quarto. O tempo se dissipou. A janela de vidro vibrou quando o vento aumentou. Lá fora, no corredor, as pessoas passavam conversando.

Mais tarde, quando a enfermeira garantiu a Patrice que os sinais vitais do tio estavam estáveis, ela saiu com Millie e caminharam para seu quarto alugado. Fazia frio dentro do pequeno estúdio, e Millie falou para Patrice ficar de casaco e se sentar na cadeira. Puxou um banquinho ao lado de Patrice e ligou o pequeno aquecedor. A bobina do Salisbury ficou incandescente e um calor confortável se irradiou em direção às pernas delas.

— Que lugar mais gostoso — disse Patrice, indicando a mesa com a cabeça. — O que é aquilo?

— É uma chaleira elétrica. Não tem pia na cozinha, mas tenho um banheiro completo e aquela chapa quente. Comprei algumas tortas de carne. Minha mãe as chama de empadão e em Michigan chamam de pastel de carne. Tem um mercadinho aqui que faz tortas frescas e congeladas também. Além disso, comprei duas maçãs.

— Temos uma refeição — disse Patrice.

Millie se levantou e preparou chá, no qual adicionou açúcar com um floreio cerimonial. Tinha arrumado e limpado o quartinho. O prazer em receber Patrice era imenso, tanto que achava até difícil respirar. Algo continuava apertando seu peito. Entregou a xícara para Patrice e também um pires, combinando.

— Bom demais — disse Patrice.

Millie se sentou de volta no banquinho e soprou a superfície do chá.

— Você é a primeira pessoa a me visitar.

— Mas não deve fazer muito tempo que você mora aqui — disse Patrice.

— Ah, faz sim. É que nunca convidei ninguém. Não que alguém tenha pedido para vir, mas é assim que funciona. Você é a primeira.

— Bom, eu gosto daqui — disse Patrice. — Das paredes vazias.

— Gosta de paredes vazias?

Foi difícil para Millie conter a euforia.

— Às vezes, acho que devia pendurar alguma coisa — comentou —, como fotos. Mas depois fico pensando... fotos do quê?

— As pessoas colocam muita coisa nas paredes.

Millie tomou um gole do chá doce e quente. Estava delicioso. Em breve, faria as tortas e comeriam as maçãs. Depois voltariam para o hospital para ver Thomas. E depois disso retornariam para dormir.

— Desculpe, tenho apenas uma cama.

— Podemos dormir juntas de novo. Você dorme tranquila. Às vezes, quando está frio, ponho Pokey, minha mãe e o bebê, todos debaixo das cobertas. Pokey chuta quando dorme, mas só assim para todo mundo continuar vivo.

— Eu deixo a janela um pouco aberta por causa do gás. Às vezes, quando acordo aqui dá para ver minha respiração.

— Às vezes, nosso cobertor fica coberto pelo gelo da nossa respiração. Aí temos que quebrar de manhã.

— De vez em quando fico pensando no porquê de eu gostar tanto de morar aqui sozinha. Em por que é que fico tão feliz.

— Não tem namorado?

— Não me interessei por ninguém.

— Comigo é assim também. Mas eu ando pensando no Wood Mountain.

— Ele é bonito, pelo que falam. Mas não entendo muito bem dessas coisas.

— Bonito, mas meio judiado.

— Bom, você... você é bonita — disse Millie.

A voz ficou grave, a garganta apertada. Ela abriu a boca para falar palavras de amor. Na verdade, nem sabia que era capaz de proferir palavras assim, mas, de repente, elas forçaram passagem por uma pequena abertura em seu coração. Emitiu um som, mas Patrice falou primeiro.

— Sabe, Millie, eu andei pensando. Depois que a Vera voltar para casa... eu podia te adotar. Que você podia se tornar minha irmã.

— Irmãs. Ah.

— Você seria minha irmã?

— Hum... claro que seria.

Por causa das entrevistas, Millie sabia muito bem que ser adotada por um Chippewa era um símbolo especial de amizade e honra. Mas, por alguma razão, o que Patrice disse lhe causou sentimentos conflitantes. Ficou feliz e, por algum motivo, decepcionada. E, no silêncio, suas emoções corriam dessa maneira. Embora tenha sido algo amistoso, ficou inquieta e insatisfeita pelo que Patrice lhe tinha oferecido. Era como se um projeto maravilhoso tivesse se mostrado diante dela, e se desintegrado, antes que pudesse compreender as imagens que ele transmitia.

O Lago, O Poço, Os Grilos Cantando na Grama

THOMAS VAGAVA para longe e deslizava para frente e para trás no tempo. Estava pescando no lago, quando Pixie o apanhou de surpresa. Ela o surpreendeu nadando até seu barco. Ele a ajudou a entrar e ela ficou ali, ofegante. Não, ele é que estava ofegante. No hospital e surpreso por ainda estar no barco. Pixie nunca contou por que nadou tanto, mas ele viu os garotos na margem que, mesmo a distância, pareciam bastante bravos. Não muito tempo depois, Bucky ficou com a boca torcida. Diziam que só os curandeiros mais poderosos eram capazes de deixar uma boca torta daquele jeito. O que aconteceu com Bucky assustou os outros rapazes, que deixaram escapulir a verdade do que aconteceu no carro. Assim Thomas soube. Se o rosto daquele jovem tolo não tivesse caído, Thomas o teria derrubado e lhe dado uma surra daquelas.

Thomas flutuou naquela cama branca por um tempo, depois se viu de volta ao barco. Mais uma vez. Pixie não estava junto agora. O céu armava uma tempestade a oeste. Até o momento não havia relâmpagos. Ligou o pequeno motor do barco e acelerou em direção ao lugar onde tinha estacionado o carro. Tarde demais — rapidamente a tormenta o alcançou, arrancou-o aos giros do barco e o jogou para cima. Quando caiu na água, o choque tirou o ar de seus pulmões. Com o peso do infinito, afundou. Dessa vez, como na estação de trem. Foi caindo até o fundo, mas não no fundo do lago.

Não, ele estava de volta ao fundo do poço.

A *Works Progress Administration* financiara um equipamento para perfurar poço na reserva. Ele e Biboon deram início ao trabalho usando um cabrestante e uma pilha de pedras que vinham retirando de seus campos havia anos. Começaram no mês seco de setembro, dessa forma poderiam cavar o poço bem fundo para ter água sempre. O governo também concedera um aro de metal para o poço. Escavaram no interior do anel e colocaram pedras com argamassa no topo. À medida que o aro afundava mais, continuavam colocando pedras dos lados da terra. Thomas revezava com Biboon, até que juntos cavaram abaixo da superfície. Quem estava cavando, enchia o balde amarrado no cabrestante com terra, e quem estava no topo o puxava para a superfície. O homem que estava na superfície, agora quase sempre Biboon, descia com o balde as pedras que escorariam as laterais.

Thomas passara da camada de terra preta e pesada do solo e chegara à de argila. Era grossa, extraordinariamente densa. Biboon tentava convencer Julia a trazer um carrinho de mão para pegar a argila e fazer potes depois. Ela não se interessou. No quarto dia, Thomas ficou farto da argila. Odiava argila. Durante a noite, ela fermentava no buraco do poço e, quando ele cavava, o gosto lhe impregnava a língua. O nariz ficava forrado de lodo fino. Os pulmões doíam e o peito apertava. Começou a pensar se havia algum tipo de gás saindo do buraco, o qual cheirava cada vez mais como enxofre. No entanto, aqui na cama do hospital, principalmente à noite, começou a achar o poço um tanto confortável. O cheiro era intenso, mas talvez fosse o álcool usado para fricção. Da terra desprendia calor. Era quase aconchegante. Ele não tinha medo, o que o surpreendeu, porque ele sentira medo enquanto cavava.

Na verdade, para sua vergonha, ele às vezes entrava em pânico. Às vezes, sentia a garganta se fechar, de medo. Tinha que se obrigar a parar de imaginar que a terra cederia em cima dele e o sufocaria.

Às vezes, quase preferiria morrer a descer naquele buraco de novo.

Agora não importava. Nada poderia feri-lo. No barco, no poço, na cama, estava seguro, porque não havia nada que pudesse fazer agora e não precisava voltar para Washington. Apesar da possibilidade pavorosa de perder a vida ou a razão, eram férias. Ou teria sido se Rose estivesse ali junto. Se pelo menos estivessem juntos no Nash, deitados no banco traseiro que virava cama em sua segunda lua de mel, com grilos cantando na grama.

O Teto

As duas mulheres deitadas na cama conversavam em meio ao ar nebuloso. Depois de visitarem Thomas e verem que ele estava muito melhor, tinham comprado aveia. Cada uma comera uma cumbuca com manteiga, açúcar e canela. Seus estômagos estavam quentes e cheios. O frio diminuíra. Como estavam contentes. Millie falava sobre as aulas que teria no semestre seguinte. Patrice ouvia aos nomes das matérias.

— O que tenho que fazer para virar advogada? — perguntou Patrice.

Millie explicou.

Períodos de silêncio foram se intercalando com as palavras conforme caíam no sono. Às vezes, parecia que estavam conversando dormindo. Finalmente, Patrice teve certeza de que Millie, respirando calma e profundamente, tinha dormido. Agora poderia dormir também. À medida que ia flutuando para o sono, a escuridão se transformava no rosto de Wood Mountain. Patrice voltou à consciência num sobressalto. Depois daquele momento meio inconsciente em Washington, tinha conseguido não pensar nele, e, ainda assim, eles tinham feito amor e se olhado nos olhos. Tinham brincado como crianças e molhado o rosto um do outro com neve. Ela o amava. Não amava? Como poderia saber?

Se Betty Pye estivesse ao seu lado, poderia lhe perguntar. Mas para Millie não. Não podia perguntar a Millie. Então Patrice continuou a ponderar seus sentimentos. Não estava, como tinha ouvido em um filme, *arrebatada*. Porém não queria usar o cinema como parâmetro para sua vida. Queria saber com certeza com quem deveria se casar. Deveria ser óbvio, não deveria? *Talvez*, pensou, *quando Vera voltasse ficasse claro.* Ela não podia sair de casa até que isso acontecesse. Dependia disso. Sim, Vera resolveria tudo.

Adormeceu de novo e depois acordou assustada novamente. Os olhos se abriram e ela olhou para o ambiente cinzento. Patrice nunca tinha se permitido imaginar uma realidade em que Vera não voltasse. Ela sabia, assim como Zhaanat sabia também, que Vera estava viva e que voltaria. Em algum lugar lá embaixo, um carro passou, os reflexos dos faróis varreram o teto e o que Patrice via agora não eram as paredes lisas e claras do quarto de Millie, mas paredes rachadas, descascadas e sinistras como a escuridão. Ah, por que tinham que ser assim? Isso a fez pensar que talvez estivesse errada. Que Vera poderia não voltar para casa. O luto chegou na pontinha do pé.

Droga de teto, pensou Patrice, *quero é que uma aranha grande e feia passe por você. Preciso olhar para algo radiante de luz.*

Saiu devagar da cama e se aproximou da janela, meio coberta com pequenos pontos de gelo. Outro carro virou a esquina e formas saltaram com fogo verde e dourado. Viva, elas pareciam dizer, viva!

Alegria Maior

— Você esqueceu de trancar seu coração — disse Elnath.

— Não, não esqueci — disse Vernon.

— Então o que aconteceu?

— Os olhos dela abriram a fechadura.

Estavam de pé, lado a lado embaixo da luz, de braços cruzados. Não era possível sair naquele frio, então os dois fingiram que estavam doentes e depois do desjejum subiram as escadas de volta ao quarto. Agora encaravam, piscando o tempo todo, o lado de fora por uma pequena janela retangular; eram quilômetros de neve fresca. O branco radiante os incomodava mesmo no quarto mal iluminado.

— Ela deu mais importância às tentações do que a você — disse Elnath.

— Não foi isso, não. Não posso dizer que ela fez de propósito.

— Mas fez — disse Elnath.

Vernon ficou quieto.

— O que quero saber é se você está desistindo do pecado.

— Desisti. Ah, sim, desisti.

— Então está tudo bem.

— Então ligamos e eles vêm nos buscar? — perguntou Vernon, depois de alguns instantes, queimando de vergonha e se esforçando para manter a esperança. — Você e eu também estamos desistindo?

— Acho que devemos ser fortes — respondeu Elnath.

A voz dele mostrava ódio, pensou Vernon.

— Está frio demais. Não sei onde está escrito que temos que morrer.

— Não sei onde não está.

Vernon abriu e fechou a boca. Ficaram atentos, com os ombros rígidos e os braços cruzados sobre o peito. O que queriam fazer era sair e lutar.

Mais tarde, pegaram uma carona para a cidade com Milda. Ela foi ao mercadinho e eles encontraram uma maneira de visitar LaBatte. Vernon lembrou as razões pelas quais foram enviados. Como era possível ensinar os indígenas, como eram dóceis, gentis e tinham o coração aberto. De como eram dispostos a agradar, como crianças submissas. Mas LaBatte não. Ele já havia se desviado, não estava disposto a ser batizado, nem mesmo a deixá-los entrar, e como ele era a única possibilidade que tinham e o frio os esfolava vivos, decidiram voltar para o carro de Milda. Sem avisar, Elnath mudou de direção. Disse que estava indo para a cidade seguinte. Vernon sabia que morreria se o seguisse, mas não tinha escolha. O vento passava por seu sobretudo como se fosse de papel. As mãos estavam dormentes. O rosto queimava. Ele tropeçou, porque seus pés pareciam blocos de madeira. Quando Louis Pipestone parou na estrada para lhes dar carona, quando falou que poderia deixá-los em Grand Forks, as lágrimas geladas que enchiam seus olhos, se aqueceram. Havia um membro da igreja em Grand Forks que os acolheria. Podiam pedir a Milda para enviar seus poucos pertences. Enquanto descongelavam e o sangue voltava a correr em suas veias, oraram para suportar o intolerável fogo da vida, e foi então que souberam que tinham sido chamados para uma alegria maior.

As Corujas

ENQUANTO BARNES afofava seu travesseiro, Louis Pipestone dirigia o carro de Juggie para as Cidades para pegar os desgarrados. Era como os chamava, porque não conseguia se livrar da própria culpa. Quilômetro após quilômetro, lutava contra ela. Passou por Grand Forks, por Fargo, por Fergus Falls e assim por diante. Atravessou Royalton, St. Cloud, e o sentimento continuava ali. Louis sabia que, se tivesse ido com o grupo para Washington, as coisas teriam sido diferentes. Thomas não teria tido um colapso como aquele. Na escala nas Cidades, Louis teria saído para comprar charutos. Ele tinha certeza que de alguma forma teria salvado Thomas. Foi só quando chegou à cidade e, com grande dificuldade, encontrou o hospital e foi só quando permitiram que visse Thomas na hora de visita, que Louis sentiu algum alívio.

Thomas continuava na cama do hospital. Mas estava sentado e, quando viu Louis, seu rosto ganhou vida com aquele grande sorriso característico e o brilho de seu dente de ouro.

— Seus cavalos devem ter fugido de novo!

— Vim aqui para te levar para o curral — disse Louis.

— Patrice disse que você vai me levar de volta em grande estilo.

— Vou abrir o tapete vermelho daqui até o carro da Juggie. Depois você vai no banco da frente, no banco de honra.

— Podia ter vindo com meu carro.

— Aí Wade não poderia ficar correndo como um doido nas estradas secundárias, como está fazendo.

— Isso é mais a cara da Sharlo, já que ela é a motorista.

— Tudo bem então, Sharlo. Dando caronas para suas amigas com o saco de farinha que vi ela colocando com grande esforço no porta-malas outro dia.

— Essa é a minha garota.

Millie e Patrice entraram no quarto com a enfermeira, que preenchia os papéis de alta. Louis saiu do hospital para cuidar do carro.

No caminho para casa, enquanto passavam pelos campos nevados e incandescentes pelo sol forte, Thomas tentou contar a Louis o que tinha acontecido na estação de trem, quando ele e Moses tinham saído para comprar charutos.

— Não senti quando caí no chão, mas depois olhei para cima e vi as corujas. Havia um monte delas, corujas da neve, voando num bando sobre mim. Sei que LaBatte diria que elas queriam me matar, mas sei que vieram para me manter a salvo.

— Essa é uma história e tanto — disse Louis. — Seu apelido deveria ser Homem Coruja agora.

— Eu não me importaria — disse Thomas. — Mas sou apenas um humilde rato almiscarado.

— Falando em LaBatte e corujas, ele estava cobrindo seus turnos à noite?

— Ainda está, pelo que sei.

— O que eu ouvi é que ele parou de ir porque uma coruja ficava tentando entrar no edifício.

— É a minha coruja. Ela deve viver por lá. Vive atacando o próprio reflexo na janela. Deve pensar que a coruja da janela está caçando em seu território.

— Bom, ela fez LaBatte sair voando de lá. Ele disse que não volta por nada.

— Talvez seja por causa de Roderick também.

— O velho Roderick? O da escola?

— Ele vem de vez em quando. Não com más intenções. Mas dá um medo dos infernos em LaBatte.

— Por isso que ele anda todo religioso, então. Juggie disse que LaBatte vai à missa todo santo dia agora, sempre tomando a comunhão. Está tentando conseguir um emprego na manutenção, trabalhando na estrada da igreja e tirando a neve dali.

— Nossa, vou sentir saudade do LaBatte e das profecias terríveis dele.

— Não se preocupe — disse Louis. — Você vai vê-lo por aí e ele sempre terá uma profecia terrível para você.

— Estou com saudade da minha corujinha — disse Thomas. — A que eu tinha em casa. Ela fez um ninho nos ossos do telhado do celeiro.

Louis encarou-o bruscamente.

— Os postes do celeiro — exclamou Thomas. Por um momento, ficou em silêncio. — Vigas — disse ele em voz baixa.

O Crânio de Urso na Árvore Foi Pintado de Vermelho e Virado para o Leste

WOOD MOUNTAIN passou pelo crânio de urso e soube que aquela era a forma de Zhaanat agradecer. Patrice não estava em casa ainda, e ele queria visitar Archille. Conforme se aproximava da residência, ouvia-os chorando lá dentro, ou será que estavam rindo? Ou as duas coisas? Ele as chamou e depois entrou. Vera e Zhaanat estavam olhando Archille ficando de pé, caindo, levantando, cambaleando e se equilibrando mais uma vez sobre o tapete de pele de urso. Toda vez que o pequeno tentava dar um passo, caía e dava uma risada gorgolejante. Quando viu Wood Mountain, o bebê abriu os bracinhos e deu um gritinho de satisfação. Vera, muda e confusa, olhou para Wood Mountain, quando viu a reação do bebê.

— Archille! — disse Wood Mountain, erguendo-o, com os olhos somente nele. — Archille, meu menino.

Zhaanat disse para Vera.

— Viu? Eu te falei.

Vera se levantou e colocou água para ferver.

— O nome dele é Thomas — disse ela para Wood Mountain.

Wood Mountain não lhe deu atenção e continuou fazendo suas brincadeirinhas com o bebê. Vera trouxe o chá para Wood Mountain e pegou o bebê para brincar com ela na cama no canto da sala. Ele lutou para sair dos braços dela e tentou voltar para Wood Mountain. Quando o menino disparou atravessando o tapete, a boca de Vera se torceu. A enorme determinação do bebê era cômica, mas não era algo simples.

— Eu te falei — repetiu Zhaanat.

— Estou vendo — disse Vera. — Ele ama o homem mais do que me ama.

— Ou a mim — disse Zhaanat.

Ela não se importava.

— Isso vai mudar — disse Wood Mountain, segurando a criança. — Logo ele esquece que você não estava com ele.

Em seu coração, não acreditava no que estava dizendo.

Trouxe um pedaço de bacon para Archille exercitar o primeiro dente. O bebê mordeu o pedaço de gordura com o prazer de um filhote de lobo. De novo, Vera riu. E não era uma risada normal. Havia um quê de choro no riso, que passou para uma forte rouquidão. Wood Mountain olhou para ela e notou que uma cicatriz branca recente dividia uma sobrancelha. Outra cruzava o queixo. O cabelo foi cortado curto, como uma mulher em luto recente. Os dedos tinham tremido quando lhe entregou a xícara de chá. Quando ele a pegou, sentiu uma faísca de relâmpago. Apesar desses problemas, ele a achou atraente. Costumavam chamá-las de "as lindas Paranteau", quando falavam de Vera e Pixie.

— Escolheu Thomas em homenagem ao seu tio — disse ele.

Ela assentiu e aqueceu as palmas das mãos no fogão.

— Você o chamou de Archille, em homenagem ao seu pai — respondeu ela, depois de um instante.

Wood Mountain vinha visitá-los todos os dias. Quando Patrice retornou ao serviço, ele costumava vir quando ela estava trabalhando. Toda vez que vinha, reparava algo em Vera. Um dos lóbulos da orelha rasgado, como se tivesse sido mordido. Um dedo torto, como se tivesse sido quebrado. Um olho, às vezes, ficava estrábico, como se tivesse sido socado. A falta de um dente, mas não dava para ver a não ser que ela desse uma grande gargalhada. E ela ria. Finalmente isso estava acontecendo. O mesmo dente faltava na arcada de Wood Mountain. Todos os lugares em que ela foi ferida, ele também foi. Com o passar dos dias, as cicatrizes saravam e ela começou a sair cada vez mais, a percorrer as armadilhas, a juntar juncos para fazer esteiras, a fazer cestas para vender como a mãe fazia, a costurar roupas para Thomas Archille. Ou será que era o contrário? Às vezes, até Vera o chamava de Archille agora.

Patrice chegou um dia em casa, viu-os juntos e compreendeu. Viu Wood Mountain inclinado sobre a sua irmã, que segurava Archille. O bebê espirrou e eles ficaram maravilhados. Foi apenas um espirro. Ela não conseguia entender, mas, conforme os dois mimavam Archille juntos, as sensações de confusão, de desejo e de um possível amor iam diminuindo. Seus sentimentos se tornaram lamacentos e pesados. Por fim, ela não mais os reconhecia. Um dia, aconteceu de estar chegando em casa enquanto Wood Mountain ia embora. Ele desceu a estrada na hora em que Doris a estava deixando em casa. Ele não tinha cavalo, então sempre caminhava. Ele parou quando a viu vindo em sua direção.

— Patrice — disse, desviando os olhos para não a encarar. — Preciso conversar com você.

— Eu já sei de tudo.

Ele ergueu o olhar e ela não desviou os olhos.

— Estou apaixonado por vocês duas — disse Wood, hesitante.

— Não, não está — afirmou ela.

Mas não estava brava. Ou, se estava, era só um instinto para o qual não tinha tempo. Os sentimentos eram como lama congelada. Tinha que afastá-los.

— Você não parece brava. — Ele estava aliviado. Esfregou a sobrancelha. — Só não quero que pense...

— Foi bom. Aquele dia foi bom. — Ela franziu os lábios e olhou em direção às árvores onde tinham feito amor. Uma flecha estreita como um junco a atravessou. — Mas quando eu estava voltando para casa me pareceu errado.

— Pareceu? — A voz dele demonstrava ansiedade.

— Quando olhei para casa, eu sabia que ela voltaria. Pensei no quanto você ama Archille. Talvez eu já tivesse me dado conta de que, quando você visse a Vera, vocês sentiriam o mesmo pelo bebê.

— Pois é. Sentimos a mesma coisa.

Ele parecia satisfeito e ela se sentia mais leve, como se talvez tivesse deixado de lado uma pesada sensação de estranheza e agora pudesse seguir adiante. Caminharam de volta para casa juntos e Vera olhou para eles quando entraram. Ela estava terminando uma cesta. Wood Mountain fez as armações de freixo partido e Vera entrelaçou entrevarinhas vermelhas de salgueiro recém-cortadas. O odor do salgueiro na armação era forte. *Superar os próprios sentimentos era sua única saída*, pensou Patrice. Abraçaria qualquer pessoa e qualquer coisa que pudesse ajudar Vera a refazer seu coração despedaçado.

O Duplicador Espirituoso

Millie trabalhou até tarde, preparando a cópia mestra do relatório do presidente do Conselho, que seria distribuído para o povo. Estava agindo contra seus princípios ao datilografar para um homem. Mas, neste caso, tinha entrevistado Thomas e adicionado alguns detalhes por sua conta sobre a viagem a Washington, por isso sentiu como se fosse uma reportagem. Era uma noite fria de primavera e, dali a uma hora, Juggie viria buscá-la. Quando a cópia mestra foi terminada, ela imediatamente fixou a primeira página no rolo do mimeógrafo e começou a girar a manivela.

Desta vez, junto com cada cópia, um espírito se desprendia da impressão. Em 1892, as pessoas tinham assinado o primeiro censo de Turtle Mountain. Mikwan, Kasinicut, Wazhashk, Awanikwe, Kakigidoasin, Kananatowakachin, Anakwadok, Omakakiins, Mashkiigokwe, a Mulher do Pântano, Kissna, Frio, Gelo, Pedra Esculpida, Mulher do Dia Nublado, Pedra Falante, Miragem, Nuvem, Pequeno Sapo, Dia Amarelo, Trovão. Por alguma razão, essa noite viajaram pela estrada estelar para vagar ao redor de sua antiga terra natal, antes de seguirem para outra existência. Continuavam a sair do mimeógrafo. Voz Próxima, Para o Dia, Relâmpago Cruzado, Peleiro, Buraco no Céu, Entre Céus, Grama Deitada, Centro do Céu, Coelho, Galinha da Pradaria, Luz do Dia e Mestre do Homem Branco. Eram o povo originário que se misturou com os Michifs, que vieram do Canadá e de Pembina, franco-Chippewas-Cree que vagavam pela terra, os primeiros caçadores de búfalo. Todos foram lançados juntos nos loteamentos, para dividir o território, para aprender o valor de um dólar, e depois aprender como fazer um dólar virar muitos dólares e a cultivar dólares como meio de vida.

Millie não sabia disso porque, para falar a verdade, estava um pouco tonta com o cheiro do fluido. Achou que havia algo de estranho acontecendo, porque ficava ouvindo vozes enquanto girava a manivela. Gritinhos de surpresa e barulhos estranhos, como crianças pulando. A sala se encheu de sussurros. Talvez o vento tivesse ficado mais forte lá fora. Quando Juggie chegou, Millie rapidamente desligou o mimeógrafo e pegou as páginas sem verificá-las. Do lado de fora, o ar fresco e frio fez sua cabeça doer tanto que precisou apertar as têmporas com as mãos geladas e sem luvas. Assim que entrou no carro, a dor de cabeça cessou. Mas, acima do ronco do motor, teve a impressão de ouvir cânticos e tambores. O som ia ficando ainda mais alto no rancho Pipestone conforme caminhavam em direção à casa.

— Também está ouvindo? — perguntou à Juggie.

Elas pararam e apertaram os casacos ao redor do corpo. Juggie apontou para o céu. Millie olhou para cima, para a atmosfera em movimento. As luzes eram verdes, rosas e sangravam num enorme esplendor e em danças flamejantes. Era possível ouvir um leve crepitar, embora os cânticos e os tambores não estivessem mais audíveis.

— Eles estão cuidando de nós — disse Juggie. — Os espíritos dançantes. Estou congelando. Vamos entrar.

Millie ficou do lado de fora observando até que o frio deixou seus pés dormentes e o pescoço dolorido. Tivera aquela sensação engraçada com o duplicador, mas achava que, se a aurora boreal tivesse alguma coisa a ver com isso, teriam escolhido uma copiadora eletrostática, já que as luzes também eram impulsos elétricos originados de poderosas cargas conflitantes entre o sol e os polos magnéticos da Terra. O que Juggie disse, "Eles estão cuidando de nós", ressoava com o que Zhaanat dissera sobre aquelas luzes serem os espíritos dos mortos; alegres, livres e benevolentes. Mesmo com o frio extremo, Millie as observou por um pouco mais de tempo e decidiu que uma explicação não excluía a outra, que os elétrons carregados poderiam ser espíritos, que nada descartava nada, que a matemática era uma forma rigorosa de loucura, que iria a um encontro de verdade com Barnes, que precisava ir porque ele a tinha convidado com uma equação, e quem poderia dizer não a uma coisa dessas?

À Ta Santé

Patrice ainda tinha visão perfeita para enxergar de perto, e sua velocidade e precisão em posicionar as joias para perfuração retornara. Conseguia sentir que estava trabalhando com máxima eficiência, do jeito que fazia quando sentia raiva. Mas não estava com raiva. Estava ganhando dinheiro. Os ombros começaram a doer e os dedos a ficar endurecidos quando chegou a hora do almoço. Ela flexionou e esfregou as mãos. E ela ainda tinha o pote de melado amassado.

Betty Pye entrou no refeitório.

— Agora que foi em Washington capital ficou boa demais para conversar comigo, é?

— Fiquei — respondeu Patrice. — Senta aí.

Betty se deixou cair ao lado dela e tirou um ovo cozido do bolso. Descascou-o com gestos vorazes e o comeu com duas mordidas. Depois soltou um *boogid*. Do outro lado da mesa, Valentine revirou os olhos. Em seguida, Betty peidou de novo, só para enfatizar.

— Me desculpem, por favor — disse, fingindo preocupação. — Ovos sempre me dão flatulência.

Ela deu uma ajeitada nos tufos brilhantes de cabelo empoleirados atrás das orelhas. Alisou o corpete de sianinhas do vestido verde florido.

— Conta outra — disse Valentine. — Você peidou logo depois de comer o ovo.

Betty estalou os dedos.

— Rápido assim.

Patrice olhou para sua marmita como se a comida ali fosse lhe contar seu futuro. Suspirou. Uma cenoura e uma batata cozida. Talvez um pouco de sal ajudasse. Pediu uma pitada para Betty, que lhe deu em um papel enrolado enquanto comia outro ovo.

— Por que você come se depois solta tantos *boogid*? — perguntou Jay Cachinhos.

— E qual o problema de um *boogid* de nada? — desdenhou Betty. — Gosto de ovos. Vocês assinaram a petição?

— Eu assinei.

— Acho que Patrice devia apresentá-la.

— A Valentine seria melhor — disse Patrice. — Ou a Doris Lauder.

— A Doris não vai — disse Valentine. — Ela não quer... você sabe o que ela não quer.

— Suco de Gafanhoto — disse Betty.

Patrice ficou chocada. Quantas vezes gafanhotos tinham esguichado o suco marrom em suas mãos? Pensou em Vold. Colocou a tampa de volta na marmita.

— Eu apresento — disse Valentine. — Quero meu intervalo do café. Quando saio do trabalho, mal consigo mexer as mãos.

— Era para ser temporário, para voltar depois — comentou Betty. — Pode citar isso aqui. — E, com o dedo erguido, peidou de novo.

DEPOIS DO trabalho, no banco de trás do carro enquanto garoava lá fora, Patrice pensava sobre dinheiro. Precisava de mais. Estava trabalhando duro, porque planejava pedir um aumento. A ideia de que Vera pegaria seu trabalho agora parecia absurda — Vera não estava, de forma alguma, pronta para trabalhar e também não se separaria do bebê. Patrice agora sustentava quatro pessoas em casa em vez de duas. Mas, uma surpresa: Wood Mountain conseguira emprego como motorista de ônibus escolar. Era um bom trabalho, um trabalho federal. E, junto com o entendimento a que ele e Patrice chegaram, o emprego abria caminho para que ele se casasse com Vera. Não apenas isso, mas planejavam ajeitar a cabana atrás da casa. Viviam conversando sobre como iriam arrumá-la durante o verão. Assim que se mudassem para lá, Patrice seria responsável apenas por Pokey e a mãe — mas, novamente, algo inesperado acontecera. Millie tinha voltado para a universidade e escrevera contando que mudara o foco de sua formação. Tinha resolvido se tornar antropóloga e queria estudar com Zhaanat. Millie solicitara dinheiro para pagá-la como sua fonte.

— Não é muito dinheiro — disse na carta —, mas com isso e com o que Patrice guarda, talvez ela possa voltar a estudar.

Doris e Valentine deixaram Patrice em casa e o carro grandalhão pegou a estrada de volta. Patrice começou a seguir a trilha; o chão estava macio. A neve afundava na terra. O ar, úmido e agradável. A seiva subia nas árvores e Zhaanat estaria ali mexendo nas bétulas. Durante o inverno, ela fazia sulcos nas veias das árvores e coletava a seiva em latas.

A seiva gelada era um tônico da primavera. Quando tomado, fazia com que as pessoas compartilhassem o intelecto da floresta. Quando Patrice chegou perto de casa, viu a mãe sentada em um toco de árvore perto do fogo, cuidando da chaleira de seiva. Patrice entrou e trocou de roupa. Quando saiu, a mãe segurava um pote cheio com seiva da lata. Patrice se sentou ao lado dela em outro toco. Zhaanat cutucou a lenha que queimava continuamente, e depois ergueu o pote.

— A Millie vai te deixar famosa — comentou Patrice, erguendo seu pote de seiva. — Algum dia isso vira um livro.

— Não ligo para isso — disse Zhaanat —, mas o *zhooniyaa* vai vir a calhar.

Sorrindo, ela ergueu o pote do jeito que os Michifs erguiam vinho:

— À ta santé.

Patrice bateu seu pote com o da mãe.

— À ta santé.

Juntas, beberam o líquido de bétula gelada, que entrou nelas como a vida entra nas árvores, e fez os brotos crescerem ao longo dos galhos. Patrice se inclinou para o lado e colocou o ouvido no tronco de uma árvore de bétula. Conseguia ouvir o murmúrio da árvore bebendo da terra. Fechou os olhos, atravessou a casca como água e foi sugada das pontas dos brotos para uma nuvem. Olhou para baixo, para si mesma e para a mãe, sentadas perto de uma pequena fogueira na floresta da primavera. Zhaanat inclinou a cabeça para trás e sorriu. Gesticulou para a filha voltar, do jeito que fazia quando Patrice era criança e se perdia.

— *Ambe bi-izhaan omaa akiing miinawa* — disse, e Patrice retornou.

Roderick

Novamente, perdeu o trem. Mas havia tantos indígenas fantasmas em Washington que ele resolveu ficar. Por um tempo, Roderick vagou pela estação. Depois de ter se lamentado o bastante, voltou para ver os pontos turísticos, os quais, no fim das contas, nem visitara já que tinha ficado tão atento aos vivos. Viu os monumentos, as estátuas, os edifícios. Em um dos prédios havia tantas vozes que era possível ouvi-las rindo e discutindo do lado de fora. Ele voou para dentro, espiou, invadiu depósitos. Minha nossa! Gavetas e armários como os de seu próprio povo! Indígenas fantasmas presos aos seus ossos, escalpos ou pedaços de pele. Alguns dos cachimbos sagrados cantavam monotonamente. Outros fantasmas, balburdiosos, apostavam com os próprios ossos. Havia camisas fantasmagóricas de bailes fantasmas, barulhos de escudos de guerra, ruídos de *makizinan* de bebês e pergaminhos sagrados saturados de espíritos. Indígenas trazidos de todos os cantos do mundo como peças de exposição vivas, que depois tornavam-se imediatamente fantasmas. Durante séculos, indígenas vinham a Washington pelas mesmas razões que a pequena aldeia de Turtle Mountains. Para proteger suas famílias e terras. Era uma viagem de grande risco, já que bêbados podiam amarrá-los em postes de iluminação pública e linchá-los apenas por diversão. Fantasmas com cordas no pescoço. No fim das contas, a cidade se mostrou repleta de fantasmas, vibrante com fantasmas. Roderick nunca tivera tanta companhia. E eles ficaram gratos por terem alguém novo. Gratos por ele ter ficado para trás. Ficavam dizendo: voltar lá para quê? Quem é que está lá esperando por você?

Thomas

ELE TIROU a garrafa térmica de debaixo do braço e a colocou na mesa de ferro ao lado de sua pasta surrada, mas não mais volumosa. A leve jaqueta de trabalho e o chapéu desgastado ficaram na cadeira, a marmita, no gélido peitoril da janela. Perfurou o cartão de ponto. Meia-noite. Pegou o chaveiro, uma lanterna da empresa e caminhou pelo perímetro do andar principal.

Verificou a sala de perfuração, testou cada fechadura, ligou e desligou as luzes. Passou pelas portas reforçadas das salas de banho de ácido e atirou o flash da lanterna pelos relógios de pressão e mangueiras. Conferiu os escritórios, os banheiros e terminou a ronda de volta em sua mesa. Tinham lhe dado uma nova luminária. Agora uma luz mais forte iluminava a superfície da mesa. Ele se sentou. Tinha perdido vários aniversários, os quais acompanhava em um caderninho espiral amarelo. Pegara uma porção de cartões gravados com flores na Rexall para cada neto, filho, filha, amigo e parente.

Na parte inferior de cada cartão, ele mesmo assinou como "rato almiscarado" e desenhou um companheirinho todo flexível se contorcendo na água, curvado, limpando as patas ou apenas tomando sol em um tronco. Thomas criara o hábito de desenhar de vez em quando. Começara quando tivera dificuldade em encontrar as palavras. Depois do derrame que sofreu na estação de trem, já o tinham liberado e ele estava pronto para outra. Mas, às vezes, seu cérebro se atrapalhava. Às vezes, o cérebro escondia uma palavra que o atormentava em suas inúmeras dobras. Era preciso relaxar a mente e ir em busca do termo. Os desenhos eram uma forma de vencer esse jogo de esconde-esconde que agora jogava com sua memória. As figuras, ocasionalmente, desbloqueavam uma palavra. Além disso, andava esquecendo palavras enquanto falava e nesses momentos as substituía por frase, mas tudo de um jeito cômico que arrancava risadas dos outros. Outro dia, se esquecera da palavra "porta-malas" e disse, "a caverna com dobradiça do carro", o que foi tomado por "uma piadinha". Como na vez em que pediu para Rose usar seu "vestido da cor do seu nome", porque não conseguia se lembrar do nome da cor rosa. Rouge, escarlate, carmim. Rosa. Tantas palavras surgiram depois. Para Sharlo, pediu "um livro de caminhos tortuosos", quando queria falar "de mistério". Ela adorou a descrição. Ninguém entendeu o problema, e ele certamente não iria contar. Mas ele sabia, e sabia quando estava começando a pensar primeiro em Chippewa, o idioma de sua infância. Será que estava retrocedendo? Às vezes, quando se sentava no círculo da luminária desenhando seus ratinhos almiscarados, sentia o medo pungente de ser ainda mais surrupiado. Sua mente significava tudo para ele, mas não fazia a menor ideia de como salvá-la. Seguia apenas mergulhando, tentando agarrar as palavras e voltando para a superfície. A batalha contra a terminação e contra Arthur V. Watkins tinha sido, ele temia, uma batalha que lhe custara muito caro.

MAIS TARDE, cochilando à luz da luminária, viu ratos almiscarados em todo canto. Suas silhuetazinhas flexíveis deslizavam ativamente pelo chão ao entardecer, aperfeiçoando suas tocas de forma contínua. Ele os viu arrancando gramas macias e segurando raízes suculentas com as patinhas para comer.

— Qual é o meu nome? — perguntou para uma das criaturinhas.

— *Wazhashk gidizhinikaaz* — recebeu como resposta.

Seu nome. Será que chegaria um momento em que não reconheceria a si mesmo? Será que haviam lhe dado esse pedaço de papel para que, em um caso extremo, ele fosse capaz de reaver pelo menos seu nome? Colocou o pedaço de papel na boca. De repente, ele e o pai estavam sentados na cabana do velho. Thomas olhou para as folhas de choupo brilhantes, trêmulas e cintilantes enquanto se agitavam nos galhos. Folhas de cor intensa amarelas, vermelho- douradas e laranja lhe preenchiam os olhos. *Mas é primavera*, pensou. Eu não devia estar aqui. Tem algo acontecendo comigo de novo. Ele olhou ao redor e viu que as pradarias selvagens estavam repletas de ossos grossos e brancos até onde se podia ver.

Os ossos se inclinaram, cambalearam, assumiram formas e se agregaram à carne desgrenhada. A grama ondulava e girava como um roupão verde e os animais a cruzavam em número cada vez maior. A terra tremeu com o mover de serpentinas sinuosas, explodiu e desapareceu no céu.

Thomas se lembrou do pão com geleia em sua marmita. Rose tinha feito um café forte e quente. Ele balançou a cabeça, limpou os olhos e retornou à sua tarefa de sublinhar palavras nos desejos de feliz aniversário e acrescentar suas próprias saudações, fazendo as letras com perfeição, até que chegou a hora de bater o cartão novamente e fazer sua última ronda da noite.

O Povo Chippewa de Turtle Mountain não sofreu terminação.

Meu avô se recuperou do derrame e voltou a se esforçar atrás de melhorias para o sistema escolar da reserva, escreveu a Constituição de Turtle Mountain e escreveu e publicou a primeira história dos Turtle Mountains. Foi liderança do povo até 1959. Foi promovido a supervisor de manutenção e trabalhou na fábrica de rolamento de joias até se aposentar, em 1970.

Em 1955, as mulheres da fábrica de rolamento de joias tentaram se sindicalizar. De acordo com meu avô, isso gerou confusão até em Nova York.

— Acusações, alegações, boatos inventados, rumores, profecias, ameaças e contra-ameaças voavam para todo lado. Subornos em forma de jantares foram oferecidos pelos dois lados... e aceitos.

No fim das contas, a sindicalização não foi aprovada. No entanto, o aumento dos salários foi imediatamente autorizado. O refeitório foi finalizado e os trabalhadores conseguiram de volta o intervalo para o café.

Posfácio e Agradecimentos

As Cartas de Meu Avô

Aunishenaubay, Patrick Gourneau, foi presidente do Conselho dos Chippewa de Turtle Mountain em meados da década de 1950, supostamente a era de ouro dos Estados Unidos, mas na realidade uma época em que as leis Jim Crow reinavam e indígenas dos Estados Unidos ficavam no limiar do poder — nossas religiões tradicionais foram proibidas, nosso território, contínua e ilegalmente reduzido (ainda é hoje) pelas empresas de extração de recursos, e nosso idioma, enfraquecido pelos internatos do governo. Nossos líderes também prestavam contas aos funcionários assimilacionistas do governo: como exemplo, veja a designação do meu avô ao "conselho". Ele e seus amigos pertencentes ao seu povo quase não tinham autoridade. O propósito era aconselhar a BIA, mas arrebatavam qualquer oportunidade de representar nosso povo. Os anos de 1950 foram uma época em que o restante das terras e os direitos garantidos pelo tratado eram facilmente confiscados. Com o boom imobiliário do pós-guerra, o fabuloso Klamath e as florestas Menominee eram especialmente cobiçados. Não é coincidência que aquelas aldeias estavam entre as cinco primeiras previstas para a terminação.

Meu avô escreveu uma série de cartas extraordinárias durante os anos de 1953 e 1954. Elas foram entregues aos meus pais. Minha mãe as deu para mim para cuidar, porque nasci em 1954. Patrick Gourneau estudara em internatos do governo de Fort Totten, Haskel e Wahpeton. As cartas foram escritas na graciosa e familiar "caligrafia do internato", a qual foi ensinada pelo Método Palmer, e eram repletas de episódios memoráveis, engraçados e que rompiam com os estereótipos da vida na reserva. Reunidas, compõem um retrato de uma inteligência extremamente humana, um patriota profundamente religioso e homem de família.

Com Ojibwemowin como primeira língua, meu avô era filho de Keeshkemunishiw, o Martim-pescador, neto de Joseph Gourneau, Kasigiwit, chefe guerreiro dos Ojibwe de Pembina. Tinham sobrevivido da caça de búfalos nas planícies do estado de Montana. Vovô fazia parte da primeira geração a nascer na reserva. Sua família fez a difícil e desesperada transição para a agricultura. Por fim, foram bem-sucedidos. Patrick escreveu sobre seu magnífico caminhão horta, contando com prazer detalhes das rosas de musgo que cultivou apenas pela beleza e histórias de como plantou aveia, mas, de alguma forma, colheu linho. Contava coisas engraçadas que seus filhos falavam e declarava o amor por sua esposa, Mary Cecelia LeFavor. Dentre outras coisas, confidenciou a meus pais as novas ansiedades que tinham complicado seu trabalho como presidente do conselho. Na época em que escreveu, recebia US$30 por mês, mas a aldeia estava falida, então ele não conseguia receber os pagamentos. Descobrira a respeito do Projeto de Lei de Terminação e imediatamente compreendeu que significava, como era chamada, uma nova batalha das Guerras Indígenas.

— A maioria da legislação pendente, se aprovada, resultaria no fim das nossas últimas terras nesse continente e destruiria nossa dignidade e distinção como os primeiros habitantes dessa terra rica — disse Joe Garri, então presidente do Congresso Nacional dos Indígenas Americanos.

— Esse novo projeto de lei é a pior coisa que poderia acontecer aos indígenas — dizia meu avô.

Embora eu tenha lido muitas vezes as cartas em busca de consolo ou inspiração, finalmente pensei em lê-las em conjunto com um monte de pesquisa da era da terminação que tinha colocado de lado. Quando organizei as cartas cuidadosamente datadas com a linha do tempo do projeto de lei, o qual dava aos povos apenas alguns meses para elaborar uma resposta ao Congresso, me dei conta de que meu avô — junto com outros membros do povo, amigos sagazes como Martin Old Dog Cross, e aliados não indígenas — haviam realizado algo que alterou a trajetória da terminação e desafiou o destruidor empenho do governo em romper promessas legais, sagradas e imutáveis feitas nos tratados de nação para nação. Das aldeias iniciais indicadas para terminação, a delegação de Turtle Mountain foi a primeira a elaborar uma defesa feroz e prevalecer. Foi então que consegui ver o desespero e exaustão por trás das piadas de meu avô. Ele era um turbilhão, escrevia a noite toda e participava de reuniões durante o dia inteiro. Às vezes, dormia apenas doze horas por semana. Também compreendi o quanto sua luta por algo aparentemente impossível, reverter a terminação, custou a ele, à nossa família e ao Território Indígena.

No total, 113 povos sofreram o desastre da terminação; mais de meio milhão de hectares de terras indígenas foram perdidos. A riqueza fluiu para corporações privadas, enquanto muitas pessoas dos povos terminados morreram precocemente, na pobreza. Nenhum povo se beneficiou. No fim, 78 povos, incluindo os Menominee, liderados por Ada Deer, recuperaram o reconhecimento federal; 10 ganharam reconhecimento estadual, mas não federal; 31 povos estão sem território; 24 são considerados extintos. O recente livro de memórias de Ada Deer, *Making a Difference: My Fight for Native Rights and Social Justice*, é uma ótima leitura sobre o assunto.

A maior parte deste livro foi escrita em um estado de emoções pesadas à medida que me lembrava do sofrimento que meu avô e os irmãos de minha mãe passaram enquanto as contínuas batalhas políticas cobravam seu preço, e a saúde de vovô começava a diminuir. Com o passar do tempo, ele sofreu um grande declínio. Ainda assim, Patrick Gourneau nunca deixou de ser engraçado, otimista e gentil. Espero que este livro faça jus a seu gracioso espírito. Além disso, gosto de pensar que os esforços do povo de Turtle Mountain ajudaram outros povos a negociarem o longo e complicado pesadelo da terminação. Em 1970, Richard Nixon dirigiu-se ao congresso e pediu o fim dessa política. Cinco anos depois, uma nova era de autonomia dos povos originários se iniciou.

Há muitas pessoas para agradecer. Primeiramente, Patrick, Mary Gourneau e a notável família que criaram, incluindo minha mãe, Rita Gourneau Erdrich, uma artista que meticulosamente guardou as cartas de vovô e os relatórios mimeografados do presidente, incluindo seus artigos e piadas. Muito obrigada à minha querida tia Madonna Owen e meu tio, Dwight Gourneau, que serviu ao povo originário suas vidas inteiras como presidente do conselho da *American Indian Science and Engineering Society* (AISES) e do Museu Nacional Smithsonian do Indígena Americano (NMAI). Quero agradecer a meu tio Howard Gourneau, o *Pipe Keeper* da família e à Roberta Morin. Minha irmã Liselotte Erdrich, escritora, poeta e historiadora da nossa família, que me aconselhou e ofereceu um apoio valioso. Gostaria de agradecer à Judy Azure por dançar para todos nós. Ao nosso historiador indígena, Professor Les LaFountain, que fez uma leitura inicial inestimável deste manuscrito e trouxe inúmeras sugestões brilhantes. À Denise Lajimodiere que também fez importantes alterações. Sou muito grata pela resposta e pelas reminiscências de Zelma Peltier, cuja mãe trabalhou na fábrica de rolamento de joias. À Gail Caldwell, que me encorajou quanto tive dúvidas. À Brenda Child, Professora da Northrop da Universidade de Minnesota, que ouviu exaustivamente sobre a evolução deste livro e me deu palestras estimulantes à beira da lareira, conselhos generosos e me apresentou às alegrias da pesquisa nos Arquivos Nacionais. À minha mãe, que falou tanto sobre sua vida na reserva nos anos de 1950. Foi uma alegria compartilhar as memórias dela.

A delegação de Turtle Mountain foi realmente financiada em parte por uma luta de boxe beneficente. O trabalho da universitária Chippewa Millie Cloud foi baseado na combinação de algumas pessoas, incluindo Marie Louise Bottineau Baldwin e a Irmã Inez Hilger. O Dr. David P. Delorme é autor do estudo econômico que surpreendeu e impressionou o comitê do Congresso. A reunião da BIA em Fargo se baseou na transcrição original da reunião, como também no testemunho no Congresso. Leo Jeanotte, Edward Jollie, Eli Marion e Theresa "Resa" Monete Davis Revard são alguns dos membros do conselho original. É emocionante para mim que Martin Cross tenha me emprestado sua expertise, considerando a devastação que seu povo estava sofrendo na época com a inundação e destruição de suas amadas terras pelo Corpo de Engenheiros do Exército. Pelo seu apoio ao povo de Turtle Mountain, Cross foi ameaçado várias vezes com a terminação durante seu testemunho. Ele era um advogado forte e de princípios. Por outro lado, o Senador Arthur V. Watkins era de fato um racista metido. Mas, para dar a Watkins o que lhe é devido, ele também foi fundamental para derrubar o Senador Joe McCarthy e encerrar uma era feia da política nacional.

Garden of Truth: The Prostitution and Trafficking of Native Women in Minnesota de Melissa Farley, Nicole Matthews, Sarah Deer, Guadalupe Lopez, Christine Stark e Eileen Hudon foi a fonte da história de Vera. Divena, uma sereia que trabalhava em um grande tanque de peixes em Persian Palms, em Mineápolis, durante os anos de 1970, foi a inspiração para a vaca aquática de Pixie.

É desesperador, mas a memória da terminação se desvaneceu até mesmo entre o povo indígena estadunidense, e foi minha irmã, a poeta e artista Heid Erdrich, que me encorajou a escrever este livro e a manter esse conhecimento vivo. (Na verdade, a administração de Trump e da

Secretária Assistente do Interior, Tara Sweeney, recentemente, trouxeram de volta a era da terminação ao tentar terminar os Wampanoags, o povo que recebeu os peregrinos nessas costas e criaram o Dia de Ação de Graças.) Minha irmã, Angela Erdrich, M.D., foi de grande ajuda ao passar para mim materiais de pesquisa sobre a terminação que coletou há muito tempo na Baker Library em Darmouth. Gostaria de expressar minha profunda gratidão a Joyce Burner, uma bibliotecária dos Arquivos Nacionais em Kansas City, que me falou que amava uma caça ao tesouro e achou as cartas da época do internato de meu avô, nas quais, com muitos argumentos, ele defendia sua entrada *no* grêmio estudantil, como também as autênticas cédulas usadas em uma das eleições dele. Gostaria também de agradecer à bibliotecária dos Arquivos Nacionais Elizabeth Burnes pela dedicação ao seu trabalho. Como sempre, sou muito grata à Terry Karten, uma editora que oferece inspiração e também relatórios críticos e a Trent Duffy, um revisor de habilidades inigualáveis. Obrigada também a Jin Auh e Andrew Wylie pelo contínuo trabalho em nome de todos os meus livros. À minha filha, Pallas, que me forneceu apoio técnico e é o anjo da guarda da nossa família. Kiizh ilumina nosso caminho. Netaa-niimid Amookwe, Persia, professor de imersão Ojibwe da Waadookodaading School em Lac Courte Oreilles, Wiscosin, é meu consultor de Ojibwemowin, porém todos os erros são culpa minha. Este livro passou por uma transição de edição feita com paciência por Amber Oliver, John Jusino e Lydia Weaver. Obrigada! Como sempre, agradeço à Milan Bozic pelo design da capa, Fritz Metsch pelo design do miolo e Aza Abe pela criação da arte da capa deste livro, que é baseada no espectro da aurora boreal.

E, por fim, se algum dia você duvidar que uma série de palavras secas em um documento governamental seja capaz de despedaçar ânimos e destruir vidas, permita que este livro lhe recobre a memória. Por outro lado, se estiver convicto de que não temos poder para alterar essas palavras secas, permita que este livro lhe dê ânimo.

Sobre a Autora

Louise Erdrich é autora de dezesseis romances, livros de poesia, infantis e um livro de memórias a respeito da maternidade precoce. Seus trabalhos de ficção ganharam o *National Book Award*, o *National Book Critics Circle Award* (duas vezes) e a levaram a ser finalista do Prêmio Pulitzer. Recebeu também os prêmios: *Library of Congress Prize* em Ficção Estadunidense, o prestigiado *PEN/Saul Bellow Award* por *Achievement in American Fiction* e o *Dayton Literary Peace Prize*. Louise Erdrich, membro do povo Chippewa de Turtle Mountain, mora em Minnesota com suas filhas e é proprietária da Birchbark Books, uma pequena livraria independente.